谨以此书献给那些曾经培育、教诲过我并与我共度数十载的文坛先贤、巨擘们，向他们致以崇高的敬意！

中国文联晚霞文库

仰望群峰

露菲　著

中国摄影出版传媒有限责任公司
China Photographic Publishing & Media Co., Ltd.
中国摄影出版社

图书在版编目（CIP）数据

仰望群峰 / 露菲著. -- 北京 : 中国摄影出版传媒有限责任公司, 2021.11
ISBN 978-7-5179-1103-6

Ⅰ. ①仰… Ⅱ. ①露… Ⅲ. ①散文集－中国－现代 Ⅳ. ①I267

中国版本图书馆 CIP 数据核字（2021）第 201656 号

仰望群峰

作　　者：露　菲
出 品 人：高　扬
责任编辑：宋　蕊
装帧设计：冯　卓
出　　版：中国摄影出版传媒有限责任公司（中国摄影出版社）
地址：北京东城区东四十二条 48 号 邮编：100007
发行部：010-65136125 65280977
网址：www.cpph.com
邮箱：distribution@cpph.com
印　　刷：北京科信印刷有限公司
开　　本：16 开
印　　张：20.75
版　　次：2021 年 12 月第 1 版
印　　次：2021 年 12 月第 1 次印刷
ISBN 978-7-5179-1103-6
定　　价：98.00 元

序

业绩传百世　精神照千秋

郝怀明

露菲的《仰望群峰》要出版了，要我写一篇序，我推辞再三，最后只好从命。那就写点自己的学习心得和体会吧。

我和露菲在“文化大革命”前都是中宣部的工作人员，但起初相互并不认识，是在“文化大革命”中才熟悉起来的。那时，中宣部被钦定为“阎王殿”，是被“彻底砸烂”的单位，部长“大阎王”陆定一和副部长“二阎王”周扬，一个被诬为“彭罗陆杨反革命政变集团”的要犯，一个被诬为一贯“反党反社会主义反毛泽东思想的文艺黑线”的“祖师爷”“总代表”，甚至“叛徒”“特务”。他们分别在狱中被关了 13 年和 9 年。其他部领导也被关了多年。在这些部领导中，周扬在全国报刊上被批判的规模最大、时间最长。身为周扬秘书的露菲，在精神上受到的压力和摧残之重，可以想见。在那残酷的日子里，她坚持原则，实事求是，没有说谎害人，保护了不少同志。她坚强沉着，不屈不挠，一身正气，给我印象很深。“文化大革命”结束后，她重新工作。由于她的荐举，使我得以有机会被借调到周扬身边参与编选《周扬文集》，直接接触周扬、研究周扬，为我后来为周扬立传，写作出版《如烟如火话周扬》一书提供了有利条件。该书的写作，也正是在她的推动和鼓励下才得以完成的。

露菲是一位“老革命”。她 1939 年追随父亲参加革命，历任中共潍县抗日地下联络站交通员，胶东胜利剧团、国防剧团、华东军区文工团团员。1951 年进入国家文化部电影局电影学校（后更名为“北京电影学校”“北京电影学院”）编剧系学习，1954 年毕业后服从组织分配，一直担任周扬的秘书。1983 年出任中国文联（即中国文学艺术界联合会）办公厅主任。她的革命经历和她所处的独特的工作岗位，使她对文艺界高级领导干部、顶级作家、艺术家及其他著名文艺界人士有着广泛的接触、细致的观察、深入的了解、深切的感受。她饱含深情写下的这些散文，可以说既是一本简要记录一个时代文化发展轨迹的图书，也是一部难得的文坛风雨录，更是一曲革命理想信念之歌、人间正气之歌、同志情谊之歌。他们的理想和追求、成功和挫折、欢乐和痛苦，充溢其间，力透纸背，读来让人感动，催人泪下，给人启发，促人奋进。露菲自小参加革命，1943年开始发表作品，她对前辈文艺家充满崇敬之情，以一位革命战士永不衰败的壮志豪情，以一位女性作家特有的敏锐眼光和体验，捕捉他们生活中的一点一滴，追索他们的经历和奉献，并将其融为一体，用朴实无华之笔，如实地记录下来，写人、叙事、状物、抒情，千姿百态，丰富多彩，栩栩如生，思想性和艺术性在这里都得到了相当完美的结合。

那是有理想、有信仰、有崇高精神境界的一代文艺家的风采。在战争年代，他们革命激情燃烧，不怕艰难困苦、不畏流血牺牲，为了追求真理，为了人民的解放和幸福，为了国家的独立和富强，甘愿在极其艰苦的环境下生活。在延安时期，他们的棉衣一衣多用，棉衣穿完改成单衣，单衣穿破改成背心，背心破了再将其撕成布条打成布草鞋。华君武饥肠辘辘，曾拿糊窗户剩下的糨糊充饥。他说："当时生活就是这么苦，可是心中乐。想一想，那碗糨糊怎么那么好吃。"革命胜利以后，他们仍然保持着艰苦奋斗的作风，以更加高涨的革命热情投身于新中国的革命与建设事业之中，一心扑在工作上，为文化事业的发展和繁荣而奋斗。文艺事业就是他们的生命。不论是郭沫若、茅盾、巴金、夏衍、周扬、阳翰笙、张光年、周巍峙，还是谢冰心、金近、舒群、严文井，等等，尽管"路，不平坦，有水洼，有泥泞"，但他们永远不会停止自己的探索和追求，不会放下手中的笔。"革命人永远是年轻"，"鞠躬尽瘁，死而后已"永远是他们的座右铭。张光年晚年两次做大手术，但对事业的追求仍信心满满："参加革命几十年，已经死过几次了，再死一次也没有什么。只要有一口气，就要对党、对人民有益。"抓紧时间多做点事，不停地工作和战斗，就是这批革命文艺前辈共同的理想和追求、决心和意志，没有任何力量能够阻挡他们前进。

前辈文艺家坚定的理想信念、高尚的品格,在“文化大革命”中尤其感人。那时,周扬被认定为“文艺黑帮头目”,许多领导者都被说成“走资派”“叛徒”“特务”,诗人杜谈不赞成这种说法,写信向上反映,并亲自把信送到中南海。他对妻子说:“江青、张春桥那些人的底细和人品我是知道的,有他们,中国没有好日子过。”后来他也被定为“牛鬼蛇神”。当有人在批斗会上诬蔑周扬是“叛徒”“特务”,逼他表态时,他大义凛然地说:“周扬是好同志,他对文艺事业有贡献,他对党是一片赤子之心。”一向被公认为毛泽东文艺路线的代表作家赵树理,在“文化大革命”中也被视为周扬“文艺黑线”的“黑样板”,他在去世前几天,在一张破旧的纸片上写下了毛泽东的《卜算子·咏梅》:“风雨送春归,飞雪迎春到。已是悬崖百丈冰,犹有花枝俏。俏也不争春,只把春来报。待到山花烂漫时,她在丛中笑。”并把它交到前来看望的女儿手上,叮嘱她收藏好,同时希望她将来有一天能送给周扬。他对女儿说:“党会明白我的。”在那段艰难的日子里,他依旧那样相信党,坚信春天终将到来。肉体和生命都可以被摧毁,但革命的信念是永不可磨灭的。他坚信,广大革命干部和群众是不会容忍这样的局面持续下去的。在老舍去世之后,阳翰笙愤而写下这样的诗句:“笔力纵横举世钦,竟遭魑魅血口吞。文坛愤洒伤心泪,敢信擒妖必有人。”在“四人帮”大行其道之时,陆石与夫人去老友李国璋家观画,画中画的是四只螃蟹。陆石心照不宣,题诗一首:“李君胸怀荡荡然,嬉笑怒骂披心肝。三人冷眼斥螃蟹,看你横行能几天。”前辈文艺家们坚韧不拔,终于从“文化大革命”的狂风恶浪中挺过来了。历史昭告人们:革命理想信念不灭,背离现代文明必败,自由、民主、公平、正义必胜。

这一切,在本书中通过一个个鲜活的人物、故事得到了生动的展现。周扬敏锐睿智,惜才爱才,敢于坚持真理,勇于修正错误,力倡“双百”方针,大气大度;夏衍谦虚平和,待人坦诚,他为党的事业做了很多不为人知的工作,从不炫耀;茅盾学养深厚,名高位重又不拒小事,善于发现新人,热心奖掖后进;冰心和蔼慈祥,一颗童心,一世爱心;周巍峙就像一头老黄牛,说话不紧不慢,自称是一个“打杂工”,认真工作,终生不停;田汉热情豪放,不拘小节;赵树理幽默风趣，挚爱戏曲却不解洋乐；此外，还有凤子的高雅和开朗、杜谈的孤傲和耿直、老资格的舒群前辈的廉洁之风，等等。这些讲述都各具特色，活灵活现，读来就像走进了中国现代文艺家的画廊，如闻其声，如见其人。

鉴于以往的历史经验和教训，本书突出强调要尊重文艺创作的规律。前辈文艺家们再三强调，生活是创作的基础，文艺不能脱离时代，不能脱离火热的生活；创作要上来，作家、艺术家要下去，下到广大人民群众中去。脱离人民的生活，主观臆造出来的东西，只能换取一时廉价的喝彩，经不住时间的考验；只有真正从生活中提炼出来的东西，才会经久不衰。深入生活，对文艺工作者来说，永远都不会过时。文艺和学术最需要的就是自由，周扬在一次会上语重心长地说："在座的都是老同志，为党的事业奋斗了大半生，为使这个最需要自由的事业搞得更好，我希望大家互相谅解，我希望自己不要成为同志们的障碍，也要求大家不要成为新生力量的障碍。"

露菲是著名的儿童文学作家，之前已有多部短篇小说集、长篇小说、散文集出版，以她亲眼所见、亲耳所闻，写下的这些散记，是她为文坛献上的一朵奇葩，具有重要的史料价值。这样一本有分量的作品，是无法替代的。

现在，书中所写的前辈文艺家多已作古，只有极个别的人还健在，他们所处的那个时代也已经离我们远去，但他们的业绩将流传百世，他们的精神将光照千秋！

2017 年

目 录

埋在心中的崇敬……12
——郭沫若、周扬友谊侧记

这就是共和国的第一任文化部部长……20
——记茅盾前辈点滴

忆巴金前辈……26

华君武吃糨糊……32
——华君武同志趣事之一

华君武骑车闯红灯……35
——华君武趣事之二

华君武使敌人胆战心惊……38
——记华君武之三

琐记著名漫画家华君武……41

又见华（君武）老……48

人如歌，歌如人……51
——记著名歌唱家王昆片断

风云突变……54
——长篇小说《刘志丹》引起的风波

《刘志丹》作者……59
——李建彤印象

《中国人民志愿军战歌》是怎样诞生的……62
——中国文联主席周巍峙侧记之一

可敬的“打杂工”……65
——中国文联主席周巍峙侧记之二

他眼里有人……68
——中国文联主席周巍峙侧记之三

窗外雨丝斜飞……71
——记张光年（光未然）前辈点滴

是诗人也是战士……77
——张光年谈《黄河大合唱》的诞生

几个坚实的脚印……82
——琐记张光年前辈

醉观红叶……89
——记光年前辈85大寿

大江东去……92
——记光年前辈

夜访……98
——周而复谈他的巨著《长城万里图》

一位无私无畏的人……102
——记冯雪峰前辈二三事

著名作家赵树理片断……105

严文井前辈教我写小说……108

忘年之交（谈）……112
——听严文井前辈聊天

诗人杜谈不开门……117

灯塔闪亮着……125
——记著名作家谢冰心之一

伟大的爱……128
——记著名作家谢冰心之二

漂亮的凤子大姐……131

周立波琐忆……134

二三小事话梁斌 ……………………………………………………137

视文学为生命的人 ……………………………………………………140
——李霄明谈著名作家舒群

海 ……………………………………………………………………144
——阳翰笙剪影

不惊不惧的阳翰笙老人 ………………………………………………147
——阳翰笙琐记之一

可敬可亲的阳翰笙老人 ………………………………………………151
——阳翰笙琐记之二

文传百世 情重千秋 …………………………………………………153
——怀念阳翰笙前辈

永远不老 ……………………………………………………………157
——记夏衍前辈一二事

夏公和他的猫 ………………………………………………………160
——记夏衍前辈

“无害人之心有害人之事” …………………………………………165
——夏衍说田汉

争鸣、探索、创新 ……………………………………………………168
——记夏衍与日本朋友的一次谈话

夏公是一本大书 ……………………………………………………170

坚实的背影 …………………………………………………………181
——著名作家沙汀印象

文学要表现人民的力量 ………………………………………………185
——沙汀病中谈创作

沙老，您何时回北京？ ………………………………………………189

高山仰止 ……………………………………………………………193
——记周扬夫妇参观绍兴鲁迅故居

美丽的彩带 …………………………………………………………198
——记周扬前辈点滴

箱根，那条土沙路……　……………………………………………203
——日本友人谈周扬

文坛风雨路 …………………………………………………………206
——回忆周扬同志片断

送周扬同志 …………………………………………………………235

促膝谈心到凌晨 ……………………………………………………238
——忆周扬同志二三事

夜空繁星 ……………………………………………………………243
——忆苏灵扬前辈

周扬拜访大学者陈寅恪 ……………………………………………245

掷地有声的“天地作证” …………………………………………247
——周扬访钱锺书夫妇

难得的聚会 …………………………………………………………250
——诸多前辈相聚在肇庆

任重道远 ……………………………………………………………254
——琐记绘画大师黄胄

一幅不朽的立体画卷 ………………………………………………257
——黄胄和他的炎黄艺术馆

最后一次见面 ………………………………………………………259
——记绘画大师黄胄

结婚联欢会 …………………………………………………………263
——记著名儿童文学家金近之一

写作就像煮饭烧火 …………………………………………………266
——记著名儿童文学家金近之二

我们有了自己的安徒生 ……………………………………………………269

思念 ……………………………………………………………………280

——怀念著名戏剧家王震之

魅力无穷的陈波儿 ………………………………………………………285

我想告诉他…… ………………………………………………………288

——怀念著名戏剧家虞棘

他来自人民 ……………………………………………………………291

——读《虞棘剧作选》

文艺界的“老黄牛” ……………………………………………………296

——怀念著名书法家陆石

同志、朋友、领导、亲人——延泽民 ……………………………………302

“淘气”的秦老 …………………………………………………………304

——秦川印象

北风那个吹，雪花儿那个飘 ……………………………………………311

——记诗人、剧作家、部长贺敬之

我的唠叨、我的感谢（代后记） …………………………………………318

风云·风骨·风采 ………………………………………………………323

顾　骧

我们心目中的文艺前辈 …………………………………………………326

赵国青

埋在心中的崇敬

——郭沫若、周扬友谊侧记

一个人对另外一个人产生崇敬的情感，并不一定要相识，就是相识后也不用表白，而是深深地埋藏在心中。

在中国文艺界前辈中就有这样一个故事，故事中的两个人物就是郭沫若（1892—1978）和周扬（1908—1989）。

谁都知道郭沫若是世界文化名人，他是革命家、社会活动家、著名诗人、剧作家，他知识渊博，通晓古今中外，著作等身。在中国文化方面，他是和鲁迅齐名的两面旗帜之一。1949 年 7 月，中华全国文学艺术工作者在北京召开了第一次代表大会（简称第一次“文代会”）。在这次会上成立了中华全国文学艺术界联合会（简称“中国文联”）。毛泽东、周恩来、朱德等领导人还亲临大会讲话祝贺。这是一次有历史意义的大会。毛泽东在讲话中肯定了文代会是一个“革命需要的大会，是全国人民所希望的大会”。毛泽东说：“你们都是人民所需要的人，你们是人民的文学家、人民的艺术家或者是人民的文学艺术工作的组织者。你们对于革命有好处，对于人民有好处。因为人民需要你们，我们就有理由欢迎你们。”

在这次大会上，郭沫若当选为中华全国文学艺术界联合会主席，茅盾和周扬当选为副主席。

1949 年 10 月 1 日，中华人民共和国宣告成立，共和国的文化部也就应运而生了。茅盾（沈雁冰）担任文化部部长，周扬是文化部的党组书记和第一副部长。茅盾长周扬十几岁，周扬视他为前辈，他们工作关系密切，有什么事，周扬都先与茅盾商量。那时他们两家住得很近，都在文化部大院里，从周扬家走几步就到了茅盾的家。郭沫若任国务院文化教育委员会主任，住得较远，相对而言跟周扬来往不多。再说那时各级领导同志都忙本单位的工作，没有

1949 年 7 月，中国文联成立后的第一届正、副主席（从左至右为周扬、茅盾、郭沫若）。

什么串门的习惯，只有在召开会议时，他们才能碰碰面。

一

到了 1958 年，中国大地上掀起了“大跃进”运动。那时帝国主义封锁我们，中国人民不低头，勇敢地喊出要“超英赶美”，也就是要超过英国、赶上美国。这当然很不实际。什么“亩产几千斤几万斤”啊，什么“人有多大胆，地有多大产”呀，那种“热气腾腾”的局面，现在看来可笑，可那时候，人们就那么天真地相信并被感动着。郭沫若、周扬他们俩也被“大跃进”的气势所感染，被工人、农民的冲天干劲儿所感染，两人商定编一本新民间歌谣。怎么提起的，我不太清楚，只知道他们编歌谣是在“大跃进”那种“热气腾腾”的情况下，看到各地送来的各种“大跃进”民歌、民谣后做出的决定。书名定为《红旗歌谣》，周扬想请著名漫画家华君武设计封面，不知是否是因为我没传达清楚，华君武同志送来的封面设计是“红旗歌谱”，上面还画有几道五线谱，周扬看后啼笑皆非。后来出版的《红旗歌谣》上的4字书名是郭沫若写的，封面是紫红色的布面，很大方，很庄重。1958年下半年，各地“大跃进”的民谣刊物、小册子也多了起来，周扬亲自动手搜选民谣，并在1958年的《红旗》杂志创刊号上发表了《新民歌开创了诗歌的新道路》一文。此文发表前还请毛主席看过，毛主席阅后做了批示，转交给《红旗》杂志主编陈伯达，上面有这样几句话：“请你即照他的改稿排印，并把我同意他的意见这点告诉他。”

大约选编民歌用了几个月的时间，最后一稿周扬亲自送给郭沫若过目，郭沫若审过后，马上送到《红旗》杂志社，这时已经是1959年1月了。郭沫若、周扬编的《红旗歌谣》共收集了300首民谣，有歌颂工、农、兵革命生活内容的，也有不少歌颂党和毛主席的民谣。这些民谣还配有米谷、力群、古元、黄胄等人的精美版画、绘画，真是图文并茂。这本歌谣虽然有一些浮夸风的豪言壮语，但它记录了那个时代的气氛和风情。在《红旗歌谣》编者语中，第一句话就是“这本民歌选集，是大跃进形势下的一个产物”。至于“大跃进”本身有什么经验可吸取，那是另外一个题目了。单从大量民歌的出现来看，还确实是反映了当时的时代气氛。编者语中还说：“我们以精选为原则，我们的标准是：既有新颖的思想内容，又要有优美的形式……它们是现实主义的又是浪漫主义的。”他们是怀着无限喜欢的心情来编选这本歌谣的。

编选《红旗歌谣》是郭沫若和周扬同志一次愉快的合作。

二

1959年4月，北京人民艺术剧院排练郭沫若同志（晚辈多称为“郭老”）写的《蔡文姬》大型话剧。饰演曹操和蔡文姬的都是北京人民艺术剧院的知名演员。彩排时郭老与周扬去看过，正式演出也看过。周扬除了赞赏演员演得好，还特别惊叹郭老竟然在半个月中编写出了这么好的一部剧作，真是才华过人！《蔡文姬》首演十分成功，之后每次演出都座无虚席。有一次演出，陈赓大将也去看戏，看完后，剧院向其征询意见。陈赓大将很风趣地说：“你们不说，我来说，这个戏是不是为曹操翻案的？！”因为那个时期一说“翻案”二字就与右倾思想挂钩，所以当时听了他的意见，有的同志比较紧张。为此，当时担任人艺院长的曹禺和担任中国文联领导的阳翰笙同志关于《蔡文姬》的问题，与周扬进行过一两次谈话。我记得当时还请郭沫若同志到中宣部开过一次小会，参加会议的有八九个人，都是一些知名人物，也都是郭沫若同志的朋友。会议室里没有沙发，只有办公用的一张桌子和几把木椅，他们就这样围坐在一起交谈。他们没有专门谈《蔡文姬》的问题，而像是老友聚会似的，只是聊天，互相问候、互相关心。我记得当时年长的郭沫若同志最先离席，大家也高高兴兴地握手告别。以后并没有发生什么事，《蔡文姬》照常演出。

三

广东省委省政府的同志好客是出了名的，每到冬天他们都会邀请北方（特别是北京的）一些同志到广东小住。三年困难时期，去广东“过冬”的人就更多了。广东那边冬天气候温暖，万物生长，伙食自然也好些。不过那时去那里的人，不论是领导还是一般人员，每天都要交上一斤粮票，这一点是不能免的。20世纪60年代初，周扬夫妇去了广州，在那里又遇上了郭老。广东省委安排北京的文艺界人士到从化温泉小住。他们住在翠溪的一幢小楼里，周扬夫妇也在此楼居住。楼前有一条小溪，哗啦啦的流水日夜不停，到处是翠绿的树木，环境很幽美。现在回想起来，那幢楼不大，楼层也不多，跟现在的中低档招待所差不多。房间里没有电视，除了卫生间就是两张床。记得郭小川等几位诗人和作家也住在这里，由于房间少，他们都不可能一人一间房。

一天夜里，郭小川等几个人在一间房子里讲“鬼”故事，正讲到热闹时，周扬陪着郭老来看望大家了。那时郭老住在另外一幢楼里。由于房间里凳子少，又没有沙发，郭老就坐在床沿上，跟大家说起话来。其他同志在郭老面前也无拘无束地有说有笑。郭老说他耳朵不太好，有些话他听不清，周扬笑着说：“没有关系，不爱听的话就不听，爱听的话就听。”

有同志附和着说：“对！郭老，有些不好的话就不要听，听了生气，不如不听。”

这些话引得郭老笑了。那是一种慈祥的笑，一种内心充满了平和的笑。他们在一起说说笑笑，是那么轻松自然，是一种无法形容的轻松、愉快和亲切。

看到这情景，使我想起了1951年的事情。那年“七一”党的生日，电影局剧本创作所所长、著名戏剧家王震之带我们去先农坛参加庆祝“七一”大会。会场设在露天广场，没有凳子，地上是泥土地，大家都站着，人很多。这天，天公不作美，下起了大雨。在瓢泼大雨中，毛泽东、朱德、刘少奇、周恩来等领导人来到了会场。他们站在临时搭起的、上面没有顶棚的台子上，和其他同志一样挨淋。在“哗哗”的雨声中，大会开始了。会上都有谁讲话，我记不得了，但我记得郭老朗诵歌颂党的诗篇的声音。他那带有四川口音的声音浑厚而悠扬，这声音压过大雨传遍全场：“……共产党，你是伟大的巨人……”那个“人”字的声音拖得老长老长。我个子矮，看不到主席台，王震之前辈是个大个子，他让我踏在他的肩膀上，要我好好看看台上这些领袖人物。当时我兴奋极了，我把台上所有的人都看作高不可攀的神一般的人物，当然郭老也在其内。现在近距离看到郭老了，他虽是文化伟人，但他不是神，是一位慈祥的老伯伯。

现在听这些前辈聊天，真是一种莫大的享受。

四

“文化大革命”爆发了，周扬被批为“文艺黑帮头目”，批判文章铺天盖地。在“文化大革命”中，林彪、“四人帮”一伙也没有放松对郭老的迫害。郭老坚强地顶住了“四人帮”对他袭来的狂风恶浪。终于迎来了“四人帮”被打倒的日子，郭老喊出了“大快人心事，消灭四人帮”朗朗上口的诗句，一时间家喻户晓。

周扬同志虽然1975年就从“四人帮”的监狱里被放出来，住在中组部招待所，但是没有多少自由，更没有工作，他不可能去看望郭老。只有在粉碎“四人帮”后的一次集会上，周扬才与郭老见了面。

郭老一见周扬就说“我想你”。可以想象得到，他们两人的心情是何等的激动。当周扬夫人苏灵扬向我转述当时的情景时，她的眼里不禁涌起激动的泪花。老人们也会像孩童似的直白地表述着互相想念之情啊！

1978 年郭老生病了，周扬在 4 月 22 日去医院探望他。他们互相看着，说不出多少话来。苏灵扬看到郭老的病容，难过地哭了，郭老夫人于立群同志还劝她不要难过。

这一年的 5 月 27 日至 6 月 5 日，中国文联召开了全国委员扩大会议。“文化大革命”开始就被打散了的文艺队伍又重新集合起来，并恢复了活动。文艺界在声讨“四人帮”罪行的同时，又重整旗鼓为发展中国的文艺事业而努力奋斗。大家多希望中国文联主席郭老能参加大会啊！可是郭老因身体原因没能参加这次大会，但他写给大会的祝词也使与会同志十分振奋。在会议期间，也就是 6 月 3 日，早上 7 时 20 分郭老秘书王廷芳打来电话，说郭老要周扬去医院。这个电话来得急，还不到上班时间，我想一定是有什么大事，忙将电话报告周扬同志，周扬同志一刻没停地马上赶往北京医院。等周扬同志回来后，我们问郭老的病情如何，周扬说郭老精神很好。在全委扩大会上，周扬转达了郭老对大家的敬意和问候，郭老说他不能参加这个会，失去了向同志们学习的机会，感到非常遗憾。

多么谦虚的郭老啊！

这次全委扩大会召开得很成功，文艺界思想大解放，中国文联各协会又恢复了活动。几天后，周扬同志向我们较为详细地叙述了他与郭老的那次会见。

周扬同志一提起郭老，就掩盖不住对郭老的崇敬之情。他说郭老是他的前辈，在他的学生时代，对郭老的作品和郭老的革命行动所产生的共鸣和崇敬，不是一两句话可以说清的。在 20 世纪 20 年代，他读了郭老的诗集《女神》，觉得郭老开创了一代革命诗风，名篇《凤凰涅槃》预告了旧世界、旧中国的灭亡和新世界、新中国的诞生。当时年轻的郭老投笔从戎，在北伐战争中担负了军队里的政治领导工作。1927年，蒋介石叛变革命，发动“四·一二”反革命政变，对共产党进行了血腥镇压。郭老勇敢地写了《请看今日之蒋介石》的文章，这是一篇讨蒋的檄文，揭露了他的反动嘴脸。郭老参加了八一南昌起义，后因蒋介石反动派的迫害，国内无处藏身而亡命日本。

周扬说，在那个黑暗时期，他每打开报纸，就想从新闻报道中探知郭老的行迹，他担心郭老的安危，每天如此。其实那时他们俩根本不认识。一个与郭老素不相识的学生对郭老的命运如此关心，可见郭老的作品、郭老的革命之举对他影响之大。郭老和他的战友们创办的文学社团“创造社”对周扬也有莫大的影响。郭老可以说是第一个用马克思唯物主义历史观来研究中国历史的人，也是中国第一个打出“无产阶级文学”革命旗帜的人，他传播革命火种，引导青年人走向革命。

周扬谈起在抗战时期郭老在大后方的重庆写的大型歌剧《屈原》和受到毛主席重视并被列为学习文件的《甲申三百年祭》的文章时，都赞叹不已。周扬还谈到他在解放区编的文艺丛书中收有赵树理的小说，郭老看了后，对赵树理的小说大加赞扬。这期间郭老和周扬有书信来往。那是1946年8月，美国邀请几位中国著名文艺界人士去美国讲学，周扬为此去了南京和上海办护照。当时其他人都办了护照和签证，唯有周扬被国民党当局阻拦未能成行。郭沫若在8月14日临行前给周扬写了几句话：“到了上海，事实已就等于到了美国，不必再远涉重洋了，还是自己埋头苦干的要紧。我相信，我们这一次的分手总不会是太长远的。周扬兄。”同一天，郭沫若又写信对赵树理的小说大加赞扬，算是完成了周扬的嘱托，他写道：“我费了一天工夫，一口气把《解放区短篇创作选》第一辑和赵树理的《李有才板话》读了一遍，这是我平生的一大快事。我从不喜欢读小说，这一次是破例。这是一个新的时代，新的天地，新的创世纪。这样可歌可泣的事实，在解放区必然很丰富，我希望有笔在手的朋友们尽力把它们记录下来，即使是素材，已经就是杰作。将来集成巨制时，便是划时代的伟大杰作。我恨我自己陷在另一个天地里，和光明离得太远，但愿在光明中生活的人，不要忘记应该把光明分布到四方。周扬兄明天便要回光明的乡土里去了，他要我把对于上列二书读后的印象写出，草草写此，向北方的朋友们致人民的敬礼。”多么深情的赠言啊！

周扬说，他从学生时代就对郭老产生的崇敬情感，几十年没有向郭老表白过，后来两人都在北京工作，也有往来，从未当面说出那种在内心深处的崇敬，他认为没有表白的必要。

这次他去医院看望郭老，并汇报了文联全委扩大会的情况。他们谈话中讲起了大文豪歌德。歌德是德国历史上最伟大的诗人、剧作家、小说家之一，他的小说《少年维特的烦恼》在中国影响极大，更不用说巨著《浮士德》了，他与荷马、但丁、莎士比亚一起并称为“欧洲四大文化名人”。郭老很喜欢歌德。歌德的《浮士德》写了几十年，郭老将其译成中文也用了多年时间。周扬也喜欢歌德，他很喜欢朱光潜先生翻译的《歌德谈话录》，他向许多人推荐过这本书。周扬觉得郭老与歌德这位文化巨人有相似之处，那就是知识渊博、才思敏捷，极具艺术天赋，对自然科学高度热爱。郭老是一位百科全书式的人物，是我们中华民族的骄傲。周扬引用恩格斯把歌德比喻为奥林普斯之神的话，他认为郭老也是“泰山之神”。

在这次谈话中，周扬内心流动着对郭老的无限崇敬之意，他只说了这句话：“您就是歌德，是社会主义时代新中国的歌德。”郭老听后微微笑了。虽然郭老说话不如以前流畅了，但他们俩还是长时间地漫谈着，谈得十分愉快。

据郭老的工作人员说，那天郭老的精神非常好，是多少日子以来少有的。不料，就在这次谈话后的第九天，郭老便与世长辞，享年 86 岁。

在以后的日子里，周扬常常想起郭老与他的这次谈话，常常想起郭老的微笑。他把对郭老的那份崇敬，深深地埋在心灵深处。

是的，不用表白。

2003 年 2 月

这就是共和国的第一任文化部部长

——记茅盾前辈点滴

一代文学宗师茅盾（1896—1981，晚辈多尊称“茅公”）的心脏停止了跳动。消息传来，当时担任中宣部副部长和中国文联主席的周扬赶忙到了北京医院，吊唁了这位曾经是同事又是前辈的老人，不觉悲从心来，流下了眼泪。

周扬从医院里带回了茅公给党中央和总书记胡耀邦的一封信。他在信中要求党中央用党员的标准来评价他一生的功过，要求追认他为中国共产党党员。

我对茅盾前辈的“追认党员”一事有些不太明白，周扬同志说，茅公是中国共产党最早的党员之一。为了更好地发挥他在社会上的作用，在相当长的时间内，他没有参加到党组织的具体组织活动中。

我这才明白了他遗信中的“追认”一说。

茅公去世时，文艺界骨干正在中南海召开学习会。周扬将茅公逝世的消息带到了大会上。与会者无不痛惜失去了一位如良师益友般的老前辈。著名诗人贺敬之念了茅公遗信，全体起立默哀，坐定后会场里仍有唏嘘之声。这时著名剧作家曹禺站起来难过地说：“茅公病危的消息是周扬同志告诉我的，我去看了茅公。当时他还比较清醒，对我说了声‘谢谢’，声音很弱。我还抱希望他能好起来，像我这样的晚辈是在茅盾这样的前辈培养下才懂得了一点文学知识。茅盾的逝世，是文化界的一大损失……”他有点说不下去了。短短的几句话，不但显示了茅公在大家心目中的分量，也表达了曹禺前辈的感恩之情，并让人看到他谦虚的美德。

这是那个年代那些人的品德。

这一天是1981年3月27日。

一

茅盾逝世后，大家都沉浸在一种无言的痛惜气氛中，老前辈相聚总是要谈谈茅公。

著名作家沙汀就感慨地说："从茅公逝世这件事来看，对老作家的保护有多么重要，如果早给茅公配一名有经验的护士，也许他的身体还能再拖一年半载的。新中国成立后，他担任第一届文化部部长，把时间放在了政府工作方面，如果不让行政工作打扰他，让他有更多的时间写作，《锻炼》小说的第五部就写出来了。那对我们的事业该多好！"

周扬也说："茅盾同志在30年代的文学社里培养了不少人才。后来有成就的王统照、叶圣陶都是他那个文学团体的人。他的小说《从牯岭到东京》写出了知识分子在大革命转折时期的思想状况，反映了一些知识分子的彷徨。茅公的文学创作从一开始就开创了现实主义的道路，他不但有作品，还有理论和纲领。他是五四运动以来的大作家，也是卓有成绩的评论家。"

从许多老前辈的话语中，我感受到了他们对茅公的无限怀念和崇敬，并从中了解到这位老前辈的一些光辉革命经历和他的丰功伟绩。

茅盾前辈是五四运动的积极参加者，"五卅惨案"发生后，他上街游行，反对帝国主义，反对现政府的反动派，后被反动派通缉，他只得东渡日本暂避风头。1930年回国后，他即参加了以鲁迅为首的"左联"（左翼作家联盟）领导工作，为粉碎敌人的文化"围剿"做出了卓越的贡献。1948年，他从香港辗转来到解放区，参与全国政协的筹备工作。在1949年7月召开的全国文艺工作者代表大会上，郭沫若当选主席，茅盾和周扬当选副主席。同时茅盾又被选为全国文协（中国作家协会前身）主席。茅盾前辈担任作协主席直到他去世。从20世纪30年代，茅盾前辈就关心培养文学新人，当时的沙汀、田间、臧克家、葛琴等人就受过他的帮助和影响，后来他们都成了非常有成就的大作家。茅公的著作《林家铺子》在新中国成立后被拍成电影，现已成经典。他的长篇小说《子夜》在现代文学史上是一部里程碑式的巨著。

难怪夏衍前辈不止一次地说："茅公在小说创作方面超过了鲁迅先生。"

张光年前辈也说："他体现了文学家与革命家的完美结合。"

二

我知道茅盾的名字，是在20世纪40年代初，那时他写的《蚀》传到了抗日根据地，同志们都争相阅读，我看到的那本书就不知多少人看过，书的边角都磨坏了。我也争着看了一下，因为那时我年龄小，对书中描述的事情看不懂，便放下了。从一些年龄大的同志那里听说他是一位大作家，是像鲁迅一样的大作家，敌后抗日根据地的新华书店里也卖鲁迅的《野草》，我买了一本，也是看不懂就放下了。

真正见到茅盾前辈是新中国成立后，我在北京电影学校读书的时候。1952年，有个苏联电影代表团来中国访问，文化部在北京举行欢迎大会。当时为了给外宾献花，相关领导特地从电影学校找了七八个女同学，我也是其中之一。欢迎大会举办的地点在西单长安大戏院。那时还没有人民大会堂，没有民族文化宫，也没有首都剧场，全北京最大、最体面的剧场就数长安大戏院了。长安大戏院的东面是一个大酱菜园，卖酱菜之类的东西，西边是庆丰包子铺。这个苏联代表团的成员都是电影界的顶尖人物，如苏联电影《森林之曲》和《幸福生活》的女主角拉杜宁娜、“马克辛三部曲”的主演契尔柯夫、《乡村女教师》的编剧斯米尔诺娃和一些大导演、摄影师等。

这个电影代表团的到来，使我们电影学校的学生特别兴奋。

这天我们来到长安大戏院，有人将我们带进大门内，一位约四五十岁的领导向我们讲述怎么献花，献花时要注意什么（因为这是我们第一次献花）。

这位领导说话时带有很浓重的南方口音，我也听不太懂，便凑到他身边用心听他讲话，我看到他嘴上有点小胡子，爱眨眼。他说完话，要我们不要走开，跟他一起站在门口等候外宾到来。

当时我曾小声地问旁边的工作人员：“这位同志是谁？”

“你不知道吗？他是文化部的沈雁冰部长，也就是茅盾大作家。”那位同志说罢朝我笑了。大概是笑我无知吧！

当时我惊讶地看着沈部长，心想这就是久闻大名的茅盾！真不敢相信，这位非常随和、相貌平常的领导就是茅盾先生啊！这么近距离地看到这位大文豪，我激动的心情无法用语言表达。

在外宾没到时突然接到一个消息，说不在门口献花了，要改在戏院内的戏台上献花。听到这个消息，茅公二话没说，带我们走进戏院内，心平气和地微笑着把我们安排到第一排，又亲切地叮咛了几句话。

不一会儿，周恩来总理陪外宾来了，走上主席台，大家起立鼓掌，茅公也上了主席台。随后欢迎大会开始，第一项内容就是向外宾献花。同学们都是第一次献花，上台后，大家一拥而上，将知名演员团团围住，场面虽热烈，却也有些混乱。我是最后一个上台的，周总理和茅盾见此情景，用手往右边指了指向我示意，我赶紧向最后一名外宾献上了花（后来才知道他是苏联著名的电影摄影师）。我记得他接过鲜花后，就拿着一枚纪念章想戴在我胸前，但他微抖的手怎么也给我戴不上。我也不好伸手接过来，心里也很紧张，时间又那么短，我只好遗憾地下台了。直到现在，我还为此感到遗憾。后来电影代表团还参观了我们在西四石老娘胡同24号的电影学校，他们还认出了我们几个献花的人。

我们献花本是一件微不足道的小事，可是茅盾前辈作为部长，对待这件小事的态度是那么认真耐心。他亲切的形象牢牢地印在了我的脑海里。

我并不是说每一位领导（特别是部长们）都要亲自去做这样的小事。但从这件小事便折射出了茅公的精神世界，他不拒绝小事情，平易近人，没有官架子，不是当官儿做老爷，而是真正的人民公仆。

三

我从电影学校毕业后，被分配到文化部工作，给文化部第一副部长、党组书记周扬担任秘书。在文化部的大院里见到茅盾前辈的机会就多了。

文化部的大院在东四头条4号，门口是中式大门，院子不算很大，除了文化部，中国文联和人民文学出版社也在这里。这个院子在新中国成立前是华文学校的地址，后来被买下来作为文化部的办公地点。这里有一个大礼堂，有办公室，院内有花有树，有一些小雕塑，大礼堂旁边还有一棵高大的银杏树。当时曾与张光年、贺敬之一起工作的颜振奋老友说：“那是一个和谐的大家庭。”院子西边有三幢小楼，那可真叫小，就像童话故事里的小屋那么小。最北边的一幢周扬住，中间一幢住着阳翰笙，最南边的一幢茅盾前辈住。这几幢小楼的一层有一个七八平方米的会客室，还有一间小的办公室；楼上是两间小卧室，三楼是连人都站不直的放杂物的小阁楼。沈部长办公、住宿就在这样的小楼里。后来他担任了全国政协副主席后，搬到后圆恩寺的小院（那里后来成为茅盾故居）里了，但与现在的领导居住的条件相比，仍然是狭小的。

那时沈部长就在文化部的院子里办公、开会，走出走进。那个年代没有“追星族”，没有人见了部长就凑上去拍照留念的，也没有假装虚心向名人请教的，或者借此提出一些个人要求的，更没有拍马屁拉关系的。部长与工作人员碰面了就微笑着打个招呼，有时也说上几句话。茅盾前辈就像是一位儒雅亲切的老伯伯，我们这些年轻人心中对他充满了崇敬。见了面，叫他一声“沈部长”，真是觉得亲切。

茅盾前辈除了繁忙的工作，他还关心着文学新人的成长，在 20 世纪 30 年代，他就帮助和影响了一批年轻作家，如沙汀、田间、臧克家等，这些人后来都成了著名作家。新中国成立后，他仍然关注着一些文艺青年。如 1958 年，茹志鹃的短篇小说《百合花》发表在《延河》杂志上，在同年的《人民文学》杂志上，茅盾署名发表了《谈最近的短篇小说》一文，给予《百合花》极大的肯定和赞扬。后来《百合花》被改编成电影。由于茅公的鼓励，茹志鹃后来写了很多好的作品，成了著名作家。茹志鹃后来写文章谈到自己的创作时，怀着感恩的心情表达了她对茅盾前辈的敬仰和感谢。

1963 年，《儿童文学》创刊了。我很幸运，在金近老师的帮助下，《儿童文学》第二期上刊登了我写的儿童文学作品《我有一个好爸爸》。这篇文章曾引起关注，得到一些前辈的鼓励，中央电台在儿童节目里全文广播。茅盾前辈写了《读〈儿童文学〉》一文，并刊登在 1964 年的《人民日报》上。

文中提到了我的这篇小说。他在文章中说，他作为家长“感谢《儿童文学》的作者，也感谢编辑同志煞费苦心的安排”。他希望《儿童文学》更加多样化，满足不同年龄儿童的需要，内容形式都要百花齐放。文中说：“我们已经知道新人正在被发现，而且一鸣惊人。”在这里他又提到了我的名字。受到茅盾前辈如此高的赞扬，我既兴奋，又不安。有的朋友看了报纸，对我表示祝贺。我心里十分忐忑，只能把前辈表扬的话作为对自己的鞭策，希望自己写出更多的作品来回报前辈对我的期望。可惜我没有多大出息，尽管我很努力，却没有再写出令自己满意的作品。

茅盾前辈讲到的我那篇小说《我有一个好爸爸》，从发表之日算起已经有 50 多年了，在 21 世纪的今天，它仍然被儿童文学的《岁月留香》《儿童文学百万纪念文集》收录在小说卷中。这也算是安慰吧！《岁月流香》《儿童文学百万纪念文集》是两部多卷本儿童文学作品集，主编均为徐德霞同志，她在《儿童文学》月刊主编岗位上工作了很多年，贡献很大，特向她致谢。

四

茅盾前辈逝世 30 多年后，我去参观中国现代文学馆，在庭园中看到了茅公的全身塑像，他慈祥地“站”在那里，就如当年他行走在文化部的大院里。那时我还是一个梳着两条辫子的年轻姑娘，现在已经是白发苍苍的老人了。我在茅公的塑像前深深地三鞠躬，以表达我对他老人家的感激和崇敬之情。我情不自禁地想起他带着我们献花的情形，他那可亲的容颜，真是令我永难相忘。

这就是共和国的第一任文化部部长，这就是我们引以为骄傲的、关心文学新人的大文豪，这就是党龄从 1921 年算起的老革命家！

2006 年初稿

2015 年修改

忆巴金前辈

巴金（1904—2005，本名李尧棠，晚辈多尊称“巴老”）前辈“远行”后，总想写点什么表达对他老人家的敬仰和思念，但往事纷繁，每次下笔都不知从何写起。十年过去了，写下这篇流水账式的小文章，以表达一个晚辈对他老人家的思念之情和敬仰之意。

一

第一次近距离接触巴金前辈是在20世纪80年代初，他出访欧洲，路经北京，住在国务院第一招待所。周扬夫妇去看望巴金前辈，我则是去见巴老的女儿李小林。

我和李小林的初次相识也很奇特，那是在第四次文代会期间的一次全体代表大会上，在人民大会堂的后台，我们相遇了。没有人介绍，我们两人互问：“你是小林吧？”“你是露菲吗？”我们就这么认识了，而且一见如故，谈起话来没完没了，那份信任，那份热情，连我自己也说不清。

这次我见了李小林，又是说不完的话，话语笑声真能把房顶“震穿”。正聊得开心时，轻轻的敲门声响起，小林起身开门，是巴金前辈。巴金前辈走进屋，我马上站起来问好，巴老说：“坐，坐。”

然后巴老坐在椅子上，那种从容，那种慈祥的举动，让我心里一震。这本来就是巴老的房间，他推门进屋无须商量，为什么还要敲门呢？巴老知道屋内有人，即使自己的住房，他也要礼貌地敲门。这一文明举动，使我肃然起敬。

我略显拘束地说：“巴老，我不敢打搅您，我是来和小林说说话的。”

巴老微笑着说：“知道，知道，好，好。”

巴老的话，让我的拘束缓解了许多。

巴老问起沙汀前辈的情况（他大概知道沙汀前辈与我有些联系），我告

1982 年，巴金在西湖。

诉巴老，沙汀前辈回成都小住，身体还好。

巴老点点头，仍然面带微笑坐在那里。

这就是我对巴老的第一印象，深刻的第一印象。

第二次见巴老是在 1981 年 12 月下旬，他老人家来北京参加中国作协理事会议。这期间他住在华侨饭店，那天小林和我又是在巴老的房间聊天，巴老回房时仍然是轻轻地敲了几下门。他进来后没有寒暄、没有客套，点点头，就是打招呼了，脸上仍然带着微笑，仍然是轻轻地坐下来。为了不影响巴老休息，我俩离开巴老的房间，小林轻轻地带上了门。

1981 年 12 月 22 日，作协理事会在人民大会堂浙江厅召开。在茅盾逝世 7 个月后，在这次理事会上，巴金前辈被选举为作家协会的主席。大家都热烈地祝贺巴老当选。

第二天，在作协召开的一次规模较大的会议上（地点在民族文化宫），周扬同志到会并发表讲话，祝贺巴老当选作协主席，赞扬巴老“忠诚于祖国，忠诚于人民，他的作品一贯主题是爱国的、反封建的，他的作品在国内外有很大的影响，许多年轻人读了他的作品，走上了革命的路。他的作品和人品是为大家所信赖的，他的作品和道德堪为作家的榜样和表率”。

巴老在悼念茅盾的文章中谦称自己是茅公的学生，称茅公的长篇小说《子夜》是继鲁迅的《阿Q正传》后我国现代文学的又一伟大胜利，说茅公“为祖国和人民留下了不少财富”，在文学事业中，茅公是一位辛勤的园丁，巴老则说自己“希望对祖国和人民尽一点点力”。

多么伟大的谦虚啊！

巴老在当选中国作协主席后，对文学创作坦诚地发表了自己的意见，他认为领导同志大事小事都来管不一定好，不要让作家说一样的话。他希望党的领导对文艺工作者——特别是对中年同志多一些关怀和爱护。

这话说得多好啊！如果作家的作品都说一样的话，哪来的“百花齐放，百家争鸣”？

二

从那次大会后，我有很长时间没见过巴金前辈。

再次聆听巴老教诲是在1983年11月14日，这一天巴老的谈话让我终生难忘。

那时，我陪一个日中文化代表团从西安来到上海。把代表团送走后，经好友李小林的安排，我如约来到了华东医院，小林领我到了7楼，走进巴老的房间。巴老坐在一张单人沙发上，阳台的门开着，虽说已经是初冬，但上海并不冷，阳光充满了房间，温馨又温暖。

我向巴老问好，问起他的身体情况，巴老说他关节不太好，起来、坐下有点困难。

我首先感谢巴老送我的《真话集》，也就是巴老的《随想录》第三集，我读后受益极大。“人只有讲真话，才能够认真地活下去。”书中的这句话让人可以思索一辈子。

巴老说：“《真话集》是对自己的批判，过去10年‘文化大革命’中说过一些违心的话……”

“文化大革命”中很多人都说过违心的话。看着眼前我敬仰的巴老，想起他在“文化大革命”中的遭遇和受到的迫害，真是万般滋味在心头。可是关于他在“文化大革命”中的遭遇，巴老却一句也不谈。

巴老说：“讲真话，不是讲真理，但是不讲真话，问题争论不清。只有讲真话，才能把问题争论清楚。”

我们说到过去的事，在1958年，上边一声号令除“四害”，全国上下都动员起来了。从中央到地方都在除“四害”，可怜的小小麻雀的厄运来了。小林说当时上海市副市长金仲华就是上海除“四害”的总司令，大家都参加了这一运动。

我说起当时中宣部副部长周扬手拿竹竿布条小旗，和大家在院子里跑来跑去轰赶麻雀的情形，小林也说：“我爸（巴老）当时敲着脸盆轰赶麻雀，不让麻雀落到树枝上……”

说到这里，我们都笑了，巴老放声大笑……我们之所以笑，是觉得那时的行动多么可笑和愚蠢。后来又说麻雀不是只吃粮食，主要还是吃害虫。不久，便不打麻雀了。“四害”中的麻雀被除外了，小小的麻雀才躲过了这一劫。

笑过一阵后，巴老又谈起创作问题。看来他心中记挂的还是文学的创作问题。

巴老说：“任何时代都有好作品、坏作品，好的会留下来，坏的自然会被淘汰。写文学作品要下点功夫，写评论文章也要下点功夫，多研究研究，写出来的文章效果就好。”

我想巴老一定是希望有一个百花齐放、百家争鸣、繁荣昌盛的大好局面出现，他深深地爱着祖国和人民，他深深地思索着、盼望着……

听着巴老这些话，我心里感慨万千。作为晚辈的我，除了心怀感动和崇敬，再就是用心去思考前辈的这些话。

这中间我怕巴老累着，几次想走，他老人家总是说“不累、不累”。看到满屋的阳光后退了，我真的该向老人家告别了。临走前，我怀着十分感动又虔诚的心情说："我们大家都十分希望巴老再为人民写上几十年。"

巴老笑笑，摇了摇头。临别时，巴老让我给周扬同志带个好。

在老人家谈任何问题时，语气都是平和的，脸上慈祥的笑容也始终没有散去。

离开巴老时，小林把一部厚厚的俄国作家屠格涅夫的中短篇小说中译本放在我手上，这是小林母亲、巴老爱妻萧珊老师的译作。人走了，在"文化大革命"时期走了，书留下了。在书的扉页上，有巴金前辈的签名。

这部书是沉甸甸的，我的心也是沉甸甸的。

三

1984 年 12 月，中国作协举行第四次会员代表大会，在理事会选举中，年高德劭、众望所归的巴老获得的选票名列第一，连任中国作家协会主席。他因病未能出席大会，但他的书面开幕词中却说了大家想说的话，这是一段让大家满怀信心、充满希望的话。文中说："从事文学工作的同志格外需要整个社会的鼓励、关心和帮助，需要更多的理解和爱护。对文学工作的缺点和错误应该开展批评。但是批评的目的是为了使人更有前进的信心和勇气，鼓舞人们前进的是希望，而不是灰心。只有充满信心，才能充满希望，就敢于解放思想。独立思考会解除精神束缚，没有顾虑才能有所创造、有所前进。"

巴老的讲话多么真挚、恳切，凝聚了他老人家的多少心血啊！

巴金前辈是一位辛勤慈蔼的"园丁"。他创建的《收获》大型刊物培养了不少新人，发表了很多新老作家的好作品。巴老离开后，李小林接替了这个刊物的主编职位，继续工作着。

后来，巴老倡议并出资修建的现代文学馆建成，矗立在了北京的大地上，成为一座现代文学的宝库。

巴老除身为中国作协主席外，还曾担任全国政协副主席多年，他还是唯一不拿国家薪水的人民公仆！

我想用巴金前辈《随想录》中的几句话来结束这篇短文。他写道："只想把自己的全部感情、全部爱憎消耗干净，然后问心无愧地离开人世，这是真正的幸福。"

老人家在他百年时从从容容地走了。

这天是2005年10月17日。那时我在异国他乡，抱憾没能扶棺送别。

写到这里不禁鼻酸眼湿，在此敬祝巴金前辈冥福无限！

2006年开始写起

2015年12月2日写就

华君武吃糨糊

——华君武同志趣事之一

华君武（1915—2010）同志曾发表过一幅漫画，配文“老兔今年八十三”。也就是说，他是属兔的，83岁了。可是从他的言谈举止来看，毫不夸张地说，也就是63岁的样子。好像几十年来，他的外貌一直没有改变，高高的个子，朗朗的话语、笑声，不弯腰不驼背，步履矫健，这是他给我的印象。听他谈话会不知不觉地被他感染。他讲过的每一件事，也如他的漫画一样，令人深思，也令人捧腹。

我最近去看望过君武同志，从闲谈中得知他自小喜欢绘画，在杭州上小学时就开始画漫画，在校刊上、在杭州的报纸上发表过漫画作品。他认为漫画这种艺术形式不呆板，能表达出画者的所见、所闻和所思。后来他到上海读高中，没毕业就步入了社会，在上海银行当了一名低等小职员。那时他读过《大众哲学》等一些进步书籍。他后来之所以决心追求革命奔赴延安，是因为看了斯诺的《西行漫记》。从书中，他发现了一个新天地，知道了在延安有一支为人民服务的军队和拯救中国的共产党。于是他瞒着母亲，没有向老人家说上一句道别的话，便孑然一身踏上了去延安的路途。他从上海出发，先到香港，经广州、长沙、武汉，再到重庆、成都，过秦岭后到达西安，这才找到了八路军在此设立的办事处，李克农同志接见了他。他全程只身一人，历时三个月才辗转到了延安，一路辛苦可想而知，由此可以看出其追求革命之决心。这是1938年的事，这年他23岁。

君武同志说：“旧社会那种人与人之间的不平等、虚假、黑暗，再加上帝国主义的侵略，特别是日本、英国的侵略行为，更叫人痛恨。所以到了延安真有解放之感，民主气氛浓厚，觉得很自由，敢于说话。同志之间也融洽，完全是新型的人际关系。”

华君武同志到延安后，进了陕北公学。校长成仿吾发现了一些人才，如时乐蒙、秦朝阳、华君武、古元、严辰等十几个人，并将他们分到了鲁迅艺术学院（简称 “鲁艺”），那是 1938 年 12 月的事。在鲁艺，华君武同志是研究员，用他自己的话来说，“就是比学生高点，比教员低点”。

君武同志说，他们研究员是高级班，后来成为著名电影评论家的钟惦棐是他们的班长，戏剧家阿甲同志也是这个班的。有一次，君武同志看到钟惦棐他们几个人在野外坟头开会。他们回来以后，他有些不高兴地问钟惦棐："为什么开会不通知我？"钟惦棐同志告诉他，他们是开党员会，君武同志这才意识到自己还不是党员，心想一定积极、认真工作，争取早日入党。

君武同志说，他在延安学会了游泳，还学会了滑冰。

我吃惊地问："有冰场、冰鞋吗？"

君武同志告诉我，于蓝（电影表演艺术家）的哥哥会做冰鞋。冰刀是用日本侵略者轰炸延安时的炸弹残皮经铁匠锻打而成的，然后再把冰刀绑在一个木撑子上——那木撑子就是过去补袜子用的那种木撑，这种木撑子自然也得亲手制作。最后再将绑有冰刀的木撑子绑到鞋上，就完成了冰鞋制作的全过程了。

君武同志说，那时延安的生活很苦，他曾以半碗糨糊充饥。这又使我睁大了眼睛："华老，您吃过糨糊？"他也笑了，说道："是啊，那时穷，没有钱。我到鲁艺时，开始我一个人住一个窑洞，窗户上要糊窗纸。学校发了窗纸，又发了打浆糊的面。糨糊打好了，我把窗户糊好，就去看晚会了。那时延安物质生活虽然艰苦，可是文娱生活挺丰富，周末都有晚会，表演的节目也很好看。在延安看晚会是主要娱乐项目，我也很喜欢看。可是看完晚会后，回到窑洞已是深更半夜，感觉肚子真饿呀。没有钱，也没有地方买零食，真是饥肠辘辘。这时我看到了那半碗没有用完的糨糊，端起来就吃了。"

我听到这里也笑了，但更多的是一种说不清的感动。老一代文艺前辈为追求真理，跋山涉水来到革命圣地延安，为国家、为人民，甘愿过着这种极其贫苦的生活，没有坚定信念的人，是无法做到的。

君武同志还告诉我，他们发下的棉衣也是一衣多用，棉衣穿完了，就改成单衣，单衣穿破了再改成背心，背心破了就撕成布条打一双布草鞋。

君武同志说：“当时生活就是这么苦，可是心中乐。想一想，那碗糨糊怎么那么好吃。”

我听后忍不住鼻子发酸。

1997年3月

华君武骑车闯红灯

——华君武趣事之二

一天，江晓天同志到我们办公室说：“老华（君武）闯红灯被抓了。”

我们听了，以为他在开玩笑，就哈哈大笑，没当回事儿。因为江晓天和华君武同是20世纪80年代初文联书记处书记，他俩见了面也是玩笑不断，对我们这些一般同志也是如此。那时的书记处是中国文联第一届书记处，都是由一些德高望重或在艺术界有相当成就的人组成的。华君武同志是中国美术家协会（简称“美协”）的代表人物。只要书记处开会，他会放下手头工作骑着自行车来参加会议。不论是文艺大政方针还是具体问题，华君武都会认真对待，讲述个人意见。

这样一位老前辈怎么会“闯红灯被抓”呢?

事过多年，我去看望华君武同志，又说起晓天同志提到的这件事。

华君武同志说：“真有这事，不是被抓，是到派出所被罚了两元。”然后，他向我讲述了这件事情的经过。

华老（晚辈对华君武同志的尊称）说：

“1985年，我在中国文联担任书记处书记职务，有一天上午开会，中午散会后我骑自行车回家。从沙滩骑到甘家口、车公庄那边的路口，正赶上红灯。有人还往前骑，我也跟着往前骑。前面的人过去了，警察却把我叫住了。警察说：‘你把车子放在一边。’我就放在了一边，他说：‘下午到西直门派出所领车。’

“警察忙着指挥交通，我也不好再问什么，就步行回家了。

“下午我去了派出所。

“警察见了我就问：‘你叫什么名字？’

“我一听，觉得说真名不好，就说了我儿子的名字：‘我叫华正。’(1976年唐山大地震夺去了华正年轻的生命。这是华君武同志心中的伤和痛）

“警察问：‘你在哪里工作？’

“我也不好说得太具体，就说：‘我在文化系统工作。’

“警察又问：‘文化系统哪个方面？’

“我只好说在中国文联。

“警察还不放松，又追问：‘你做什么工作呀？’

“我说：‘做行政、杂务工作。’

“警察问：‘你多大年纪啦？’

“这一问，我只有照实说了：‘70了。’

“警察一听，说：‘这么大年纪了还不退休！去，去看看墙上贴的交通规则。’

“我便走到那儿认真地看交通规则和各种规定。看完了，我回到警察同志这边，他又问我：‘你违反了哪一条啊？’

“我就说违犯了闯红灯哪款哪条。

“警察说：‘好，罚款两元。’

“我交上钱，就骑着车回家了。”

我问君武同志：“按规定你可以坐公家小汽车上下班，为什么非要骑自行车呢？”

他说：“我总觉得骑自行车跟平民百姓走在一起，那感觉很好。如果去看朋友，坐着小汽车去，人家朋友家又没有专车，你这不是摆阔吗？摆给谁看？那样影响不好。”

君武同志的话很平常，却表现出了一位老前辈不脱离群众，且始终艰苦朴素的好作风。如果当时他向交警亮明自己的身份，说出自己的名字，谁不知道他是鼎鼎大名的漫画家华君武呢？也许事情的结尾会不一样。而他却以一位普通公民的身份听凭警察同志的“发落”。

君武同志“闯红灯”是一件很值得我们好好想一想的事。他70高龄，官居要职，又是享誉国内外的大漫画家，仍然骑着自行车上班、下班。这是多么可贵的一种精神！想想今天的某些人，不论官大官小，不论按规定该不该坐公家车，一律抢着坐公车，反正这些人是没车不上班，没车不办事，访亲问友、个人私事都得公车接、公车送，接晚了还要发脾气，好不威风。有的人甚至不屑于坐国产车，要坐进口车，致使中纪委为此下达了不许坐进口豪华车的硬性规定。而华君武同志，资格这么老，职务也不低，在古稀之年还骑车上下班，能不叫人佩服吗？就在他 80 多岁，中央电视台请他们几位漫画家在电视上为观众谈漫画创作时，主持人倪萍感动地向观众说："这些老前辈不要我们用车接送，他们手里都有月票，都是坐公交车、坐地铁来的。"

我在这里要特别说一句：君武同志，您是八旬老人了，请不要再骑自行车了。

1997 年 3 月

华君武使敌人胆战心惊

——记华君武之三

多年前，我曾听说漫画家华君武被国民党当局列为“战犯”。那么为什么他们要把一位漫画家列为“战犯”呢？敌人为什么那么害怕华君武呢？到底是怎么一回事儿？今年（1997）1月10日，我去探望华君武同志，才得以了解当时的真实情况。

华君武笑笑说：“这事传得很广，有时也传得有点玄乎。其实就是国民党特务机关暗杀我党政要的名单中也有我的名字。”我这才知道，原来是我道听途说了不实的消息。于是，我从华君武的谈话中了解了这件事的经过。

1945年，华君武从延安奔赴东北工作，在东北日报社担任美术记者、编辑。那是战争年代，人手少，工作多，什么都得干，所以他既是记者，又是编辑。解放战争爆发后，华君武就画了不少蒋介石的头像。画家的想象力特别丰富，他别出心裁地画了一张蒋介石的太阳穴上贴膏药的漫画。华君武青年时代曾在上海生活过，他知道旧社会上海的一些地痞流氓常贴这种头疼膏药。国民党军队在解放战争中节节败退，蒋介石肯定是很头疼的。于是他就在他笔下的蒋介石画像的太阳穴上画上了一贴膏药。这幅漫画把蒋介石穷途末路、一筹莫展的窘态刻画得入木三分。

在这期间，哈尔滨市公安部门破获了一个潜伏下来的国民党特务机关，发现这个特务机关的一份暗杀名单上也有华君武同志的名字。担任中共东北局书记的彭真同志得知此事，亲自到报社去看望华君武，要表扬他为解放战争做出的贡献，他的勤奋工作和他的漫画真正起到了打击敌人、团结人民的作用，再就是告诉他要注意安全。但不巧的是，华君武同志恰好不在报社，但还好，报社的正、副社长李荒、廖京丹二位同志正在社里。于是彭真同志就把他的话告诉了这两位报社领导。当华君武回到报社时，二位社领导转达了彭真同志对他的表扬和关心。

漫画家华君武。

华老回忆到这里，说：“领导要我注意安全，我怎么注意呢？上级发了一支手枪给我，我又不会用，有的同志开玩笑说这支枪‘资敌有余，卫己不足’。”

从这件事情来看，华君武的漫画对敌人来说真是一把锋利的匕首，使敌人胆战心惊，甚至到了非要暗杀他不可的程度。在我们的军队里，他的漫画是时事教材，是宣传革命和鼓舞斗志的有力武器。指战员们从他的漫画中看到了敌人的虚弱，增强了必胜的信心。那个时候，华君武天天画，也不知画了多少。在解放战争中，他的漫画发挥了极其特殊的作用。难怪敌人这么怕他。

华君武的漫画艺术取得这么大的成绩，是与他的生活密不可分的。华君武于 1938 年只身投奔革命圣地延安，他参加了延安文艺座谈会，亲耳聆听过毛主席在座谈会上的讲话。他坚定地按照《在延安文艺座谈会上的讲话》的精神，走艺术为人民服务的道路。

华君武说：“艺术的民族化、大众化是至关重要的。艺术要为广大人民群众喜闻乐见，就要有民族气节和民族风格。这样群众才看得懂，才喜欢。”

华君武的漫画使敌人害怕，让人民捧腹。他的艺术是与祖国、人民的命运紧紧相连的。

华君武讲起他的漫画创作时说，要特别感谢在延安 8 年的革命生活的熏陶，那段艰苦的革命生活使他受益匪浅。在延安时，他也曾被康生搞的“抢救运动”波及过，给他加上了不少莫须有的罪名；“文化大革命”中，他也受过迫害，但他从不抱怨。他怀着豁达的胸怀，仍然感谢生活给他带来了创作的源泉。

多少年来，他一直笔耕不辍。如今华老已经 82 岁（2010 年 6 月 13 日逝世，终年 95 岁）了，他还在画。他用画笔鞭挞假、恶、丑，赞扬真、善、美。他的漫画，不但使人们得到艺术的享受，也让人们受到教育。从他的漫画中，可以看到他对人民群众的一颗赤子之心。

他的画笔是不老的，他的艺术是长青的。

1997 年 3 月

琐记著名漫画家华君武

一

不论哪一行，总有人成就很大，有的人平平一般，这本是正常的事，但有的人就想从“平平一般”中怀着虚荣的心情求辉煌。有些人有时会想方设法在自己的名片上印上一大堆头衔，什么这“总”那“长”，什么这“学会”那“研究会”，什么“顾问”“经理”等，名片上印得满满当当的。接到名片的人往往会以为对方来头不小或成就盖世，甚至认为对方是著名人物或者是了不起的大家。

其实真正有成就的大家的名片通常比较简单。例如著名表演艺术家白杨，她的名片上就只有“白杨”二字，没写任何头衔。国内外知名漫画家华君武，他的名片上也只有三个字“华君武”，外加一个电话。

华君武的朴实谦虚是少见的。

华君武前辈几次对我说，他不愿意别人称他为“大师”，他觉得叫“大师”太肉麻。为此，他还画过一幅漫画，题为《猪八戒争名报纸编辑部》（画于1994年7月）。画面上，猪八戒对编辑人员说：“你们称这和那都是大师，称我只用著名猪八戒，世界上只有一个猪八戒，还不能称我为大师吗？”

在华君武漫画创作60周年回顾展上，华君武前辈朴实、不张扬的作风也得到充分体现。他在回顾展的请柬上特别说明不要送花篮等壮声势的贺礼。我有幸参加了开幕式，地点在美术馆大厅里，真的没有一束花，也没有一个花篮，更没有剪彩，只是华君武前辈讲了几句欢迎的话就算是开幕了。他被参观的人团团围住，连记者也无法挤进。那天来的人真多，那种热烈气氛不是那些追求排场的人能够得到的。这真是一个简朴热烈的画展。

华君武前辈的漫画深受人民大众的喜爱，每逢他发表一幅漫画，都会引起广泛的关注。特别值得一提的是，他的漫画还多次在国内的边远地区进行过展览，让我国边远地区的广大人民也享受到这一精神盛宴。

华君武前辈出版的漫画、论著有34部，可以说是大有成就了，可他从不张扬。他是真正的漫画大家，却不愿意别人称呼他为“大师”，或者给他戴上各种头衔。他自称是“漫画工作者”。

二

华君武十分亲切随和，特别能和群众打成一片，但在原则问题上，他从不让步，对一些不正之风，他也会毫不留情地进行批评。

1981年底，中国文联决定成立书记处主持日常工作，那时的书记处是由各协会的代表人物组成的，华君武是代表美术家协会的干部，他每次都骑着自行车到文联参会，从不迟到。他对文艺大政方针十分关心，并积极发表意见。后来党组、书记处有时也召开扩大会，各部室的主任也参加会议，在有些会议上，我有幸听到他的发言。

记得1984年整党时，在扩大会议上，他直言不讳地批评有的领导成员不走群众路线，不倾听大家的意见，这样不好。其实他所说的这位领导大家都有目共睹、心知肚明。当大家都紧张地等待他最后说出这位领导的名字时，他却顿了一下，话锋一转地说反映这个领导问题的人给他指过这个领导，他只看到了这位领导的背影，现在竟忘记是谁了。

他的发言用了漫画式的幽默方式。这样可让被批评的人下得了台，而与会者又能会心一笑。至于这个人是谁，大家自然是心中有数，知道是何人。

华君武还对一些不当之风进行了批评，他的批评从来没有长篇大论，他的批评有根有据。他反对用只言片语来大做文章，他说不能因为某个人说过一句半句的怪话，或者是一两句牢骚就对他进行批判、追查。例如有人说了句“文化部长没文化”就被追究。这话说得不恰当，但作为大事来追查就不好了。不能听到一言半语就大惊小怪地追问，这样很不好。

华君武前辈的意见提得具体、尖锐，却又温和，他敢于批评，坦诚且与人为善。

当有些会议中所讨论的内容与他关系并不大，且又“绵绵不绝”，而他又不得离席时，他也能采用自己的幽默方式进行自我调节。比如有一些会议会为些小事而争论不休，他也不好参与，又不好退席，于是便掏出一张小纸片，在上面“创作”。有一次会议我恰好坐在他旁边，会上为一些具体事情争论不休，他就拿出纸笔画了一幅小画——画的是一个人在水的漩涡中已经没顶了。只伸出了两只手，然后在上面题了一句“灭顶于漩涡之中”。

这是对这类会议情形的绝妙讽刺。他把这张一寸大小的画赠予了我。

这是1984年3月的事。

三

华君武前辈作画通常是随时随地有感而画。这是他勤奋的好习惯。他喜欢漫画，也是因为这种绘画形式自由、不受约束。他从小就喜欢漫画。上小学时看到学生怕打防疫针，他就画了下来，并在报刊上发表了，这是他第一幅面世的漫画作品，后来他又画了作品《江南可采莲，莲叶何田田》，也在当时的《浙江日报》上发表了，并且获得一元大洋，这是他的第一笔稿费。

他说他在上海读高中时，时常去“别发书店”假装看书，实际上是在看画。他看过不少漫画家的作品，不停地钻研漫画技术，他想画得与众不同，用现在的话来说，就是想创新，走出一条自己的路子。他画过一张好多观众在看踢足球的漫画，那场面很大；1936年，他又画了表现“一二·九”抗日救亡运动的画，花费了整整一天的时间。这幅画上游行的队伍有几百人，场面之大，甚是少见。这幅作品发表在张光宇主编的《独立漫画》上，华君武前辈曾告诉我说，当时的一些著名画家都称赞他是画“大画”的人。他自己也觉得挺“伟大”的，心里特别高兴。

高中毕业后，他进了一家银行成为一名小职员，但他仍然将全部业余时间用在漫画创作上。那时上海有《上海漫画》《时代漫画》等刊物，还有林语堂办的发表幽默文章和漫画的《论语》半月刊，华君武常向这些刊物投稿。这期间他结识了丰子恺、叶浅予、张光宇、鲁少飞等漫画名家，这对他漫画水平的提高起了促进作用。同时，他还从国外一些漫画家的作品中汲取营养，丰富自己的漫画创作。

20世纪30年代的上海是冒险家的乐园，贫富悬殊，旧社会的丑恶现象很多。当时的政府官员高官厚禄、嫖妓纳妾、腐败无能，这些社会丑恶现象使刚刚走上社会的华君武非常厌恶。在日本侵略者的聚居区和占领区中，日本军队横行霸道，制造日本士兵"失踪"事件，对中国进行挑衅，华君武对此十分气愤。他小学时曾随老师参加过到日本领事馆抗议反对"二十一条"不平等条约和抵制日货等活动，因此他在少年时代就有了爱国主义思想。这时他创作的漫画《何时失踪》就揭露了日本帝国主义的阴谋勾当。这期间他也看过一些进步书籍，最吸引他的是斯诺的《西行漫记》，是好友黄嘉音借给他看的。从书中他知道了中国有这么一部分人和军队在为推翻"三座大山"而奋斗，知道延安的人们过的完全是一种新生活，于是他决定去延安。唐纳先生给他写了一封信，要他到西安去找李克农。黄嘉音资助了他一些路费，亲自送他上了船。为避人耳目，华君武先去了香港，然后经广州、长沙、武汉、重庆等地，历时三个多月，绕了半个中国，最终到达延安。这一路，华君武只身独行。离开上海时，华君武没有和母亲告别，只请黄嘉音对他母亲多加安慰。

华君武追求自由、追求革命，向往延安的决心何其大！

在这里，我要特别说一说给华君武写信的唐纳先生。他是我国20世纪30年代很有名气的一位电影演员、电影评论家，与赵丹、郑君里等电影艺术家都是好友。江青来到上海，进入文艺圈，与唐纳相恋、结婚，可婚后不久就闹婚变，唐纳为此两次自杀（都被朋友相救），后来江青去了延安，唐纳仍留在上海工作。抗战期间，夏衍前辈（当时在上海从事地下工作）派唐纳去香港《文汇报》工作，1949年上海解放后，《文汇报》理所当然要迁回上海，唐纳也要随报社回迁。这时在香港的潘汉年（地下党负责人）婉告唐纳不要回上海。唐纳虽不情愿，但还是听从了劝告，之后在我国香港、美国、法国等地艰难度日。粉碎“四人帮”后，他才返国祭祖探友。他拜见夏衍前辈时表示要写回忆录，请夏公作序，夏公鼓励之。当他回到法国着手写回忆录时，病魔突袭，最终于 1988 年 8 月病逝于巴黎。如今他长眠在塞纳河畔的米奈尔大教堂的墓园里。在他大理石的墓碑上用中、英、法三国文字刻着“中国著名报人、电影评论家马季良（唐纳）先生之墓（1914—1988）”。

华老谈起往事，总也忘不了引导他、帮助他的那些人。他去延安的事，连母亲也没有告诉，这是他最为愧疚的。

四

华君武到了延安，不久便进了延安鲁艺，他觉得这里思想大解放，民主、自由，完全是一种新生活。他们这帮年轻人夏天学游泳，冬天学滑冰，除了学习，晚上还经常有戏看，看评剧、看话剧，有时还有秧歌剧。但是，这里的物质生活确实也是很苦的。

华老说，他和古元在美术工厂工作时，同住一室。为了改善生活，他们开辟了一个小菜园。菜园里种的西红柿、青椒等都长得不错，那时候他们常将总务科发给他们用来点灯的清油拿来炒菜吃，那美味真是妙不可言。可是好景不长，本来那清油是发给他们点灯用的，后来知道他们用它来炒菜吃，就不多给了。延安生活虽艰苦，但苦中有乐，乐在苦中。

华老说，他们那时都是 20 岁左右的小伙子，时常做出一些调皮淘气的事和恶作剧。一次，他与何其芳、周立波等人打扑克，为一件小事和周立波争执起来。周立波火气大，说着说着竟要打起来了，直到周扬来劝阻才算平息。

又比如，米谷犯了烟瘾，华君武和焦心河有事下山，正巧路过一个马棚，捡了点马粪送给米谷，谎称是向人讨来的山西曲沃的好烟（那种烟表面看上去似马粪，所以也称作“马粪烟”）。米谷很高兴，不辨真伪就赶紧抽了好几口，发现被骗后，把华君武、焦心河好一顿骂。

华君武前辈还说起他在延安时的酒量是“海量”。有次他喝醉了，硬是拉着冼星海不让他到晚会上去指挥演出。华老说到这些事，自己也情不自禁地笑了。这样的趣事很多，我就不啰唆了。

最使华君武难以忘怀的是1942年，他和蔡若虹、张谔办了一个三人画展，很是轰动。毛主席也去看了，还在画展上讲了话。毛主席来看画展那天正好是他值班，于是他就陪同毛主席观看，看完后，他请毛主席批评指导。毛主席说：“漫画要发展的。”后来毛主席又约他们三位到自己的住处交谈，还请他们吃了一顿饭。毛主席主要谈了个别与一般、局部与全局的关系，还以华君武的漫画《延河边上一棵树》为例，说：“延河一带植的树死了，而王家坪的树都长起来了，如不加以说明，就成了延河边所有的树都无人管了。”华君武说，毛主席的话，对他以后的漫画创作一直起着指导作用。

五

解放战争期间，华君武在东北解放区工作。他的大量漫画成为鼓舞部队士气的时事教材，以至于国民党政府将他列入暗杀名单。

新中国建立后，华君武担任《人民日报》文艺部主任。20世纪50年代，他画了不少反映国际时事的漫画。毛主席的《关于正确处理人民内部矛盾的问题》发表后，华君武又创作了很多这方面的讽刺漫画。比如作品《永不走路，永不摔跤》画的是一位在襁褓中戴着眼镜的老者。华君武的这幅作品讽刺了那些因为怕挨批评，宁肯少做事或者不做事的人。此作品在1962年召开的一次党的工作会议中被作为会议文件的附件印发给参会人员。毛主席还批示说：“有了错误，改了就好。”1997年，华君武又在这幅画上写下了这样的话：“殊不知不做工作白吃人民种的粮食，本身就是很大的错误。凡做工作，错误难免，有错改了就好，天下没有不犯错误的人，所谓一贯正确乃是神话……”可见华老的漫画是多么深刻！“文化大革命”开始后，华老的许多作品被称作“罪证”，他遭受了长时间批判，被迫搁笔10年。

本书作者与华君武夫妇在一起。

粉碎“四人帮”后，华老的创作迎来了多产丰收的季节。从“文化大革命”遗风到不文明行为，在他的笔下都有所反映。华老的漫画引人捧腹，也使人深思。“文化大革命”结束后，仍有一些人以“造反派脾气”为荣，批评不得。华老便画了《老虎屁股摸不得》，后来又画了《小猫屁股摸不得》，再后来又画了《老鼠的屁股更摸不得》。读者不但从画作中得到艺术的享受，思想上也有所启迪。

华老从1938年一腔热情奔赴延安，到现在已经勤奋工作了60多年，虽然他现今（2000）已经85岁了，但精神、身体仍然那么好，漫画作品依然源源不断问世。他安享晚年，和妻子宋琦过着幸福的生活。他和宋琦同志是1944年在延安结婚的，风风雨雨过了五六十年，华老幽默地说：“我们夫妻俩三日一小吵，五日一大吵。”华老在《补丁集》的“后记”里，特意向夫人宋琦几十年来为他搜集材料、保留原稿而致谢，可见他们夫妻的感情之深。

当然，他们也有自己的不幸，唐山大地震夺去了他大儿子华正的生命，痛失亲子的悲伤难以表述，只有深深埋在他的心中……

2000年1月

又见华（君武）老

2003年我离家远行，走前给华君武前辈打电话，一是问候，二是向华老和夫人宋琦同志辞行。华老告诉我宋琦同志情况不好。我不敢多问多说，心里暗自祝愿宋琦同志身体健康、免除病灾。

又过了些日子，那时我住在美国女儿处，老伴儿打电话告诉我，宋琦同志已病逝。我听后十分伤心，多好的一位老大姐啊！多么大度、多么慈祥的一位老大姐啊！怎么一下子就“走”了呢！

说起来，这都是多年前的事了。

在得知华老夫人病逝的消息后不久，我便回国看望华老。当我走近华老家门时，我的心发沉了，宋琦同志已“走”，也不知华老憔悴成什么样了。他们1944年在延安结婚，风风雨雨度过了几十年，现在宋琦同志不在了，他是何等伤心，见面时我该说什么呢？我轻轻按了门铃，进门来见到华老，他十分高兴地接待了我。他不但行走自如，而且亲自给我泡茶（尽管“阿姨”就在旁边）。我怎么能让他为我这个晚辈泡茶呢？我忙走过去说自己来。

坐定后，华老和蔼地同我说起话来，虽然华老已近90岁了，可是谈锋甚健。他说他每天只看新闻联播，别的节目很少看。

现在他每天还在作画，只是没有以前画得多了。他说现在由于年龄的关系，体验社会生活的机会少了，对于有些不好的现象他觉得不好画，比如有的人出场，服装一套接一套地换，可这个人又不是模特，换那么多套衣服干什么呢？群众对此反映不好，这怎么画？还有的人不把本职工作做好，跳舞成迷，我当面对这人说：“你跳舞跳得不错呀！”他不明白我是在讽刺他，反而扬扬得意地说：“我跳的是‘国标’。”华老对此十分无奈，认为这样的人怎能全心全意地把工作做好呢。

华老总也不忘过去那些火红的岁月，他说他调到《人民日报》工作时，正赶上干部们定级别拿工资（当时的一种工资制度，不同级别对应不同工资，从二十几级到一级，工资逐级递增），当时社里给他定为九级工资，他说：“社长、总编辑才十级，我怎么还比他们高一级呢？”他坚决不要这一级工资。

这样让级别、让工资的事情，现今还会有吗？

这可不是小事儿，是品德的一种体现，是放低自己位置的一种伟大的谦虚！现今有的人为了评职称、争待遇，不是争得你死我活吗？华君武却在20世纪50年代那种低工资的情况下，表现得如此让人敬佩。

说着说着，我又忍不住说起华老的夫人宋琦同志，我说我没有料到宋琦阿姨“走”得这么快。可话一出口，我又后悔了，我怕勾起华老的伤悲。可华老说：“不要紧，不要紧，这是自然规律，是每一个结婚的人都会遇到的事，谁先‘走’，谁后‘走’，都不以个人意志为转移，没有什么，没有什么。”

听了华老的话，我在难过之余，深为他了解生活、看透人生的话语所感动。这是一般人都会说的话，但不是一般人能做得到的事。华老短短几句话，细细体味一下，就是一堂生动的人生课。

后来，我们又谈起健康问题，我知道他曾经骨折过，可很快就好了。华老说他的隐性糖尿病也好了，他现在什么都吃，不挑食，而且每天吃三片肥肉。

什么？还吃肥肉？现代人提起肥肉，如谈虎色变。我惊讶地问：“您还敢吃肥肉？”

“每天三片。而且，我现在什么都吃。”华老说，“今天上午我还去超市买东西了呢。”

华老还带我参观了他的画室，是一间朝北的房间，桌子旁边的架子上堆满了画稿。我发现他的桌子上除了笔、墨、纸、砚，还有一把一尺多长的明晃晃的刀子。我拿起来掂了掂，很沉。

我好奇地问：“这么大一把刀，您放在这里干什么？”

华老说：“裁纸呀！”他见我仍然迷惑不解，就幽默地说，“你放心，我不会自杀。”

画室里的一幅漫画让我忍不住捧腹大笑。画面上画了一只狗在墙边跷起

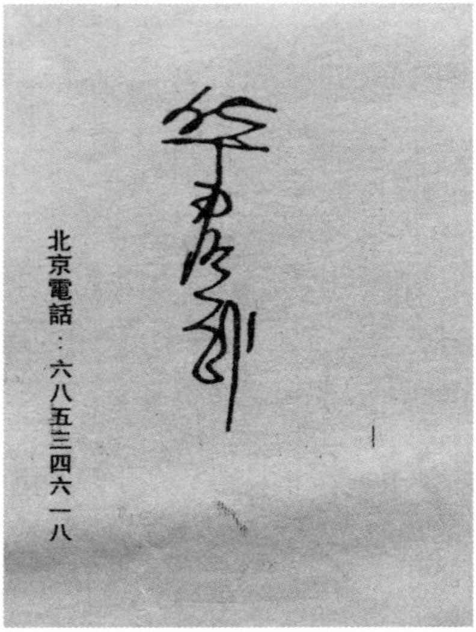

华君武的名片很有特色。

腿来撒尿，墙上刻有许多人的名字，有中国人，也有外国人，墙上记录着各种人“到此一游”的“留念”。这幅画的题目是《人留名，狗留尿》。

他见我久看那幅画，然后又被画逗得笑个不停，对我说：“你喜欢，就送给你吧！”我深表感谢。

早就听说华老出了个人作品全集，大部分是他的漫画，还有些他写的文章，也有一部分他的摄影作品。说起他的全集，他总是谦虚地说：“我那些文章不能跟人家的比。”当时我很想得到一套华老的全集，但又不好意思直说。意外的是，没等我开口，华老就提出要送我一套。他还说：“你拿不动，让你儿子帮着拿吧！”我喜出望外。不但得了华老的书，我还得了华老的画，满载而归。临别时，华老坚持送我出门口。他仍然如过去那般幽默，笑声朗朗，望着他那满头白发，我似乎感觉到他现在那种渐入佳境的宁静和欢愉，以及如霞光般的潇洒。

2004年11月7日

人如歌，歌如人

——记著名歌唱家王昆片断

有的人出了名成了“家”，特别是当了“官儿”以后，眼珠子就长到头顶上了。我就亲身经历过这么一件事：有一次，我和我的朋友去人民大会堂开会，在大厅里，我遇到了一位熟人——一名表演艺术家，于是忙上前打招呼，不料，那个人竟在众人面前没有礼貌地说：“我不认识你。”连普通人之间正常的见面礼貌都没有。我怔在那里，半天回不过神儿来……后来有人告诉我，我的那个“熟人”当官儿了，是某市的政协副主席。这时我才恍然大悟，感叹了一句：“当了官儿，就不认人了。”

然而也有的艺术家不这样。这里我要说的是著名歌唱家王昆（1925—2014）。她性格爽朗，为人坦诚。不论她地位有多高，名气有多大，在她的心中都永远装着人民群众，永远装着难以数计的听众。她的眼睛没有“长到头顶上”。她与人民群众永远心连心。

王昆参加革命很早，十二三岁便离开父母，到县里做妇女工作。她天生一副好嗓子，爱唱歌。只要县里召开群众大会，她便一展歌喉，与会者听得如痴如醉。在14岁生日那天，她被吸收到了西北战地服务团（该团是党领导的一个抗日文艺团体）。后来，她随团到了延安。在延安鲁艺，她首演新歌剧《白毛女》（饰喜儿），一炮打响。从中华人民共和国成立到现在（1998）近半个世纪中，她的足迹和歌声遍及国内外。她的歌声流淌着温暖和欢乐，也充满着刚劲和力量，受到国内外广大观众的喜爱，为祖国赢得了荣誉。

正当她的事业不断发展的时候，“文化大革命”的恶浪扼杀了她的歌声，她被关押、被批判，受尽折磨。不论遇到多大风险，她心里永远装着祖国和人民，永远装着观众。“四人帮”倒台后，她又站到舞台上为人民大众歌唱了。

越战打响后，她率团到前线为战士们演出。在临时开辟出来的演出场地上，观众数目不等，有时几百人、上千人，有时几十人、几个人。有的重伤员不

老艺术家王昆。

能前来看演出，他们就深入病房去表演。王昆就不止一次地为重伤员单人演出过。她蹲在重伤员的床头，自己“报幕”自己唱。她说：“我叫王昆，东方歌舞团的。我给你唱支歌，好吗？”她的话语和歌声倾注了无限的爱，使伤员们感受到祖国记挂着他们而觉得无比幸福，进而鼓起生活的勇气。

王昆在东方歌舞团担任团长时，经常带团到边远省份演出。有一次，她在乌鲁木齐演出时，一位从500公里以外的阿克苏赶来的教师没有买到票，心中十分懊丧，他给王昆写了一封信，诉说此事。王昆接到信后，向负责前台工作的同志要了两张票，亲自顶风冒雪为这位素不相识的观众把票送去。不用说，这位观众被她异乎寻常的热情深深感动了。

王昆也有她的脾气。作为一位老艺术家，她多年受到党的教育，使王昆对人民群众有着极深厚的感情，她对官僚主义、不平等的封建主义的思想和行为深恶痛绝。有一次，在边远小城演出时，她在台上报幕时发现：台下观众人挤人，后面有的观众还站着，而在前面最好的位置上摆放着沙发、茶几，茶几上还放着茶水、点心和糖果等物，两边还有服务人员。看到这种情形，王昆扭头回到后台便发了火，她说：“这是什么作风？特殊化到如此程度！

连看演出也这么不平等。这不是自愿地脱离群众吗？不把沙发、茶几、点心撤了，我们不演！”当时在场的人为难了，在这当口发火，能让“首长席”上的人下得了台吗？弄不好影响双方的关系，不欢而散，又如何是好？王昆不管这些，坚持首长与民同乐。大家又劝又说，还与有关方面交涉，在第二场演出时，“首长席”终于撤了。

这几年她卸去了东方歌舞团团长之职，兼任该团的顾问。本来她可以歇歇了，可她闲不住，仍是那么忙碌。

一次，她去了重庆，是专为她的学生郭蓉主持演出而去的。郭蓉是四川人，自幼家境贫苦，在父亲教育下学琴、学唱。后来郭蓉稍大些，父亲将她送到东方歌舞团。那次演出非常成功，当地群众说：“从来没见过这么好的演出。”王昆对郭蓉的演出津津乐道，却没有提及自己。其实，这次演出是师生共唱，王昆还同时担任主持人。王昆对笔者赞美郭蓉的演唱：“哎呀，唱得那个好哇！”

王昆的学生很多，在她主持东方歌舞团的工作期间，她作为团长和老师，手把手教出了很多学生。她教学生唱歌，因材施教，根据学生自身的特点加以培养，她教出的学生虽风格不一，但都是高水平的。王昆给她的学生创造条件，使他们成长、成熟、成名。她培养的学生一批又一批，有的在国内舞台上已是挑大梁的角色了，也有的出了名远走高飞了。有人问她，有的人出名就走了，不是白培养了吗？她笑笑说：“正是因为这样，我们才需要培养更多的歌唱家嘛！”

听着这些话，让人心酸。也让我们从这些使人心酸的话里看到了王昆的赤子之心。她心里装着艺术，装着人民群众。她的歌如同她的为人，热情澎湃，充满了力量。她的为人也如她的歌一样，充满了对祖国、对人民的爱。

因为她是从人民群众中走来的。

1998 年 2 月 28 日

风云突变

——长篇小说《刘志丹》引起的风波

谁也想不到一部未出版的小说稿《刘志丹》会引起一场轩然大波 它不仅波及作者李建彤，还殃及中央、省市的一些高级干部。此事发生在1962年。

1962年四五月间，在地质部工作的刘志丹胞弟刘景范之妻李建彤大姐，送给中共中央宣传部主管文艺工作的副部长周扬一册《刘志丹》的铅印书稿。没过几天，李建彤打电话过来问周扬看了没有，她希望早点听到周扬的意见。这个电话是我接的。那时周扬正在写文章，为了免除干扰，住在十八所，我即将《刘志丹》稿呈送周扬同志。后来他又因工作到了北戴河，也带上了《刘志丹》的书稿。本来类似这种要周扬审阅的稿件很多，周扬有时也看不过来，总要耽搁一些时日。而出乎意料的是，这次他看得很快。几天以后，周扬同志从北戴河回来，他告诉我《刘志丹》写得很好，他赞赏地说："一个女同志写出这么一本书来很不容易。"他还说，这是一个革命历史的大题材。他十分高兴，中国又出现了一位女作家。周扬说李建彤是延安鲁艺（鲁迅艺术文学院）音乐系的学生，他没想到一名鲁艺音乐系的学生会写出这样一部长篇小说，而且文笔很好（在延安时期，周扬是鲁艺的发起人之一，后来又担任了鲁艺的院长）。

周扬同志当即让我给文艺处副处长苏一平拨通了电话（当时的"处"也就是现在的"局"），在通话时，周扬赞扬了这部小说稿。苏一平问起书中是否涉及高岗，因为陕北革命根据地是刘志丹、谢子长、高岗等人创建的，如写刘志丹，不可避免地就得有高岗的影子。书中没有出现高岗的名字，作者做了艺术上的概括。当他们谈到这个问题时，周扬说："这是历史嘛！可以写。从前高岗他还是做过一些工作的嘛！不然中华人民共和国建立后也不会给他那么高的职位（国家副主席）。"

事后苏一平告诉我，他认为周扬的意见很正确，很重要。实事求是地评价历史人物，是符合马列主义历史观点的。他很快将周扬的意见转告了李建彤。不久，李建彤又将修改过的《刘志丹》的小说稿送来了。

周扬一直很关注文学创作事业的发展。20世纪30年代，他作为年轻的评论家，高度评价了曹禺的作品。40年代，他又以极大的热情赞扬了赵树理的小说。50年代，受到他关注的作者就更多了。每当文艺界出了一位新人，他都会兴奋不已。这次，文学界出了李建彤这位女作家，他也是非常高兴的。他约李建彤谈话，对她的创作进行了鼓励。这年6月1日，他还约了作者和北影（北京电影制片厂）的著名导演水华一起见面，商谈是否可以将《刘志丹》改编拍摄成电影。当时《刘志丹》的某些章节已在报刊上刊登过，反映甚好。

七八月间，中共中央在北戴河召开中央工作会议，会议讨论认为《刘志丹》小说不宜出版。李建彤在写这部小说时，采访了几百人，开过无数次座谈会，研究了当时的斗争材料，才写出了这部反映陕北革命时期的巨著。眼看几年的心血要变成泡影，她心里十分焦急。

当时苏一平得知此事后，劝李建彤不要焦急，并说："周扬同志会秉公处理的。"苏一平所以关心这部小说的命运，一是与作者熟悉，二是他也是"老延安"，又曾是西北局文工团的团长。苏一平为人慈善，对人热情，是一位被人们称道的厚道长者。他当时是文艺处副处长，关心这事是理所当然的，应该说这也是他工作范围内的事。

李建彤给周扬、林默涵写信，坚持出版小说。李建彤亲自将信送到中宣部收发室，我去收发室取的。类似内容的信还有两封，周扬看过后均转林默涵阅。

9月24—27日，党的八届十中全会在北京召开。这次会议标志着阶级斗争扩大化的观点进一步系统化，会议展开了对"黑暗风""单干风""翻案风"的批判。《刘志丹》一书也成为批判的一个靶子。"利用小说进行反党活动，是一大发明"的最高指示一出，风云突变。会议马上围绕着《刘志丹》一书展开批判，将过去在陕北革命根据地工作的一些同志和彭德怀、高岗联系在一起，并把这些人打成“反党集团”，《刘志丹》被定为反党小说。会议气氛相当紧张。会后，分别成立了两个审查小组，一个小组审查一批原西北方面的高级干部，另一个小组审查小说《刘志丹》的问题。

会议发生如此大的转折，外面的人都不知道。周扬同志开会回来马上打电话给苏一平，准备告诉他不要再为小说《刘志丹》说什么了，中央的会议上已经提出了批评，说是反党小说。那天正是八月中秋，不巧，苏一平不在家，到政协礼堂参加文艺界举办的中秋晚会去了。周扬就将他要说的话要我转告苏一平，让他不要为李建彤看小说了。

我急忙到政协礼堂找到苏一平，把周扬同志的话复述了一遍。苏一平听后大惑不解，瞪着眼睛，半天说不出话来。就在这晚上，一些国家领导人到政协礼堂来参加文艺界的中秋晚会，文艺处的李曙光对我说：“习仲勋同志来了。”我不认识习仲勋同志，李曙光指给我看。这是一位高高个子、满脸慈祥的人，我马上联想起《刘志丹》引发的风波，我不明白一部小说怎么会把他牵连进去，并且有了那样的罪名。

过了一会儿，周扬同志也来了。当时一切看上去都那么平静和谐，大厅里气氛那么热烈，而实际上风暴已骤起。过了一两天，周扬约电影导演水华谈话，也讲了《刘志丹》一书的情况，由于《刘志丹》一书“滋生”了这么大的事，所以考虑不要拍电影了。

周扬又约李建彤谈话。这次谈话，请中宣部秘书长童大林参加，我做记录。这次见面，他们三人的面孔是冷冷的，非常严肃，李建彤皱着眉头。他们坐定后，周扬对李建彤说：“你写的《刘志丹》小说出了问题，中央会议上批评是反党小说。你没有参加刘志丹时期的斗争，只听别人讲讲就写，写不好的。书中的思想也不是你的。”

在谈到习仲勋和《刘志丹》一书的关系时，李建彤说，她写这部小说完全是自己要写。她写成后，习仲勋说“要写就写好”，并要去了小说提纲。李建彤一再讲她是歌颂革命先烈，她不反党。

周扬说："刘志丹是可以宣传，历史是客观存在，写得也没有什么关系，不是政治问题。"

周扬在谈话中还说过，习仲勋很能干，他是与刘志丹一同创建陕北革命根据地的领导人之一，高岗过去也是革命的。

李建彤申辩说："我写刘志丹是为了宣传毛泽东思想，不是写高岗。有人说是宣传高岗、为高岗树碑立传，我接受不了。"

周扬同志说："你不是西北的，在这方面你没有什么责任。只是对高岗认识不清，才犯错误。"

我理解这次谈话，在当时的情况下，难度是很大的，双方都不情愿。周扬的处境也很困难，他曾多次赞扬过这部小说。周扬在延安鲁艺担任院长时，李建彤是鲁艺音乐系的学生。那时延安正在搞整风运动，整风的前阶段比较正常，后来康生搞"抢救运动"时，许多人被说成是"特务""叛徒"，等等，就变成一场大整肃了。这场运动也波及过李建彤。当时讨论李建彤的问题时，周扬认为她只是个性强，没有反党言行，使李建彤得到解脱。现在李建彤的小说出了这么大的问题，又被毛主席亲自点名，因此牵扯了许多高级干部，周扬心里自然会有些为难之处。他不可能认为《刘志丹》是反党小说，所以谈话中，只批评李建彤犯了错误，又情不自禁地说"高岗过去也是革命的"这样的话。作为局外人的我，也觉得他的话语中前后矛盾。

他们那次谈话的地点是在沙滩中宣部大楼周扬的办公室里。谈完话，他们没有像往常那样握手，而是冷冷地告别分了手。李建彤心情很沉重，那时她不过三十几岁，很年轻、很漂亮，但是脸上却被沉重的负担压老了许多。我送她走到沙滩大街，她要坐电车回去(那时没有小车，也没有出租车，只能坐电车或公共汽车)。我与她边走边说，告诉她如果长篇不能出版，就改成短篇，一篇一篇地发……李建彤听了没说什么，她一脸的困惑和苦恼。

为了查清小说《刘志丹》的问题，相关部门专门成立了一个调查小组，由中宣部秘书长童大林负责，副部长张子意也参与此事。调查小组里有几个人对小说内容进行了考证，哪个人物写的原型是谁，哪个情节又是否与某段真实的历史事件相关联，就像后人对《红楼梦》的考证一样，十分仔细。审查结果向中央做了报告。报告中有一句话是“周扬同志在这个问题上也有错误”。调查小组的负责同志在审阅报告时将这句话用笔划去了，周扬看报告时又恢复了。他不隐瞒任何情况，也不推卸自己的责任。

周扬在中央会议上做了自我批评，说不该支持小说《刘志丹》。在大会结束时，毛主席和与会者见面照相，周扬走到毛主席面前说：“主席，我又犯了错误。”

毛主席说：“这是丰富的经验。”接着又说：“你不知道嘛！”

听了毛主席这句话，周扬才放下心来。

不料“文化大革命”开始后，此事又被拿出来进行了批判。小说《刘志丹》及其作者，自然难逃厄运。

“文化大革命”结束后，我再次见到李建彤，说起当年《刘志丹》的事，感慨颇多。虽然李建彤受到那么多的迫害，但她依旧那么乐观坚强，谈起这事时又是那么平静。谈起周扬与她那次“冷冷”的谈话时，她告诉我：“后来钱瑛大姐告诉我啦，周扬找我谈话，是中纪委决定的。”言语之间，她很理解周扬谈话是奉命而为之。当时钱瑛在中纪委任职。

“文化大革命”结束了，小说《刘志丹》得以重见天日，出版了第一、二卷。至于习仲勋等一大批因《刘志丹》受到批判遭贬的老干部、老前辈，在 1979 年恢复了名誉，重新回到了领导岗位。

1999 年

《刘志丹》作者
——李建彤印象

提起李建彤的名字，也许有的年轻人感到陌生。但要说起她创作的长篇小说《刘志丹》，凡是上点年纪的人都会知道围绕这部小说所发生的那桩震动全国的冤案。

1962 年夏天周扬同志去北戴河，带去了小说《刘志丹》的白皮样书，回到北京后，他对我们说：“作者是延安鲁艺音乐系的学生，没想到她写出了这么好的一部书。”

周扬一向很重视革命题材的文学作品，有这么一部写刘志丹的长篇小说，他自然十分高兴。再说毛主席对刘志丹也有极高的评价。1936 年刘志丹牺牲后，毛主席亲笔题词赞誉他是“群众领袖，民族英雄”。歌颂刘志丹当不成问题。

没想到就在周扬赞扬《刘志丹》后不久，在商谈国家大事的中央会议上，有人提出了小说《刘志丹》的问题，于是有了“利用小说进行反党活动，是一大发明”的尖锐批评后，这部文学作品被推上了政治浪尖。有些高级干部在会上受到批判，无奈只得做了检讨。在强大的政治压力下，周扬向毛主席当面做了检讨，说“我犯了错误”。毛主席倒十分大度，他说“这是丰富的经验”。

也正是在这个会议期间，作为中宣部主管文艺的副部长周扬，按照上级领导的指示，约李建彤到中宣部谈话。就在这次谈话中，我认识了李建彤大姐。那天，只见一位神情严肃的年轻女同志走进办公室，并落落大方地坐到沙发上。她就是李建彤大姐。周扬同志告诉她，在中央的会议上对小说《刘志丹》提出了批评。李建彤听后并不吃惊。她的丈夫刘景范是刘志丹的胞弟，也是一位高级干部，会上的情况她自然会知道一些。他们谈话时，我在一旁边听边记录。只听李建彤大姐说，她写这部小说没有反党，只是想歌颂刘志丹这样一位革命家。可以看得出来，她有一些委屈，但语气也还平静，没有慷慨激昂的言辞，也没有痛哭流涕的表现。她只是想说明：她不反党，她的小说也不反党。周扬当然知道这不是一部反党小说，但在谈话时他又不得不与上面的意见保持一致。所以说这是一次让他内心极为矛盾、极其痛苦的谈话。

谈话结束后，他们双方的心情都十分沉重。我送建彤大姐出了中宣部的大门，顺着景山东街往前走。我们一路没有说话。我觉得她那柔弱的肩膀都快被这突如其来的强大政治压力压垮了。分别时，我不知天高地厚地安慰起她来，我说：“你可以换个角度写。长篇不能出版，就把有些章节改成短篇发表。”其实，我的安慰真是无足轻重。我当时也不明白，为什么一部未出版的小说会引起这么大的政治风波？为什么写革命题材的小说也会受到批判？

李建彤大姐写这部长篇小说花费了不少时间和心血，采访过上千人。小说没出版，反而被扣上了反党的罪名，她心里一定很难过。

几年后，发生了“文化大革命”，这件事便成了周扬、李建彤的一大罪状。那时周扬、李建彤被指“为高岗翻案”，说周扬约李建彤谈话是“订立攻守同盟”。周扬作为文艺“黑帮头目”被揪斗，其中一条罪状就是赞扬并支持李建彤的小说《刘志丹》。李建彤在她所在的单位也被造反派专政、批斗过，也在地下室被关过。“文化大革命”中，周扬专案组外围组的一名成员——中央音乐学院的一名女学生，气势汹汹地向我要周扬和李建彤的谈话记录，我只得从记录本上撕下来交给她。过了些日子她又还给了我。我估计他们没找到他们所希望得到的材料。但是他们传出一句话，说我对“文化大革命”的态度最恶劣。

到了 1975 年，对被打倒的高级干部的管制多少有了松动，有的高级干部被送到中央组织部的招待所暂住，听候处理。这时李建彤和她的丈夫刘景范住进了中组部的万寿路招待所，正巧周扬从“四人帮”的监狱里放出来也住到了这里。我十几年没见李建彤大姐了，见面后不觉得她有什么变化，她依然那么沉静，那么坚强。她经常去看望周扬夫妇，交谈中充满了尊敬和友爱。这不只是出于师生的情谊，也有劫后余生的庆幸和喜悦。

周扬同志曾赞扬她说：“在大风大浪中，有些女同志比有些男同志还要坚强。建彤就是一位坚强的女性。”

小说《刘志丹》的作者李建彤大姐与本书作者。

“文化大革命”结束后，迎来了思想大解放。20 世纪 80 年代初，李建彤的小说《刘志丹》终于出版了，共三册。第一、二册出版顺利发行，第三册不知何原因，印刷出来又不许发行了。庆幸的是，我从李建彤大姐那里得到了第三册。我接过李建彤大姐送给我的书，心里仍然是沉甸甸的。

1996 年，周明约我去看望李建彤大姐，周明在出版社工作时曾负责出版《刘志丹》一书，他对李建彤大姐也充满了敬佩之情。现在建彤大姐身体不好，躺在床上了。我们又谈起了 30 多年前关于《刘志丹》的事。

后来又讲起周扬同志与她谈话的事，她说：“周扬同志没有责任，他是奉命找我谈话，周扬同志很正派。”李建彤还说，“在延安鲁艺，他是院长，我是他的学生，这种师生友谊是永远抹不掉的。”

我百思不得其解地问：“你当时为什么非要写刘志丹不可呢？”

李建彤说：“我喜欢刘志丹这个人，他是革命的。”

短短两句话，就能看出李建彤大姐对革命事业的赤胆忠心和对过去因《刘志丹》噩梦般的遭遇所展现出的宽广胸怀。真的，这不是一般人能达到的境界。

1998 年

《中国人民志愿军战歌》是怎样诞生的

——中国文联主席周巍峙侧记之一

雄赳赳，气昂昂，

跨过鸭绿江。

保和平，卫祖国，

就是保家乡。

中国好儿女，

齐心团结紧，

抗美援朝，打败美帝野心狼。

这是一首经典歌曲。

20 世纪 50 年代，这首歌大人、小孩都会唱。之所以如此，不仅因为其曲调上口，还因为中华人民共和国刚从战火硝烟中诞生，东邻朝鲜又起战火且波及中国的安危。于是中国人民组织了志愿军跨过鸭绿江，抗美援朝保家卫国。在朝鲜战场上，千百万中华优秀儿女献出了自己的宝贵生命。这壮举，让全世界为之瞩目。

当人们唱起“雄赳赳，气昂昂……”时，心里无不充满悲壮的国际主义豪情。这首歌的曲作者是谁呢？就是曾任中国文学艺术界联合会主席的周巍峙（1916—2014）同志。

一说起周巍峙同志，熟悉他的人总会想起他那总是带着亲切微笑的神态，他说话不紧不慢，工作起来像头老黄牛，默默耕耘，从不突出自己。20 世纪 30 年代，中国还处在黑暗时期，他便投身“左翼”文艺运动，谱写歌曲，指挥合唱，编辑出版进步歌曲，借此唤醒苦难中的人们。他曾担任过著名民主人士李公朴先生的秘书，并同李公朴先生等人亲赴华北前线做动员，从事组织群众的抗日工作。在形势严峻的全民族抗战时期，他带领西北战地服务团出生入死战斗在敌后。中华人民共和国成立后，他担任文化部艺术局副局长（当时田汉为局长）、局长，多次带领艺术团体出国访问演出，有时在国外一演就是几个月，甚至一年，为中外文化交流做了大量工作。他兼职也多，担任过中国歌舞团团长、中国实验歌剧院院长、中国音乐家协会副主席、中国舞蹈家协会副主席、中国曲艺家协会副主席、文化部党组成员、中国文联党组成员等职。他曾被选为中共八大代表、十二大代表，第三届全国人大代表，第五届全国政协委员，第七届全国政协常委。我之所以列举他的部分兼职，就想说明他在文艺界是一位不可多得、更是不可缺少的组织者和领导者。20 世纪 50 年代周恩来总理曾说过：“巍峙同志不仅是音乐家，还是文化活动家。”还说他的《中国人民志愿军战歌》谱写得好，不但志愿军唱，全国人民都在唱。

1964 年轰动中国乃至世界的大型音乐舞蹈史诗《东方红》、1984 年的大型音乐舞蹈史诗《中国革命之歌》的创作活动，周巍峙同志均参与和领导，并对演出进行了指挥，同时为将其拍摄成电影进行了组织、安排。此外，他还主编了著名音乐家的著作《聂耳全集》《冼星海全集》。

最近（1998），我有幸见到周巍峙同志，向他问起《中国人民志愿军战歌》是怎样创作的。他笑笑说：“只用了半个钟头就谱写出了这首曲子。”

“只用了半个钟头？”我大为惊奇。

周巍峙同志慢悠悠地向我介绍了这首歌的诞生过程。他说：“那是 1950 年的事。一天，我在田汉同志办公室开会，田汉汇报戏曲工作会议情况。周扬同志也在场，他是文化部党组书记、第一副部长，我顺手拿起《人民日报》看，上面有一篇写志愿军的文章，文章中有几句诗吸引了我，那就是‘雄赳赳，气昂昂，跨过鸭绿江……’我看着看着就走神儿了，脑子里没有听汇报，而是响起了音乐旋律……”

说着说着，周巍峙同志好像又沉浸在歌曲的创作中了，他唱起了：“雄赳赳，气昂昂……”然后向我讲解说：“开头两句的曲调是威武雄壮的进行曲式的，‘中国好儿女，齐心团结紧’这两句表现了志愿军的豪迈之情，同时也是抒情的。最后几句是坚毅有力的曲调，表现了中国人民志愿军战胜敌人的必胜信念。半个钟头谱写完毕，第二天袁水拍同志要去发表了，很快就流传开了。”

稍停，他又说：“作曲和文学创作一样，来了灵感得马上记下来，不然灵感就跑了。”

据说当时田汉同志对周巍峙走神儿有所察觉，但田汉没去惊动他，让他乘着音乐的翅膀自由飞翔，于是这样一首带着强烈时代感的歌曲就诞生了。倘若田汉是一位不懂艺术创作的行政官员，发现周巍峙走神儿，他可能会说“巍峙，请你发言”，或者不指名地说“大家开会时精力要集中”，等等，那么这首歌也许就不会问世了。大作家、大戏剧家、大诗人田汉懂得艺术创作的规律，知道刹那间灵感来临的重要性，他用他独有的细心护佑了这首歌的诞生。

周巍峙说：“当时不知词作者是谁，就署名志愿军战士作词，后来歌曲得了奖，就查询词作者，查来查去，最后查出词作者是麻扶摇。抗美援朝时期，他在志愿军连队工作，现离休住在北京一个干休所里，前几年我们俩才见面。也就是说，从我们词曲合作到两人见面，几乎过了半个世纪的时光。”

周巍峙作曲始于20世纪30年代，从三四十年代创作《前线进行曲》《上起刺刀来》，到50年代创作《中国人民志愿军战歌》，70年代创作《十里长街送总理》，他都是在繁忙工作中挤时间创作的。他善钻研、好思索，还写过不少文艺评论文章。

1998年1月

可敬的“打杂工”

——中国文联主席周巍峙侧记之二

“中国民族民间十部文艺集成志书”，乍一听十分陌生。当周巍峙同志领我走到他的书架前，看到那些砖头厚的书时，我才明白了它的分量。仅从书目来看，就令人惊叹不止：《中国民间歌曲集成》《中国戏曲音乐集成》《中国民族民间器乐集成》《中国民族民间舞蹈集成》《中国歌谣集成》《中国民间故事集成》《中国谚语集成》《中国戏曲志》《中国曲艺志》《中国曲艺音乐集成》。这十部著作以全国30多个省、市、自治区为单位分卷编纂，共298部省卷，450册，4.5亿字。现在（1998年1月作者写此稿时）已出版150卷，就是我看到的“砖头”。

这是一部中华民族民间文艺的大百科全书。周巍峙是“十部文艺集成志书”的编委会主任，现任全国艺术科学规划领导小组组长，直接主持“十部文艺集成志书”的出版工作。他还担任有的单项集成主编，任务十分繁重。为了“十部文艺集成志书”的编纂出版，他东奔西走。仅去年（1997）一年就三下四川，四去上海，三到江苏。对于一位八旬老人来说，这是多么不容易啊！

周巍峙感叹地说：“中华民族的民间艺术太丰富了。只有动员全国的力量才能完成这一宏大工程。困难不少，但是一定要完成。因为它是结束中国几千年来民间艺术口授心传的自生自灭状态的重要举措，还可以借此培养民族、民间文艺研究人员。它是一部增强民族自尊心、自信心的好教材，是一部激发人们爱国热情，团结海内外炎黄子孙的无法替代的大百科全书。这也是我们为子孙后代修建的一座文化万里长城！”

他这一席话令人感慨之余，真觉得这个“工程”无比伟大。

世界上有哪个国家拥有如此丰富的民间文艺？世界上又有哪个国家会花费这么大的人力物力来支持民间文艺的搜集、编纂和出版？周巍峙同志义不容辞地肩负起这一重担，这又是多么令人尊敬的举动！

文艺家周巍峙。

周巍峙做着这项大工程，又担任中国文联主席，还兼着多种领导职务，但他没有“官架子”。他为文艺事业的发展做出了很大贡献，但他从不把自己突出在众人之上。他对同志总是那么亲切、热情，年轻同志跟他谈事，就像跟长辈聊天，一点也不拘束，想听他说，自己也想说。他扶持后辈，爱惜人才。当有人用极左那一套批判《苦恋》时，当有人把他爱惜人才诬为“养虎为患”，甚至拍了桌子时，他仍然心平气和地说理，并且毫不动摇地坚持党的原则，不随便扣帽子、打棍子。

谈起这类事情时，周巍峙同志说：“对年轻人要多加爱护，不要因为一部作品有毛病就否定一切，就打棍子。要这样，谁还敢写作品呢？讨论问题要平等，不能居高临下摆架子，不要让人家觉得你是‘官儿’，高不可攀。平等待人、关心他人是革命者的本色，也是团结同志、做好工作的重要条件。”

周巍峙一直是这样做的。

1996 年他 80 大寿时，为自己作了一首打油诗：

出身贫寒户，混进文苑中，
奔忙六十载，一个打杂工。

他戏称是“混”进文艺界的，又自谦是“打杂工”，足见他的幽默和谦虚了。

巍峙同志说，他一生“打杂”终不悔。

多么可敬的“打杂工”啊！

1998 年 1 月

他眼里有人

——中国文联主席周巍峙侧记之三

自称“打杂工”的周巍峙前辈，从20世纪一直“打杂”已经六七十年了，现在还在不停地“打杂”。

在20世纪30年代，20岁左右的他参加了“苏联之友社”的音乐组，与冼星海、贺绿汀、吕骥等著名音乐家在一起作曲、作词、指挥和组织革命的歌咏活动。他有作曲天赋，写了不少歌曲，如《前线进行曲》《上起刺刀来》等。抗美援朝时期，他利用开会时的半个钟头谱出了家喻户晓的《中国人民志愿军战歌》，周恩来总理逝世，他又谱写了《十里长街送总理》。要说周巍峙同志是作曲家，可是并不完全，因为他还写了不少评论文章，并且有些文章具有一定的指导性；要说他是评论家，可又不完全，因为他还在文艺学院讲过音乐课，对民族、民间文艺也有研究，此外，他还参加了一些戏剧的创作。中华人民共和国成立不久，他在文化部艺术局工作，粉碎“四人帮”后，他官至文化部代部长，因此又可以说是政府官员。从巍峙同志的工作性质和范围来看，还真不好将他归为哪个门类的艺术家，只能说他是“全能”的。到1996年，中国文学艺术界代表大会又推选他为中国文联主席，5年后他又连选连任，可见他是多么受大家拥戴啊！当他担任中国文联主席时，他称自己为“文联一新兵”，其实他是一位“老兵”，是文艺界的老领导，在担任中国文联主席之前，他在音协、舞协和曲协都担任过领导职务，还在文化部担任过代部长等职。

这些年，他一直关注并主持“中国民族民间十部文艺集成志书”的编纂出版，这是一项系统的大工程，他作为这套图书的编委会主任，不顾自己的高龄而奔忙着。这十部文艺集成志书共有298部省卷、450册，总字数达4.5亿字。巍峙同志一直在为它的全部出版操心费力。他在为拯救民族、民间的文化遗产，为千秋万代的大事业不遗余力地贡献着自己的智慧和力量。

在此，我要说的不是巍峙同志那些令人起敬的革命经历和在文艺界做出的功绩，我要说的是一些不大的事，但从这些不大的事中，我却受到了教育，并深深地被感动。

巍峙同志不管当了多大的“官儿”，从来没有官架子，不像有些人，官大了，便嘻嘻哈哈地打官腔，或板着脸打官腔。抗战期间，他在西北战地服务团担任主任时，事无巨细，都是自己操持，那时要创作节目，要演出，要在冒着日本鬼子“扫荡”的危险情况下安排全团的生活、工作、学习，这使他养成了吃苦在前、享受在后的优良作风，这种优良作风至今仍在他的身上保留着。他见到我们这些早在20世纪50年代就相识的人，总是问寒问暖，我们不论遇到什么问题都能敞开心扉地向他述说，他总是帮我们排解。真是一位不可多得的慈祥的长者！

前几年，袁鹰、王蒙等同志编辑《忆周扬》一书时，曾约巍峙同志写文章，他为了这篇文章查看档案，翻阅笔记，最后完成一篇有相当分量的回忆文章。他写的每一件事情都是有根有据的，而不是道听途说的，他的文章写得很扎实。当谈到写回忆文章时，他说：“回忆文章不能有水分，现在有些回忆性的文章就带有较大的水分。如果水分太多就不真实了，就失去了它的意义。”他就是遵循这一原则写回忆文章的。文章写完，他亲自交到编辑手中，一句话、一个词的改动，他都交代得很清楚，我对他说：“您写完了稿子我们去取就行了，不一定您亲自送来，您又那么忙。”可他说：“我方便。”巍峙同志那份体量和关心，那份耐心，那份认真，真使当时的我十分感动。这一丝不苟的作风给我留下了很深的印象。

巍峙同志从来不张扬个人，他总是谦虚地讲述与他有关的事情。比如1964年《东方红》的歌舞创作和演出，照现在来说，他是总策划，是最辛苦的一位，人员调动、创作、演唱等许多具体问题都是他在指挥落实。《东方红》大型歌舞的演出十分成功，现已成为经典之作，为这部大型歌舞表演的诞生，巍峙同志可以说是倾尽全力。每当谈起《东方红》，他总是强调周恩来总理的亲切关怀和具体指导，说周总理是总导演。他还说，周扬同志是这部《东方红》的领导小组的组长，在审阅脚本、修改歌词和朗诵词，以及整个演出的组织等方面有着不可替代的作用。他又十分强调艺术家的创造性和责任感，强调这部作品的成功演出是集体创作的结晶，不是哪一个人的功劳。

由此不难看出巍峙同志不张扬自己的谦虚美德。类似的例子太多了，我就不一一说了。

文章写到这里，我忽然想起了一件事。巍峙同志曾说过，周恩来总理在“文化大革命”中曾三次过问他和王昆的事，那时周巍峙、王昆夫妇被打成“特务”，他们的大儿子也被关了起来，只有小儿子在家。周总理三次过问，“四人帮”仍然压迫他们，不予“解放”。周总理对他和王昆是十分关心的。直到“四人帮”被打倒了，巍峙同志和歌唱家王昆才真正得到了“解放”。王昆重回舞台，巍峙同志又被任命担任了文化部门的主要领导。他顾全大局，爱护同志，仍然像过去一样忘我地工作。

在“文化大革命”前，由于工作上的需要，周巍峙同志经常能见到周总理，并得到周总理的指导。有一次周总理说：“我姓周，你也姓周，咱们是一家子嘛！”这话有幽默之意，也有亲切之感。周总理的为人和工作作风对周巍峙同志肯定有很大的影响。你还别说，巍峙同志的作风还真有些像周总理，如工作上的细心认真、敢于负责，以及对同志和部下的真诚和关怀。

一句话，巍峙同志眼里有广大群众。

2003 年 2 月

窗外雨丝斜飞

——记张光年（光未然）前辈点滴

一个星期天，我顶着瓢泼大雨去探望张光年（1913—2002，又名光未然）同志。我走进一座新起的大楼，轻轻叩响四层一个住户家的门。随着房门的启动，我看到女主人微笑的脸。她热情地把我引进会客室，房间不大，却有一扇很大的玻璃窗。光年同志从卧室里走出来，高兴地对我说："你看，我还不错吧？"

我点点头，瞪着眼睛吃惊地看着他，真想不到，一年之内动过两次大手术的光年同志，气色竟然如此之好，着实出乎我意料。我本以为他一定是穿着睡衣、拖鞋，仰坐在躺椅上，说话有气无力，一副病容。谁料，出现在我眼前的竟是一位红光满面、穿着整齐、精力充沛的老战士：雪白的衬衣，深咖啡色的裤子，衬衣下摆紧束在腰里，皮鞋带子系得那么紧，结子打得那么好，像是要出征似的，哪像是从死亡线上拼搏过来的病人？

他坐下来，指着茶几上的一些杂志、信件和笔记本说："许多东西都没看，现在补一补。"

"光年是闲不住的。"女主人微笑着补充了一句。

我抬头向窗外看了一眼，雨丝斜飞，哗哗有声。虽是初夏，仍有凉意。

我听着光年同志爽朗的笑声和话语，面对着女主人的笑脸，在这和谐亲切的气氛里，我的心里荡起了难以抚平的波涛。一切是这么平静、安宁，好像什么也没有发生。然而实际上，惊涛骇浪刚刚过去，死神也刚刚败阵而退。此时此刻，这样轻松的交谈在一年前是不能设想的。

我不记得黄叶绿同志（张光年同志的夫人）什么时候给我端来了一杯茶，我只听到光年同志用他那浑圆的嗓音幽默地说："在人世间我的任务还没完成，马克思不允许我报到。我得加倍努力地为党、为人民工作。"

我望着窗外灰蒙蒙的雨天，在我的脑海里忽然闪现过许多年前在一个海滨小镇的场景……

那是一个盛夏，工厂劳模、教师、干部、学生，各行各业的人都来到北戴河享受海水浴，光年和他的同志们也来了。他们不是休假，是为一个会议而来。他们反复讨论着，如何才能给人民群众提供更多、更丰美的精神食粮。他们没有时间游泳、晒太阳，只有在黄昏时分，方有空儿走到海滩上，接受海风的吹拂，抛撒一天的疲劳。

光年同志是从艰险中走过来的。多少年来，他没有休息过，他一直在战斗。1927 年，当他还是一个少年时，就投身到革命的浪涛中来了。那年他 14 岁，加入了共青团，后成为一名共产党员。这五六十年的革命经历，用他自己的话来说，就是充满了戏剧性。这其中包含着战斗的欢乐，也包含着牺牲的危险。不论在何种情况下，他面对凶恶的敌人从不示弱，他的腰杆总是挺得直直的。不论遇到什么风浪，他都不沮丧。他常常用诗歌鼓舞人们去战斗。

抗日烽火燃遍中国大地，他身着戎装，奔走在抗日最前线。他是战士，更有诗人的情怀。他走到哪里写到哪里，特别是那篇震动千百万人心扉的史诗——《黄河大合唱》，它如同插上翅膀，飞越高山峻岭，到达祖国的每个角落。当它飞到我国最东端的那块土地时，战士们、妇女们、孩童们，全都在唱它。我刚踏入抗日根据地的那天，就听到了“风在吼，马在叫，黄河在咆哮……”这首歌，就是这歌声伴我成长，伴我走上前线，在隆隆的炮声中，我们高唱着它前进。

……马蹄“嗒嗒”，在山间小路上奔跑，在丛林中穿越，在原野里驰骋。突然马儿惊了，高抬起前蹄长嘶一声，即刻狂奔起来，那铺着石子的沙滩、那长满荆棘的道路在旋转，风在耳边向诗人警告着危险！就在这时，诗人横下心来，向左跃下了马背，顾不上疼痛，只要保住右手，啊，完好的右手哟！

右手保住了，左臂却落下了伤残……为了革命，这右手从 20 世纪 20 年代一直写到现在，今后还要继续写下去。20 世纪 50 年代，在中南海的一次研讨毛主席诗词翻译的聚会上，毛泽东同志关心地过问诗人的手……就是这只手写出了《黄河大合唱》。

那年在北戴河，黄昏时分，他走在海边的沙滩上，大海浸润着他的双足。他伸开手臂，拥抱大海："啊，真幸福！"

我给他搬来一把藤椅，他坐下后说："我从来没有像这样好好休息过。"

几年后，在1966年开始的"文化大革命"中，我们国家出现了阴云，卷来了黑浪。铺天盖地的大字报、诽谤、诬蔑，加上肉体的折磨，使广大的革命者目瞪口呆。怎么会变成这样?

我所在的机关被当作"阎王殿"砸烂了。那一天，我怀着痛苦的心情在走廊上看那些充满了假话和诬陷的大字报，恰好遇上了光年同志，他是来看大字报的。那时的大字报已经点名批周扬同志了，诬蔑他为文艺黑线头目，是"黑帮"。光年同志向我伸出手，紧紧地握了一下，脸上几乎没有什么表情。当时我真想哭，我想问一问这是怎么回事，为什么一夜之间什么都颠倒了？我没敢问，也没敢说什么。不久，光年等同志受到了迫害，他所在的作协也"闹腾"起来了，他们让张光年这样的几位老前辈打扫卫生，清洗厕所。一天，我在作协的楼里看到他手拿着簸箕、笤帚走过来，我没有勇气看下去了，转身迅速离开。

一位年轻朋友告诉我这样一件事："文化大革命"刚刚开始，光年同志没有失去自由时，曾在晚间去探望他的老友，说过一阵子他要回家了，老友说要以步代车送他回去。一路上，他们默然无语，只有脚步声伴着他俩长长的影子。

"以后怕是没有机会在一起了。"朋友的话里充满了悲凉的惜别之情。就当时他们的处境来看，未来真是凶吉难卜啊！

这时，光年同志的眼睛里闪过一道灼人的光芒，稍停了一会儿，他说："不要太悲观了，只要祖国大地上还有一名战士，就不会永远这样下去。"

这位年轻朋友在叙述这件事情时，话语里充满敬意。

1975年，祖国的上空出现了一丝光亮，他的《黄河大合唱》冲破层层阻力唱出来了。我从电视上看到了排列整齐的合唱队，听到《怒吼吧，黄河》那响彻云霄的歌声时，我的心兴奋得猛烈跳动着。我又看到了"万山丛中的抗日英雄"和火红的战旗，我的眼泪禁不住夺眶而出。我想光年同志应该平安了。然而，万万没有想到，接踵而来的日子更加不太平，又一轮猛烈的暴风雨来临……被“批斗”的日子刚刚过去，“四人帮”又开始了对“天安门事件”的镇压和追查。那是周总理去世的时候，人们到天安门献花圈、作诗、演讲，祭奠周总理，同时也表达了对“四人帮”的不满和怒斥。祖国的灾难，使诗人的怒火像地底下的岩浆一样翻腾不已。最终在1976年，“四人帮”倒台，人们欣喜若狂，诗人放声歌唱金色的10月。为了摧毁“四人帮”强加在文艺界的“黑线论”，光年同志勇敢地发出了第一颗炮弹，他狠狠地批驳了那时有些头面的人物说的“没有黑线专政，文艺黑线还是存在的”谬论，当时“文艺黑线头目”周扬已从监狱放出，国家主席刘少奇同志的冤案还没平反，说这些话的人还是沿袭“文化大革命”那套极左的看法。光年同志大声疾呼：“‘文艺黑线’这顶血淋淋的大帽子，为什么不舍得扔掉？为什么不相信革命同志的血泪控诉，偏相信阶级敌人的政治诬陷？”光年同志为铲除“文化大革命”谬论和遗毒遗风不懈地斗争着。光年同志主张，对“文化大革命”前17年文艺工作中的缺点错误，做真诚地检讨；对17年的成绩，应理直气壮地肯定。我们有错误可以检讨，但不忏悔，革命道路从来就不是平坦的。正当他全身心地投入批判林彪、江青等人的罪行时，正当党的十一届三中全会的精神普照大地时，新的危险降临到他的身上，可怕的癌症使他病倒了。

光年同志躺在病床上，脸色苍白，闭着双眼，床头上挂着吊瓶，身上插着管子。他做了一次大手术。

周扬同志来到病房看望光年同志，安慰了几句。他睁开眼睛，喃喃地说：“没关系，没关系。”

我为他这种惊人的耐力和坚韧不拔的精神所感动。我们大家只希望他战胜病魔。也许他感觉到了所有看望他的人们的这种希望，他轻轻地说：“顽强，要顽强……”

又过了些时日，我去医院看望光年同志，他已经能坐起来了。病床前的椅子上坐着他的妻子黄叶绿同志，她脸上永远带着微笑，给人以恬静、安宁的感党。她信赖医院，配合医生的治疗。关于光年同志的严重病情，她不对儿女们说，更不对张光年讲，她只把这痛苦藏在自己心里。也许在深夜里，她为丈夫的病流过泪，也许心里塞满了悲伤，可在病人面前，她总是安静地坐着，脸上没有愁容，只有温柔的微笑。这需要多大的毅力啊！

光年同志的身体恢复得很快，他满怀信心地说："我自己也没有料到恢复得这么好，参加革命几十年，已经死过几次了，再死一次也没有什么。只要有一口气，就要对党、对人民有益。"他爽朗地笑了，我也跟着笑了。那正是第四次文代会期间，光年同志因病不能出席大会，但他关心会议情况。有时同志们去看望他，他问这问那。为了不让他操心，同志们有意向他"封锁"消息。一次我去看他，他又问起大会情况，我回答得语无伦次。也许他看出了我的不安，微笑着说："我这病没有什么可怕，切除了就根治了。有多少工作等着我做啊！"他心想的还是工作。

但是不久他的身体又出现了新问题，据说比原先还严重——肝上又发现了病变。凡是了解情况的人，都只剩下叹息，什么也说不出了。我也曾问过协和医院的王医生，她说已经扩散了。她没有说出"癌"这个字。作协秘书长张僖也对周扬同志说："只能死马当活马医了。"

周扬前辈叹口气，难过地说："可惜了，李季（诗人）走了，光年也不行了，可惜了……"

这期间我去医院探望光年前辈，他穿着宽大的病号服，谈的还是出院后如何工作的事。当他老人家目送我走下楼梯，嘴里说着"再见"时，我心中充满了深深的悲哀。

我生来喜欢幻想，梦想奇迹出现。在"文化大革命"中，我也曾幻想过，将来有一天，我们的党会对那些挂了黑牌子挨批斗的同志说，"你们不是走资派，你们是党的脊梁骨"。现在，这已成为现实。在光年同志身上会不会也出现奇迹呢？他刚住院时，我幻想过，现在不再幻想了。在无影灯下，光年同志的病体又交给了医生做第二次大手术。

在生死搏斗、病痛难熬的手术室里，奇迹真的出现了。曾经有过癌变的部位已经治愈，令人揪心的肝部病变也经确认并非癌变。这突然而来的喜讯，让同志们流着喜悦的泪水奔走相告。医生、护士向光年同志道贺。出差远在扬州的周扬同志接到赵寻同志的电报后，也因为惊喜而眼睛湿润了。

事后，光年前辈对我讲了他二次手术的情况。他说，当时他不知道自己得的什么病，因为自己虽然拿着病历去找医生看病，但他从不看病历。后来是一位年轻的医生说他得的是癌症，他这才明白了自己的病情。他心里也有点"打鼓"，但是静下来一想，怕也没有用，还是把自己交给医生吧！等他上了手术台，就什么也不想了。当麻药劲儿一过，他看见病房里全是人，有医生、有护士，他们都是来祝贺他的，告诉他得的不是肝癌（是囊肿）。他们都十分激动，他自己也哭了。就这样，接下来他睡了两天两夜。

窗外雨丝飞斜。

光年同志翻着手头的杂志和信件说："医生要我休息些日子，可我得抓紧干点事儿。"

这话说得平平常常、实实在在，却道出了一位老战士的愿望，那就是不停歇地工作、战斗。

光年同志虚怀若谷，永远乐观，他不沉溺在个人狭小的天地里，这就是他能够战胜敌人、战胜病魔的奥秘。

我坐在会客室里，看着大玻璃窗外灰蒙蒙的雨天，听着光年同志的话语，思绪不时飞回到过去：一望无际的海滩、翻腾的波涛、"四人帮"时的黑暗年月，以及病房里的吊瓶……这一切都过去了，似乎什么也没有发生。

光年同志腰间紧束着皮带，精神抖擞。战士要出征了，伴着风雨前进。

啊，窗外斜飞的雨丝啊……

1981 年 3 月

是诗人也是战士

——张光年谈《黄河大合唱》的诞生

全民族抗战期间，我在敌后抗日根据地唱《黄河大合唱》时，还是一个孩子。那时候我不知道词作者光未然是谁，也不知道张光年就是光未然，只是被这激动人心的歌曲所感动。“风在吼，马在叫，黄河在咆哮……”唱着这些歌词，真是心潮澎湃。虽然当时年龄不大，也觉得自己是“万山丛中抗日英雄”了。直到几十年后的今天，只要听到《黄河大合唱》，我仍然激动万分。

一

我认识诗人张光年，是在20世纪50年代。50年代初，我在文化部担任副部长周扬的秘书。我只知道张光年同志是文化部艺术局副局长（田汉为局长），又是中国戏剧家协会的党组书记，但不知道他就是光未然。

时任文化部党组书记、文化部副部长的周扬有一次召开文艺方面的会议，我记得是研究民族音乐形式的会，文艺界的头头脑脑全到了。与会者踊跃发言，气氛热烈、民主。张光年和赵树理也参加了这次会。赵树理的《小二黑结婚》《李有才板话》等作品在当时家喻户晓，他对山西梆子也有特殊的爱好。他在发言中说着说着，就说到了《黄河大合唱》。他冲着张光年同志说：“你那个《黄河大合唱》，有的段落唱得好，有的段落就唱得不整齐，乱七八糟。本来‘风在吼，马在叫，黄河在咆哮’很好，非得唱成‘风在、风在，马在、马在’不可，叫人听不清。”接着他就学起了轮唱的唱法——“风在、风在，马在、马在”，学得还真有点像，听者都捧腹大笑。他把二声部轮唱形式说成是不整齐的唱法，并以此证明山西梆子的唱法更优美、更动听。接着，他用他那浓重的山西腔和略带沙哑的声音唱了一段山西梆子。张光年听着不急不恼，等赵树理发言完毕，他用慢悠悠的语调说：“我们国家是一个有着5000年文明历史的国家，人民群众的文艺欣赏习惯各有不同，对文艺形式的喜爱也各不相同。

我们尊重群众的欣赏习惯，也要提高人民的欣赏水平。不但要能欣赏山西梆子、各种地方戏曲，也要会欣赏独唱、轮唱、四部混声合唱，以及大型的交响乐。”

他们俩是好朋友，但在争论问题时各不相让，却也不剑拔弩张，或者面红耳赤。他们俩的发言各有各的特点，各有各的幽默。以后只要有他俩参加的会议，不论会议内容是什么，赵树理同志从不放过对“风在、风在，马在、马在”的批评。他的发言照例引起与会者的笑声，而光年同志总是用平静的微笑来对待赵树理同志可爱的固执。好几年里，赵树理批评“风在、风在，马在、马在”的发言，成了他的“保留节目”。我也有幸目睹这些文艺前辈名家幽默和宽容的风采。

这个“保留节目”久演不衰，与会者也都笑声不绝。历次主持会议的周扬同志，也从不打断赵树理同志的发言。有时他还悠然地说：“树理，你如果不演这个节目了，我一定很难过。”

就是在20世纪50年代初的这次讨论音乐民族化的会上，从赵树理的发言中，我才将评论家张光年和诗人光未然“合二为一”。

1959年，我随周扬夫妇、张光年、袁水拍等同志去海南岛。在海南岛的海口市，周扬同志向当地同志介绍说：“这是张光年同志，《黄河大合唱》作者。”

在座的当地同志茫然而疑惑地问：“作者不是光未然吗？”

周扬同志笑了：“这就是光未然。”

看来把张光年与光未然“一分为二”的事，不只我有过，许多人也有过。

二

从这以后，我总想问问光年前辈，他是怎么写出来这么有气势、有民族特点，特别是表达了在抗日烽火中的人们万众一心保卫黄河、保卫祖国，充满大无畏精神的《黄河大合唱》的诗词的。可是由于那时光年前辈一直忙于工作，我不可能因为这点小事儿去打扰他，所以一直没有得到答案。

直到1981年12月12日，中国文联、文化部在人民大会堂联合召开茶话会时，我才抓住茶话会上的空隙打扰了他。我先是问他左臂怎么受的伤，后来又谈起《黄河大合唱》诗词的情况。

茶话会上，人们走动着，交谈着，气氛欢悦又热烈，而我在这种气氛中用心地听着光年前辈的话。

光年前辈说话从来都是慢悠悠的，他说："那是抗日战争时期，我在吕梁根据地，有匹烈马，谁也骑不了它，谁上去骑，它就把谁摔下来。我去骑它，也是被人们'将军'将的。我心里想，我一定要制服它。我就骑上去了，它没能把我摔下来。但是马惊了，它拼命地跑，前面就是一片大湖，而河滩上都是尖石，我不能让马无休止地跑，要跑到湖里怎么办？我想应该选个没有尖石的地方下来，这样我就得自己摔下来。我还想不能两只手都摔坏呀，要保留一只手，到底保留哪只手呢？往哪边摔呢？我决定保留右手，因为右手用处多（要写字），就这样，我自己摔下来，就成了伤兵。上级决定送我去延安治伤，同志们用担架抬着我，一天走50里。在路上走了60天，一直把我送到延安二十里堡的医院。那时延安地区也是缺医少药，唯一一架X光（仪器）还坏了，做手术的时候，我记得点了很多蜡烛在照明啊！"

从光年前辈这短短的叙述中，可见当时的延安处在多么艰苦的境况下。

光年前辈又谈起1938年他在武汉工作时的情况。当时国共合作共同抗击日本侵略者，在武汉成立了国民政府军事委员会第三厅，郭沫若任厅长，实际上是周恩来同志领导。光年前辈在第三厅工作，并参与组建了15支演剧队，之后他奉命带领演剧三队去了吕梁根据地工作。就是这一年，他第一次看见了黄河，黄河的浩荡气势，使诗人心里涌动着要写一部歌颂黄河的长诗。黄河是我们的母亲河，是中华民族的摇篮。他被这奔腾不息的黄河感动了。他在第二年春天受伤后去延安的路上，经过黄河的急流险滩，又亲眼看见了堪称世界奇观的黄河壶口瀑布，光年前辈说，当时他简直惊呆了。

80年代，笔者有幸目睹过壶口瀑布的壮观景象。当天上之水龙腾虎跃地涌来时，轰鸣之声十里之外可闻；当滔滔的黄河之水突然跌入窄而深的"壶口"

时，腾起的雾气几十丈之高，如果天晴有太阳，就会有一条彩虹高高地挂在天上。在这种神奇的景象面前，我不能不跳跃，不能不大声喊叫……

我想当年光年前辈看到这般景象时，在"惊呆"了的同时，心中的诗句也一定雷鸣电闪般地从胸膛里迸发出来了吧！在延安养伤期间，他忍着伤痛，仅用了5天时间，便写出了这脍炙人口的400行诗句。想想看，这要有多大的毅力啊！这也就是后来的《黄河大合唱》诗词。

那一年（1939），诗人26岁。

当他在延安的窑洞里朗诵完这400行诗后，他的朋友冼星海被感动了，冼星海把诗稿拿过来说，他有把握为这诗词谱好曲。作曲家喜欢吃糖果，延安没有卖的，诗人给了他2斤白糖，他谱一会儿曲就吃一口白糖，说是补脑。冼星海用了6天时间完成了整首歌的谱曲。速度之快，也令人吃惊。

诗人5天写了400行诗，作曲家仅用6天就完成了谱曲，在我看来，这速度可以说世间少有，真是一个奇迹！

经过短暂的排练，《黄河大合唱》在延安演出了，作曲家冼星海亲自指挥。诗人亲自上台朗诵："朋友，你到过黄河吗……"那声音震动着每个人的心。演出获得极大成功，毛泽东同志起立鼓掌说"好"。这部史诗般的作品正式诞生了，它飞向了全中国，飞向了全世界——纽约演出了，莫斯科演出了，东南亚演出了。

《黄河大合唱》像号角一样，鼓舞我们打败日本侵略者，伴随我们解放全中国。现在，它又鼓舞着我们在改革开放的道路上前进。

每部作品都是作者品格的展示。《黄河大合唱》恢宏壮阔的气势，正是诗人和作曲家博大胸怀的表现。它的生命将永久唱响在不只是中国的大地上。当我们谈起《黄河大合唱》时，光年前辈总是谦虚地说："全靠了天才作曲家冼星海，才使之成为抚慰战斗者心灵的歌声。"多么可敬的谦虚啊！

1993年10月30日晚上，我去祝贺光年前辈80岁寿辰时，看到他家客厅里挂着"勤奋延年"四个大字，这是著名画家罗工柳在光年前辈80大寿时写的。

这话真对。光年前辈不但勤奋，不但才华横溢，他还有着传奇般的革命经历，为革命九死一生，练就了一身铮铮铁骨。他青少年时期的革命经历和他的才华，汇成了半个多世纪以来久唱不衰的《黄河大合唱》。

1996 年 11 月 1 日

几个坚实的脚印

——琐记张光年前辈

对当今的一些读者来说，关于“五卅惨案”是怎么一回事可能比较陌生了，在这篇小文章的前面，我要多讲几句。

一

1925年5月30日这天，在上海、青岛等地发生了震惊中外的外国侵略者枪杀中国工人、学生、市民的“五卅惨案”，也就是“五卅大屠杀”。

5月14日，上海工人顾正红参加罢工纠察队，在游行时被日本纱厂的副大总班和另一个日本人枪杀了，一个20岁的生命死在了日本人的枪口之下。这件事激起了上海的工人、学生等市民的极大愤怒，他们罢工、罢课、罢市，对顾正红进行公祭，有1万多人参加。5月30日，又有1万多人走向上海的公共租界抗议日本资本家枪杀顾正红，要求释放被捕的工人、学生等市民。当时，国人与英租界巡捕发生了冲突。英“捕头”下令开枪镇压，当场死者13人，伤者、被捕者不计其数。同样的情况也发生在了青岛日办棉纱厂，中国人愤怒了，各地纷纷掀起声援上海、青岛工人的运动。

那时在湖北大河口镇，有一位少年站在大街上摆放的一张大方桌上，向来往的人们讲述“五卅惨案”的情况，号召人们觉醒起来，不能任帝国主义对中国人民欺凌和屠杀，要求“惩治凶手，还我公理”。讲到激动之处，他声泪俱下，过往群众听了也为之愤慨。这情景是何其动人！

这位演讲的少年就是12岁的张光年同志。在他幼小的心灵里装满了中华民族苦难和存亡的意识。论年龄，他还是一个孩子，但是他走到了许多成年人的前面，做着许多成年人没有做过的事。

二

1927年4月，国共分裂，正是蒋介石举起屠刀砍向共产党人的白色恐怖时期，14 岁的光年同志毅然参加共青团，后成为一名共产党员。

对于加入中国共产党，光年同志曾说是受家庭和进步老师的影响。那时他还读过一些进步书刊，如《中国青年》、瞿秋白的《共产主义问答》、苏联的《共产党 ABC》，还“啃”过《资本论》。在那个黑暗时期，光年同志曾笑谈他和他的伙伴们腰上别着一本《共产党宣言》，故意在当地国民党驻军门前走来走去，表示他们的抗议和誓死革命到底的决心。用现代人的目光看，这类行动似乎幼稚了些，但这是何等可敬可爱的“幼稚”啊！

他做地下工作时，曾被叛徒出卖过，被捕后经受了考验，他没有暴露身份，严守了党的机密。

张光年自幼聪慧，少年时代就读了梁启超的《饮冰室合集》，学写旧体诗，不但有着勇敢智慧的战士品格，也显示了他非凡的诗人才华。1935 年，他化名写了一部独幕剧《阿银姑娘》，序曲中有段歌词就是流传至今的《五月的鲜花》。从这首歌词中，可以看出青年时期的光年同志爱国热情澎湃，也反映了那个时代群众抗击日本侵略者的决心和勇气。现摘几句，供大家欣赏：

五月的鲜花开遍了原野，
鲜花掩盖着志士的鲜血。
为了挽救这垂危的民族，
他们曾经顽强地抗战不歇。
如今的东北已沦陷四年，
我们天天在痛苦中熬煎，
屈辱地忍受着无情的皮鞭。
失掉自由，失掉饭碗，
敌人的铁蹄越过长城。
……

在那个黑暗的时代，中华民族处于危险的时刻，光年同志用诗歌吹响反抗日本侵略者的号角。诗歌最后的几句是："再也忍不住满腔的愤怒，让惊天动地的吼声，唤起被压迫者一齐挥动拳头……"

当时的东北大学在排练《阿银姑娘》时，有一位数学老师（闫述诗）被这首诗歌所感动，将这首诗歌谱上曲子。由此，这首《五月的鲜花》便流传开来，成为我们鼓舞士气的战歌，一直流传到现在。不少群众歌咏队也会以"五月的鲜花"来命名。

1938 年，国共两党合作抗战，光年同志在武汉参加了国民政府军事委员会第三厅工作，并参加组建了 15 支演剧队的工作。当年，他带领第三演剧队到了敌后吕梁根据地，第二年他因坠马受伤到延安治疗时，路经黄河壶口瀑布，被这世界奇观震惊了，于是歌颂黄河的诗句像喷泉般涌出。他在延安忍着伤痛，仅用 5 天时间就写出了 400 行诗句，也就是后来飞向全世界的《黄河大合唱》的歌词。

三

1941 年，光年同志奉命到重庆工作，主要是做文化艺术界的统战工作，联系党内外的高级知识分子，协助民主党派（主要是民盟）等社团工作。凭借满腔的真诚和热情，光年同志赢得了人们的信任和尊敬。光年同志通晓英、法文，对中国古文造诣颇深。在文学界，他的朋友很多，特别是有些人还是有名气的大诗人，如闻一多先生等与他都保有很好的友谊。论年龄，他只不过是 20 多岁的年轻人，可他就是有这么巨大的凝聚力。

就在这个时候，光年同志的名字上了国民党反动派的黑名单，国民党反动派要对其进行捕杀。但他凭借自己的机智勇敢，最终躲过了敌人的追捕。后来他受周恩来同志派遣，只身去缅甸开展抗日工作，创办《新知周刊》，团结华侨，宣传抗日救国，组织了缅甸华侨战时工作队。这支工作队在南洋抗日斗争中发挥了很大作用。在缅甸开展抗日工作时遇到了很多危险，但他挑着这么重的担子，英勇而机智地走过来了，并出色地完成了任务。

光年同志不但是一位伟大的诗人，还是一位著名的文学评论家，他写有许多指导性的文章，对文学发展起了促进和指导的作用。

但是，“文化大革命”10年，他被迫害，成了“文艺黑帮分子”。“文化大革命”中的“周扬专案”有几十号重点人物，他是其中之一。他被“批斗”多次后下放到干校劳动改造，“四人帮”被粉碎后，他回到北京。那时兴起“解放干部”这一流行语，一经“解放”，便可分配工作。有的同志认为“结论”不符事实，拒不签字，有的“结论”中还留下一个“尾巴”，意思是有问题一时查不清，先“挂起来”。有些材料——如“文化大革命”中的类似“大字报”式的东西，往你档案里一放就完事了。这种做法是极端不负责的，使被迫害的同志头上顶着许多“帽子”，那些不实之词仍然压迫着这些同志。

当光年同志与周扬同志谈起这个问题时，他的态度让我大吃一惊。光年同志说：“只要恢复我的自由，让我工作，就是说我是土匪，我也签字。”

这就表现出了他要为党、为人民工作的急切心情，表现出了他海一般宽广的胸怀。他有着一颗对党、对人民赤诚的心，他坚信自己的忠诚和清白，不在乎所谓结论的那张纸。

四

10年“文化大革命”结束了，中国大地又迎来了春天，人们欢呼着，歌唱着，真有第二次“解放”之感。

诗人李季过去一直在石油领域深入生活进行艺术创作，他称自己是石油人，他首先组织了周扬、张光年等同志去任丘油田参观。1978年12月，时任广东省委书记习仲勋同志邀请文艺界的周扬、夏衍等同志去广东参观，张光年、李季同志也一同前往，后来到广州的还有林默涵、韦君宜等同志。

我们随去的人也有好几个，这么多的人聚在一起，不分上级和下级，大家都像老朋友似的畅谈不停。

张光年与李季在肇庆。

我们在广州住下，省委接待处的同志将我们送到了风景如画的肇庆，让这些文艺界的前辈休息几天。我们全部入住肇庆的波海楼，这是一幢不大的二层楼。看到这样的美景，大家放下行李，都出来观景，散步的散步，爬山的爬山。肇庆有些高大的红豆树，我们就在树荫下拣拾红豆。我们拣拾的红豆都很小，唯有光年同志拣到了一颗心形的大红豆，我们都羡慕他的运气好。

中午在一起就餐时，也是谈笑声不绝，有人说了一声“大家静一静，请光年同志朗诵诗”。大家静下来，光年前辈触景生情，用他那浑厚的男中音朗诵了他的即兴之作：

皎皎星湖水，煦煦波海风。
七岩皆肃立，北望唤陶公。
（诗中“陶公”指陶铸同志）

特别是最后两句，那声音，那感情，那特定的环境（波海楼为陶铸同志生前命名），听者无不深为感动。陶铸同志在“文化大革命”中不幸被迫害致死。他生前对文艺界人士十分关心，不少文艺界的人士都是他的好友，所以这首诗感动了在场所有的人。从这首诗中，我感觉到了诗人劫后余生的心情，同时对在“文化大革命”中逝去的老革命家——不单单是陶铸同志，还包括所有老领导同志，表示深切怀念。

张光年同志对祖国大好河山有着诗人特有的感情，见景便有诗。他看到了肇庆的七星岩，看到了肇庆的湖光山色，乘舟游过岩洞中回转曲折的地下水流，爬山、走桥……游玩了一天后，这天晚上，他又有了新作。这次张光年同志没有朗诵，而是写在了宣纸上：

天上七仙女，获谴堕凡尘。
偷得天河水，灌此满湖星。

饱经忧患后，流连波海亭。

湖中多佳丽，一步一牵情。

这天晚上，在波海楼一楼的大厅里，每位老前辈或写诗或记事，都写下了自己不吐不快的感受。唯一没写诗的人，就是诗人李季同志（他曾写过歌剧《王贵和李香香》，中华人民共和国成立后被拍成电影，影响不小）。

张光年前辈的革命经历，是一部闪闪发光的传奇。他的人品、文品堪称我们的楷模。我只是追随其后，拣拾到他几个零散的脚印而已。

1996年11月1日

醉观红叶

——记光年前辈 85 大寿

光年同志 80 大寿时，几位朋友要为他祝寿，他觉得大家都很忙，委婉谢绝了。当他 85 大寿时，大周明和一些光年同志的老朋友、老部下私下准备为他举办一次民间性的庆寿活动，事先也没告诉他具体情况，只说请他全家到大周明创业的荷叶山来观赏香山红叶。这里要特别说明一下，大周明在 50 年前曾在张光年任主编的《文艺报》工作过，“文化大革命”后，他在电影学院创办了音像出版社，离休后在香山那边创办了一家文化公司。为了与作家周明相区别，我们都叫他“大周明”。

有一天一大早，大周明打电话说，让我到他那里商量点事，已派车来接。我心想：“什么事呀，这么急呼呼的。”一路上我直纳闷。见到大周明后，他才告诉我：“光年同志 85 大寿快到了，我想为他办一次庆祝生日的活动，先找你来商议一下。”

“这是好事啊！”我当然非常赞成。张光年同志在 20 世纪 50 年代是中国作协的领导，大周明在《文艺报》工作时，张光年是他的顶头上司。若干年过去了，他俩已成为忘年之交，成了好朋友、老朋友了。我与光年前辈的相识，始于 20 世纪 50 年代初，在漫长的岁月里，我也得到过光年前辈不少教导和帮助。有这样一个机会能表示一下对前辈的敬仰之情，再好不过了。大周明说把庆祝活动定在他这里，就说让光年前辈来赏香山红叶，不说为他庆寿。

事情定下来，一切费用由大周明“包办”了。特别让我感动的是，当他的事业正需要节约每个“铜板”时，他竟要办一次由他出资出力的庆寿活动。这样的活动他图什么呢？大周明说：“像光年同志这样的大诗人、大评论家，对中国文艺有着重要贡献的老领导，值得我们为他做任何事情。一首《黄河大合唱》，在抗战中抵得上千军万马。为他庆寿是我的心愿，是我一定要做的事情之一。”

我俩商定的日子是 11 月 16 日，这是根据光年同志农历生日选定的。

记得那天晴空万里，秋高气爽，香山红叶红得醉人。大周明穿着新买的夹克衫，与我们先到的几十位老同事、老朋友早早来到大门口等待迎候老寿星的到来。光年同志一进大门，大周明和大家就拥簇着老寿星进了会议室。会议室的墙上挂着红色的横幅，上面有“祝贺光年同志八十五大寿”的金字。光年同志这才知道这是为他过生日，他不停地说“谢谢”。会议室的桌子上摆着两大盆土栽鲜花，鲜花的枝藤足有 1 米长，上面开满了串串紫红色的花。张光年夫妇夸这两盆花好看，问是不是大周明自己栽培的。大周明说是昨天刚买的。张光年夫人黄叶绿大姐说：“这么好看的花，一定很贵吧？”大周明笑着说：“开始花店的人要 400 元，我压价怎么也压不下来，后来我说是给《黄河大合唱》的作者祝寿用的，花店老板听后爽快地说：‘150 元，两盆拿走。’”

真是太便宜了。张光年夫妇感谢了大周明，也请大周明向花店老板转达谢意。由此让我们不但看到了大周明的热心肠，也体会到了《黄河大合唱》在人们心目中的影响力有多大。

大家围在张光年前辈身边，无拘无束地热烈交谈着，完全是大家庭成员相聚的气氛，真是其乐融融。大家谈的都是家常话，谈过去，谈现在。谈过去，就不免提起“文化大革命”时期的事情，在“文化大革命”中，不但张光年本人受到很大摧残，就连他的《黄河大合唱》也不能幸免。那时，江青一伙人组织很多人对这首歌的歌词进行所谓的修改。把《保卫黄河》的“风在吼，马在叫”这样鼓舞我们迎着敌人的炮火英勇前进的佳句，改成“红旗飘，军号响”这等空洞的陈词滥调。诗人失去了自由，难道他的诗作也要被肢解吗？幸好，在周恩来总理的干预下，才没有使这部传颂了几十年、让人引以为骄傲的伟大史诗蒙上污垢。

好在这一切都过去了。此刻，光年同志享受着这家人似的聚会，享受着这几十位老同志、老部下、老朋友给他的祝福。同时，他也不时地、亲切地询问着朋友们的情况。那气氛真好，温暖又快乐。

那天艳阳高照，天高气爽，我们陪同张光年夫妇拾阶而上到了荷叶山顶，在红叶树下，张光年与我们合影留念。这里也是观望香山红叶的最佳地点。香山上的点点或片片的红色，在阳光下熠熠生辉，秋风拂面，此情此景，真让人心醉。

中午，大周明为光年前辈准备了几桌寿宴，就在附近的一家小饭馆里。餐桌上只有几个家常菜，没有高档餐厅的美味佳肴，也没有敬酒狂饮的喧闹之举，只有浓浓的友情和沉淀在大家心中的对光年前辈的敬爱之意。这时忽然有两位朋友唱起了："风在吼，马在叫，黄河在咆哮……"这是《黄河大合唱》的一段歌曲，从抗日战争到现在久唱不衰，在座的所有人都随着唱了起来，尽管唱得不怎么专业，但那热烈的气氛，那无比的热情，在人们心中唤起了对全国人民一致抗日的久远回忆，这种感觉是我无法用笔来形容的。这歌声感动着我们每一个人，光年前辈也唱起了他自己 25 岁时写出的这支震撼人心的歌……我有幸坐在光年前辈身边共进午餐，也有幸和光年前辈一起唱起了《保卫黄河》，那气氛、那感觉很不一样。很少有人能有与光年前辈在一起唱《黄河大合唱》的荣幸，而我有！

我还想，如果赵树理前辈没在"文化大革命"中逝去，他也在这里该多好啊，他一定还会抨击"风在、风在，马在、马在……"轮唱这一形式的，也许他还会再来一段山西上党梆子……

感谢大周明同志的热心肠，给张光年夫妇、给我们这些老朋友创造了一个永远值得铭记的美好日子。

这一天是 1998 年 11 月 16 日。

2009 年春

大江东去

——记光年前辈

2000年5月的一天，我顶着当头烈日（虽还未入夏，阳光却已似夏日般炽烈）来到张光年同志家，叩响了他家的大门。当时他家的门是虚掩着的，虽然事先有约，我仍然敲了敲门，才将脚步轻轻地移了进去。

光年同志和夫人黄叶绿同志迎了出来，带我走进了客厅。

一年多没见，光年前辈的身体、精神看上去都不错，不过我还是问候了一句："身体还好吗？"

"按年龄说，身体还可以。"光年前辈说。

"请问您今年有多大……"

还没等我问完，光年前辈便说："我现在是87岁半了。"这句准确幽默的话一出口，我们都笑了。

"去年又开过一次刀。"黄叶绿说。

我惊讶地"啊"了一声，问："怎么又开刀？不是过去已经做过两次大手术了吗？"

黄叶绿说："怀疑肺里有问题，开刀后知道是良性的。要说年龄，应该封刀，但还是开了，这样也好放心。"

黄叶绿说话时语气很平静，就像说一件最平常不过的事情一样，我听罢心中倒是涌起了无限感慨。一个人对待疾病，特别是大病，能够不惊不惧，不悲不忧，沉着冷静，有这样深厚修养的人，还有什么不能战胜的呢！

光年前辈虽已退居二线，可他仍然十分忙碌。战争年代他历经枪林弹雨，见惯战火硝烟，写出了不朽之作，现在他在望九之年仍在写，并且出版了不少著作，如《文坛回春纪事》等，对于研究文艺史具有非常重要的价值。这些年，光年前辈每年都有一部书或两三部书面世，可谓硕果累累。

黄叶绿同志说："光年每天工作七八小时，连饭都顾不上吃，必定是我催着‘吃饭啦’，他才放下笔。”

最近（2003），光年前辈又在撰写翻译关于《文心雕龙》的文字。他曾担任中国《文心雕龙》学会会长，现在任名誉会长。他说《文心雕龙》是1500多年前的一部文学理论著作，很有价值，很值得好好研究。他写的这部剖析、评论《文心雕龙》的书不久即可完成出版。谈起写诗，光年前辈说，中国历史上有那么多诗人，写了那么多诗，在人民中间能流传下来的，哪怕是几句就很不错了。他很佩服宋代的苏东坡。他说当年苏东坡被贬，一会儿被贬到这儿，一会儿被贬到那儿，人们很少记起贬他的皇帝，倒是苏东坡被人们记住了。“大江东去，浪淘尽，千古风流人物……”那些帝王将相都淘去了，但是淘不尽苏东坡的人格、文格，苏东坡的诗至今还在流传。有贡献的好人，人们不会忘记。是的，对人民有贡献的好人是不会被人忘记的。

说到这里，我倒想起了1987年发生的一件事。这事说大不大，说小不小。光年前辈是革命的“老资格”了，那时他是中顾委委员，我记得当时顾问委员中，文艺界只有周扬、夏衍、张光年三位老前辈。20世纪80年代是一个百废待兴的年代，是改革开放初创的年代。

那时的光年前辈在两次大手术康复之后，主持中国作家协会的工作，在党中央领导下筹备并胜利召开了中国作家协会第四次会员代表大会（1984），推动整个文学事业得到长足的发展。由于当时在对一些社会遗留问题进行整治，社会气氛有些紧张。就在这期间，有关方面为他专门召开了所谓的“生活会”，周扬、夏衍二位均未被邀参加。与会的人中，有几位曾与他是共事多年的朋友和老熟人，还有一些受过光年同志培养提拔的人。在会上有几位熟人质问张光年在作协第四次会员代表大会的报告中为什么不提四项基本原则，为什么不提反对精神污染，为什么不反对资产阶级自由化等问题。他们上纲上线，甚至上到违背党的十一届三中全会的路线上来。有的人捕风捉影地说了一些莫名其妙的“情节”，甚至说一些谣传的内容，等等。

就这样，他们围绕光年同志的所谓问题，整整开了7次会，对他进行批评。

光年同志平静应对，最后他发言的题目是《我的申辩和再检讨》，光年同志开讲前心平气和地说：“你们的发言我没有打断，我的发言也希望你们不要打断。”

张光年平平静静、坦坦荡荡地讲道理、摆事实，对子虚乌有的事情给予否定；对误传误导的事情做了说明和澄清，对一些“上纲上线”的大是大非问题做了有力的申辩和批驳。

他说，会上有几位同志揭发的问题未经核实就“断定我不赞成四项基本原则，赞成并支持资产阶级自由化，我必须申辩”。他认为“这是不确切的”。他说：“我在中国作家协会第四次会员代表大会上的报告，是一个谈论文学的工作性报告，我力求通过文学实际和文学语言，以文学家的亲切态度，将四项基本原则、改革开放的总方针、马列主义经典作家（包括小平同志）的重要理论，融汇在文学问题的分析探讨中，使理论与实际相印证。”“我必须郑重声明：我不但是赞成、拥护四项基本原则，而且力求结合文学工作实际，努力宣传四项基本原则。”

张光年说：“我从社会主义事业、社会主义文艺事业着想，认为必须与反党、反社会主义的思想做斗争。可是对于点名批评周扬同志，我在思想上有所保留。我认为他不是反党……在二中全会小组会上的发言中，我表达了这点保留意见。至今对这段话负完全责任。”

光年同志认为周扬同志在理论上钻了牛角尖。在当时“清除精神污染”运动的高压下，光年前辈敢于讲出自己的意见，也很让人佩服。

会上有一位很熟的人说张光年违背了党的十一届三中全会的路线，还很经典地说“全盘异化就是全盘西化”。

张光年说：“当时我以为不是讲我的，因为我这些年来的文章和讲话中从未宣扬‘异化论’，连‘异化’这个名词都没有用过。”“我所宣扬的、我所拥护的是为人民服务、为社会主义服务的社会主义文学，我所热望、我所追求的是高质量的、有中国特色的社会主义文学。”“我这样说，也是这样做的。”他举例说明这些年的工作“是符合社会主义、社会主义文学事业利益的，根本不存在全盘西化或全盘异化的问题”。“中宣部文艺局来人到作协调查研究两个半月，调查报告也肯定了作协党组‘作风正派’”，“在政治上努力同中央保持一致，积极认真贯彻执行党的方针政策”……“那就不存在我和作协党组根本违反三中全会以来的路线问题了”。

在反对资产阶级自由化的问题上，他检讨自己“觉悟不高，斗争不力”，“但从我的全部言行来考察，我拥护党的路线和方针、坚持四项基本原则，从未动摇过”。

他说，有人“硬说我搞宗派主义，搞小圈子。我以为这不符合事实”。光年前辈举例说明了他是搞“大圈子”的。

还有人说他在作家中“拉帮结派，搞哥们儿”，要光年同志对这个问题负主要责任。

光年同志说：“很遗憾，我对他讲的‘哥们儿’‘拉帮结派’不大懂，不知其所指，对方也未做任何解释，因此我难以对这种指责发表意见。”

会上当然还有其他的奇谈怪论，在这里就不提了。

光年同志特别对大是大非问题做了实事求是的申辩，几十年后回头再看，历史证明光年同志是正确的，围攻他的人是错误的。张光年坚持党的原则，坚持改革开放的方针政策，鼓励作家深入生活，写出优秀的作品。这都是有目共睹的。再说第四次文代会也开得不错，光年同志在大会上的报告也十分精彩、正确，是经中央领导和有关部门审过的。还有后来由张光年同志主持的中国作家协会第四次会员代表大会也是非常成功的，被人们称为文学界的“遵义会议”，我看也未尝不可。

这些干扰和不公平没有让诗人停止前进的脚步，但是，从这以后也总有个别人接长不短地来一篇“批评”他的文章。这天我见到光年同志便建议他去看看，他说他不看这种东西。他很忙，有许多事情要做，有许多东西要写。

本书作者与张光年和黄叶绿夫妇。

他还表示，只要有机会他就要讲话，讲真话。他还特别感叹地谈到，有的人想打倒别人，而他自己一定会走向相反，不论谁都是这样。

这话说得真对！

张光年这么年长，精力如此充沛，真叫人高兴。每次我坐在光年前辈面前，听他畅谈改革开放的形势，听他谈文学、谈诗歌，说古道今，就如读百科全书，收益极大，也是一种享受。尽管我非常想聆听他的教导，但我每次都不敢坐得太久，我不能占用他太多的时间。

又过了些时日，是光年前辈 88 岁生日了，这时我不在北京，只好寄上贺卡遥祝他生日快乐。除献上我的敬意，还有我童年在行军路上高唱“风在吼，马在叫，黄河在咆哮……”的那种非常深切的感激之情。

以上文字写于 2001 年 3 月 28 日。

后来我到了大洋彼岸的女儿家。因消息闭塞，较晚才知道光年前辈已于

2002 年 1 月 28 日这个寒冷的日子里“远行”了。我不愿相信这是真的。我觉得他仍在那里思考着、书写着……

我努力这么想，直到很久以后还这么想，为的是排解心头的巨大哀痛。

2003 年 3 月

夜 访

——周而复谈他的巨著《长城万里图》

我们按了电铃，没想到来开门的竟是著名作家周而复（1914—2004）本人。他热情地将我们请进会客室，亲自端出果盘，拿起刀子为我们削苹果。这时已经是夜里 9 点半了，本来也没有预约，突然造访一定是不合适的，可主人的热情使我们顿时打消了顾虑。

我是 1958 年春天认识周而复同志的，至今已经整整 40 年了。那个年代全国上下都在“大跃进”，那年春天，周扬夫妇到了上海，由周而复同志陪同去常熟、无锡等地参观。他们被当时的火红形势所感动，两人便合写一篇通讯报道《常熟的春天》。参观只有几天，在回上海的火车上，周扬夫妇、周而复同志同广大工农乘客一样，坐的是硬座车厢。火车开动后，周而复同志忙抓紧时间请周扬同志对他写的《上海的早晨》（那是一份还没有发表的清样，我有幸成为这份清样的读者）提提意见。当时周扬同志说：“年轻人先说，我后说。”我也不知哪儿来的勇气，不知天高地厚地说了一通，主要意思是说书中描写的区委书记的夫人不真实。书中说这个老女人喜欢嫉妒，与她丈夫来往的工作人员，只要是女性，她都加以防范和监视，说她眼睛里的光都是绿的。当时我没有见过这样的老女人，特别不明白这种妒火旺盛的女人的心态，因此就武断地说这个人物不真实。想想当时的自己真是幼稚、可笑。当我活过几十年之后，真真儿见到过一些这样的女性后，我很佩服周而复前辈的观察力和对生活的深刻理解。这种上了点岁数的女同志年轻时也许是非常革命、进步的，但到了中年以后就变得心胸狭窄了，开始嫉妒比自己年轻的人，嫉妒年轻女性的快乐和话语，甚至嫉妒年轻人的微笑。《上海的早晨》描写的各种各样的人物都是十分真切、生动的，也是十分成功的。几十年来，我真觉得自己那次的话十分浮浅。

现在又见到了周而复前辈，从他的面容和行动来看，一点也不见老，只是头发中夹了一些银丝，我们晚辈的人也多称他“周老”。周老仍然十分健谈。我们说，我们读过他不少作品，如《白求恩》《上海的早晨》，等等。他笑着说，那已经是过去的事了，现在他又有了新作，那就是《长城万里图》。说罢，他到书房里将书搬到客厅。我所以说“搬”而不是“拿”，是因为书太多太重。他搬了两次，才把这370万字的巨著摆放到茶几上。有《南京的陷落》《长江在奔腾》《逆流与暗流》《太平洋的拂晓》《黎明前的夜色》《雾重庆》6册。

我们惊呼：“这么多册！这么厚！”

周老指着最后一册说：“光这一册就是80万字。”

“您怎么写出来的？”我们又好奇地问。

周老说，他一共写了16年，构思的时间就更长了。他告诉我们，在抗战期间，他在晋察冀抗日根据地工作时，就有了写一部反映抗日战争的长篇著作的打算。从那时起，他便有意识地积累材料，一个个小本子上记得密密麻麻。他到了延安后不久，就到大后方重庆工作，再以后，他又到香港等地工作。在工作中，他直接和间接地接触到诸多高层人士，也为这部长篇著作的写作打下了基础。

他说，《长城万里图》的写作方法是完成一部，放上一两年，这期间写第二部，第二部写完再放下，回过头来审视、修改第一部，如此循环下去，写完这6册书，用了16年。他还告诉我们，他在写这部《长城万里图》的过程中，还请了那些参加过抗日战争的、熟悉情况的老同志审读。杨尚昆、陆定一同志就为他看过稿，他们怀着极大的热情，高度评价了这部巨著。

陆定一同志从延安时期到“文化大革命”前，一直是中共中央宣传部的老部长（50年代担任过国务院副总理，“文化大革命”结束他复出后，担任全国政协副主席）。他看了这部书的前4册，兴奋地给作者写了一封信，他写道：“《长城万里图》前四部我已经看完，写得很好。我是过来人，看了也有好处。看了一些外国知名小说和中国的知名小说，能和此书相比的不多。这部小说将是中国文学史上的一件大事……”

大学问家钱锺书先生也说，看了该书，“惊喜交并，如许撼九州垂千古之大题目，必须扛九鼎扫千军之大手笔，可谓涵盖相称矣”。

许多外国的文人、学者，以及国内知名人士、评论家，都用不同方式来祝贺这部巨著的诞生，并给予了它极高的评价。

这部书不但写了毛泽东、朱德、周恩来等我党领袖人物和抗战将士，也写了蒋介石、汪精卫、李宗仁和其他知名者。在国际方面，罗斯福、丘吉尔、斯大林等，也是他描写的对象。自然，敌对方日本帝国主义的战犯东条英机、冈村宁次等，更是不可缺少的。写这样重大的题材，涉及面这么广，人物这么多，实属罕见。有人说它像托尔斯泰的《战争与和平》，但它比《战争与和平》所包罗的人物、事件要多得多，对整个第二次世界大战的各个方面都有描述，规模十分巨大。

在过去极左的路线下，作者写这样的作品是需要勇气的。周而复对我们说，他是“冒着风险去写的”。他说，他之所以敢于冒风险，是因为中日战争是中国历史上的转折点，百余年来，中国遭受外敌入侵，总是以失败或订立丧权辱国的条约告终。在全民族抗战中，多少中国优秀儿女献出了宝贵的生命，一举洗刷了从 19 世纪 40 年代以来的民族耻辱，应该大书特书。

基于这种指导思想，周而复以巨大的热情和毅力完成了这部辉煌巨著。在写作过程中，他除了原来积累的生活素材外，还查证了难以数计的资料，并多次实地考察。写日本大战犯东条英机时，周而复做了大量的研究工作。他写东条英机参拜靖国神社的一节细致入微，特别是东条英机去靖国神社的纪念殿、拜殿，都写得十分逼真，使读者看到了东条英机这个大战犯内心的阴暗和狠毒的嘴脸。为了更真切地描绘战犯的活动，他实地考察了这个地方。为此，作家也付出了惨痛代价。然而周而复并不为此怨悔，他继续写作《长城万里图》，直到最后完成这一浩大工程，了却半个世纪的宏大夙愿。

后来，周而复前辈还谈起当前的文学评论问题，他说现在的许多评论文章只说好，不说欠缺，这风气很不好。他认为，评论家写评论是对作品加以分析，指出好在什么地方，让作者今后在这方面更加努力，指出缺点则有助于作者今后的创作加以改进，对广大读者也起着引导和理解作品的作用，对读者欣赏水平也是一个提高。

我们说到作品，也说到人品。我举例说了一位知名女演员与我曾在60年代相识，粉碎“四人帮”后，她也曾与我同住在北戴河的一间屋子里，她还把她家地址、电话给我，对我十分热情。现在她在上海升“官儿”了，在人民大会堂出席一次电影纪念会议时，她被前呼后拥着迎面走来，我在向她打招呼时，她竟当着她的随从数人说“我不认识你”，然后扬长而去。当时我就怔了，是她得了健忘症，还是当“官儿”后目中无人到如此程度？我对周而复前辈说：“康克清大姐见到我们这些晚辈都是主动伸出手来，邓大姐也是如此，而这位演员是怎么啦？是得了健忘症还是‘官儿’做大啦？”

周而复前辈听罢笑笑说，你对这样的人了解太少，你要学会观察人，世界上什么人都有。他教我一个原则：“对方热情，你热情，对方冷淡，你冷淡。视当时的情况而定。”

我听罢，顿时大悟！心想，今夜不虚此行。

1998年10月

一位无私无畏的人

——记冯雪峰前辈二三事

提起冯雪峰（1903—1976）的名字，我不禁肃然起敬。他是“左翼”文艺运动领导者之一，他是诗人又是评论家。20世纪50年代初，他担任人民文学出版社社长和总编辑，那时人民文学出版社、中国文联、文化部都在东四头条的一个大院里办公，所以我能经常看到冯雪峰前辈进进出出的身影。我在电影学校学习时，有幸听过他讲课。我们知道冯雪峰是1927年的老党员，30年代他担任过上海“左联”的领导。他在中央苏区工作过，还参加过长征，坐过敌人的牢，他的革命生涯充满了艰险。我们对这位老前辈充满了敬意。中华人民共和国成立后，他担任中国作协副主席，但他的主要精力放在了人民文学出版社的领导工作上。1950年，由他担任编剧的《上饶集中营》电影在全国上映，反响热烈。我们这群电影学校第一期编剧班的学生对此兴趣极大，总想知道他是怎么写出这么好的电影剧本的。

50年代，他主持编辑出版《鲁迅全集》，这是一个很繁重又很光荣的任务。谁也没想到，《鲁迅全集》的一条注释与“文化大革命”的狂风恶浪联系了起来，成了文艺界主要领导人之一周扬反对鲁迅的一大罪状。又不料在“文化大革命”初期对周扬大加讨伐时，雪峰前辈挺身而出，说注释并非周扬所写，是他写的。而这到底是怎么回事呢?

1966年，“文化大革命”开始时，铺天盖地的大字报和官方的报刊、广播中，大批“四条汉子”（田汉、阳翰笙、夏衍、周扬）反对鲁迅，重要的罪证就是鲁迅的《答徐懋庸并关于抗日统一战线问题》一文后面的一条注释。20世纪30年代，“左翼”文艺运动中发生了“两个口号的争论”，一个是周扬提出的“国防文学”，另一个是胡风提出的“民族革命战争的大众文学”（后来从鲁迅的文章中得知，这一口号是经鲁迅同意的）。鲁迅先生的文章是1936年发表的，在文中点了田汉、阳翰笙、夏衍、周扬的名，称他们是“四条汉子”，同时也说了两个口号可并行不悖。鲁迅先生的这篇文章是请冯雪峰帮助起草、鲁迅抱病亲笔修改后发表的。鲁迅的文章发表后，两个口号的争论便告结束。50 年代初出版《鲁迅全集》时，为了帮助今人了解当时的情况，冯雪峰便写了一条注释。这本来是很正常的一件事，可是在“文化大革命”中便成了周扬反对鲁迅、颠倒历史的毒箭，且有人还将这条带有注释的原稿刊印在报刊上，说是周扬的亲笔。正在“全国共讨之，全党共诛之”的时候，人民文学出版社一位女编辑找到我，问这条注释到底是谁写的，她说：“冯雪峰说这条注释是他写的，不是周扬写的。”

女编辑的话对我震动很大。报刊上影印出的注释原稿确实不是周扬亲笔，但在出版前曾送周扬看过，在批判中周扬从来没说不是他所为。在“文化大革命”中不少人为了保护自己，能推就推，绝不往自己身上揽什么事，而已经被打倒的冯雪峰前辈却冒着危险说这条注释是他写的。这件事对我的触动很大，也使我万分感动。我之所以感动，是因为在恶浪滔天的时候，冯雪峰前辈说出了真相，承担了责任。我看到了一位老革命家的赤诚之心。

1975 年，由于毛主席对周扬一案做了从轻处理的批示，掌权的“四人帮”不得不把周扬等一些老同志从监狱里放出来。当我将雪峰前辈这件事告诉周扬同志时，他感动得眼圈发红。出狱后不久，他便去看望雪峰前辈。

他们这次见面，开始只对少数人讲过，主要是周扬觉得“自己的问题没解决，怕连累雪峰”。这是他们最后一次见面。在交谈中，雪峰前辈没谈个人的什么事，却嘱托周扬为瞿秋白同志澄清一个问题，就是鲁迅先生写的那封《辱骂和恐吓决不是战斗》信中批评的那首长诗——《汉奸的供状》的作者不是瞿秋白同志。说到这件事，我得多说几句了。

30 年代雪峰前辈让周扬主编《文学月报》时，有一位被派往福建工作的年轻党员曾在上海短暂停留。周扬与他见面，交谈十分投合。这位同志叫丘九，写了一首讽刺长诗《汉奸的供状》，用“芸生”的笔名发表在《文学月报》上。诗写得有些直白，有些激烈，有“剖西瓜”之类暗示铲除汉奸的话，把一些不该当作敌人的人也“骂”了一顿。鲁迅便写了一封信给周扬，这就是《辱骂和恐吓决不是战斗》这封信，用意是教给年轻的革命者如何正确地战斗，指出“战斗的作者应注重于‘论争’”，要“伺隙乘虚以一击致敌人死命”。周扬马上将信登在《文学月报》上，并以他的名义加了按语，指出鲁迅先生的信“是尊贵的指示，我们应该深刻地来理解”。“文化大革命”中一些大批判文章，硬是把鲁迅这封指导战友斗争的信说成是周扬等人向鲁迅“恐吓”“行凶”等等，十分可笑、可恨。更甚者，写文章的这些人没有弄清历史事实，或者有的人歪曲历史事实，张冠李戴地说这首诗的作者“芸生”就是瞿秋白，并把这位唱着《国际歌》走上刑场英勇就义的共产党早期领导人诬为“大叛徒”。20世纪30年代，雪峰前辈与瞿秋白、鲁迅除工作关系外，还保持着非常好的个人关系。雪峰前辈对“四人帮”歪曲历史的行径十分愤怒。他在走向生命的尽头时，想的不是自己，而是要为瞿秋白同志澄清问题，洗刷“四人帮”泼在瞿秋白身上的脏水（周扬同志复出后，按照雪峰同志的意思办了）。

雪峰前辈没看到“四人帮”倒台，在黑暗的日子里走完了人生之路。他留给我们的不仅是他的诸多诗歌、文艺理论文章以及工作上的丰功伟绩，他的崇高品格更让我们学之不尽。

1995年

著名作家赵树理片断

面对《赵树理传》，就像面对这位著名的大作家一样，使人感到亲切、高大又悲凉。

说起赵树理（1906—1970）同志，大家都不陌生。他是山西人，是描写农民生活的高手。他是伟大的农民的儿子。他的相貌举止以及他的身材，也是典型的北方大汉的形象。他待人热情，话语谦和而又幽默。一句话只要出自他的口，便会让人捧腹。

这样一位与农民生活如此贴近，又写出了脍炙人口的作品的大作家，在1959年的“反右”运动中却受到了不应有的批判。问题自然是他对农村形势的看法与当时“上边”的看法不一致，这就是“右倾”思想。实际上当时农村问题相当严重，彭德怀元帅敢于直言，被罢官；赵树理敢于直言，成为“右派”。一阵浮夸风过后，全国人民都在饥饿线上挣扎，证明赵树理同志对农村的看法是正确的。

当时他遭到了批判，一位部领导找他谈话。他们同是山西人，谈话可能会温和些，当时大家都这样想。

事后赵树理同志讲起这次谈话的感受，对周扬说过这样的话：“上级批评下级，再严厉也没有关系。你可以训，像训儿子一样地训，但不能像对孙子一样地训。我们可以当儿子，但不当孙子。”

这话说得让人发笑，但仔细一想，也暴露了当时那场谈话的情况。同时也表明了赵树理对这种谈话的容忍达到了极限，可是他这些话是用一种不紧不慢的语调说出来的，那深刻的幽默胜过千言万语。

赵树理写过好多书，都是群众喜闻乐见的。1946年周扬担任晋察冀中央局宣传部长，在刚解放的张家口，他编辑出版了《解放区短篇创作选》及由赵树理写的中篇小说《李有才板话》，并将它们带到了上海。当时美国方面曾邀请几位作家访美，其中也有周扬同志。他为了办护照到了南京，又去了上海，并将他负责编辑出版的这两本书送给郭沫若同志。郭沫若同志读了《李有才板话》后写信说，这是他“生平的一大快事”。郭沫若同志还说：“这是一个新时代，新的天地，新的创世纪。”周扬同志在这期间撰文对赵树理的创作给予了很高的，也是实事求是的评价。文中说，“赵树理是一个新人，他是一个在创作、思想、生活各方面都有准备的作家”，又说赵树理是“一位具有新颖独到的大众风格的人民艺术家”。

后来，赵树理的《小二黑结婚》《三里湾》家喻户晓。1956年中国作协副主席周扬在作协理事会上所做的报告中，把赵树理与茅盾、巴金、老舍、曹禺并称为“当代语言艺术大师”，并赞扬了反映当时生活的《三里湾》。

《三里湾》被改编成电影，拍摄完毕后，导演和电影局领导请赵树理和周扬去看片子，算是审查吧，地点在北京西单路口西边的羊市大街电影局老地址。这天很冷，房子里好像也没有暖气或者火炉，赵树理穿着一件棉大衣。在电影开映前，赵树理向我提起他的女儿赵广建已经下乡了，他说让广建去锻炼锻炼。一提到女儿，赵树理眉眼里全是喜欢、全是笑，那是一位慈父发自内心的笑。电影开始了，我们的谈话中断。电影放映完，征求意见时，周扬同志让赵树理同志先谈。

赵树理咂咂嘴，微微一笑说：“三里湾的人物我都不认识了。”

大家笑了。其实这句话的分量很重。但赵树理仅仅说了这么一句，他对人、对事一向是宽容的。

“文化大革命”中，这位写出了传世之作的大作家一直在山西，深陷铺天盖地的大字报之中，被无穷无尽地批斗。1970年一年中，批判他的文章仅山西一省就有88篇之多。当造反派把他折磨得几乎不能行动时，他仍支撑着体弱多伤的身体，参加了那年又一次批斗他的大会，那次他栽倒在斗争他的会场上。

“四人帮”摧毁了他的身体，却无法摧毁他的信念和意志。就在1970年9月6日，他的爱女赵广建从插队的农村被允许回来看望她的父亲。这次见面，他们父女俩谈得很多。离别时，赵树理艰难地挪动身子，拿起笔在一张破旧的纸片上抄录下了毛泽东同志的《卜算子·咏梅》，然后叮嘱女儿藏好，并想办法给周扬同志送去。他说："党会明白我的。"

在那个年代，赵树理不可能不知道周扬已经被诬为"文艺黑线头目"，被打倒了，然而赵树理却仍然相信真理，相信同志，他用毛主席的一首《卜算子·咏梅》来表达他的坚定信念。这是何等可敬可佩啊！

风雨送春归，
飞雪迎春到。
已是悬崖百丈冰，
犹有花枝俏。

俏也不争春，
只把春来报。
待到山花烂漫时，
她在丛中笑。

就在赵树理抄录下《卜算子·咏梅》的第18天，他含冤走了……

"文化大革命"终于结束了。1979年，赵广建拿着她父亲的这张抄录着《卜算子·咏梅》的纸交到了周扬手里，我也曾见过这片不大而且有些破旧，但是十分珍贵的纸片。这首《卜算子·咏梅》是大作家赵树理临终前信念依然坚定的见证。

20世纪90年代末

严文井前辈教我写小说

20世纪50年代，我会利用业余时间写点小说之类的小文，但是不怎么入门。后来周扬同志让我去向严文井（1915—2005）同志请教，他说严文井同志的文笔很好，写的文章很美。“去请教他，他会给你一些指导。”

那时我曾听说文井同志帮一些年轻作者审稿、改稿，使那些同志的稿子得以发表。我那时也不管文井同志有没有时间，就请他帮我审阅稿子。没过多久，他约我去谈，我很高兴地去了。以为他会对稿子提什么意见，谁知他并没有谈对稿子本身的意见，却谈了很多别的话。记得他说过这样的意见：写作品，不必刻意追求什么效果，也不用挖空心思编造什么故事，真实生活是什么样，就写成什么样。生活本身就有它的规律，有它的内部结构。

严文井同志的话，使我豁然开朗。他为我打开了创作之门，这是一堂极好的写作课。后来我把这意见告诉过许多朋友，他们都说很有道理。以后我再写作时，严文井同志的话就在我脑子里回荡。直到现在，这些话仍然影响着我的创作。我遵循着他的意见，写真实的生活，绝不胡编乱造。

严文井是著名的作家、理论家，他写过小说、散文，也写了许多美丽动人的童话和寓言。他的笔神奇无比，一件事、一个人物，经他的笔一写就全活了。他十几岁就开始发表文章，后去延安，1938年在延安鲁迅艺术学院任教。中华人民共和国成立后，他担任过多种领导职务，可在我的心目中，他不是什么“官儿”，而是一位循循善诱的老师。

“文化大革命”开始后，我没有机会再向他请教了。相隔10年之后，1977年8月19日，在万寿路中组部招待所，我又遇见了他。那天一见面，他就问我在哪里工作。我告诉他，我是北京市民（意思是还没有被分配工作）。他说他最近写了一篇谈童话的文章发表在报刊上，我说我已经拜读了。他很吃惊地问：“你注意到了？”

在“四人帮”统治时，童话已经绝迹。现在他对童话的创作问题发表了文章，自然有许多人注意。

那天他是来看周扬同志的，他们正在交谈。我也是来看周扬同志的，就坐在一旁静听。

他们谈起延安时的往事，文井同志回忆起周扬将他和另外三位同志带到毛主席窑洞时的情形，周扬把他们一一介绍给毛主席，他们在毛主席那里待了一天，还吃了两顿饭。他们和毛主席无拘无束地聊天，就像朋友一样无所不谈。毛主席也问了他们的情况，并且耐心热情地倾听他们的谈话。那时文井同志不过二十几岁。

文井同志说："我问毛主席喜欢李白还是杜甫，毛主席说他喜欢李白，还说杜甫当时是个'小官儿'。我还问毛主席喜欢不喜欢话剧，毛主席风趣地说，'我天天作话剧'（意思是天天都在说话）。"

文井同志回忆起在延安文艺座谈会之后的一天，毛主席到周扬家的情景。当时周扬同志住在山坡上的一个窑洞里。毛主席到来的消息一传出，鲁艺师生非常高兴，赶去周扬家。文井同志说，那天何其芳同志为了见毛主席，赶快去扎皮带，因为激动，扎来扎去弄了好一会儿，好不容易才扎好进了门。说到何其芳扎皮带时那激动、兴奋的神情，他们俩都笑了。

文井同志还谈到在"文化大革命"挨斗时，只要站到台子上，就得自报家门。造反派问："你是什么人？""我是周扬黑帮大将严文井。"这身份自然是造反派给定的。

他讲到这些时，和周扬相对微笑，没有激动的宣泄。那种平静如水的谈话气氛，深深地感染了我。他们是经过大风大浪的人，练就了"不管风吹浪打，胜似闲庭信步"的胸怀。

20世纪80年代初，人民文学出版社出了我的一本儿童文学集《我有一个好爸爸》，本想请金近同志写序，金近同志却建议我请严文井老师写。开始我担心他不一定答应，意外的是，他竟欣然同意了。在序中，他没有像一般写序的人那样评论作品的长短，而是抒发了老作家崇高的思想情感。他写的序像诗一样美，题目是《心中的歌》。这里我把全文抄录如下，以飨读者：

不管世界多么复杂，各种各样的人有多少想法，总有一些人心跳动着，不是为自己。

这样的人，过去有，现在也有，将来更会有。

他们的心跳动着，不是为了自己。

总有一天，会有更多的人懂得：自己的身体不只是为自己才输送温暖。

你送我以温暖，我报你体谅和信任，这些东西对你也就是温暖，你和我都同样需要温暖。

大家互相赠送温暖，就会驱走严寒。

有那么一个时代，差不多每个人都害怕被误解，不受信任，希望一颗心能看清另一颗心。

那个时代真叫人不好过。心和心之间存在一个神秘的距离。于是有心人就来写“心”的故事，唱“心”的歌。

露菲同志就是这样一个有心人。二十年来她一直为孩子们坚持业余写作，向孩子们讲“心”的故事，唱“心”的歌。

她的歌是多种多样的，例如：

十三四年来我从不叫您一声，现在我喊叫：“爸爸！”这是一个小姑娘的心，在了解了自己的爸爸的心以后才敞开的心。

一个母亲把自己的儿子送去当兵。儿子一去不复返，作为祖母，她又把两个孙子送去当兵。

哪个母亲不爱自己的儿女？哪个祖母不疼自己的子孙？慈母心啊，慈母心啊，这是怎么回事？

这个仗必须打胜，必须打胜，为了更多人的孩子。更高级的慈母心就是人民的心。

这些史诗既奇特，又真实。历史也许成为过去。是的，他已经走了过去。

新的历史又在走来，有些什么奇特的真实、真实的奇特要出现，我们可得认真想一想。

我们先得好好听一听前辈们为我们唱的“心”的歌。

这些“心”的歌，真正值得我们沉思。过去还没有走远，在未来面前我们又该怎样开始？

我们会有自己的开始。

前辈们把“心”留给我们，我们的心刚毅又柔和。

我们开始，决不会只为自己。

1983 年 1 月 25 日

您看，这不是很美吗？文字美，思想更美。

1997 年 8 月

忘年之交（谈）

——听严文井前辈聊天

在寒气袭人的傍晚，我走在北京东单东面的小羊宜宾胡同里，找到了中国作家协会宿舍大院，走进了严文井前辈的家。

严文井同志与我也算是老熟人了，他是著名的作家、评论家。20 世纪 50 年代，他是中国作协党组副书记、书记处书记，我曾拜他为师，学写儿童文学。他的经典话语就是：生活本身就有内在结构，不要刻意去编撰。

这话很对。

这已经是几十年前的事了。还有，他为我在人民文学出版社出版的儿童文学集《我有一个好爸爸》作序，在写作上对我的帮助很大。

这次看望文井前辈，是事先有约，他要我去他家里聊聊天。我当然高兴，就如约而至了。

一进他家的屋门，便看到他新婚不久的妻子康志强做了一桌子菜。我扫了一眼，看见一盘炒鸡蛋放在饭桌中央，金光灿灿，香气扑鼻。康志强也是我的朋友，她见到我怔了一下，说："不知道你要来。"我当然不是来吃饭的，没容我解释，严文井同志就说："不，我们约好的。"说罢，他便将我领进他的书房兼会客室里。这是一个十分狭小的房间。

他说："这个房间现在不接待一般的客人，只接待少数朋友来聊天。"

听此言，我喜出望外，从他的话语中判断，我成了他的"少数朋友"之一了。他把我抬得这么高，实不敢当，因为我毕竟是晚辈。

我请他先吃饭，再聊天。

他老人家说："不忙，不忙。"

我记得 50 年代来向文井同志请教时，曾到过这间房间。现在他的小写字台还像 50 年代那样摆在南面。墙上挂着一个大袋子，里面装满了信；靠北面是摞在一起的三个大木箱，顶上放满了杂志。靠墙的书柜里放满了书，50 年代放在书柜里的小摆设——贝壳之类的全没有了。现在是冬天，屋子中间还有一个大火炉，火炉旁边放了一只木凳。进屋后，我有点转不过身来的感觉，应该说与过去相比，真的是太乱了。

文井前辈说："你不用观察了，现在都是乱七八糟的。可是我找东西好找啊。如果粉刷房子，东西一挪动，我就什么也找不到了。"他这样解释着"乱"的原因，还微笑着指着一个木箱说："不瞒你说，我第一个爱人的情书还保存着，不过现在不知压在什么地方了，也许就在木箱里。"

他让我坐在木凳上，他坐在写字台前的椅子上，谈话就这样开始了。火炉上的铁壶里冒着热气，房子温暖，空气湿润。

我以为文井前辈说的第一个爱人是去世了的李淑华阿姨，他说："不是，是我中学时代第一个恋人，那时感情特别纯洁，不贪图什么，就是互相喜欢，真的非常喜欢。后来我找到了一个工作，想订婚。本来想得十分简单，可她妈一定要举行一个什么仪式，那我怎么举行得了，没钱哪。这段感情也就告终了。后来她与别人结了婚。她给我写的信，我去延安之前寄到湖北老家由父母保存着。"文井前辈略停了停，又说："这些信也没有什么文采。后来父母又将这些信寄还了我。"

文井同志坦荡又自然地讲述了他的初恋，可惜那一段情感只有开花而没有结果。他1938年到了延安，在延安鲁艺任教。他又说起他和李淑华结婚的事。

"我24岁半给支部打报告申请结婚，支部批了。"文井同志说，"结婚那天没有举行什么仪式，就是把自己那条盖不到脚的纱布被子和李淑华的被子搬到一起，我们就同住了。旁边窑洞里住着李公朴[①]的夫人，她得知我结婚，特意用茶杯煮了红枣送来，说了许多热情祝福的话。这就是我们的结婚典礼。"

---

①李公朴先生是中国有名的社会教育家、著名报人，还是中国民主同盟的发起人和领导人之一。为了反对国民党反动派的独裁统治，他积极投身救国救民的民主革命运动，却不幸于1946年7月被国民党特务开枪暗杀，后不治而亡，年仅44岁。在公祭李公朴的大会上，闻一多发表演说，怒斥国民党反动派的暗杀罪行，7月15日下午，闻一多先生也遭特务暗杀身亡。这是震惊全国的大事件。李公朴夫人的这一身份本就不同一般，她送给严文井结婚的礼物虽是一杯煮红枣，却显得格外珍贵。

想想那个年代，在那个特定的地方，两条被子搬到一个窑洞里就算是结婚了。这是那个时代的情感、那个时代的生活。李公朴夫人送来的这杯甜美的红枣水，胜过现代人婚礼上的多少鲜花和美酒啊！

严文井又说起他那条盖不到脚的被子的来历，他说他本来没有被子，一直与别人合盖一床被子。“那时环境艰苦啊，当我调动工作时，就没有被子盖了。后来被分配到医院采访，领导同志知道了这一情况，就发话说：‘到医院领一床吧！’到了医院，医院也没有被子，他们就用医用纱布给我做了一床被子。虽然被子太窄太短，但毕竟有了自己的被子，不能说举世无双吧，也是世间少有的一床纱布棉被吧！”

文井前辈讲被子的事，我也有同感。在抗日根据地，我也有几年没有被子盖，那是非常难熬的日子。

文井前辈谈延安的趣闻，谈他的个人情感经历、处世哲学，他感叹人生多端的变化，年华的流逝……

“我老了，可以聊聊这些事了。”文井同志说，“哪个人一辈子没有一点风流韵事？再正经的人也有。这些话，退回20年前，我不可能对你说，那时我40多岁，你20多岁，我要讲这些，有人就会问，你这是什么意思？你有什么企图？现在老了，与朋友聊聊这些也无妨，你也成长了，对人生、对生活也有一定的理解了。当然啦，生活中有意思的可喜的事也不少……”

文井同志像是自语般慢条斯理地讲着，我静静地听着。他讲得很坦荡、很真诚，不加任何修饰地说着过往那些有意思的事情。

在谈话中，他问起我是怎么到北京来的。

我说是冼群导演要我来北京的。

他“噢”了一声，接着说：“冼群是我中学同学，他比我高一级。你怎么认识（他）的？”

我告诉他，上海解放不久，上海电影制片厂（简称“上影”）刚刚成立，我们华东文工团都集体转业到了上影。冼群导演在上海接受了拍摄《女司机》

的任务，我在《女司机》中扮演一个小角色。那时在大连拍外景，为演该片中的火车女司机，6 位女演员剪去了留得长长的大辫子，我将此事写了一个小报道，《大众电影》刊登了。冼群看到后，专门找我谈了一次，他建议我走文学创作的道路，到北京去。我到了北京，冼群导演又将我“交给”了王震之前辈，王震之前辈是电影局剧本创作所的所长，他让我到电影学校刚刚成立的编剧编辑系学习。他说新中国需要很多女作家，要我努力学习。可是毕业后组织上分配我去当秘书，我非常不愿意，为此哭了好几次，当然这事也向王震之前辈说了。一天傍晚，他约我谈话，那是在北戴河海边，他说：“你还是要服从分配。你先去工作几天，如果实在干不了，把你退回来，你也不要不好意思，我可以带你写电影剧本。”

我说罢，文井前辈高兴地说：“王震之也是我的老朋友，当时在延安就是看王震之、姚时晓他们几个写的戏。我很高兴，发现你、帮助你的二位同志都是我的老朋友。”话题自然又谈起现今文坛的情况。他说未来文艺界的事也不会太轻松，周扬同志从 30 年代到现在一直在文艺领导岗位上，也退不下来，他的担子够重的。保护他的办法，就是让他少管点事，摆脱一些杂务。说到底，文艺问题，也是政治方面的较量。说到他自己的态度，文井前辈说：“我的处世哲学就是不参与，有些会议我也避免参加。无事可写点童话、寓言之类的东西。”

文井前辈一再说，他老了，很少出门，但他有很多年轻的朋友，他们会告诉他外面发生了什么，多与年轻人来往，他就衰老得慢一些。他说这些可供周扬同志参考。

接着他又谈起 1980 年在北京万寿路与周扬同志的那次长谈，他说：“我是有准备的，是敞开胸膛，无话不说的。以后也许就是会上见见面，不可能做那样的长谈。那次谈话，从毛主席到个人琐事都谈到了，无所不包，无所不谈，算是一次‘告别’谈话吧！”

他问我最近写了什么，我说天天忙于工作上的杂事，没有时间写。我还表示实在有愧于“严文井老师的学生”这一称号。文井前辈说：“不用着急，以后会有时间的。在文学创作问题上，要多积累生活素材，所有的大作家，如托尔斯泰，他们写东西，都有一个‘模特’，都是生活中有个影子，而不是凭空编造，那么你那些生活，还有不少可写的。”

时间过得很快，不觉已经聊了近2个小时了，我坚持请文井前辈去进餐。

告辞了文井前辈，我行走在空荡荡的昏暗小胡同里。仔细回想一下，这次聊天好像什么也没谈，又好像谈了很多。再品味一下，忽然一阵惆怅涌上心头，这是不是“告别聊天”呢？我不敢这么想。不过，以后再也没有这种忘年之交谈了。偶尔在文艺界的大会上看见他，他仍然是热情地招呼我，但说话的机会很少。

再以后，他从他那没有暖气的房子里搬走了。

再以后，很少见到他了。

再以后（2005年7月20日），他老人家走进“天堂”了。

2016年6月

于美国新泽西州

诗人杜谈不开门

门紧紧地关着。来人又敲了几下，门启开一半，露出了一张长须飘然的脸，扔出一句“生病不见客”的话，随即又把门关上了。

敲门人是周扬同志，当门关上后，他无可奈何又迷惑不解地微微一笑走了。

这是1978年2月16日上午，我随周扬同志去看望一位老同志时的情形。

被访的老同志是谁？是老诗人杜谈（1911—1986）同志。他早年写诗，新中国成立以来主要从事电影剧本的创作，《翠岗红旗》就是他的力作。这部描写革命者悲欢离合的电影在50年代颇有影响，它是在周扬同志主持文化部工作时拍摄的，曾受到周恩来总理的赞扬。

周扬同志是杜谈同志的老朋友，也是杜谈同志的老领导。他们从30年代初相识以来一直有着往来，直到“文化大革命”开始才中断交往。“文化大革命”后，周扬同志“劫后余生”，又恢复了工作。他来到杜谈同志家，本以为可以畅谈一番，谁知杜谈同志竟没有开门。这似乎不近情理，但诗人有他的想法，他有他表达情感的方式。周扬同志带有些许遗憾地走了，弄不明白杜谈同志是怎么回事。

杜谈同志说怪也真是怪，怪得使人不能理解。这也许与他的孤傲怪僻的性格有关，也与他的生活经历有关。杜谈同志1911年出生于河南南阳一个地主家庭，他未出生，父亲已亡，母亲多病，用杜谈同志自己的话说，在他小的时候，精神上常常受到虐待，后来受一位名士的影响，养成了“使气傲物”的作风。20年代末期，他受表兄弟王正朔、刘正范的影响，追求进步，只身离家到北京大学听课，这期间他由冀丕扬同志介绍参加了革命，散传单、演讲、游行集会，同时参加了“左联”。1932年，他来到上海，在鲁迅先生的帮助下与上海“左联”卢森堡接上关系，在“左联”担任领导的周扬同志很快与他会见了。自此，他和周扬同志便有了接触和往来。杜谈同志这时参加了《新诗歌》的编辑工作，自己也写过不少诗和短文。他还参加编辑了为纪念“左联”牺牲的5位烈士而出版的《血在沸》诗集，这本诗集中就有他写的12首诗。他是一位年轻的热情奔放的多产诗人，前后编辑过《文哨》《到明天》《擎旗手》等刊物。那时杜谈同志叫窦隐夫，1934年，在新诗的问题上，他请教过鲁迅，鲁迅给他回复了一封长信。国民党反动派对无产阶级文艺进行了“文化围剿”，在反动派的黑名单上也有了杜谈同志的名字。他被捕了。但不论敌人如何利诱威逼，都没能从他嘴里得到任何可利用的信息。结果，他被判刑两年半。等他出狱后，“左联”已解散。1937年，经郭沫若同志介绍，他与任白戈等同志一道奔赴革命圣地延安。26岁的年轻诗人到了延安，精神大解放。这期间他又写了不少好诗，有抒发个人情感的健康的爱情诗，但更多的是描写人民群众革命斗争的叙事诗和抒情诗。他的诗通俗顺口，有着深刻的思想内容，至今读起来仍回味无穷。在他自编的诗集《修路者》中，可以看出诗人对革命的人民充满了热情，同时也可以看到诗人的脚步是怎么从旧中国走到了阳光明媚的新中国。他歌颂人民，歌颂胜利，歌颂党的伟大。这些好诗被部分地选入《延安丛书》，不久即与读者见面。

新中国成立以来，杜谈同志主要从事电影剧本的创作，为了塑造革命者的形象，他经常到江西、湖南和自己的老家河南南阳深入生活。

我是50年代初认识杜谈同志的。那时我从上海调到电影管理局的剧本创作所工作，他是剧本创作所的编剧。他有一棵栽在盆里的橡皮树，他不在时，让我为树浇水，并说一天给我一个鸡蛋作为“报酬”。我答应为他浇树，但没要他的鸡蛋。后来他深入生活，写出了《母亲》的框架。再后来，他到了北京电影制片厂工作。我从电影学校毕业后，被分配到周扬同志那里担任秘书，而我一直做着作家梦，不肯去。他曾专门找我谈话，说：“周扬是中国的马克思主义的理论家，到他那里工作，可以学到不少东西。周扬同志为人很好，他从不对下面的同志发脾气。”我听从了他的劝告，就服从分配了。

杜谈和周扬几十年一直保持着友好的情谊。1958年，他到中宣部看望周扬同志，当时周扬正在开会，没法儿接见他，他就在周扬办公室里等着。等的时间太久，他竟睡着了。这次他见到周扬，非常诚恳地说："您是理论家，要多写文章，少做一些事务性的工作。能做事务性工作的人不少，写理论文章的人不多。您在这个岗位上，要多写一些指导性的文章，比做事务性的工作重要得多。"

他把意见讲完就走了，他从不啰唆。

1966年"文化大革命"的狂风恶浪席卷中国大地，诗人心情郁闷，坐卧不安，他搞不清为什么一夜之间机关里贴满了大字报，他搞不清为什么中学生都戴上红袖章到处"破四旧"。他回到家里对他的老伴儿张庆亚同志说："这些领导干部怎么都变成了'走资派''反革命'？那些孩子们的行为纯属瞎胡闹。"

张庆亚同志当时是北京制药厂副厂长（80年代时是北京制药公司副总工程师），她已被扣上"走资派"的帽子"靠边站"了。她听了杜谈同志的话，忙劝他小心，不要多说，而杜谈同志忧心忡忡地说："真正革命的同志应该团结起来，制止他们胡闹。"

老伴儿无言对答，只是叹气，因为她已经不再管厂里的生产，而是打扫厕所了。不过，她还是细心地照顾着杜谈同志的生活。

当时周扬被打成"文艺黑帮头目"，还被一些人说成是"大黑伞"，包庇丁玲、胡风等。最后又有些人说周扬是"叛徒""特务"。那时许多的领导同志都成了"走资派""叛徒""特务""假党员"。杜谈想不通。局势这样乱，他认为要不得，便写信给文化部，提出自己的意见。那时文化部已被砸烂，无人办公。他又亲自把信送到了党中央所在地中南海。他怎么也想不通"文化大革命"的这些搞法，他怎么也不能同意"文化大革命"的这些做法。为了送他的这封信，他上班迟到了（其实那时除了搞批斗，无班可上）。造反派问他为什么迟到，他没讲自己到中南海送信的事，只说："迟到就迟到了嘛！还有为什么。"

不久，杜谈同志就被当作"牛鬼蛇神"批斗了。这是他没有想到的，这对他刺激很大。不过他襟怀坦荡，对党、对人民问心无愧，对于向他袭来的这场风暴，他经受住了。

据我的朋友施文心说，有一次在批斗会上，有人吼叫着对他说："你是叛徒，要老实交代！"

"老实交代？"

"不老实交代，砸烂你的狗头！"

杜谈同志面对这些胡吼乱叫，从容地两手一背，在被批斗的台上走了两步，对批判者不屑一顾地说："笑话！我是叛徒，谁是革命的？"

主持批斗会的几个造反派头头对他怒目而视，与会的"观众"有的悄悄笑了，当然也有的人暗中叫好，认为他反驳得有理、批驳得痛快。

被林彪、江青反革命集团诬蔑为"叛徒""特务""三反分子"的周扬同志已经身陷囹圄，又可以随时被揪出来批斗。不论哪个单位的造反派都抢风头来批斗他，有的是背对背声讨，有的是面对面斗争，什么脏水都往周扬同志身上泼。当有人在批斗会上诬蔑周扬同志是"叛徒""特务"，要杜谈同志表态时，他大义凛然地说："周扬是好同志，他对文艺事业有贡献，他对党是一片赤子之心。"

这是一种多么勇敢的举动啊！杜谈同志一向看不起趋炎附势的卑劣小人，当时有些人为显示自己的"革命"，或者用心不良，对老干部捕风捉影、落井下石，甚至造谣诬蔑，杜谈同志对此深恶痛绝。在那个黑云压顶的时期，谁要说真话，就有被打成"反革命"的危险，杜谈同志却敢于一次又一次地在批斗会上说"周扬是好同志"。他敢于斗争，把可能出现的危险置于脑后，因为他相信党，相信党实事求是的精神一定会把是非曲直分辨清楚。像杜谈同志这样敢于讲真话的人还有著名作家骆宾基同志，不论造反派怎样对他"武斗"，将他打倒在地，只要问他"周扬是不是黑帮头目"，他的回答总是6个字："周扬是好同志。"

共同受难的《青春之歌》的作者杨沫同志曾私下对骆宾基同志说，你就"哼哼哈哈"一下吧，别为这事一次次地被打。可骆宾基同志坚持不说假话，因此被打无数次。这真是中国知识分子的脊梁。

“文化大革命”中林彪、“四人帮”一伙把党和人民拖入灾难的旋涡，杜谈同志面对这种情况并没有消极，他奋笔疾书，向党中央反映情况，并且亲自将信送到文化部。那时文化部已被砸烂无人接受，他又把信送到中南海，他希望中央得知真情后会出来过问一下当今的局势。这一方面说明他对党中央的无限信任，同时也说明杜谈同志身上存有诗人可悲的天真。

后来，许多老干部都被驱赶到以“劳动改造”为主的干校去了。杜谈同志向军代表说明自己有病且老，可否不去干校。军代表不予理睬，一声号令，硬是把包括杜谈等同志在内的老弱病残者一起送到了干校。干校里也少不了开批判会，但他已经不那么动气了，而乡间的风景、祖国的大好河山使诗人的心稍微得到一些安宁。他想写诗，他又想到了党的文艺事业，他觉得把文艺工作者送来一起劳动是不务正业。有一次，他对演员于兰说：“你们应该演戏，不应该在这里劳动，你们再不演戏，观众就把你们忘记了。”

这几句话说得于兰心里酸酸的。那个年月还谈什么演戏啊！观众不但忘了演员，除了几个“样板戏”，人们都不知有其他的剧目了。电影、美术、音乐、舞蹈等文艺园地一片荒芜。

在20世纪60年代末到70年代初，杜谈同志敢于仗义执言说真话，敢于把江青他们定性为“文艺黑线头目”的周扬认定为好同志，是需要有非凡的胆量的，这在当时是要冒坐牢危险的。杜谈夫人张庆亚同志佩服杜谈同志说真话的勇气，但她也确实害怕“飞来横祸”，她要杜谈同志“争取”从干校回来。杜谈同志身体欠佳，并且已到花甲之年。经过一番周折，他终于从干校回家了。从此，杜谈同志把自己关在屋中，终日少言寡语。他不愿听那些高音喇叭的喧闹呼喊，他讨厌招摇过市的造反派到处打砸抢抄。他不上街散步，只在阳台上晒晒太阳，每天的饭菜由老伴购买，自己煮食，过起了隐居般的生活。

风雨激荡的日子结束了。1976年10月的阳光普照着中国大地，全国人民为粉碎“四人帮”的伟大胜利而欢呼。张庆亚同志将这个大好消息告诉杜谈同志时，他用手捻着灰白的长须微笑了。他没有多说什么，但从诗人闪闪发光的眼睛里可以看出他的兴奋和激动。

1977 年，杜谈同志忽然不见了。他的老伴儿和子女分头跑遍了北京亲友的家，也不见他的踪影。诗人的“失踪”让全家叫苦不迭。他到底到哪里去了呢？他们谁也不知道。最后没办法，张庆亚急得只好向公安局请求帮助。10 天后，在一个深夜，他回来了。张庆亚问他到哪里去了，他说他想到河南老家去看看。

他心里牵挂着故乡的人民，他说他 50 年代以来，未曾为家乡人民疾苦的生活向中央反映过，现在“四人帮”被粉碎了，他想去看看家乡人民的生活是不是有了变化。诗人笑了笑，又说：“不过，这次并没去成。原因是半夜火车过郑州时我睡着了，没有下车，便又补票到昆明玩了几天。”他的话让全家哭笑不得。诗人却像没有发生什么事儿似的，又回到自己屋里静心读书、看报、写起诗来。

经过“文化大革命”后，幸免一死的老同志、老朋友都渴望见面交谈，彼此都想知道对方的遭遇。

“文化大革命”结束，周扬恢复工作后，当他知道了杜谈在“文化大革命”中的表现时，感动得眼睛湿润了。他要去看看杜谈同志，表示他的敬意，没想到却吃了闭门羹。

后来，我有机会去拜望杜谈同志，他热情地接待了我。他见了我第一句话就问：“周扬同志好吗？他身体健康吗？”

我告诉他很好，并问他：“周扬同志来看你，你为什么不开门？”

他听后不好意思地笑了：“周扬同志工作很忙，我又没有什么事，何必耽误他的时间呢？”

杜谈同志就是这么怪，怪得似乎不近情理，怪得真诚，怪得可敬，怪得使人感动。

后来我又去看过他，谈到举国上下为“四化”奋战的可喜形势，他兴奋地说：“中国要立于世界之林，必须要建设精神文明，要有高度的文化，要有好作品，要有大作家。”

当我问他有什么创作计划时，他微笑着说他想回河南老家看看，换换环境，呼吸呼吸新鲜空气，可以写出东西来。

我祝愿诗人杜谈同志健康，并有新作问世。

正当我们盼望着诗人杜谈同志有新作问世时，不料他悄然地离去了。那是1986年4月18日的凌晨。

我走进他居住过的房间，就好像他还没有走。看到诗人的妻子张庆亚同志悲伤的泪水，我这才相信，他已离我们远去了。

杜谈同志是文艺界的老前辈，我有幸从50年代初就认识他，并且从他那里得到过不少帮助。这几年我也时常在创作上向他请教。他因年老体弱，听觉较差，有时就只好用笔交谈。

有次笔谈，我问他喜欢什么人的作品。他说，他喜欢沙汀、艾芜、杨潮、关露等人的作品。他对俄国的大作家托尔斯泰也极为推崇，他说：“他的《复活》写得很深刻，旧社会的那些事情十分可恶、肮脏。”

有一次，我又问他最讨厌什么。他回答说：“我讨厌虚伪。虚伪最不好，做人、做革命者，都要真诚。”

这几句话，道出了杜谈同志高洁的人品。他自己就是一个高尚的、真诚的人。他去世后，党组织对他的评价是“生活俭朴，为人正直，从不向党要名誉地位”，在“文化大革命”中，他“不畏强暴，敢讲真话，敢于斗争”，是“党和人民的忠诚战士”。这些评价，他当之无愧。

杜谈同志生前最后几年不大出门，老伴儿张庆亚同志鼓励他出去走走，看看老朋友。可是杜谈同志说：“我不知道怎么来表达自己的情感，看见了老同志说什么呢……”

他的内心如孩童般纯净，他不想打扰朋友们。他就自己在家里看看书，写写诗，晒晒太阳……现在他“走”了，文艺界一些认识他的同志，不论接没接到讣告都来了。大家怀着悲痛的、崇敬的心情送诗人一程。

尽管杜谈同志生前说他“不知道怎么来表达自己的情感”，但是同志们都懂得他情感的真挚、热烈，都明白他为人高尚。

诗人可以放心地“走”了，不要牵挂什么了。他的6个儿女也都在各自的岗位上为人民服务，在他们身上，我也看到了诗人的品质。

1986年10月

灯塔闪亮着

——记著名作家谢冰心之一

从烟台开会回来，我急忙把一棵野豌豆苗送给一位老人家。我告诉她，这是从她的第二故乡——烟台的地梗上采摘来的，是一位素不相识的同志送给她的。老人接过根部还带有黄色泥土的野豌豆苗后笑了，她轻轻地抚摸着几朵紫色的小花说：“谢谢。”

本书作者和冰心老人在一起。

这位老人就是著名作家、中国文联副主席谢冰心（1900—1999）同志。

1986 年 5 月，全国儿童文学会议在烟台召开。会议期间，著名儿童文学家金近、王一地与我一起寻访冰心老人童年居住过的地方。那个地方在海边，叫金沟寨。那天我们东打听、西打听，怎么也找不到这个村子。只有公路边插了一块写有“金沟寨”三个字的牌子。正在不知如何是好时，我们遇到了一位中学教师。听说我们要找冰心老人居住过的地方，这位老师便热情地为我们带路。在他的指引下，我们来到了一处有着一些良田和长满树林的沟坎处。他告诉我们，当年的建筑都在抗日战争中被日军破坏了。他对我们说：“我的青少年时代曾受到冰心同志作品的影响。在我遇到困难时，她的作品给我以力量，我盼望冰心同志到金沟寨来看看，看看这里发生的巨大变化。请她在我家吃一顿便饭，让我搀扶她老人家走几步路，这就是我最大的快乐。”说罢，他还从田埂上挖起一棵开有紫花的野豌豆苗，他让我们把这棵野豌豆苗带给冰心同志，以表达金沟寨的人们对冰心同志深厚的情意。

回到北京，我去敲冰心老人家的门。她在她的卧室兼写作室里接待了我。我拿出了那棵已被压成标本的豌豆苗，双手捧过去，她轻轻地抚摸着。

我告诉她，送这棵豆苗的就是金沟寨本村居民，他是一位中学老师，名叫曲月坤。

我把那天曲老师说的一番话告诉了冰心老人，她高兴地点点头。我又转达了烟台市委书记王济夫对她的热情邀请，希望她去烟台走走看看。我还告诉她，就在金沟寨附近，中国文联建了一所供作家、艺术家创作交流用的“文艺之家”，希望她是第一批“客人”。她高兴地说：“太好了。”

冰心老人忘不了金沟寨，忘不了她的童年。

那天她问了许多，也谈了许多。她说起自己童年时，常随父母到张裕葡萄酒厂的厂长张裕家做客，有时还跑到葡萄园里摘葡萄吃。这些孩童时代的事，冰心老人记得一清二楚。她告诉我们，80多年前，她随当时担任海军学校校长的父亲住在烟台郊区的金沟寨，那是靠海的一个小渔村。旧社会人们出海打鱼，由于没有天气预报，经常发生船沉人亡之事，差不多每户渔民家里都有亲人在海上遇难。大海涨潮时，她也经常看到人的颅骨被冲到海岸上。由于看到过这些悲惨的事情，所以她家不吃鱼。冰心同志回忆说：“我上小学时，学校墙外是一片坟地，天天都能听到妇女的哭声，她们向长眠在地下的亲人哭诉自己的委屈、不幸、痛苦。那里还有许多节妇贞女的石碑和牌坊。那是一个苦难的时代，金沟寨是一个贫穷的村庄。”说罢她叹了口气。

这次与冰心老人见面，她问起了金沟寨的那座戏台是否还在，她说以前逢年过节戏班子常在那里唱戏。她说：“唱戏的时候十分热闹，各种商贩都聚集在戏台周围，我从小贩那里买来一小碗糖稀，边吃边看。我常常从演青衣的演员宽大的裙子下面看到一双‘二皮脸’的男鞋。”说到这里，她轻轻地笑了，因为那时演女角的都是男人。

我告诉她我们也曾寻找过那座戏台，但因为年代太久，戏台已不存在，曾经是戏台的地方，如今已是绿树成荫了。金沟寨破旧不堪的茅草屋不见了，代之的是成片的新屋。冰心老人 80 多年前居住过的房子已经在日本侵略者的炮火下化为灰烬，但在这片依山面海的土地上，各色、各式的建筑物星罗棋布。这里已被划作旅游区，可以断言，不久的将来，它可以和世界上任何旅游区相媲美。

冰心同志仍然用手轻轻抚摸着那棵野豌豆苗，稍停，她忽然问：“那灯塔还亮吗？”

我明白冰心同志说的灯塔，是指在《寄小读者》中她描写的那座灯塔。在烟台时，我曾站在宾馆的平台上向大海眺望，也曾寻找过那座灯塔。夜色降临，远处那一闪一闪地照耀着黑色大海、指引着船只航行的不就是冰心老人心中的那座灯塔吗？

“灯塔闪亮着，一直闪亮着。”我说。

“啊，还闪亮着。”老人微微笑了，那微笑里融进了对童年的美好回忆……

1986 年 8 月

伟大的爱

——记著名作家谢冰心之二

1979年10月30日至11月16日，中国文艺界召开了第四次文代会，这是一个团结的大会，胜利的大会，所有与会者都有一种思想大解放的感觉。第四次文代会就是在这种喜悦和谐的气氛中闭幕的。

大会选出了全国文联正、副主席，茅盾先生为名誉主席，主席是周扬，副主席有巴金、夏衍、付钟、阳翰笙、谢冰心、吴作人等。选举完后，正、副主席要一同上台就座。别的副主席都到了，唯有著名作家谢冰心不在。当时领导把找谢冰心的事就交给了我。本来这事用扩音器广播一下就解决了，可不知为什么没有这样做，就让我一个人去找这位大作家。

我认识冰心前辈，可她并不认识我。我之所以认识她，是有一次在作协的一个会议上她站起来发言说："我起点低，我先说几句……"她说的起点低是自嘲个子不高，这句幽默的话把大家逗笑了。当时我在场，亲耳听到她的开场白。

那天的文代会闭幕式是在人民大会堂举行的，前台、后台都不见她的身影，我就下到黑压压一片人的台下找。我走过两条通道后，终于发现了这位慈祥的前辈，她正坐在某一排中间的座位上与周围的朋友交谈。

这时我已经满头大汗了。我挤进去，拉起她的手就往外走，她也没问什么，我也没说什么，就这样拉着她老人家的手一直走到了后台。要说，这也算是我们在特定情况下的第一次牵手吧。

后来，我到中国文联工作，看望冰心老人的机会就多了一些。

记得1985年10月间，为祝贺她85岁大寿，中国文联副秘书长夏义奎同志和我们几十人一起去看望她老人家，并代表中国文联向她赠送了生日蛋糕。那正是冰心老人的丈夫吴文藻教授去世不久的日子，我猜想老人会被悲痛压倒。当老人从卧室里迎出来请我们坐在沙发上时，她那平静、慈祥的面容反倒使我的眼睛湿润了。她的女儿吴青告诉我们，父亲去世后，父亲的学生来探望时都难过地哭了，而母亲反倒劝学生们不要哭。多么坚强的老人啊！

那天，冰心同志的话题很快地转到了她的童年时代，自然离不开对烟台的思念，以及她和父亲骑马挥鞭奔驰田野的场景。

后来朋友们与我多次看望谢冰心老人，每次她都热情接待我们。她很健谈，有时谈谈社会新闻，但谈得更多的是文艺方面的问题。她说："建设精神文明，文学作品也要考虑用语不要粗俗。有些话都说不出口，怎么能写到文章里呢？！"冰心老人没有任何大学问家的架子，她为人和蔼慈祥，凡是跟她接触过的人，都为她这种精神所感动。

1993 年，著名戏剧家凤子大姐带我去看望冰心老人，那时冰心老人住在北京医院里。冰心老人见了老熟人凤子大姐非常高兴，两人的手一直握着，冰心老人的脸上始终带着孩童般纯美的微笑。她们说着说着，谈起了早已去世的周恩来总理。冰心老人忘不了总理对知识分子的关怀，她回忆起 1957 年那场"反右"运动。那场运动伤害了不少知识分子，冰心老人一家也未幸免。她说她家出了三个"右派"。一个是她的丈夫吴文藻教授，一个是她的弟弟，再一个就是她的儿子。老人说："那个时候周总理能说什么呢？他把我们接到中南海西花厅，只能说些宽慰的话。总理要我帮助文藻思想改造，我能帮助改造吗？一年后文藻平反了。我儿子本来是去东北一个边远的县，正在排队时被叫了出来，后来到了渤海湾那边。这大概也是总理的关照吧！"

冰心老人说到这些时，心情十分平静，她说："我们从不后悔从国外回来参加祖国建设，要是我们反对社会主义就待在外国好了，何必回来呢？为了回来还经过了一番周折，从美国绕到了日本，这才回来。"由此可见，冰心老人对祖国的爱恋是多么深。

冰心老人在"文化大革命"中也受过冲击，也干过重体力活儿。她那么柔弱的身体，怎么能承受得住啊！对此，她很少提起。她不把这些事完全看作个人的不幸，这是整个国家在受难。冰心老人现在（1998）已经 98 岁了，她是世纪同龄人。从 20 年代写《寄小读者》起，她已经勤奋写作了近 80 年。她的作品不但语言美、故事美，人物心灵也美，可以说是真正的美文。冰心老人那颗伟大的爱心，不论在何种情况下，始终贯穿在她的作品中。她用爱心滋润了一代又一代读者，她是一位非凡的女性。

1998 年 11 月 17 日

漂亮的凤子大姐

1993年的一天，我去北京医院看望夏公（夏衍）。刚到不久，戏剧界的表演艺术家、评论家凤子大姐和文学评论家冯亦代前辈也来了。

凤子大姐一进门就笑嘻嘻地说："夏公，您知道亦代的大喜事吧？明天宗英就要从上海来北京了！"

在座的几位同志差不多早就耳闻冯亦代前辈与表演艺术家、作家黄宗英结婚的事了，不过很多人还半信半疑。今天凤子大姐的话，倒是证实了这件事。夏公向冯亦代拱拱手，表示祝贺。

凤子大姐还开玩笑地说："我这次坐亦代的车来看夏公。宗英来了，我下次就坐不成了。"她还特别讲明冯亦代比她小几天，所以她算是姐姐。

这时冯亦代满面通红，腼腆得像一个年轻人，一句话也说不出来，低着头老搓手。算起来，冯亦代已经是80岁的人了，到了"夕阳红"的年龄又喜结良缘，也是文坛佳话。

凤子大姐是一位热情可亲的老前辈，她生于1912年，早年就读于上海复旦大学。她15岁便参加许多优秀电影、戏剧的拍摄和演出，如曹禺的《雷雨》《原野》，夏公的《赛金花》等。20世纪三四十年代，她还接手编辑上海《和平日报》的副刊《海天三日刊》。这是遵从周恩来同志指示，团结党内外人士的一个阵地。当时发表的文章都是郭沫若、夏衍、阳翰笙、茅盾、田汉、周扬、叶以群等同志写的。那时凤子大姐又编报，又演戏，又做记者，对一位年轻姑娘来说，担子可不轻。新中国成立后，凤子大姐主编《剧本》月刊，担任过中国戏剧家协会书记处书记。除了参加诸多社会活动之外，她还写过不少评论文章、散文，出版过《无声的歌女》《舞台漫步》《台上台下》等著作。

这天在夏公的病房里，她一进门就带来了欢乐、笑声。过了一会儿，她又拉着我去看望谢冰心老人，冰心老人也住在北京医院。我们进门后，看到冰心老人的床头柜上有一束红色的玫瑰，这使病房里显得不那么惨白单调了。一位高个子的年轻人迎着凤子大姐走过来，冰心老人高兴地介绍说："这是我的儿子，是清华大学 50 年代的毕业生，学的是建筑，梁思成是他的老师。梁先生是一位有远见卓识、酷爱中国传统建筑的大建筑家……梁先生学问好，人也好。"

凤子大姐坐在床头一旁的凳子上，握着冰心老人的手说起话来。我注意到凤子大姐一口一个"谢先生"地叫着，那份敬重自不必说。从谈话中，我知道当年凤子大姐刚从复旦大学毕业就到《女子月刊》当记者，她第一次采访的对象就是谢冰心。凤子大姐说："因为是第一次采访，我都不知道该说什么，还没开口就一头汗……"

冰心老人也回想起了她们初次见面的情形，老人说："当时我们要到美国去，在上海时，凤子要采访我。她腼腆得不得了，脸红得要命。看她那样紧张，我就说'不用你采访我了，我来采访你吧'！"说到这里，两个人都笑了起来。

凤子大姐说："我当时真不会采访，也不知道怎么提问题，还是谢先生教我怎么采访的。"

冰心老人说："凤子那时特年轻，特漂亮……"

"第一次采访您，就叫您谢先生，现在还这么叫，几十年了，改不了口。"凤子说。

冰心老人问起凤子大姐的丈夫沙博理的情况，凤子大姐告诉老人，说他身体挺好，还说他写了一本《马海德传》，已经由海外人士出资在新加坡出版。沙博理是在华工作了几十年的美国专家，三年困难时期，沙博理谢绝了国家对专家的副食补助待遇，与中国人一起渡过了难关。他写的马海德也是一位国际友人，是一名医生，是一位从延安时期就与中国人民一起奋斗的老战士。

凤子大姐和冰心老人谈兴很浓，我在一旁听着她们的谈话，也是一种莫大的快乐，或者说是享受。凤子大姐虽说年过八旬，历经沧桑，但风度高雅，热情开朗，从她那白净的脸上依然可以看到她当年的美丽。

当我们离开冰心老人的病房时，我将自己出版的散文集敬送冰心老人（因为其中有一篇文章写了冰心老人）。她高兴地说："我一定看。"并叮嘱她儿子把家中电话告诉我，便于联系。冰心老人这样的大作家，对晚辈如此亲切，真使我感动。

（凤子大姐于 1996 年去世了。现在一想到她，我心里就特别难过。）

1998 年 11 月

周立波琐忆

新中国成立初期与我国建交的国家主要是苏联和东欧社会主义阵营的几个国家。那时能出一趟国实在是十分难得的事，哪个作家不希望有一个出国的机会呢？

著名作家周立波（1908—1979）那时在湖南益阳老家深入生活，他像农民一样赤脚下田劳作，一个人吃、住都在农村。

不久，中国作家协会应邀组团访问东德。出访人员名单里有周立波。别的人都来京报到了，唯独周立波一推再让没来。作协又极希望他参加此次出访。此事汇报到作协副主席周扬同志那里，周扬只好拍电报给他（那时他在乡下，没有电话），电文上说“德行重要”。没想到这四个字引起了邮电局同志的警觉，他们以为这是什么黑话，把我这个办事人盘问了半天。周立波接到电报后才急忙来到北京。访德结束后，他又急忙回湖南农村去了。

周立波，大高个儿，脸上的表情总是笑眯眯的。他话语不多，好像没有什么脾气。不过他也有“天真”的时候，据说在延安听到有人唱《跳蚤之歌》时，他曾举起凳子要打架，因为他误以为那首歌是讽刺延安的。

周立波参加革命很早，后到延安鲁艺任教，讲古典文学名著，听者如痴如醉。他还参加王震将军部队南下抗日作战，打到湖南、广东一带，行程12000余华里，号称“小长征”。

解放战争期间他到东北参加土改运动，1948年就出版了长篇小说《暴风骤雨》（后拍成电影）。新中国成立后，他到北京石景山钢铁厂深入生活，又写出了长篇小说《铁水奔流》。在湖南老家深入生活的心得，就是后来出版的长篇小说《山乡巨变》。

以后几年里，我很少见到立波同志。再以后“文化大革命”开始了，我从小报、大报上得知他在湖南受批判。康生咬牙切齿地说周立波是周扬的侄子，这也算是批判他的一条“罪状”。

再见到周立波时，已经是1975年12月27日了。那时因周扬一案牵扯的100余位文化界人士，由于毛主席一项“从宽处理”的批示，使不少人都回到了北京。周立波也回来了，他和夫人及孩子住在一幢简易楼里。这天，他来看周扬时，穿着棉衣、棉裤、五眼棉鞋，头上还戴着一顶棉帽子，完全是20世纪50年代农民的打扮。大伙说他不见老，他摘下棉帽说：“头发全白了。”其实，他的头发只是灰白而已。

这天他还带来了一包芒果。他说他“解放”了，有钱了（补发的工资），就是不知怎么用这些钱。那时候见了面就是谈“文化大革命”的事。“四人帮”还在台上，时不时地在报刊广播中批判周扬一顿。我对此十分不解，既然毛主席已经批准周扬出狱了，为什么还要批判他呢？周立波说：“批判没关系，批判得重也不要紧。人民不这么看。”他说这话时流泪了。

在这以前，苏灵扬同志曾带我去看过周立波，那时他刚从湖南回北京，住在简易楼里，冬天没暖气，住着很冷，厕所在外面。苏灵扬忧虑地说：“到现在为止，还把周扬‘挂’着，也不知‘挂’到哪一天……”我说：“将来总会放到地上的，不能老挂着。”周立波纠正说：“不能放在地上，还得放在台子上，放到适当的位置上。”他说他坚信有这么一天。

周立波和周扬已经十多年没见面了，这次大劫后见了面也没表现出多么激动。他们俩都是益阳人，同族本家，论年龄，周立波小周扬半岁，论辈分，周扬是叔叔，周立波是侄儿。他们是1928年认识的。周立波17岁就通读了《资治通鉴》，他学问好，人聪明。后来受到周扬影响，他对革命有了认识，周扬便把他带到上海参加了革命。

立波同志在上海考入了劳动大学。那时党内执行的是李立三的“左”倾错误路线，有人要周立波闹学潮，立波就认真去做了，结果被学校开除了。学校把开除他的牌子挂出后，有人又让立波去砸这块牌子，立波也认真执行了。立波那时真是一个天真、热情的革命青年。后来上学不成，他就到胡秋原的上海神州国光社当校对，被工人们推举为罢工委员会委员长，因张贴标语闹革命被捕。开庭时，周扬为他找了律师进行辩护，但还是被判刑两年。

这一天，两位老朋友回忆起过去这些事，感慨万千。

他们又谈了近几年的经历。周立波说他在湖南接受巡回批斗时，为了配合对他的批斗，造反派还编了一出“活报剧”，对他批斗完了，就演剧，看的人很多。周扬问：“噢？还演剧，演什么？”“演你给我挂奖牌。”周立波回答。

周立波的名著《暴风骤雨》和丁玲的《太阳照在桑干河上》都得过苏联的斯大林奖金。新中国建立后拍的大型纪录片《中国人民的胜利》《解放了的中国》，周立波参加编写说明词。这两部片子也获得了斯大林奖金。这样，周立波就成了三次获斯大林奖金的作家。在50年代，这是社会主义阵营中的大奖。“活报剧”就演绎成周扬给周立波发奖牌，一个演员扮周扬，另一个演员扮周立波。主要情节就是“周扬”将奖牌挂在“周立波”身上，“周立波”毕恭毕敬地接受……

周扬认真地问：“演得像不像？”周立波认真地回答：“不像！”说罢，两人哈哈大笑。

他们轻松幽默地交谈着昨天和今天发生的事的时候，“四人帮”强加在他们身上的各种“罪名”还没有被平反。他们坦荡的胸怀，正是对“四人帮”的嘲笑和蔑视！

再以后看到立波同志，是在301医院里。那天周扬、沙汀同志去看他，他说他要用文学语言写30年代的文艺运动史，回击“四人帮”对“左翼”文艺运动的诬蔑。可惜他没有写成。劫难过去了，他也病倒了。周扬、苏灵扬再去看他时，他已经进入昏迷状态。

当周扬已经不再被“挂”着，放到了适当的位置上时，当周扬已经被选进中共中央委员会时，周立波却“走”了(1979年9月25日因病逝世）。

20世纪90年代末

二三小事话梁斌

《红旗谱》是梁斌（1914—1996）的代表作。他从 1953 年开始写这本书，至 1958 年出版，整整用了 5 年时间。该书一出版，就引起轰动。不久，这部著作就被改编成话剧上演，后来又被拍成电影，风靡全国。茅盾曾对《红旗谱》有这样的评价：“作者梁斌有浑厚之气而笔势健举，有浓郁的地方色彩而不求助于方言……渗透在残酷而复杂的阶级斗争场面中的，始终是革命乐观主义的高亢嘹亮的调子，这就使全书有了浑厚而豪放的风格。”就是这部描写了一代革命农民与反动势力做斗争、冲锋陷阵的悲壮历史的巨著，“文化大革命”时期在江青眼中也成了“大毒草”。

“文化大革命”结束后的 1977 年 12 月，梁斌专程从天津坐火车来北京看望刚刚恢复自由的周扬。梁斌黑黑的脸膛，中等个子，穿着一件很厚的那个年代的皮大衣。见到周扬，他非常高兴。他们一块儿吃午饭时，谈起天津作家们的情况，周扬问了一句：“千里怎么死了？”梁斌马上泣不成声。过了一会儿才说：“他们虐待他。”远千里是当年河北省委宣传部副部长，待人宽厚，对文艺界同志关怀备至，他自己也是一位诗人，“文化大革命”中受折磨而死。后来，他们又谈起方纪同志，梁斌说方纪中风了，原因也与他在“文化大革命”中的遭遇有关。方纪被揪出来关进了牛棚，跟他关在一起的有一个任过伪职的人，对新中国和共产党充满了敌意。被关在牛棚里的时候，那个伪职人员就讥讽方纪说：“你是天津市宣传部的‘官儿’，是共产党的大作家、大红人，现如今也与我关在一起了，你跟我有什么区别？一样！”当时方纪只能把气憋在心中。那个伪职人员得寸进尺，找碴儿吵架，有一次竟然动手打了他。方纪在双重压迫下中风了。梁斌说，“文化大革命”中迫害革命者，最高兴的是敌人。

在这场劫难中，梁斌也“靠边站”，停笔 10 年多。每当他想起自己和朋友所受的虐待，就忍不住流泪，但他从不讲自己。

1978年8月，周扬恢复了工作，去天津登门拜访了梁斌、孙犁、方纪等同志。那年，方纪刚有了一个小孙子，虽然中风后说话、行动不便，但那种做爷爷的喜悦，从他的脸上完全可以看得出来。孙犁同志家里很清贫，连沙发也没有，但他谦和而又健谈。到了梁斌家中，看到里里外外挂满了画，全是他这几年画的，他还给周扬同志看了他的一些原稿。他仍在写作，用厚厚的本子写作。他说，他是有事实根据才写东西的。他反对凭空胡编。

梁斌不善言辞，但也不乏幽默之举。孙犁同志讲过一件事，我至今印象极深。一次孙犁说，梁斌是唱“黑头”的，而且是“科班”出身。周扬只知梁斌1927年加入共青团，后来到北平参加“左联”，长期在河北做地方工作，但从未听说他学过戏。见周扬不解，孙犁就说起在“文化大革命”中，江青到天津来耀武扬威，提出要骑马（此人在延安时就喜欢骑马招摇过市），当时在天津执掌大权的某人就亲自为江青扶马蹬，他那种近似匍匐在地的姿势令人作呕。天津这几位大作家有时在家里凑在一起，就表演“扶马蹬”这一“节目”。梁斌表演得最像，所以说他是“科班”出身的“黑头”。

大家听后哈哈大笑，梁斌只抿了抿嘴儿。

1990年5月12日，梁斌和黄胄在北京民族文化宫举办了“梁庄二梁兄弟画展”。有人不解，怎么他俩会搭配在一起开画展呢？说来这事也相当富有传奇性。梁斌是河北省蠡县小梁庄人，自打1927年他加入了共青团起，就离家在外参加革命。黄胄也是河北省蠡县小梁庄人，本名梁叶子，“黄胄”是其笔名。黄胄自幼随父母去了陕西，他打小喜欢画画，自学成才，小小年纪就在一所中学当绘画教员，后来参加了解放军。由于他们俩都是少小离家，多年不通音信，直到黄胄为梁斌的《红旗谱》作插画时，他们才互相知道是自家兄弟。二人第一次见面，是梁斌先认出了黄胄，那种欣喜和激动真是难以言表。粉碎“四人帮”后，梁斌一面写作，一面绘画，10年下来有了不少佳作，于是他与黄胄商量合办一个画展。这就是在北京民族文化宫举办的“梁庄二梁兄弟画展”的来由。

画展开幕这天，小梁庄这一对名家兄弟及其夫人早早到了民族文化宫。参观画展的人很多，把大厅挤得水泄不通。中央领导李瑞环前来参加开幕式，中国文联副主席尹瘦石在开幕式上发表热情洋溢的讲话，赞扬这次难得的画展举办得好。

在展品中，参观者不仅看到了黄胄画的新疆风情，也看到了梁斌笔下的高粱地、红太阳。这也是一则文坛佳话吧！

1996 年

视文学为生命的人

——李霄明谈著名作家舒群

10 年前（1989），在我们住处不远——北京虎坊路的人行道的台阶上，常有一位老者坐在那里，他黑红的脸上有一双睿智的大眼睛，遇上熟人时他就点点头，然后仍然坐在那里看着过往的行人和车辆。这位老者就是 20 世纪 30 年代便已蜚声文坛的大作家舒群（1913—1989）同志。

最近，我与舒群之子李霄明谈起了舒群前辈。霄明怀着非常敬重的口气说："像我父亲这一代人，最大的特点就是对物质生活没有什么要求。老一辈的文学家大都如此，但他们的精神境界都很高。"

于是，霄明谈起了舒群前辈苦难的童年和颠沛流离、险象环生的革命生涯。

舒群生于 1913 年，满族，黑龙江人。童年时代的他家境贫寒，几次都因

舒群和夫人夏青及 3 个子女在本溪市住所前合影，1975 年。

交不起学费而被逐出校门，他只好靠上山砍柴和扎纸人补贴家用。少年时代，他结识了一个朝鲜族的孩子果里，经果里介绍，他又认识了一位苏联女教师周云谢克列娃。这位女教师给了少年舒群很大的帮助，并帮助他进入中东铁路苏联第十一子弟中学学习。这位女教师就是舒群后来发表的小说《我的女教师》里苏瓦的原型。这位苏联女教师让他知道了俄国的十月革命，也使他知道了许多俄国的文学家和作品。可不幸的是，他后来又被旧政府的督学勒令退学。虽然经历了这些不幸，但他的意志并未被打倒，反而造就了他坚强不屈的性格。同时，他对文学也产生了浓厚的兴趣，阅读了不少中外名著，其中，蒋光慈的作品是他尤为喜欢的，也是对他影响最大的。1931 年，他开始在哈尔滨的报刊上发表散文和诗歌，这显露了他的文学才华。九一八事变的第三天，舒群毅然参加了义勇队（东北抗联前身），以满腔的热血抗击日军，这显示了他的爱国热忱和民族气节。后来他又接受党组织派遣，先后到哈尔滨、青岛做地下工作。这时，东北两位进步作家萧军、萧红到青岛找到朋友舒群。舒群知道他们经济困难，便自己为他们租房，这才使萧军完成了《八月的乡村》，萧红完成了《生死场》。舒群还用自己省吃俭用积攒的钱资助他们出版了《跋涉》一书。不久，青岛地下党里出了叛徒，舒群也因此被捕。在狱中，他没有畏惧和悲观，继续文学创作，写出了以果里为原型的《没有祖国的孩子》。一年后他出狱了，在昔日同学的资助下，他来到上海，租了一间亭子间住了下来。这时刚从日本归来的女作家白薇正好跟她同住一楼，她发现舒群在写小说，便要求看看。看后她觉得小说写得很好，就转给了“左联”的周扬看，周扬也觉得不错，立刻在《文学》的头条发表，这就是《没有祖国的孩子》。小说一经发表，引起的轰动非同寻常，由此奠定了舒群在文学界的地位。

没有几年，日本进攻上海，发动了淞沪会战。舒群与周扬等一行撤离上海，去了西安八路军办事处。其后，舒群和周立波去了八路军总部，其余人去了延安。周立波陪同国际友人史沫特莱去前线采访兼做翻译，舒群则被留在朱德总司令身边做了半年秘书，之后舒群又回到延安。近年有人发现，在 60 多年前（20

世纪 30 年代）的广东战时读物出版社的英文版《朱德传》中有舒群写的文章。

霄明说，他的父亲“在革命道路上有不少机会可以做别的，也就是说可以被提拔当领导，但是父亲没走这条路，他仍然看重文学，可以说，文学是他生命的一部分，他追求的是高尚的精神境界”。

这话不假。

1942 年，舒群在延安《解放日报》四版当主编时，有许多机会与毛主席来往，这期间，毛主席的一些文章也是经舒群发表在四版（这是一个重要的版面）上的。同时，毛主席还与舒群有书信往来，毛主席请舒群帮他搜集文艺界的情况供延安文艺座谈会讲话之用，提供座谈会人员的大名单。如果想走仕途，这自然是一个机会，然而舒群同志没有利用这个机会。经过这段与毛主席的来往，他倒是萌生了写“毛泽东的故事”的想法。抗日战争结束后，他带着鲁艺部分同志去了东北，他担任了东北文委副主任，领导东北文艺界的工作。当抗美援朝开始时，舒群按捺不住心头义愤，跨过鸭绿江到了朝鲜前线，与中国人民志愿军的战士们一起抗击美帝国主义侵略者。1952 年，中宣部调他回北京，担任中国文联副秘书长和中国作家协会秘书长。到了北京，他连工资都不要，说他靠稿费可以生活。就是这位只为文学而把个人一切置之度外的前辈，在 50 年代的政治运动中受尽批判，甚至被开除党籍，降级下放。“文化大革命”中，他被打伤致残，损害了健康，剥夺了他创作的权利。他倾注了几十年心血的《毛泽东的故事》手稿也被抄走，并且遗失。直到粉碎“四人帮”后，他才真正得到平反。当有人上电视争名逐利时，舒群前辈则闭门谢客，忍着病痛，重新忆写了《毛泽东的故事》一书。与此同时，他还有新作发表。1981 年，他的《少年 chen 女》获全国短篇小说奖。正如霄明所说：“假如我的父亲不以文学为生命的话，他的物质生活肯定比现在要好得多，然而那不是他所追求的。更可贵的是，他不仅年轻时写出了很多好作品，直到年老，六七十岁了还一直在写，还有新的东西写出来，这很不容易。几十年来，他把文学融入了生命，直到他离去。”

这就是1932年入党、历经磨难终不悔、视文学为生命的舒群前辈。他已经离去10年（1989年8月2日因病逝世）了，但他的作品将永存。

在霄明谈他父亲的时候，曾说到一次关于“补助”的事。此事虽与文学创作无关，但也彰显了舒群前辈的清廉品质。事情是这样的：那时舒群前辈是大型文学杂志《中国》的主编之一（当时还有另外一位主编），一天，杂志社的一位同志给舒群前辈送来300元钱，舒群前辈问：“这是什么钱？”来人也讲不太清楚，说是大家都有数目不等的“补助”。那个时候，大家都很穷，单位发点“补助”也算是正常吧！但舒群前辈因为来人没有说明钱的来源，坚决不收。来人有些为难地说：“这怎么办？”舒群前辈说：“怎么拿来的再怎么拿回去。”

这是1985年的事。

听了这件事，我沉思良久，在那个年代，300元不是小数目，谁会拒绝工资之外的这个“福利”呢？再说，舒群前辈并不富有，他每月工资要维持一家人的生活，自己年老多病，需要花钱的地方不少。即便这样，他也能坚持不要这份来历不明的“补助”。

舒群前辈这种廉洁的精神，不但值得称颂，更应该被传承下来。他的这种品德就像一面大镜子，很多人都应该用这面大镜子照一照自己，审视一下自己。不是吗？

1999年

海

——阳翰笙剪影

海水是碧蓝碧蓝的，

沙滩是金黄金黄的。

每天上午都有一位头戴草帽的老人站在沙滩上望着大海，望着层层波浪，望着天海一色的远处。他在想什么?

他，大半生经历过多少艰险，度过多少磨难，他的心里装着多少可歌可泣的人和事，他看过多少同志的血和泪!

此刻，他望着大海在想什么?

他是不是想起黄埔军校第一期在校工作时的情形?是不是想起了“八一”起义的枪声?是不是想起了20世纪30年代在笼罩白色恐怖的上海，他担任“左联”（中国左翼作家联盟）、“文总”（中国左翼文化总同盟）党团书记时的艰险斗争生活?是不是想起了抗战时期在雾都重庆时在周恩来同志领导下工作的情景?

几十年过去了，（到1986年时）新中国成立近40年了。在这近40年中，生活本应平静一些，然而风风雨雨仍旧不停。林彪、江青反革命集团的暴虐横行使他备受折磨。只有现在，我们国家有了安定团结的局面，他才有可能站在这金黄的沙滩上，望着浩渺的大海轻松地舒上一口气。

他是谁?

他就是我国著名戏剧家、作家、文艺界的组织者和领导者之一阳翰笙（1902—1993）同志；他就是黄埔军校政治部秘书兼教官，后来又参加了伟大的八一南昌起义的阳翰笙同志；他就是写过18个电影剧本、8部大型话剧的中国文联副主席阳翰笙同志。他的《万家灯火》《天国春秋》《三人行》等脍炙人口的作品至今仍在放映、演出，盛况不减当年。他的《北国江南》

虽被康生诬陷为“毒草”，但在人们心中是盛开不败的香花。

不论在战火纷飞的战争年代，还是在新中国成立后的和平日子里，阳翰笙老人时刻不忘党的统一战线工作，团结党内外同志，一道前进。三年困难时期，为给清朝末代皇族家里的一位老人补助几尺布票，或为文艺家们搞到一点生活补助，他不辞辛苦，四处奔走。他把温暖送给老一代文艺家，也送给年轻的同志们。哪位同志结婚，哪家添了娃娃，他都记在心上，都尽可能地给予帮助。

关心同志，是我们革命队伍的光荣传统，也是阳翰笙老人的习惯。可惜现今有些人却不是这样，他们不理解关心人、爱护人、尊重人是建设社会主义精神文明的重要内容之一。

阳翰笙老人正眯起眼睛望着大海，他在想什么呢？我踏着细软的黄沙向他跑去，我看到他脸上露出了微笑。从 50 年代初期认识阳翰笙老人以来，每次见到他，他的脸上总会露出慈祥的微笑，见面时他也总是问寒问暖，让人感到十分亲切。今天见了面，他也先是问长问短地说了一些家常话，然后我向阳翰笙老人汇报工作。当我谈到正在海边修建的“文艺之家”时，他高兴地说：“中国文联是群众团体，用社会方式进行工作，广泛地团结文艺界的同志们，为社会主义‘四化’做贡献。修建‘文艺之家’这样的活动场所很好。为文艺界办点实事，让同志们有一个交流经验的地方，作家、艺术家有一个休息的地方，十分必要。”

阳翰笙老人仔细询问了“文艺之家”的工程进度，后来还亲自视察了工地。在视察工地时，他还特别叮嘱说：“同志们工作很辛苦，要关心他们，特别不要忘了那些曾经帮助过我们的同志。”

听了阳翰笙老人的话，我心里暖烘烘的。他永远关心着工作，时刻想着别人。

蓝色的大海伸延到天际，阳翰笙老人站在金色的沙滩上，望着滚滚而来的波涛。也许他在继续想已经过去了的那些风雨交加、雷鸣电闪的黑暗时日，也许他又在想那些为革命献出了生命的战友，也许他正在想如何使社会主义文艺更加繁荣……

不论他老人家在想什么，我相信他想的一定不是什么个人的委屈和自己的身边琐事——他心里装的是国家事、文艺事。他的胸怀像海一样辽远。

海水是碧蓝碧蓝的，
沙滩是金黄金黄的。

1986 年 8 月

不惊不惧的阳翰笙老人

——阳翰笙琐记之一

凡是见过阳翰笙前辈的人，都会认为他像慈父一般。大家尊称他为“阳翰老”，后来又简称为“翰老”。其实他的原名是欧阳本义，字继修，笔名华汉，他 1902 年生于四川高县。

提起翰老，就使我想起了康生的狰狞面目。也许读者会奇怪，翰老怎么会与康生有关系呢？听我慢慢道来。

1964 年 7 月 29 日，全国京剧现代戏在京汇演结束。闭幕式在北京展览馆礼堂举行。这天，这个能容纳几千人的礼堂座无虚席。按照会议程序，中宣部的周扬同志做总结性讲话之后，就可以散会了，有的人已经站立起来准备走了。不料这时康生跳到台上，把外套一脱往椅背上一搭，好像有些“激动”

在郭著编委会的第一次会议上，前排从左至右为：于立群、阳翰笙、周扬。

地说："我本来要到外地出差，可我有话讲，不能不讲……"

大家都愣了，又重新坐下来。康生操着山东诸城口音上台讲话，真是杀气腾腾。他一开始就把艺术问题提高到政治立场上，质问十多年来那些名剧作家为什么没写出一个好剧本。他说，这就是不为人民服务，而是为少数资产阶级、地主、富农服务。他大批为什么大演《孟丽君》《桃花扇》，还讨论李秀成问题。他说着说着话锋一转，就大批阳翰笙写的电影《北国江南》。这部影片描写了一位女共产党员因积劳成疾双目失明了，但她还在努力工作，后来眼睛治好了，她欣喜地看到了北国农村的丰收景象。康生讲到这部电影时，有几句话听上去真让人毛骨悚然，他说："这是瞎了眼的共产党员，是资产阶级人性论……为什么把它捧上了天？"他还带有威胁性地说："老演员不要自我扩张，离开党和毛主席的领导，不论你多么有名，总会被淘汰。"康生的这个讲话，把原本平静、正常的大会搅得"天昏地暗""波涛汹涌"。康生声色俱厉地指责电影《北国江南》是"瞎了眼的共产党员"写的，还说电影为什么写"瞎了眼的共产党员"，言下之意是说他贬诬共产党。

影片里确实有一位双目失明的女共产党员，经过医治，她的眼睛复明了，看到本来贫穷的村庄变得如江南一般富饶，她衷心地赞美党的领导和人民群众的干劲儿，这个角色是著名表演艺术家秦怡扮演的。康生竟然穷凶极恶地说这是"瞎了眼的共产党员"，而且还讲了许多莫名其妙的很凶恶的话。在场的人都不明白，这部优秀的电影怎么竟成了坏片子，更不明白剧中那个双目失明经医治又复明、领导群众战天斗地改变家乡面貌的人，怎么在康生眼中就成了"瞎了眼的共产党员"？康生这次讲话是不请自讲，而且杀气腾腾。几千人的礼堂里鸦雀无声，气氛十分紧张。被他指责的翰老就坐在主席台上，对康生的突然袭击，他自然没有思想准备。康生发完淫威走了，翰老是最后一位离开主席台的。

翰老是20年代中期参加革命的。他是上海大学社会系的毕业生，对社会问题一直十分关注，写了不少这方面的文章，如《唯物主义研究》《社会科学概论》《五一节谈农民问题》等。他是黄埔军校政治部秘书兼教官，后参加北伐战争，大革命失败后，他和郭沫若同志奔赴南昌，又参加了震惊中外的八一南昌起义，随叶挺将军的部队参加了保卫汕头和流沙突围等战斗。可以说，翰老在青年时代就已经是身经百战了。他于1925年加入共产党，1928年奉命到上海，成为著名文学团体“创造社”的骨干，1930年筹建“左联”并参与领导。

新中国成立后，他担负着许多领导职务，如政务院文教委员会委员兼秘书长、对外文化交流协会副会长，后又主持中国文联的日常工作。在繁忙的工作中，他挤时间几上张家口坝上体验生活。他被人民群众打井引水、改变家乡面貌的精神所感动，写出了歌颂党、歌颂人民的好电影《北国江南》。不料，电影在放映的当月就被康生扼杀了。后来不但这部电影被打入冷宫，翰老也为此遭受了批判。

那是一个没法儿说的年月。

这次康生跳上台，信口胡说一顿，引起的震动非同小可。在经历过多次战火和磨难的翰老面前，又出现了风暴……

两年后“文化大革命”开始了，除了《北国江南》之外，翰老的其他作品也都被诬为“毒草”，他本人又被扣上“黑帮”和“走资派”的帽子，锒铛入狱。

“文化大革命”10年中，林彪、江青反革命集团制造的动乱，给中国人民造成了无可衡量的惨重损失。

领导这次运动的是中央“文化大革命小组”，其权力凌驾于党、政、军领导机关之上，为所欲为，唯恐天下不乱。它的顾问就是康生（陈伯达是组长，副组长是江青）。

在那个腥风血雨的危险年代，当翰老得知大作家老舍惨遭迫害，愤投太平湖以死抗争的消息后，他愤怒了，写了哭老舍的诗一首：

笔力纵横举世钦，
竟遭魑魅血口吞。

文坛愤洒伤心泪，

敢信擒妖必有人。

在“文化大革命”中敢于写出这样的诗，实在是很了不起。如果被林彪、江青反革命集团和造反派发现，那是要掉脑袋的。但翰老不惊不惧，由此可见他是何等高尚无畏。

“文化大革命”开始，翰老就被关押了，一直达9年之久。“四人帮”对翰老进行的迫害令人发指，粉碎“四人帮”后，翰老从狱中走出，带着被迫害的伤病重返文艺界领导岗位，他像磁铁一样，又一次把大家紧紧地团结在一起，为文艺事业的繁荣出发前进。

这就是翰老！

1993年12月

可敬可亲的阳翰笙老人

——阳翰笙琐记之二

“文化大革命”的狂风恶浪席卷全国的年月，阳翰笙前辈（人称“阳翰老”“翰老”）被囚禁在“四人帮”的监狱里，受尽迫害。出狱后，翰老已经是70多岁的老人了。“四人帮”被打倒后，翰老不顾年高多病，依然投入了中国文联的恢复工作中，1979年第四次文代会上，他当选为副主席。作为一位资深的革命家、高级领导、著名戏剧家，他没有一点架子，时时关心着群众。由于他长期在周恩来同志的直接领导下工作，形成了一种优良作风，那就是团结五湖四海的人们，视同志如亲人。因此他有许多老朋友、好朋友和忘年之交。

抗战期间，他在重庆工作。那时演艺界的人士做什么、演什么，都与这位厚道长者商量。他的日记中记述了许多有趣的事，在这里我就不啰唆了。翰老以他个人的人格魅力和领导才能，团结了不少党外著名人士，为抗击日本侵略者贡献力量，同时与国民党反动派镇压民主运动进行了坚决的斗争，他的贡献是很大的。

翰老之所以深得人们热爱，除了他对革命事业的重大贡献外，还因为他是一位著名的剧作家，对文艺事业也有重大贡献。他创作的大量颇有影响力的作品——《塞上风云》《李秀成之死》《天国春秋》《草莽英雄》等大型话剧，《三人行》《万家灯火》等影片以及改编的影片《三毛流浪记》，都是脍炙人口的好作品，具有非常大的影响力。他一生写过8部大型话剧、18部电影剧本，还有大量的文艺评论和小说。

抗战胜利后，他被党组织派往上海筹建“华联”“昆仑”两个电影制片厂。在他的领导和参与下，拍摄了优秀电影《一江春水向东流》《八千里路云和月》，男、女主角都是翰老的老朋友，如舒绣文、白杨、陶金等。

这样一位老资格的革命家和著名的文学家、戏剧家，不但平易近人，而且不拒绝小事情。从以下一些不起眼的事情上，可以看到翰老的博大胸怀和古道热肠。

20 世纪 60 年代初的三年困难时期，每个人都笼罩在饥饿的阴影中，一个人一个月只有二两油、二十几斤粮食的日子不是现在人们可以想象得到的。翰老作为文艺界的主要领导之一，在这段艰难岁月中，想方设法为文艺界同志办小卖部，办小农场，土法养殖水藻（所谓的人造肉），给同志们补充营养。当时不少人去取这种东西充饥，我记得许广平前辈还去取过。翰老得知清朝末代皇帝溥仪的一个叔叔没有布票做衣服，专门打报告为他申请布票。那时买布买衣服都要凭票供应，每人定量很少。

在生活条件极差的那个年代，翰老去看望评剧演员新凤霞一家。当时新凤霞的丈夫吴祖光被错划为“右派”，在外地劳动。翰老到了新凤霞家里，把孩子们招呼到跟前，拿出了一小包糖块分给孩子们吃。看着孩子们那么高兴，他也乐了。他要孩子们听父母的话，好好学习。临走时，他告诉新凤霞：“我来看你们，没有人知道……”

这就是我们可敬可亲的翰老。

1993 年 12 月

文传百世　情重千秋

——怀念阳翰笙前辈

今年（1993）6月5日晚上，我突然接到戏剧评论家凤子大姐的电话，她在电话中告诉我翰老病危，让我快去医院。

放下电话，我马上奔向北京医院，顾不上与在病房外的前辈们、老熟人打招呼，我便径直进了翰老的病房。医护人员出出进进，在医疗上做最后的努力。翰老正在与病魔做顽强的斗争，我祈求上苍保佑他渡过险关。我上前握着老人家的手，希望他能睁开眼睛看看我。他没有睁眼，我叫了几声“翰老”，老人家也没有应声，只有微弱的呼吸，我难过地哭了起来。

翰老的小女儿永华小声对我说：“别哭出声来，爸爸能听见。”

两天后（1993年6月7日），翰老走了。

当在灵堂里看到翰老略带慈蔼微笑的遗像前的“文传百代，情重千秋”8个大字时，我又觉得他仍健在，就在他的家里，坐在藤椅上。

又过了几天，当我走进八宝山公墓的礼堂，看到翰老躺在松柏、鲜花之中时，才意识到翰老真的离我们而去了。我们失去了一位厚道长者、关心群众疾苦的好领导，文艺界失去了一位卓越的领导人、一位对革命贡献极大的老革命家。对我个人来说，我失去了一位慈父般的老领导、老前辈。我泪流满面地送别了翰老。

翰老去世后一段很长的日子里，我脑子里尽是翰老健在时的影像。

翰老不论是在黄埔军校当教官，还是抗日战争时期在武汉的军委会政治部三厅工作和在重庆工作时，都是在周恩来同志的直接领导下工作。他有着与周总理相同的工作风格和待人接物热诚的美好品德，所以同志们有快乐和烦恼的事都愿意向翰老倾诉。翰老耐心倾听，并为之排解。因之翰老的朋友相当多，既有著名的作家、艺术家，也有普通的工作人员。哪位同志遇有什么困难，他都记在心上，并给以帮助。有的同志生病不能来单位领工资，他都找人帮助代领并送到同事家中。

这些事看似很小，但是可以折射出他心里是装着同志们的。他了解群众的困难，设法给予帮助。同时，他对文联的基建工作也十分关心。“文化大革命”结束后，文联恢复了，但暂时没有地方办公，后来决定在农展馆附近建中国文联大楼。奠基那天，他和周扬同志以及张僖、陆石、夏义奎三位正、副秘书长亲自出席，翰老不顾年老体弱，兴致勃勃地铲土。当看到他老人家脸色发白时，在场的人赶快把翰老送去了医院，一检查，是肠胃出血——他是带病工作啊！翰老好了之后，热心地鼓励我们这些工作人员要多为文艺界干实事。对于我们建设“文艺之家”的事，他很支持，并称赞这是促进文艺工作交流、团结文艺家的一个好做法。他亲自视察烟台“文艺之家”工地，并慰问工地上的工人。在“文艺之家”建设期间，他是唯一视察工地的领导，这事让我非常感动。他还专门为此找我们谈话，让我们多关心工地上的工人，说他们很辛苦。

他老人家有一个非常重要的思想，就是注意团结同志把工作做好，翰老经常叮嘱我们的话是：“凡是帮助过我们的朋友，一个也不要忘记。”

记得前些日子，大约是（1993）5月间，我到医院去看望翰老，那时他精神很好，问长问短，挂念着这个，牵记着那个，问了一圈儿，我也根据我了解的情况回答了一圈。谈着谈着，他又想起了他的老朋友周扬，翰老说他们的友谊很深，说周扬贡献很大，生前没有为他开研讨会（那时时兴给有贡献的文艺前辈开研讨会），逝世后也没有举办纪念会，现在应该开一个研讨会来纪念他。

我把翰老的意思告诉了文艺界的一些领导，引起了极大的共鸣、反响。为这事，有些老同志在周巍峙家交流了一下意见，王昆同志亲自下厨和她家的阿姨一起做饭，请同志们吃了一顿丰盛的家常饭。

翰老逝世后，大家怀着沉痛的心情，在政协礼堂的会议室开了一个缅怀翰老的追思会。参加的人，有康克清大姐，有杨尚昆前辈，还有许多知名人士和翰老生前的好友，也有中国文联的一些老人。

在这个会上，许多老前辈都讲述了在革命各个时期经历过的那些惊天动地的事情。谈到他们与翰老共同战斗时的故事，他们都异口同声地赞扬翰老光明磊落的品格、宽容大度的胸怀，以及他勇于面对险恶和不向困难低头的坚韧不拔的精神。

评剧表演艺术家新凤霞是坐着轮椅来的，她发言时又讲起三年困难时期，翰老去看她和孩子的事。她丈夫吴祖光被错划为“右派”，在外地劳动改造，那个时候，从国家干部到广大人民群众都吃不饱、穿不暖，浮肿、饥饿折磨着大家。她一个人带着孩子在北京生活，实属不易。

新凤霞说在这样的情况下，翰老带着一包糖块来了，分给孩子们吃，并嘱咐孩子们好好学习，听父母的话。说到这里，新凤霞嗓音哽咽，在座的人也为之动容。

翰老就是这样默然地、悄悄地把温暖送到人们的心中。翰老曾跟我说吴祖光是神童，19 岁就写出了大型话剧《风雪夜归人》，很了不起，是一位优秀的剧作家。

这时会上有一位老前辈（瘦瘦的高个子）发言，回忆起几年前周扬同志因极左风波而受牵连，有人动员翰老写文章批判周扬，翰老坚决不写。老先生讲到激动处，甚至还站了起来。翰老不写批判文章，是他有高度的原则性，不随波逐流，体现出高尚的品德！

在一种特定的情况下，坚持原则很困难，而翰老做到了。

翰老在世的最后几年，特别思念故乡的山山水水。他喜欢听四川地方戏曲，有时去剧场看川戏，有时在家里看川戏录像，这些乡音乡曲带给了他极大的快乐。

有次我陪四川省文联的领导朱炳宣同志去翰老家，朱炳宣同志邀请翰老去四川观赏一片刚发现的竹海，说那竹海多么多么的美。翰老笑哈哈地说：“好啊，好啊！”转身对我说：“咱们一块儿去。”

本书作者和翰老在一起。

“好，我跟您去！”

朱炳宣说：“时间定了，告诉我一声。”

可惜，由于翰老身体的原因，后来一直没有成行，真是遗憾。

这位中国文化界的卓越领导人留给我们晚辈的政治思想、文化艺术方面的东西太多太多了，我们得加倍珍惜和传承。剧作家吴祖光在翰老灵堂上写的“文传百世，情重千秋”真是贴切极了。

多少日子里，我的脑海里总有这样一幅老也抹不掉的图像：翰老坐在客厅的藤椅上，语重心长地对我们说：“凡是帮助过我们的朋友，一个也不要忘记……”

1993 年 12 月

永远不老

——记夏衍前辈一二事

他已经步入87岁了，可是他非常年轻——他的精神那么好，头脑那么清楚，记忆力那么强。凡是接触过他的人，或是听过他讲话的人，无不敬佩他。

他，就是夏衍（1900—1995）同志，大家尊称他“夏公”。

我是什么时候认识夏衍同志的，连我也说不出确切的日期。1949年初夏，上海刚刚解放，我们华东军区文工团随军进驻上海后，在一次会上，有人指着一位穿军装的瘦高个子的男同志说，这是军管会负责文化工作的夏衍同志。50年代，夏衍同志担任文化部副部长，那时我在文化部工作，这算是真正与夏衍同志认识了。那时文化部工作人员不多，工作却很多。部长们除了吃饭和睡觉，其余时间都在工作岗位上。从早晨工作到晚上，可从未见夏衍同志脸上带有倦容。那时他已年过半百，但步履矫健，动作敏捷，活像二三十岁的年轻人。

这期间有一件事给我留下的印象极为深刻。一天凌晨2点时分，我接到周恩来总理办公室打来的电话，询问一部纪录片的事，夏衍同志主管电影方面的工作，当然要找夏衍同志。可是夜这么深了，夏衍同志肯定睡了，是不是马上打电话给他呢？我犹豫了，怕打搅他的睡眠。要知道，深夜一两点钟是人睡意最浓的时刻，谁愿意被吵醒呢？大家也都知道，周总理有夜间办公的习惯，万一总理办公室再打电话来查问结果又怎么办呢？想来想去，我硬着头皮拨了夏衍同志的电话，忐忑不安地等着对方的声音。不一会儿，夏衍同志接电话了，没等他问，我马上解释说：“对不起，实在不该打搅您，但……”

我的话还没说完，话筒里传来夏衍同志带有浓重南方口音的话语：“没有关系，应该的，这是工作。”

就这两句话，使我的一切拘谨、顾虑全部烟消云散了。

直到几十年后的现在，电话中谈的影片的事我都记不得了，独独记住了“应

夏衍与外孙在蓬莱。

该的，这是工作”的话。这话听起来不但自然、亲切，而且说明“工作”在夏衍同志的心中占有很重要的位置。现在每当看到职位不高而接电话时任意发脾气、耍态度的人，我就会想起那个凌晨的电话和接电话的夏公。

20世纪50年代，我国的文艺之花繁荣绽放，但随之也出现了一些认识上很不一致、不相认同的现象，比如最早批电影《武训传》就是其中之一。对此，毛主席有很长的批示，周扬等人做了检讨。夏衍刚访苏回国，周扬动员他做检讨，夏公就不做，周扬再三动员，说这部电影在上海出品的，夏公刚好现在又在上海工作。夏公说这是私营厂出品，中华人民共和国建立前就酝酿拍摄的，与他们没有关系，他不做无原则的检讨。直到40年后，夏公还是“念念不忘”地批评周扬让他做检讨这件事。

60年代初，毛主席对文化部的工作提出了一些批评意见。由此，夏公的一些作品和他对艺术创作的一些主张受到了批判。那时我看到夏公，心里说不出是什么滋味儿。他对这些批判怎么想，我不清楚，但他十分平静、坦荡，在任何场合，我都没听他说过一句抱怨的话，他保持着他那极有修养的革命家的风度。

“文化大革命”开始，灾难首先降临到文艺界。在体育馆的一次批斗大会上，我看见了夏公。那次被揪出来的人很多，有夏公、陈荒煤、吴雪等同志（吴雪同志是作为《抓壮丁》饰演李老栓被揪斗的，身上穿的也是“李老栓”的演出服装）。当时台上大约有几十个人，站了满满一台。夏衍同志的“罪名”是30年代电影界的“祖师爷”。当时批斗会上，是让被揪斗者自己走上台去。夏衍同志照旧迈着矫健的步伐走上台，脸上的表情是平静的。当时他衣服上的一粒扣子掉到了地上，他从容地弯下腰捡起来，放进了口袋里。电影导演潘文展同志注意到了这个动作，事后他几次向人们讲起，说夏衍同志的镇静态度真了不起，从这个小动作中，我们看到了他“乱云飞度仍从容”的心境。他心地坦荡，非同一般。是的，夏公就是这样一位坦荡的老前辈。他从青年时代东渡日本留学、参加革命，到这时已经半个多世纪过去了，他什么没见过、什么没经历过呀！可是这样的屈辱还是第一次呀！

从那以后，夏公在历史浪潮中又经历了诸多苦难，但他都能从容走出种种艰难，不惊不惧，依旧平静和蔼。

最近，夏公又作为特邀代表参加了党的第十三次全国代表大会。他以旺盛的革命热情和对革命的贡献，赢得了党和人民的信任，这光荣是当之无愧的。夏公的一言一行都显示出了一位革命前辈那种无形的，但能使人感觉到的强大的内在力量。

这力量使夏公永远年轻！

1989年10月27日

夏公和他的猫

——记夏衍前辈

夏公（夏衍）爱好甚多，养猫是其中之一。他曾告诉我，从他父亲起，家里就养猫，现在他的子女和孙辈也喜欢猫。“看来这事是传下来了。”夏公带着欣慰的口气说。

“文化大革命”期间，夏公坐了林彪和“四人帮”的牢，一坐就是八九年，受尽迫害，腿被打断一条。过去他健步如飞，现在却拄上了拐杖。他从牢里出来之后，回家见到他的猫就流泪了，这是艺术家的情感。

冰心老人也喜欢猫，她去看夏公时，特地把猫带上，让两家的猫也会会面。冰心老人与夏公同龄，但比夏公的生日大几天，所以夏公叫她老大姐，她叫夏公小老弟。他们俩都特别喜爱猫，这不仅仅是一种兴趣，也是热爱生活的一种表现。1994 年 7 月 23 日，我带了一束鲜花又一次到医院看望夏公。进入病房，只见夏公穿着长袖衣衫安静地坐在沙发上，身边放着手杖，他不开空调，说不热。我询问老人家的健康情况，他说没有什么大病，只是年纪大了。我说 10 月大家准备为他庆祝 95 大寿，老人家谦虚地说“不敢当”。说着说着，我们谈话的主题就往“猫”上走了。

我记得夏公的猫丢了有些日子了，就问找到了没有。夏公说：“丢的猫没有找到，但我又有了新猫。”他说话时的神态是宁静的。

夏公养猫爱猫，展现了他善良的心地，折射出他对生活的热爱。

1957 年，“反右运动”席卷了全国的文化界。文化部门有许多同志被错划为“右派”。当夏公的朋友陈铭德被错误处理后，夏公送他一只猫，以示安慰。在当时的那种情况下，夏公的举动非同一般。陈铭德感动不已。60 年代初，毛泽东批评文化部已走到修正主义边缘，并令其整风。身为文化部副部长的夏公，首当其冲受到了批评。除批判他编剧的电影《早春二月》《林家铺子》之外，还把充满了人情味儿的送猫一事也列为他的罪状之一。夏公面对压力，一不义愤，二不急于申辩，他冷静地、不卑不亢地看待这些问题。这是他内心强大的表现。在三年困难时期，夏公家里仍然养着猫。那时有些外事活动需要夏公亲自参加，宴会回来，猫咪迎上去对夏公又是抓袖子，又是抓口袋，兴奋得又叫又跳，它们知道夏公会带来好吃的。宴会上有鱼，夏公吃鱼时总是嚼一嚼就放进空香烟盒子里带回家。有时夏公住院，家里为他烧条鱼送去，他也是自己吃一半，再留一半给家中的猫。夏公的儿子沈旦华曾说："老头儿总是惦着他的猫。"

沈旦华说，"文化大革命"中夏公被林彪、江青反革命集团的人抓走，夏公的猫没走，一直在他家坚守了 9 年。直到夏公从监狱回来，猫围着夏公转了几圈，使夏公感动不已。没有多少日子，这只猫便死去了。这事提起来就叫人感慨万千。不会说话的猫，竟对主人有如此深厚的情感，而有些会说话的人，却在恶势力面前昧着良心对人落井下石。

夏公出狱后，为他在家坚守 9 年的猫死了，老人很难过。这事传得比较广，后来在友谊医院住院的画家黄胄知道了，他画了一只猫送给夏公以示慰问。黄胄因腰腿有疾行动不便，特请友谊医院的党委书记张彤代为转交这幅画。张彤是抗战时期新四军的"老革命"，她为人热情，工作有魄力，"文化大革命"初期虽被揪斗，仍坚持工作。在那个年代，她帮助过无数求医无门的同志。一天，张彤和她的丈夫朱庭光约我同去夏公家送黄胄画的猫。还是那条胡同，还是那个在"文化大革命"中被外人侵占了大半的院子，见到夏公，张彤把"猫"送上，夏公非常高兴，让家人把"猫"挂到了墙上。夏公知道朱庭光是朱镜我烈士之子，在 20 世纪 20 年代末和 30 年代初，朱镜我前辈和夏公都是党的地下工作者，又同在文化战线战斗。朱镜我是"左联"发起人之一，后在新四军担任领导，1941 年，在皖南事变中突围时壮烈牺牲。早年的事，夏公是不会忘记的，夏公慢慢地说着，朱庭光、张彤专注地听着。夏公说过去，说当今，话不是很多，但意味深长。

张彤、朱庭光二位以送"猫"为由与夏公的见面看似平常，实则情谊深长。

烈士朱镜我之子朱庭光携其妻张彤看望夏公。

夏公那样慈祥，张彤、朱庭光那样崇敬、那样深情，当时那种气氛，是只有仔细品味才能体会一二的。“文化大革命”结束后，朱镜我之子朱庭光同志担任了中国社会科学院世界历史研究所所长，编辑了许多书籍，自己撰写的著作也不少，贡献很大，张彤也在友谊医院党委书记的岗位上发光发热。

再一个送猫的故事，发生在 1984 年，我在中国文联工作时。小牟是一位养猫、爱猫的年轻姑娘，她家的大猫要生小猫了，夏公事先就预定了一只。5 月 17 日这天，小牟将生下不久的小猫带到办公室，它的皮毛是黄色的。下午我带了几个小姑娘来到夏公家，将这只第一次出门的小猫送给夏公。

我们到了夏公家，小牟将小黄猫送到夏公手上，夏公亲了亲它。这时，早些时日夏公领来的一只大点的猫慢慢悠悠地从屋里出来了，两只猫见了面，互相看了几秒钟。这只大猫有点不友好，抓了小猫一把，便把脸转到一边，不屑于看小猫一眼。小猫瞪着大猫，那眼神真像是一个可怜的孩子。

我们这几个晚辈围着夏公在说猫的事，沈旦华说他们全家都爱猫，他又说起了三年困难时期，在宴请外宾的时候，夏公怎么用铁的香烟盒给猫带鱼的事，说那只黄猫在他家活了 12 年。

梅兰芳先生在世时，曾送过夏公一只白猫，但不久就死了。夏公不喜欢白猫，他忌讳什么，不知道。

夏公与中国文联的工作人员在一起。前排为夏公与本书作者，后排左一为林缦，左二为牟明利。

夏公为了迎接这只小黄猫，把别人送给他的大鳜鱼留给它吃。他说，现在他家里的这只大猫不吃鱼肉，只吃些其他肉。小牟说，她这只小猫什么都吃，连黄瓜都吃，夏公听着笑了。夏公把小猫放在腿上，对它说："在这里你会习惯的，没有关系。"小黄猫闭上眼睛听着，似乎听懂了。

夏公告诉我们，他爸爸、舅舅都喜欢猫，他也喜欢，现在沈宁、沈旦华也喜欢猫，小外孙和孙女也喜欢猫。他老人家说："看来这事是传下来了。"

夏公得到一只小猫，如同得一宝，看得出来，他抚摸小猫时的心情是非常愉悦的。

我亲眼见证了夏公对小动物发自内心的喜爱。

整整10年过去了，现在我又在听夏公讲猫。这是我们永远谈不完的一个话题。

我这次去医院拜望夏公时，在我听他谈猫正入神时，夏公话锋忽然一转，又谈到了对于胡耀邦值得肯定的地方要给予应有的肯定，如在“四人帮”倒台后开创了新局面，平反了不少冤假错案，而不应对此全然不提。由此可见，95 岁的夏公就是住了医院，也不忘国家大事。他公正无私，尊重历史。

1994 年 10 月，许多人到医院里祝贺夏公 95 大寿，还有国家领导人到场。我不想在人多的时候凑热闹，想以后再去看望夏公。

整个冬天，夏公都是平平安安地度过的。

谁知过了些日子，我竟得友人通知，说夏公突然病危。我急忙赶到医院，怎么呼喊夏公都不回应，只有呼吸机在哀鸣……不少前辈都在那里看着，心酸落泪。夏公于 1995 年 2 月 22 日仙逝。

我到夏公家吊唁，看到一只猫趴在桌子上。这是一只灰色兼有黄色的猫，沈旦华告诉我：“这就是老头儿的猫。”

我轻轻抚摸着它，它那双眼睛里充满了忧伤。我心酸地流泪了。

在夏公的遗体告别仪式上，我看到大厅右边有一只小花篮，是中国小动物保护协会敬挽的，白色缎带上写着：

庭前竹树千秋韵，
膝上黄狸一世心。

1995 年

本书作者外孙女笔下的猫。

“无害人之心有害人之事”

——夏衍说田汉

1979 年周扬同志生病住进北京医院，恰好夏公也住在这所医院里。4 月 28 日这天，夏公拄着拐杖走进病房来看周扬。他们两位从 30 年代搞“左翼”文艺运动时就是搭档的老朋友，过去见面总是谈工作，今天夏公来，一不问病情，二不谈工作，而是谈起了过去的旧事趣闻，声调慢慢悠悠。

夏公谈到了田汉，一开口就说田汉“无害人之心有害人之事”。当时也在场的我一听这话，心里一震——田汉在 20 世纪 30 年代以热心助人而闻名，大家都尊称他为“田老大”，难道田汉做过害人之事?

我们都知道田汉是一位大艺术家、大作家。《中华人民共和国国歌》歌词就出自他的笔下。那首歌是 20 世纪 30 年代电影《风云儿女》的主题歌，

作家田汉。

聂耳作曲。这首歌在当时鼓舞着人们反对侵略、抵御外敌，即使赴汤蹈火，也要走上前线。新中国成立后，这首歌被定为国歌。

田汉青年时代便投身革命，从事戏剧运动，开演话剧之先。他组织的“南国社”就是中国最早的戏剧团体。他在中国戏剧发展史上功不可没。新中国成立后，他是文化部第一任艺术局局长。他一生著作甚丰，他的新编历史剧《谢瑶环》等剧受到观众的热烈欢迎。在1961年5月24日的戏剧汇报会上，他对某些剧作违背历史的情况进行了批评。他觉得有些地方戏不符合当时的历史状况，如《越王勾践》把越王演成了当代的“四同干部”（即与群众同吃、同住、同劳动等）。他还说，有些戏写得不深刻，成了“季节戏”（演过一段时间就过去了，也就是说过季了）、“宣传戏”和“开水戏”（观众不愿意看，都到休息室喝开水）。他的这些批评意见是有道理的。可是在“文化大革命”中，“四人帮”把《谢瑶环》等新编历史剧说成“大毒草”，他的许多正确意见也成了他的罪状。他在“文化大革命”中受尽迫害。记得夏衍同志就说过，他在夜半曾听到田汉同志被打时的惨叫声。

田汉为人热情、豪放。20世纪30年代上海影剧圈内的人，都尊称他为“田老大”。他在电影《聂耳》中就以“老大”的形象出现过。周扬的夫人苏灵扬说，那时候朋友们有什么困难都找他帮忙，每次他都尽其所能地照顾朋友们。当年江青从山东刚到上海时没有工作，田汉就安排江青与自己的母亲同住了好几个月，直到江青找到工作。可是30多年后，江青恩将仇报，给田汉扣上种种莫须有的罪名，使他被揪斗、被关押，最终受尽折磨而死去。

夏公和周扬谈起田汉，都十分惋惜和哀伤。不过他们都是老革命，历尽艰险，表达感情的方式也非同一般，他们没有咒骂，没有激愤，他们有时沉默，有时只是叹息而已。他们俩称赞田汉的旧体诗写得好。说到这个话题时，夏公说田汉的《义勇军进行曲》（歌词）是写在废香烟盒上的。夏公还说：“30年代，田汉被国民党反动派抓去关在南京监狱里，给我写过一首诗，也是写在废香烟盒上的。同一时期，田汉给另外一位朋友写了一首诗，也是写在废香烟盒上的。那位同志在‘文化大革命’中把诗烧了，很可惜。”

夏公说完这件事，才说：“田老大有一个毛病，就是无害人之心有害人之事。我曾当面对他说过这话。20世纪30年代在上海时，有时他请客，请了许多朋友来吃饭，可是他却忘了带钱；有时他把自己的钱用完了，就让别人帮助凑钱。有人请客本来只请他一个，他一下带来一大拨人，弄得请客的人措手不及。有时他通知开会，大家都到了，唯有他不到。一问，他忘了。”

听到这里，我才明白田汉前辈的“无害人之心有害人之事”的缘由。

夏公还讲了一件趣事：“有一次田汉到我家玩。那天他给家里人买了毛线，落在我家里了。他回家后发现毛线没有了，夫妻俩吵了一架。第二天他到我家找毛线，进门把他的‘铜盆帽子’摘下来放在那里，坐下来说话，我怕他再忘了把毛线拿走，便把毛线放在他的‘铜盆帽子’里。谁知他走时，连帽子也落在我家里了。”

夏公和周扬在议论田汉时，认为他最听党的话，对党组织忠心耿耿。只是他这位艺术家不拘小节，生活上自由惯了，在朋友交往中常常闹出一些笑话。

这天周扬在医院做了肠镜检查，本来很难受，夏公讲述这些过去的趣事，使周扬在病患中那张充满苦痛的脸上露出了笑容。

1997年

争鸣、探索、创新

——记夏衍与日本朋友的一次谈话

前不久，中国文联副主席、中国电影家协会主席夏衍会见了以日本著名画家东山魁夷为团长、白土吾夫为副团长，以及佐藤纯子、东山澄子、诗人中村真一郎、剧作家宫本研、歌唱家伊滕京子等人组成的代表团。老朋友见面，互相热情交谈，客人们关心中国文艺的发展，不免要提出一些关于这方面的问题，夏衍同志一一做了解答。

夏衍同志告诉日本朋友，目前是中国从五四运动以来文学艺术最繁荣的时期。文化方面的改革应该说从五四运动就开始了，但由于连年战争，新中国成立以来又不停地搞各种“运动”，中国不仅政治上、经济上走了弯路，文艺方面也走了弯路。“四人帮”被粉碎后的10年，大家称之为文艺新时期的10年。从党的十一届三中全会算起，实际是8年。拨乱反正是从十一届三中全会开始，文艺方面真正贯彻“百花齐放、百家争鸣”的方针，也是从十一届三中全会开始。现在文艺界虽然很热闹，但这还是一个争鸣的阶段、一个探索创新的阶段。要出大作家、大作品，还要寻找出一条符合中国实际情况的道路来。现在各种意见都有，议论纷纷是正常的。过去闭关锁国，现在对外开放，就像是过去把门关得死死的，如今把门打开了，各种思潮蜂拥而至，一时不知哪些好、哪些坏，尤其是年轻人的思想产生一些波动，这是不奇怪的。什么“先锋派”呀，“新感觉派”呀……经过一段时间，相信群众会做出选择。

夏衍同志说，中国人口多，20世纪初我国人口只有4亿，到了80年代就10亿多了。再就是我们中国社会有2000多年的封建统治，世界上没有一个国家像我们中国封建统治如此之久。因此，封建宗法思想难以一下子打破。思想解放也不是轻易就能完成的事，要改过来得花时间。我们要赶上世界先进水平，还需做更多的工作。

1986年，中国文联文化代表团访问日本前，夏公与全体团员合影。前排左一为团长黄胄，中间为夏公。

在谈到中国文艺发展前景时，夏衍同志说，发展社会主义文艺，必须坚持“百花齐放、百家争鸣”的方针。我们提倡创新、求实，与中国实际相结合。而我国的实际变化又如此之快，这就增加了工作的难度。我们再三强调调查研究，就是要实事求是。如果一味求快，脱离中国的实际，是要吃苦头的。

夏衍同志还特别说到，发展不平衡是中国的特点之一。他还列举出一些具体数字来说明经济方面发展不平衡的状况。同时他也指出，在文化的发展上也有类似的情况。中国要实现四个现代化，重要的是智力投资，提高全民族的文化水平。夏衍同志满怀信心地说：“当我们庆祝中华人民共和国成立100周年的时候，我们在经济上将接近发达国家水平，文学、艺术也会有很大的发展。我相信到那个时候，将会产生更多的伟大作家和伟大作品。”

1987年1月

夏公是一本大书

我不愿说夏公已经“走了”，我也不愿想那些悲哀的日子。我愿相信他没有走，他不在我们大家之中，他永远在我心里。此刻，我仍想走进那座长着一丛丛翠竹的宁静的院落；我仍想坐在夏公那间卧室兼工作室的小房间的藤椅上，聆听他老人家的教诲；我仍想看到他那两只大猫安睡在他的床上，或者坐在他的腿上呼噜噜地打着瞌睡……

然而这一切毕竟成了过去。我最后一次到医院看他是在 1995 年 1 月 22 日，夏公已处于昏迷状态，叫不醒，喊不应。没过几天（2 月 6 日），夏公就驾鹤西去了。我到夏公家的灵堂里，只看到他那张大彩照挂在墙上，屋内屋外摆满了鲜花，花香四溢中流动着悲痛。看到这一切，我只想哭，难道夏公真的“走了”吗?

曾在夏公这里工作过的牟明利安慰我说：“别难过了，夏公累了，需要休息。”

是的，夏公是累了，他为中国的革命和革命的文艺事业奋斗了七八十个春秋。他参加了五四运动，在日本留学期间与孙中山先生相识后，便投身革命活动。在 1927 年的“四一二”那个最黑暗的时期，他加入了中国共产党。之后，他一直在惊涛骇浪中生活。在革命文艺事业方面，他是领导者，也是一位著名的大作家，他的创作、评论著作等身。他不但是我国电影事业的先驱、报告文学的鼻祖，还是卓越的新闻工作者。新中国成立后，他一直是文艺界的领导者之一，为新中国的文艺事业呕心沥血、鞠躬尽瘁。他是累了。仔细想一想，夏公的一生真像一本读不完的大书。现在我只能从我的接触中摘取一二来表达我的崇敬和思念。

在夏公的遗像前，我努力地止住眼中的泪，而心里的泪却如泉涌。

在我的脑海里，夏公的三个形象交替着出现，如电影画面般清晰。一个是迈着矫健的步伐走过绿树成荫、鲜花盛开的文化部大院的夏公，他两脚生风，一身朝气。那是20世纪50年代时的夏公形象。20世纪60年代初，毛主席对文化部的工作提出了一些批评意见，要进行整风。首当其冲的是文化部副部长夏衍前辈，他受批判后被调离文化部。这是一位博学多才、懂得如何领导文化工作的部长，这是一位著作等身的大作家部长，这是一位能团结文化界各路大将和士兵，有极大凝聚力的前辈。就这样，他被调离了，以示对他的“惩处”。夏公以平静淡定的心态，迎接了这场“风暴”。这是他的第二个形象。再一个形象就是带着伤残的右腿，穿着特制的鞋，拄着拐杖的一位瘦弱老人，他瘦弱得仿佛一阵风过来就会把他吹倒……谁能相信，这就是一身朝气，遇事不惊的夏公呢？这就是夏公！多么大的变化啊！究竟是“文化大革命”中的什么经历，让这位革命前辈变成了这样？乍一见，真使我眼湿鼻酸。这一形象来自1977年10月15日。

这天，周扬、苏灵扬二位老人家来看夏公。夏公拄着拐杖站在屋门口迎接他们。这个院落原本是夏公一家住的，“文化大革命”中搬进了其他一些人，他只住在北面三间房子里。

周扬同志和夏公握着手，无言对视良久，他俩已经10年没见面了。踏进屋门，是一间门厅，左边有一张单人床，是夏公睡觉的地方。厅里堆满了家用杂物，唯一充满生气的是墙壁上的几幅猫的绘画作品。有一两幅是出自有名的艺术家之手，也有几幅出自小学生之手。从这些猫的绘画作品中，我们可以看到主人的乐趣。恰好这时，一只大黄猫走过来趴到夏公的腿上，夏公抚摸着它，大黄猫闭上眼睛睡了。

周扬同志和苏灵扬同志坐在两只小木凳上。周扬同志问：“还好吧？”

“还好，活着就是幸运。”

“是啊！”

从这几句话开始，他们便交谈起来。夏公说到被关押的情况时说，有一次他听到隔壁有人说话，像是周扬，又有一次听到有人惨叫，像是田汉在挨打。那时他们被揪斗时可以站在一个台上，只要下了台，看管人员便马上把他们分开，不许他们说话，甚至不许他们互相多看一眼。周扬同志也说，那个时候他常想的不是怕批斗，而是想下次批斗会上还会不会见面。

当然，他们也谈到了30年代上海文学界关于两个口号的争论和关于“左联”解散的问题，这本来是可以讨论研究的事，“文化大革命”中江青等人却用心险恶地把它上升到反革命的高度，说他们反对鲁迅、反对毛泽东思想路线，使夏公和周扬等人顶着颠倒历史的大罪状，被折磨了10年。夏公说：“‘四人帮’把一些事实搞颠倒了。应该先把事实说明白，怎么认识，怎么评价，都是可以讨论的。”

夏公还说：“‘左联’从1930年成立到1932年的情况，大家都清楚。解散‘左联’，是肖三从莫斯科带来的信中提出来的。这封信是驻第三国际的中共代表王明要他写的。这封信（现在人民文学出版社鲁编室中收藏的这封信件，是根据鲁迅夫人许广平手抄稿印的）通过来往于海参崴—上海的一艘俄国商船带到上海，并交给了史沫特莱（美国朋友），史沫特莱把它交给了鲁迅。鲁迅又转给了茅盾，茅盾又将信转给了你（周扬）和其他人。鲁迅对解散‘左联’是不同意的。我们把这事看成是党的决定，当然要执行。”

后来，他们又谈起两个口号的争论问题。周扬说：“两个口号争论，是由我提出‘国防文学’之后，胡风又提了‘民族革命战争的大众文学’引起的。胡风文章中并没有说明他提出的这个口号是经鲁迅同意的，于是文学界对两个口号争论不休。”

后来，鲁迅在《答徐懋庸并关于抗日统一战线问题》一文中称周扬、夏衍、阳翰笙、田汉是“四条汉子”。“文化大革命”中，由于在鲁迅的《答徐懋庸并关于抗日统一战线问题》一文后面的一条注释而引起的风波，使得“四条汉子”这一词语就成了“反对鲁迅”“反对毛主席”“反对毛主席路线”“叛徒”“特务”等各种罪名的代名词了。

他们又谈到那些办案人员毫无历史知识，对他们的无礼粗暴的审讯，使他们啼笑皆非。有的审讯人员说：“你们30年代做党的地下工作，有的事情为什么不开大会做决定，而是你们几个人说了算？你们不是叛徒、特务又是什么？”这些人不懂党的历史，也不懂地下工作就是得秘密进行的特点。夏公、周扬谈着这些令人心碎，甚至是十分愤怒的事情时，他们的心境、口气也都是平静的。他们没有抱怨，只觉得党内出现了林彪、“四人帮”这样的坏蛋，是党的一次经验教训。他们互相打听文艺界一些同志的下落，而对于夏公的腿是怎么残的，周扬同志的耳朵是怎么残的，他们都没有说。他们心中惦记的仍是祖国如何昌盛、人民生活质量如何提高的问题。

后来一次偶然的机会，我问夏公的腿是怎么断的，他说，那是大冬天，外面很冷，他在院子里摔倒了，看管人员又狠狠地踢上一脚，还说这就叫“打断你的狗腿”。夏公说罢摇了摇头。其实，夏公在“文化大革命”中受的迫害远不止如此。

30 年代的“四条汉子”如今（1995）只剩“三条汉子”了。夏公说，等他的眼睛好一点，他要写材料澄清一些被歪曲、被误传的事实。这些本来是沉重的话题，但在他们的交谈中，没有什么不平、怨恨，只有一种风平浪静、天高云淡的感觉。

他们的胸怀何其宽大啊！

后来“四人帮”被粉碎了，“文化大革命”结束了，人们有了大解放的感觉，说话也大胆了，谈什么问题也没有多少顾忌了，每个人心中多了不少快乐。但是像夏公这种层次的领导人却很少串门，没有工作上的事，他们从不聚在一起，只有一次例外。那是 1978 年冬天，应刚刚复出担任广东省委书记的习仲勋同志的邀请，周扬夫妇、夏公、光年、李季同志相约到了广州，不久林默涵、韦君宜同志也去了，大家都住在珠岛宾馆（原省委招待所），这算是从来没有过的一次集合。我也有幸跟随诸位前辈到了温暖如春的广州。省委安排他们游肇庆，这是一个拥有“西湖美”“桂林秀”的好地方。12 月 7 日，大家驱车前往肇庆，行驶 2 个多钟头后，大家住进了波海楼。这是陶铸同志生前为该楼定的名字。陶铸同志原是中南局的书记，后任广东省委书记，“文化大革命”初期曾担任过中宣部部长，后来在“文化大革命”中被迫害致死。他生前对文艺界人士极为友善、爱护。来到这里，住进了他命名的波海楼，同志们心里自然就会思念他。吃中午饭时，光年同志情不自禁地朗诵起他的即兴之作：

皎皎星湖水，煦煦波海风。
七岩皆肃立，北望唤陶公。
（“陶公”指陶铸同志）

到了晚上，明月高空，清风徐徐，前辈们聚在楼下大厅里，又吟诗又写字，好不热闹。连平时不作诗的周扬同志也写了几句：

波涛似海，陶铸新人。
七峰突起，石破天惊。

从这四句诗中不难看出，周扬对陶铸的思念，以及由粉碎“四人帮”这一“石破天惊”的大事引发的喜悦心情。

夏公一直坐在旁边没说话，当有人发现夏公没动笔时，便请他也作一首诗。夏公视力不好，眼患严重白内障。但他没有推辞，他用手摸了摸铺在桌上的宣纸，拿起毛笔便写了起来：

1938 年 10 月广州沦陷，余与林林、钢鸣、华嘉等同志经三水肇庆去桂林，其时敌机临空、哀鸿遍野，未能尽览七峰六湖三洞之胜，今日重游已匆匆四十年矣。同游者周扬伉俪、光年、杜埃诸同志。虽饱尝忧患，然老而益坚，豪情胜昔，为可慰也。

1978 年 12 月

夏衍记于波海楼

夏公一笔落，大家都鼓掌。这是一篇绝妙的散文，言简意赅，抚昔感今，新旧对比，意味深长。

夏公在肇庆参观了端砚，又看了阅江楼叶挺将军独立团旧址，在七峰、六湖、三洞景点都留下了他的足迹。同行的人中，夏公最年长，但他游兴甚高，大家都感到高兴。

几天后，夏公回到广州。一天傍晚，他在珠岛宾馆的林荫路上散步，我陪他走了一段路，他突然停下来小声说："我想回去，回北京去。"

我当时感到十分奇怪，便问："怎么刚来几天就要回去呢？"

夏公笑了笑，似乎有些不好意思地说："我想我的猫。"

我向周扬、苏灵扬说了夏公要回去的事，周扬同志不明白夏公为什么这么急着回去。"夏公想他的猫。"我说。

一向情感不外露的周扬同志听说夏公回北京是因为想猫了，顿时眼泪充溢了眼眶。这事为什么使周扬同志如此动容，至今我也不明白。苏灵扬同志亲自上阵动员夏公多留几日，周扬同志也劝说他，来一次不容易，大家聚在一起更不容易，多留几天吧。我也希望我的好朋友、夏公的女儿沈宁向夏公做做工作，在广州多住几日。

夏公答应多住几天。年关临近，省委安排夏公、周扬同志去从化温泉小住。12 月 28 日，我们一行人到了从化，住进了疗养区"松园"。周扬、苏灵扬住 6 号房间，我随夏公、沈宁住 4 号房间。松园门前又高又大的紫荆树开满了鲜艳的花朵，不时飘落下来点缀着绿茵茵的草地。流溪河就像玉带般经过松园门前，"飘"向东方。住在附近的还有曹靖华老人和杨述同志。

在这里，夏公、周扬同志和大家一起送别了 1978 年的晚霞，迎接来了 1979 年的第一缕阳光。这是一个没有鞭炮、没有喧闹的元旦，对我来说却是最快乐的一个元旦。这是我生平第一次与夏公、沈宁在一起过的一个元旦，是永远忘不了的一个元旦。

粉碎"四人帮"后，广东在发展经济方面有些新的举措。过去自发的集市都被当作“资本主义尾巴”割掉了，现在又兴起了集市贸易。沈宁对这一新生事物十分感兴趣，她约着苏灵扬同志去赶集。临走时，她把夏公交给我“代管”。因为夏公视力不好，医生不允许他看书，又因腿残，行动不太方便，让他一个人在房间里，沈宁有些不放心。当时住在隔壁的周扬同志正在修改他的讲话稿，我要为他抄稿子。那天我把稿子抄完，就走到房里看夏公有没有事。夏公安静地坐在沙发上，我轻声问：“夏公，您有事没有？”

“没什么事。”

我怕夏公发闷，便坐在夏公门口的小凳子上，和夏公说起话来。开始我们谈些文坛琐事，说着说着就说到了创作问题。我记得“文化大革命”前，陆定一部长说起创作方法时，曾批评自然主义创作方法是反动的，只有革命现实主义和革命浪漫主义相结合才是革命的。那时，关于创作方法问题，文艺界也曾进行过讨论，但没有什么明确结论。于是我请教夏公，自然主义创作方法是反动的这一说法有没有道理。

夏公说：“这只是一个创作方法问题，不能说它反动不反动。决定反动不反动的，是作品的内容。”他还说：“作家的情况各不相同，创作方法和作品风格也就不一样。有人喜欢用这种创作方法，有人喜欢用那种创作方法，每位作家都可以自由选择。创作方法因人而异，不能强求一律。”

谈到现实主义和浪漫主义的问题，夏公认为：“这也要看作家自身情况。比如郭老的诗，就充满了浪漫主义，但我写东西就怎么也浪漫不起来。鲁迅、茅公的作品，依我看，都属于现实主义的。”

当时我正忙里偷闲写一部长篇小说稿（就是1983年人民文学出版社出版的《米河流向远方》），写作过程中有时顺利，有时不顺利，顺利的时候，一天可以写几千字，不顺利的时候，几天写不了几个字。我说：“本来安排好的人物、情节，写着写着就变了；本来应该是这样，写出来又是另外一个样，不能驾驭人物和情节，这是怎么回事？”

“这是正常的。”夏公说，“我曾经说过这样的话，创作开始是作家写人物，后来就成了人物写作家了。真正写作入神了，作家就跟着人物走了。这就是人们常说的‘有意栽花花不发，无心插柳柳成荫’。”

听了夏公的话，我豁然开朗。夏公的话没有八股，但却是从创作经验中高度提炼出来的精华。这是因为夏公自己就是一位大文学家、大戏剧家，他懂得创作者的甘苦，对创作有着不一般的了解。

夏公还说：“要写出好作品，方法固然重要，但更重要的是还要有生活。没有生活的基础，只讲方法，也产生不了好作品。”

这是至理名言。

在广州这段短暂的日子里，我从夏公那里得到了极其宝贵的教导。他的话都包含着极为深刻的道理，对我今后不论是创作还是做人，都有极大的影响。

自这以后，只要有机会，我就认真聆听夏公的教诲。他经常说，文艺工作者不要只看自己身边的琐事，要关心国家的经济建设。特别是年轻人，要了解历史，了解党史。知道历史上哪些事情是对的，哪些当时认为是对的、后来证明是错的。多用脑子想一想问题，不盲从，才能时刻保持清醒的头脑。只有懂得过去，才会了解今天的社会发展。

1984 年 7 月 21 日，人民文学出版社在烟台召开了“创作笔会”，那时夏公正在烟台写回忆录。与会者要求拜见夏公时，他老人家马上同意了。其间夏公说到创作问题，特别说到了写报告文学就要真实，不要回避问题。“如写陈毅的传记，在写上海那一段经历时，避开潘汉年就讲不清，当时陈毅是上海市委书记，潘汉年是常务书记，又管公安；有的问题避开饶漱石也讲不清。纪念‘左联’50 周年时，我写文章就写了潘汉年，人民日报社不也通过了吗？要写陈毅老总就避不开沈佩华（曾任上海市副市长，资产阶级出身），陈毅老总认识资本家，就离不开沈佩华。”

夏公要他们转告写陈毅传记的两位作者，写历史要以司马迁为榜样。

在我们的政治生活中，有些事情并不那么认识一致。有些事情上面定了，定得却并不合适，明知提了意见可能也不会改变，但夏公还是要提。他本着对党、对人民负责的精神，还是积极地提出个人的意见。即使遭到否定或有什么后果，他也不悔。80 年代关于电影界存在的一些问题，他就坦诚上言，说明自己的看法。他认为做人要光明磊落，有意见不提，不讲真话，是不对的。这就是夏公坦诚敢言的风格。

新中国成立以后，夏公从上海调到北京担任文化部副部长，在任期间，他经历了种种坎坷和艰难。同时他还受到了不该有的批判，所谓错误之一，是他的“离经叛道”。其实这四个字的背后，只是夏公想在电影方面进行一些改革创新，跳出从前的“旧框框”。应该说，这个观点是最符合马克思主义的，也是符合电影创作及其发展规律的。但在那个时代，这就成了错误，连同他的作品一块受到了不应有的批判。当时周扬同志对批判夏公等同志的指示是迟疑的，有不同想法的。毛主席曾严厉地批评他说：“你再也不要温情了，你和 30 年代有千丝万缕的联系……”周扬同志只得执行这套“左”的做法。对夏公的论点、作品进行批判，最后“上面”还将夏公从文化部调到了亚非研究所。陈毅同志当时说过，夏衍没有反党问题。夏公受到这样不公道的待遇，蒙受这么大的委屈，却从不曾喋喋不休地标榜自己正确，也从不曾对领导批判他的同志（包括周扬同志在内）表示不满和怨恨。他几乎不谈这件事，就是谈起来，心境也十分平静。他常说：“搞革命没有现成的经验，难免出一些问题，走一些弯路，这不是哪个人的问题。”他还说：“‘文化大革命’前 17 年‘左’的东西不少，如果那 17 年不是周扬领导文艺工作，而是张扬、李扬，恐怕江青早就插手文艺界了，那么挨整的人就会更多。处在当时的情况下，周扬也难啊！”这些话中透出的是夏公客观公正和体贴他人的高贵品质。夏公有一个无产阶级革命家的闪光灵魂，我想不只在我心中，在其他人的心中也会激起对他的无限尊敬。

尽管夏公曾被批判，周扬同志虽是执行者，但他们从 30 年代建立起来的友谊并不会因此而褪色。特别是粉碎“四人帮”后，他们的友谊比以前更加深厚了。

1979 年 4 月，周扬同志有病住院，正巧夏公也在同一家医院住院。那时周扬同志做肠镜检查，苦不堪言，人都快垮了。就在这种情况下，有的人还来医院谈工作，讲个人问题，比如什么待遇、房子等问题，使周扬同志不得休息。夏公也来看周扬同志，他一不谈工作，二不问病情，他讲了一些田汉的往事趣闻，使周扬同志充满病痛的脸上绽出了笑容。

夏公就是用他这种特殊的体贴入微的方式关心着老友。夏公还有一颗慈悲的心。“文化大革命”初期，一些部长一夜之间被抓了，夏公也被抓了，他看到被抓的林默涵穿得单薄，便忙把自己穿的丝绵背心脱下来给林默涵穿上。论年龄，夏公比林默涵大，身体也比林默涵瘦弱，当时这一举动显示了他的善良和友爱。

1984 年 10 月 1 日，夏公和周扬同志作为中顾委委员，被请上天安门城楼观看节日大游行。因周扬同志生病暂时无法主持中国文联的工作，于是那天在天安门城楼上，周扬同志请夏公代他主持一段时间文联的工作，当时他们说这件事的时候，有胡乔木同志在场，中顾委的一位副秘书长也在场。周扬同志说：“应该是年少的为年老的代劳，没想到现在倒过来了，让年长的代年少的工作。”

周扬同志晚年多次谈到夏公，说夏公为党、为人民做出了那么大的贡献，却从不居功自傲，他总是那么谦虚、平和。他有丰富的斗争经验，又有渊博的学识，他担当着领导职务，可在文艺创作上又是硕果累累。他有着过人的才干，不能不令人佩服。周扬还说，要说学问，茅公和夏公的学问最深。

去年（1994）夏天，夏公住院了。我去医院看望他老人家，他还是像往常一样问长问短。他的秘书林缦也在，我们又讲起夏公的猫，只要讲猫，总是有说不完的话。夏公是那么热爱小动物。讲着讲着，夏公停顿了一下，说：“对待历史要有唯物主义历史观，粉碎‘四人帮’后这段历史不要因某一领导的事就不提，这是不合适的。”他说的“某一领导”指的是胡耀邦总书记。他赞扬胡耀邦同志在“文化大革命”结束后打开了新局面。平反冤假错案，改革开放，猛勇向前，耀邦同志功不可没，他的贡献很大。可见夏公虽年事已高，住在医院里，可他想的还是国家大事。

夏公在惊涛骇浪和腥风血雨中度过了一生，又在社会主义建设中殚精竭虑地工作到生命最后，在近一个世纪的时光里，他的生活中有阳光也有风雪，但夏公挺着腰板走过来了。夏公的一生是一部充满百味的大书，是我们读也读不完的一部大书。他又像一座金矿，一座永远开采不尽的金矿。

我仍然愿意相信夏公没走，他是永生的。夏公累了，需要休息。

1995 年 4 月 20 日

坚实的背影
——著名作家沙汀印象

每当我走进沙汀（1904—1992）同志的住处，首先映入眼帘的是他的背影，一个瘦弱但又十分坚实的背影——他总在伏案工作。

20世纪50年代初我就认识沙汀同志了，那时他在作协工作。他满头黑发，目光炯炯，精力充沛。50年代末，他被调到四川，任省文联主席。“文化大革命”结束后，文艺界召开了第四次文代会，在中国作协代表大会上，沙汀同志当选为作协副主席。

“文化大革命”结束后，百业待兴，各个部门都在恢复或重建中。中国社会科学院由胡乔木担任院长，邓力群为副院长，周扬是顾问，文学研究所需要一位德高望重的人来担任领导，于是便选中了沙汀同志，将他从四川调回北京。胡乔木、邓力群亲自去机场迎接沙汀，迎接的规格很高，那时真有求贤若渴和敬重文学家的精神。说起沙汀同志，当时没有人不称赞他有大文学家的长者风范。他平易近人、和蔼慈祥，人缘极好。他在20年代就参加了革命活动，30年代在上海“左联”工作，这期间他写出了《航线》《苦难》《祖父的故事》等作品，奠定了他的文学地位。抗日战争时期，他到了延安，在鲁艺文学系任教，曾随贺龙在前线战斗过，回来后写了《贺龙》一书。不久后，他受调遣回四川老家坚持斗争，这期间他写了《淘金记》《困兽记》《还乡记》三部长篇小说。有的同志说他是慢工出细活，其实他写得不慢，出细活倒是真的。他对人物的描写非常细致。张光年前辈对沙汀的作品称赞有加，他曾对我说过，沙汀同志写的人物，尤其是四川老头儿，非常生动，无人可比。

沙汀前辈曾送我一本他写的《淘金记》，他说他喜欢这部小说。

50年代，沙汀同志在作协工作，当年他的小组长是著名儿童文学家金近同志。金近老师对我说，沙汀同志做事很认真，也守规矩，让他看文件他就看文件，让他开会他从不迟到。金近老师还说了一件有趣的事：有一次他们开小组会，本来按照常规是汇报思想，开展批评和自我批评。会上艾青突然讲了一个故事，他讲完了，沙汀同志说“好！可以写成作品”，后来他就真的把这个故事写成了作品。这篇作品的题目是什么，金近老师没说。但从这件事上可以看到，小组会上充满了民主的气氛，同时也可以看到沙汀同志珍惜诗人的“灵感”。他们这些作家、诗人开会能开出作品来，也是一件非同寻常的事。

沙老（机关里年轻一辈的人对沙汀同志的尊称）有一种亲和力，人缘好，朋友多。他有乐于助人的好作风，所以朋友有什么问题都会向他请教，特别是在文学创作上。

对于这位大作家，我也像其他人一样怀着崇敬的心情向他请教过。按我过去的习惯，未发表的稿子我是从不给别人看的。不知怎么的，这年（1979）我竟一时兴起，打破了自己一向坚持的习惯，把一篇未发表的短篇小说稿（《信念》）送请沙老赐教。

那天他恰好外出开会了，我把稿子留下，并写了一封信，希望在写作上能得到他的指导。我虽然求教心切，但对于是否能得到他的指导意见，也没有十足的把握。因为他太忙，他的时间那么宝贵，再说他已是一位年逾古稀的老人，哪有那么多精力来看我的稿子呢？然而出乎意料的是，过了 8 天，他就与我电话相约，专为跟我谈谈对这篇稿子的意见。见面后，他把已经写下的意见拿出来，又把稿子拿出来，一页一页地翻动着、讲着；哪个人物处理得好，哪个人物处理不当，哪个情节安排得合理，哪个情节欠斟酌，都一一做了分析。他特别强调写小说要注意时代背景，他说：“既然你的小说是写‘四人帮’粉碎前夕的事，那么周总理逝世、四五天安门事件，毛主席逝世、所谓反击‘右倾’翻案风，这都是大事；在小说中的人物身上都应有所反映，话不在多，但要写出这个历史背景。写东西，主要是写这些大事情与人物的关系和对他们精神上的影响，以及这些人物所做出的反应。写‘文化大革命’，要写正面力量，即人民的力量、党的力量，不写正面力量是不对的。”

他对这篇小说稿提出了如此详尽的意见，是我没想到的，而且最后他还叮嘱我再改一改，表示改好后还愿意帮我看。听了他的这些指教，我当然是喜出望外，深为感动，但同时又觉得自己做了一件错事——不该用自己这样不成熟的东西去打扰他。我虽然受到了极大教益，但占用沙汀同志这么多时间，实在太不应该了。

按照沙老的意见，我对这篇稿子做了认真的修改，后收入我的短篇小说集《愿我们成为朋友》中，题目改为《小屋》。在沙老的指导下，我的这篇小说有了很大的提高。沙老的话语，特别是稿子上那些红笔小字的批示意见，真是精辟，我一直珍藏着。这是沙老的心血啊！我在感动之余，心里仍是自责，真不该占用他这么多时间，我越想越觉得自己不对。从此以后，我再也不敢送稿子给他看了。

《文汇增刊》上曾发表了一篇我的拙作《顶峰下的问号》，那时沙老正在成都，令我没有想到的是，他从杂志上看了我的这篇文章后，从千里之外的成都写了一封长信对我进行鼓励，同时也指出了这篇小说的后半部分为追求艺术效果，忽视了对正面人物形象的塑造。信中是这样说的："您这篇小说颇富有传奇性，但在以往的战争年代和'文化大革命'中，却也是寻常事。问题在于说服力量是否充实。这主要在于对小说中的人物朱彤同魏大明和吕涛的关系处理上。应该说魏大明这个人物虽然着墨不多，但写得不错，他同朱彤的关系也处理得令人心服。但在吕涛的刻画上却未免有令人不够满足之感……魏大明和吕涛这两个人物性格对比得很鲜明，相得益彰，但问题也发生在这里，读者可能要求进一步明白，或者说要求作者把吕涛的变化，或者说暴露过程做一交代，从小说中看不出来这点。因此可能感觉不怎么满足。"沙汀同志指出了吕涛这个人物之所以没写好，是作者过于追求艺术效果造成的，这让我心服口服。

沙老对小说的批评中肯，切中要害，并且在指出不足的同时，还提出了他的设想，是启发式的，让你用心去思考，让你多角度地考虑小说的架构。比如，沙老说："朱彤和吕涛在战争中相恋，后听说吕涛已牺牲，朱彤不再打听吕涛的下落是合理的，但新中国成立 17 年后，别人也没有提起过吕涛，这让人难以置信，因为他并没有牺牲。"

虽然是已经发表了的小说，我还是根据沙老的意见做了修改，后来荣幸地被收进《二十世纪华夏女性文学经典文库》小说卷中。这套书的主编是专门研究女性文学的闫纯德教授。在这套书中，仅限 20 世纪中的 300 位女作家，每人只收一篇作品。

沙老和我们这些晚辈见面谈话，大多谈的是文学问题。一次，我去看望沙老，他谈到报告文学《人妖之间》——这篇报告文学在国内引起了一些争论，在国外也引起了注意。他看到外国的某些评论后深有感慨地说："这些外国人认为中国人是软骨头，是愚昧的、落后的。他们看到的只是一点局部的表象，显然没有看到中国人民真正力量之所在。如果中国人民真像外国某些评论者眼中的那样，为什么我们能粉碎'四人帮'？为什么林彪出走连一个连也带不走？中国人民是站起来的有觉悟的人民，而这篇报告文学在表现人民力量方面有欠缺之处。"

沙老对文学作品的评论总是一分为二的，不是光说好话，而是还会指出其不足之处。他说"捧杀"对文艺事业的伤害是很大的。大家都知道《许茂和他的女儿们》这部长篇小说，沙老与周扬同志用通信的方式在《文艺报》上评论过的，这使更多的读者了解了这部优秀的小说。沙老在信中对它做了艺术分析，说了优点，也指出了不足之处。

对于文学作品的创作，沙老总是强调要表现人民群众的力量。回想起来，他多次对我的教导都离不开这一主题——表现人民群众的力量。

他说："写小说不写中国人民的高尚品格和奋斗精神是不对的，不写党的伟大、人民力量的伟大是不对的。没有这些，就不成其为革命文学。"

沙老的这些教诲，不仅对我个人有深刻的教益，对于从事文学创作的所有同志都是有意义的。

沙老身上展现出的是一种辛勤园丁的精神，他不敷衍应付，而是实打实地在为文学小苗锄草、浇水，殚精竭虑地尽其所能。他是我们晚辈不可多得的良师。

最近，沙汀同志因病住院，特写此文敬祝他老人家早日康复。

1984 年 2 月 9 日

深夜于虎坊路

文学要表现人民的力量

——沙汀病中谈创作

一天中午，中国作家协会秘书长张僖同志给我一个“任务”，让我到协和医院去看看沙汀同志。张僖同志说：“沙汀同志胃出血又住院了，刚进医院两天就闹着出院，谁劝都不行。他现正处在比较危险的阶段，绝对要安心治疗，你去看看他，安慰一下，让他别闹着出院。”

张僖同志还说了一句有点抬高我的话：“只有你的话，他可能还听。”

沙汀老人家像父辈般待我，他生病住院，我理所当然应该去看他。当时我也没想太多，就向协和医院走去。同去的还有作协的束沛德同志，我们还带了一束鲜花。

到了医院，看到刚宜（沙老的儿子）和秦友苏（沙老的秘书）正在发愁，不知怎么办才好。他俩在病房外小声地告诉我，沙老发了脾气，非要出院不可。至于为什么要出院，他们不知道。我走进病房，沙老正躺在那里输血，神色不佳，看到我们进来，一反往常，脸上没有半点笑意。我忙走到病床前，没等我开口说什么，他老人家就说：“我活不成了。”眼睛里流露出无助的神情，十分忧伤。

沙老何出此言？我听了这话吓了一跳，也有点不知所措。

稍停顿了一下，我说：“沙老，您只是胃出血，治疗几天就好了，不用多想。”

沙老说：“我要回家！”

“刚进医院，好好配合医生治疗，等治好了就回家，现在别着急。”我说。

沙老指着秦友苏说：“小秦非常好，对我非常好，就是主观，不让我改清样。有几本清样我还没看，如不改出来，耽误全集出版。小秦，他不让我工作，我脑子休息不下来啊！”

看到沙老那样焦急不安的样子，真叫人心里难过，我也猜到了几分他要出院的原因。我理解老作家对作品的情感，可是现在他的胃在出血，怎么能看书稿呢！于是我劝沙老说：“请沙老这几天安心治疗，虽说不是了不起的大病，如果急着干事情，发展严重了就麻烦了。安心治疗几天，等病彻底好了，再改书稿也不迟。沙老，您就既来之则安之吧。您只是胃有点问题，不是大事，过几天就好啦。”

这些话，我翻来覆去地说，使劲儿说服沙老安心治病，别急着出院。重复说着这些话，连我自己都听厌了。

沙老想了想，停了一会儿，皱着眉头说：“我不要住在这里，我要回家。”当时我还想不明白，一向随和的沙老这次为何如此坚决地要回家。他还嘟囔了一句：“我是不是危重病人？”

后来我才知道，他进入医院后看到病房里住的人均是在死亡线上挣扎的危重病人，他觉得大家对他的病情做了隐瞒。他想用自己“有限”的时间快点把书稿校样看完，了却这件心事。他把文学看得比生命还重要，病可以不治，但书稿一定要校完。这就是大文学家的一种特有的情怀。再就是这个环境对他也有一些影响，使他觉得自己真的活不成了。

我再三强调健康的重要性，不要把小病累成大病，没有健康，就没有做事的可能了。后来，沙老的情绪稳定下来。接着他就问起老朋友周扬同志的情况，我说昨天中宣部贺敬之同志到文联召开会议说，中国文联的一切工作都要向周扬同志汇报，都要经过文联党组书记周扬同志做决定，文艺界大政方针还得周扬同志拿主意。沙老听了，脸上露出了一丝笑容。他似乎在思索什么，我不得而知。老人有老人的思维状况，不便询问。

就是在病中，沙老也不忘文学。接着沙老又谈起文学创作问题，一谈起这事，沙老的话匣子就打开了。他说，文学作品应该表现人民群众的力量。在我国的历史发展中，许多政治运动伤害了一些同志，这种灾难以“文化大革命”为最，谁能没有一些感受呢？但不能只想自己那些感受，更要想到广大人民群众的力量。沙老说他就亲眼见过一位年轻人，在“文化大革命”期间冒着生命危险到处贴张春桥的大字报，走到哪里贴到哪里。这位年轻人非常勇敢，“文化大革命”是灾，而这位年轻人就是救灾的人。他还说起1958年的“大跃进”，那个年代“浮夸风”“共产风”很严重，群众有意见，进行了各种抵制。我记得沙老的《青㭎坡》写的就是那个时期的事，书中描写了人民群众是如何抵制这些不正之风的。沙老又提起四川作家周克芹，说有人有意扩大散布他夫妇俩不和的事，这不好。“周克芹写出了《许茂和他的女儿们》，我和周扬同志都评论过，小说写得不错，现在对他散布这些，他还能有心思写作吗？要保护作家，要给作家创造写作的条件……”

沙老说起这些，就显得特别激动。我怕沙老累着，只好劝他少说话。沙老笑笑，有点无奈地说了声“那好吧”。

沙老答应安心住院了，我的“任务”也就完成了。

这天是1984年1月25日，没过几天，他的胃做了手术，一切都很顺利。

告别沙老，走出医院。我心里充满了感动。沙老除了说“我活不成了”这一句话，没谈他的病情，他焦急的是改书稿、看清样，他关心文艺界的事，关心他的老朋友，正如他自己说的，他休息不下来。

文学创作永远是沙老的话题。他心中牵挂的也是文学事业的发展问题，他强调在文学作品中要表现人民群众的力量，他的话催人奋进，这才是文学家的使命。对于周克芹这位作家，沙老也一直关注着。我记得1980年，周克芹写的《许茂和他的女儿们》发表后，评论家殷白对小说进行了评论，并向周扬推荐。周扬看了，马上给沙汀打电话，说：“你们四川出了一部长篇小说，写得相当不错。殷白的评论文章也好，没有教条气。小说写得很感人，有些地方，我都感动了……”能够让著名评论家周扬如此感动的作品是不多见的。他打完电话，又给沙汀写信，认为这部小说的成功之处，就在于作品写了“人物命运和当时我们整个国家命运一样，走在一条坎坷的道路上”。周扬写道：“作者对农村环境和人物个性的描写栩栩如生，谁能说农村不是一个广阔的天地呢？谁能说这些每天从事平凡劳动的普通农村男女，特别是青年男女不是足以震撼大地的伟大力量……”

沙汀同志看了小说，也很快给周扬写了回信，除同意他的意见外，还特别强调对年轻人的作品要指出成功的地方，也要指出缺点，这样对作者帮助更大。当时主持《文艺报》的孔罗荪知道了这事，想发表他们俩的通信，周扬关照一定要经过沙汀同意再发。

他们俩的通信在《文艺报》上发表了，反响较大。之后，两个电影厂都争相拍摄了这部作品。

沙汀历来主张写作品要表现人民的力量。他曾对我说《巴山夜雨》(电影)讲述的是“文化大革命”中的事，不但反映了“四人帮”统治下的阴暗面，更是歌颂了人民的力量。他说：“人们常说某某单位是‘文化大革命’中的重灾区，有灾就有救灾人。‘大跃进’年代的‘浮夸风’‘共产风’很严重，人民群众是设法抵制这些不正之风的。在新中国成立后的这半个世纪里，我们前进的道路上有曲折、有倒退，但是能有今天的成就，不就是因为有人民的力量来推动历史前进吗？”

现在沙老已“远行”，他的作品、人品，以及他一直倡导的“作品要表现人民群众的力量”的思想，还有他对年轻作家的支持和指导的园丁精神，如浩瀚夜空中的一颗巨星的光芒，永远闪烁在我们的心里。

1999年5月20日

沙老，您何时回北京？

（1992）12 月 15 日，我去街上办点事，顺便从小报摊上买了一份《北京晚报》。回家打开报纸一看，黑色框内的标题是“著名作家沙汀逝世”，这个消息使我惊呆了。我看着这条消息，久久回不过神来，消息称沙老在 12 月 14 日病逝于成都，这不就是昨天的事吗?

沙老怎么“走”得这么快？

想起去年 10 月我去他北京寓所的情形，如同昨天一般。他的言谈，他的笑貌，历历在目。

那天我去得早了，沙老正在洗漱，沙老的爱子刚宜把我让进会客室坐下。过了一会儿，沙老从卧室里走出来。他摸着墙一边走一边说：“露菲来啦？”

我小声地问刚宜：“这是怎么啦? ”

刚宜小声说：“青光眼，看不见了。”

看到此情此景，我心里顿时感到一种难以述说的心酸。沙老双目失明了。我迎上去握着沙老的手，有意安慰他说：“沙老，您气色不错。”

“老啦。”他笑笑坐下来。沙老是国内外著名作家，又是参加革命工作 60 多年的老前辈，他待人处事平等谦和。在我的心目中，他是一位慈祥的长者。

沙老坐定，没谈他的病，仍像过去那样，谈工作上的事。沙老说周扬同志去世后，他写过一篇悼念文章，不知发表在哪里了，让我帮助找一找。一谈起周扬同志，沙老的话就多了起来。从 20 世纪 30 年代初，在白色恐怖时期的上海，沙老便与周扬同志同在“左联”工作。他们一同经历过困苦、艰险。在上海，他听说西安事变时蒋介石被抓了，兴奋地提着酒壶到周扬家喝酒庆祝。不几天，蒋介石又被放了，他又提着酒到周扬家自饮自酌地表达心中的难过之情，那时沙老也就是二十几岁的小青年吧。沙老和周扬同是 1927 年加入中国共产党的老党员，他们有共同的信念，也有同样的奋斗精神。50 年代，周扬同志主持文化部工作，又在中国作家协会担任副主席职务，那时沙汀同志也在中国作家协会工作。他们虽然是领导和被领导的关系，但在相处中更是亲密的战友。

沙老说：“一次周扬同志对我说，‘咱们30年代就很接近，那时做的是地下工作，不便与更多的人来往，现在情况变了，要团结更多的同志一道工作，特别要接近那些不经常接近的同志。只有这样，文艺工作才有发展’。”沙老不无感慨地说起运动频繁的50年代，周扬同志在当时的工作岗位上很难避开那股潮流，但他还是尽力去保护一些人。

这次见面，沙老谈锋甚健。他还回忆起他和周扬同志用通信方式评论《许茂和他的女儿们》一书的事。那时周扬同志在病中阅读完这部小说后给沙汀同志写信，说这部小说写得不错，虽累赘一点，但生活气息很浓，并把小说给沙汀同志送了去。因为该书作者周克芹是四川人，书中描写的生活也是沙老最熟悉的四川人的生活。

沙老看完小说后，给周扬同志写了回信，对四川这位新人的新作给予了热情的赞扬，也指出了书中的某些不足。

沙老回忆起这事还说：“评论不能只说好，还要指出缺点。一本书不可能一点缺点也没有，把缺点指出来了，下次作者再写就注意了。作者周克芹去世了，实在可惜。”

我知道沙老对周扬同志感情很深，为了沙老的健康，我不想让他沉浸在和周扬来往的一些往事的回忆中。为了分散他的注意力，我便把话题岔开了。

我说起那年夏天他住院动手术后我去看他的事。那天我一进病房，看到沙老躺在床上，他一见我高兴地要坐起来，说：“噢，你来了，坐，坐。”

我还没有落座，护士就严肃地说：“谁叫你来的？现在不能探视。”接着我就被护士轰出去了。我走出病房，护士跟着走出来说：“沙老刚下手术台不到2小时，精神太兴奋了会影响他的健康。”

我感谢护士的负责，便说：“明白，明白。”

沙老听我说完这事笑了起来。他说：“噢，怪不得，你露了一下面就不见了，原来是这样。”

刚把话题引开，不料沙老出其不意地又问了一个问题：“周扬同志去世后，为什么没有纪念周扬同志的文章？”

这一问倒把我问倒了。这是事实，但我回答不了。我只好说：“历史上有无字碑，现今也应有无字文章。没有文章，就是文章。”

沙老眯起他什么也看不见的眼睛，点点头，陷入沉思之中。

这次见面，他还谈了许多许多……

沙老问我最近在干什么，我告诉他，我要去美国看望女儿。他高兴地说：“好哇！去多久？”

我以实相告，并说回来后我再来看他。

沙老拉着我的手，说了许多祝愿的话。眼前的这位老人，尽管精神状态很好，但毕竟是生活在黑暗中了。沙老似乎不在意，仍然用他的四川口音说着、笑着。这反倒使我沉甸甸的心里又多了一层哀伤。我怕沙老累着，要他好好休息，便告辞了。临别时，我像女儿般地拥抱了沙老，心里却暗自流泪。

走出沙老的住所，我走在宽阔的马路上，看着车水马龙般的街景，沙老与周扬同志的一次见面情景忽然浮现在眼前。

那还是 1978 年春天的事，周扬同志在社科院担任顾问。他们俩在参加完一个文艺评论工作会议后，周扬同志送沙老回家（那时沙老住在北京东城干面胡同），到了家门口，沙老怕周扬累着，不让他上 4 楼，周扬同志坚持要上去。走上 4 楼，他们俩坐在两把旧藤椅上，又谈起了文艺评论方面的事。过了一会儿，沙汀同志怀着十分浓重的情感对周扬同志说：“你千万不要到文化部工作，不要再干那些具体行政工作了，谁没有房子找你，谁要求调工作找你，谁对谁有意见也找你……你要多写文章，你领导文艺工作几十年，有许多可写的。立波得了癌症，怕是不行了，他没有多少时间了。你也要服老。”说着，他难过地流下了眼泪。

当时周扬同志的眼睛也湿润了。

他们默默相对良久，这是老朋友心对心的交谈，表达着一种非同寻常的神圣的友情……

这情景出现在我眼前，是那样清晰。我奇怪，怎么十几年前的事情突然闪现在眼前？这预示着什么呢？

周立波同志先于周扬而去，在他去世前，周扬、沙汀同志来看望他，周立波说，他要用文学语言写30年代那段艰险而又有伟大意义的文艺史，让人们知道，“左联”人是怎么战斗的。现在，周扬同志也已作古。想到双目失明的沙老，我的心中又是一阵难过——不确定何时能够再相见——当我从美国回京，沙老已回到成都家中了。

看到沙老逝世的消息后，几天来我的心里都觉得堵得慌，老想哭。

北京的同志们也都为沙老的去世而难过。凡是说到沙汀同志的人，无不称赞他的人品和作品。

正当我在写这篇短文时，恰好散文家丁宁大姐来电话，我们很自然地谈起了沙老。50年代，丁宁同志曾和沙汀同志同在中国作协工作。她说：“沙汀同志为人很正直，很正派，待人平等，人品高尚。他的创作道路也是正确的。他的作品有深度，贴近生活，写得十分传神。他的人品是值得崇敬的，他的作品也是中华民族文库中一份珍贵的财产。”

国家失去了一位文学大师和一位真正的革命战士，我失去了一位如父亲般慈祥的导师。

我望着窗外寒夜里的路灯，看到稀疏的行人和车辆，心里一遍遍地说着痴话：沙老，您何时回北京？

敬爱的沙老，我们想念您。

1992年12月30日

高山仰止

——记周扬夫妇参观绍兴鲁迅故居

偶尔翻开一本用过的记事本，发现上面记载了在去年（1979）的今天去绍兴参观的一些情况。虽然记得简单，却引起我一连串的回忆，它使我想起了如画的水乡景色，一条条的河浜，缓缓的行舟，还有那拔地而起的稽山；然而，特别使我不能忘怀的是，随全国文联主席周扬同志一道参观鲁迅故居的情景。

那次去绍兴，我们是从杭州出发的。那天早上，细雨蒙蒙，西湖湖面雾气蒸腾，孤山山麓云雾缭绕，一切景物都笼罩在白茫茫的雾气之中。汽车沿湖边行驶一阵后，便转向南去，出了杭州市。不久，雨便停了，金色的阳光洒向大地。虽是隆冬季节，但南方的田野仍是一片青绿。汽车大约行驶了近一个小时，忽然平展展的田野里出现了无数纵横交错的大小河流，密织的水网把各村、镇连在一起，把各家、各户也连在一起，只要有人居住的地方，都是流水汩汩，小舟穿行。不但田野里有河，村镇里有渠，甚至住户的院落里也有池。在水道旱路交叉处，各式各样带有地方特色的石桥拱起着，行人走在桥上，便在水中投下清晰的倒影，那漂浮而来的行舟常常是缓缓移来，又悄然离去。这如画般的迷人景色，使人心旷神怡。

周扬同志夫妇一路上兴致勃勃地和同行的浙江文化局负责人李碧岩等同志交谈着。对于参观绍兴，周扬同志说他早有此愿望，但在“文化大革命”前，由于公务繁忙，没有成行。“文化大革命”中，由于林彪、江青反革命集团的迫害，他身陷囹圄，失去了自由，当然来不了绍兴。这次因公来到杭州，他决心专程来这座水乡名镇参观鲁迅的故居。当周扬同志来到绍兴招待处，握着当地负责人黄逸宾同志的手时，他高兴地说：“虽然我在杭州只有两三天的时间，但我决不放弃这次机会了。”说罢高声笑了，在场的同志们也被他的朗朗笑声所感染。

周扬同志茶也没有喝，就开始参观了。黄逸宾劝周扬同志先稍事休息，但周扬同志说：“时间不多，还是先参观。”

周扬同志首先瞻仰了周恩来同志的祖居，然后来到了东昌坊口新台门内的鲁迅故居——伟大的鲁迅就诞生在这座宅院里。这位伟大人物的出现，是我们民族的骄傲。不幸的是，在他逝世30年后，林彪、江青竟利用了他和他的战友们一些不同的意见，以及对于一些问题的正常讨论，掀起了一场颠倒历史、毁灭文化的黑风恶浪，使一些革命前辈遭受了惨无人道的摧残。在文艺界，周扬同志首当其冲。那时周扬同志不但被诬陷为“叛徒”“特务”“文艺黑线头目”，还被诬陷为鲁迅先生的头号“敌人”，被关押、揪斗长达10年之久。今天周扬同志来到鲁迅的故居，他没有絮絮叨叨地诉说自己的遭遇，而是严格解剖自己，诚恳坦率地对周围的同志们讲述30年代的情况，讲述他们当年思想上的幼稚，检讨着对鲁迅先生的伟大认识不足等。周扬同志说：“我们对鲁迅先生的关系处理上有不当之处，但是我们没有反对他。我们是他的战友和学生，不是他的敌人。”

周扬同志夫妇来到这里观瞻鲁迅故居，充分证明了他对先生的敬仰。

在鲁迅故居里，周扬同志扶着窄小的楼梯，走上走下，看了鲁迅先生的卧室、书房，鲁迅母亲的堂屋，以及厨房等处。鲁迅书中描写过的“百草园”，如今虽已与描写的情景大相径庭，但多少还保存着一些可寻的遗迹。那长满苔藓的水井中的水还是那么明净，好像它刚刚映照过童年鲁迅的脸庞；那段倒塌的矮墙，记载着鲁迅先生和章运水的童年友谊，使鲁迅先生后来写出了那篇脍炙人口的杰作《故乡》。就在这里，周扬同志见到了章运水的孙子章贵同志，他已经摆脱了祖辈的苦难生活，成了鲁迅博物馆的一名有文化的工作人员。当周扬同志和他热情地握手时，我仿佛看到鲁迅先生翘着胡子欣慰地笑了。

出了鲁迅故居的大门，走过石桥，对面就是三味书屋，这是鲁迅先生早年就学的地方。三味书屋是清末建立起来的一座私塾，范围不大，一间大厅和一个后院。大厅内除了老师用的八仙桌和太师椅外，供学生用的桌子只有8张，鲁迅先生用过的书桌摆在左前方。周扬同志、苏灵扬同志走到鲁迅先生的书桌前，俯首观看鲁迅少年时代为了不迟到而刻下的那个“早”字。屋内陈设都是原物原状，这些古色古香的陈设把我们引进了久远的年代。我们似乎听到了琅琅的读书声，仿佛看到了那有数的几个小学生正趁寿镜吾先生读书吟诗入神的时候，逃离了书桌，来到了后院……正当我心驰神往的时候，一阵奇异的香味飘拂而来，我们当即被这香味吸引，寻香走到屋后，便是那个幽静的后院了。这里没有任何景物，只有一棵蜡梅树傲然挺立着，正在向客人们喷吐着芳香。讲解的同志说，当年鲁迅先生和他的小伙伴下课后就在这里游戏……

周扬同志站在蜡梅树下，观赏着这些盛开的黄色花朵，苏灵扬同志也凝神注视。他们在想什么呢？是想起了30年代白色恐怖的上海，还是想起了与鲁迅先生有意义的往来？当时地下工作的艰险，不是今天的人们可以想象得到的。今天有意见可以争论，有问题可以开会解决，然而当年要向鲁迅先生汇报一次情况，会见一次，都要经过多方考虑、布置，确认万无一失后，方可进行。为了保证鲁迅先生的安全，苏灵扬同志曾担当过陪送鲁迅先生的任务。在周扬同志担任“左联”机关刊物《文学月报》主编的时候，鲁迅先生为了教战友对敌斗争的策略，曾以《辱骂和恐吓决不是战斗》为题给周扬同志写了一封信。这封信的由来源自丘九的一首诗《汉奸的供状》，诗中有“剖西瓜”之类的话，鲁迅认为这类暗示杀敌人的诗句不妥，所以他说“辱骂和恐吓决不是战斗”。然而“文化大革命”中竟把这说成是周扬在谩骂恐吓，成了周扬的罪状，完全曲解了鲁迅先生信中的意思。当时在发表这封信时，周扬同志以十分谦恭的心情写了按语，称颂这封信是“尊贵的指示”，要“深刻理解”。谁知事过30年后，这一切竟被歪曲到如此荒谬的程度。

在鲁迅博物馆里，周扬同志看到“左联”5位烈士的照片时，还特别询问了柔石同志后代的情况。

周扬同志还参观了大禹陵和秋瑾故居。联系到绍兴历史上的许多杰出人物，周扬同志说，绍兴不但是一座文化古城，也是一座革命城市。这里历史上出现过的许多伟大人物，对鲁迅先生思想的发展有不少影响。他还希望鲁迅故居能尽快恢复原状，按本来的样子陈列。1981 年鲁迅先生 100 周年诞辰纪念时，将有不少人前来参观，要做好准备。

参观结束了，博物馆的同志们要求和周扬同志合影留念，并希望周扬同志留下宝贵的意见。周扬同志坐在大厅里的椅子上，对大家说："林彪、'四人帮'把什么都颠倒了，他们的反革命宣传整整搞了 10 年，不能低估他们的影响。30 年代，我们这些当时二十几岁的人只晓得要革命，我们有热情，有勇气，但不懂策略。鲁迅先生对旧社会了解很深，对敌人了解也透，他思想深刻，思考问题周密、正确，当时我们对他的意见听取不够，这是我们的缺点。我们是他的一些没有斗争经验的青年战友。在'左联'时期，我们一直是在鲁迅的旗帜下同敌人战斗的。"

周扬同志的话发自肺腑，至诚感人。

这时，博物馆的同志们要求周扬同志题词留念。周扬同志一再说他的字写得不好，可是同志们已经把纸铺好了，墨也研好了，大家都围上来等着。周扬同志推辞不过，便欣然命笔为绍兴的鲁迅博物馆敬题了四句：

横眉俯首，百代宗师。
高山仰止，心向往之。

在同志们的掌声中，他放下笔，对大家讲解着："横眉俯首，这是鲁迅先生的两大特点。对反动统治、对敌人横眉冷对，对人民、对同志团结，爱憎分明。百代宗师，就是说他是我们世世代代的老师，他的战斗精神永远值得我们学习。高山仰止，我虽然达不到他那么高的境界，但是我心向往之。"

这几句话表达了周扬同志对鲁迅先生由衷的敬仰，也代表了在场所有同志的心情。

博物馆的同志向周扬同志赠送了一支包装精美的毛笔，这是一支战斗的笔，也是一支友谊的笔。鲁迅先生用笔做武器，战斗了一生，当年他的那些年轻的战友，不是也一直在他的旗帜下战斗到今天吗?

太阳偏西时，我们结束了绍兴之行。在返回的路上，我看着四通八达的河浜、田园如绣的景色，回味着这一天的活动，心情久久难以平复。严己宽人，是一个革命者、共产党员对待自己、对待同志的一种美德，但并不是每一个革命者、共产党员都能做到这一点。愿美好的东西更加发扬光大吧！

1980 年 12 月 29 日深夜

美丽的彩带

——记周扬前辈点滴

最近《周扬文集》第一卷出版了，这是大家盼望已久的事。我们知道，周扬同志对编辑出版他的“文集”一向不热心，后来是在一些同志一再建议、说服下，他才勉强同意了。以文学研究所领导马良春为组长的编辑小组专门向中宣部的部长邓力群、副部长贺敬之打过报告，经批准后才正式开始编辑工作。以往每谈及此事，他总是表示过去写的文章，没有一篇是自己满意的，只有作为文艺运动资料还有一些参考价值。现在《周扬文集》第一卷已经出版了，我们想听听他对“文集”的意见，所以到医院探望了他。这次见面，周扬同志仍然没有谈“文集”的事，久病住院的他想知道外面的情况，尤其关注第五次文代会的筹备工作。他希望同志们同心同德把第五次文代会开好，

20 世纪 80 年代，中国文联主席周扬在摄协的一次会议上与摄影家们交谈，前两排左三为周扬，右二为摄影家徐肖冰。

开成“大鼓劲、大团结、大繁荣”的会。

他还关心一些年轻作家、艺术家的创作活动。他再三表示，文艺工作者不能脱离时代，不能脱离火热的生活。创作要上来，作家、艺术家必须要下去——下到广大的人民群众中去。深入生活，对文艺工作者来说，永远都不过时。

面对心里装满了党的文艺事业的周扬同志，听着他简短的话语，我们为这位老共产党员的宽广胸怀所感动。这不禁使我们想起了一些往事……周扬同志不论身处顺境还是逆境，不论他健康还是在病中，心里想到的是文艺事业的发展，牵记着的是文艺界的同志们。“文化大革命”中，他被诬陷为“文艺黑线头目”“30年代的文艺祖师爷”，即便他白天被揪斗、晚上受审讯，在不能入睡的深夜，他还常常想起文艺界的一些同志，他回忆着与他一起在延安鲁艺学习、工作的学生和教员，回忆着新中国成立以后成长起来的一些作家、艺术家，回想着这些同志的相貌和他们各自的专长，以及他们工作上的成就。周扬同志在忍受着林彪、江青反革命集团对他的迫害的同时，还担心着这些同志的安全，在被批斗或被审讯中，他考虑到这些同志的处境，想尽办法保护着这些同志。

“四人帮”被粉碎了，虽然经过了一些波折，最终周扬同志还是恢复了工作，他没有怨、冤二气，又斗志昂扬地站在时代潮流的前面。特别是党的十一届三中全会以后，他为文艺界的“拨乱反正”竭尽全力地工作。1979年第四次文代会期间，在一次会议上，他公开向被错划成“右派”、受了委屈和伤害的同志道歉，他态度十分真诚，勇于修正错误、承担责任，使不少同志深受感动。对危及党的事业的“左”的问题，周扬同志是认识早、觉悟快的领导同志中的一个。当时有人对周扬同志的检讨想不通，甚至事后在会上质问说：“这都是中央决定的事，你有什么权力向他们道歉？”周扬同志心平气和地说：“我们执行了，就有责任，就应该做自我批评。”之后，周扬同志对自己在17年的工作中存在的缺点和偏颇之处，曾多次公开做自我批评。

1975年，周扬同志刚被从“四人帮”的狱中放出，在自己还没有完全自由的情况下，就为被错划成“右派”的冯雪峰同志的问题，向毛主席写了信，希望恢复这位同志的党籍。众所周知，在那种凶险的形势下，自身难保的周扬同志竟向毛主席写了这样内容的信，如果不是出自对党的事业的责任感，是绝不会有这种义举的。这件事情曾得到著名诗人郭小川的帮助，他自告奋勇地转送这封信。当然，这封信是不会有什么结果的。那时“上面”还没有做出改正错划“右派”的决定。

“四人帮”被粉碎后，有一段时间，周扬同志没有什么工作，但他经常不断地向党组织反映一些同志的困难，他关心着一些同志政治上的平反和工作、生活上的安排，也就是说，他为落实党的政策尽着自己的力量。记得丁玲的女儿来找周扬同志，希望帮助她的母亲从外省重返北京。周扬同志当即向中央组织部写了信（那时胡耀邦同志负责中组部工作），并为其申明缘由，这个问题很快得到了解决。不论从政治上还是从生活上，得到周扬同志帮助的不是一位、两位，也不只是熟悉的、关系较好的同志，还有曾经反对过周扬，并且后来证明是反对错了的同志，甚至是他不认识的同志。只要是对党的事业有利，只要是需要帮助的同志，他都会向其伸出热情的手。这就使我们想起“文化大革命”中，林彪、江青反革命集团强加给周扬的“招降纳叛”“包庇右派”的“罪状”，从今天的观点来看，这“罪状”正是周扬同志的功绩。在17年的工作中，对于“左”的一些做法，周扬同志确实难以置身事外，但是只要有可能，他就会尽力保护一些同志。实在保护不了的，他也会给予适当照顾。1959年、1961年，周扬同志两次派作协领导张僖同志去北大荒看望那些在1957年在“反右”运动中受了委屈的同志，帮助他们改善生活环境，邀请部分受委屈的同志来京参加第三次文代会。这些本身充满着人文关怀的事，在“文化大革命”中竟都成了周扬同志的严重“罪行”，他为此受尽了折磨。

对于17年中的一些问题，夏衍同志曾经公开讲过这样的话:“‘文化大革命’前17年‘左’的东西不少，如果那17年不是周扬领导文艺工作，而是张扬、李扬，恐怕江青早就插手文艺界了，那么挨整的人就会更多。”这话说得是符合实际的。

周扬同志顾全大局，在任何情况下他都以工作为重、团结为重。有一次在老同志碰头会上，他对文艺界的一些老同志语重心长地说："在座的都是老同志，为党的文艺事业奋斗了大半生，为使这个最需要自由的事业搞得更好，我希望大家互相谅解，我希望自己不要成为同志们的障碍，也要求大家不要成为新生力量的障碍。"

早在20世纪30年代，周扬为曹禺的《雷雨》呼喊；40年代为赵树理的作品《小二黑结婚》《李有才板话》叫好；新中国成立后，为培养文学队伍，周扬同志对自己、对老同志提出了要求，对中、青年文艺工作者寄予了热切的希望。近几年文学方面出现了一些水平较高的作品，他总要找来阅读，他极其关注文坛上出现的一些新人力作。他读了《许茂和他的女儿们》，便与沙汀同志在通信中做出评论。在外出的旅途中，他读完了古华的《芙蓉镇》，称赞王蒙的《布礼》、刘绍棠的《蒲柳人家》、谌容的《人到中年》、茹志鹃的《草原上的小路》写得好。高晓声的《水东流》中的人物对话和一些细节的描写，使他笑了好大一会儿。总之，他对中、青年作家的成功作品都怀着欣喜的心情谈论，他用双手欢迎着每篇动人之作的诞生。他希望文艺家们勇于创新，不要回避矛盾，要真实地反映生活，推动社会前进。大部分中、青年作家经过了大风大雨的磨炼，每当他们来看周扬同志，他不论多忙，总是放下手中的工作，与他们切磋文艺创作问题，倾听他们的意见，鼓励他们向更高水平迈进。

在1980年召开的剧本创作座谈会上，他和贺敬之同志一起跟与会的中、青年作家交谈到深夜，解除他们的顾虑，使他们畅所欲言，鼓励他们写出更好的作品来。1981年，在北京的一次长篇小说座谈会开幕前夕，郑万隆同志打电话给周扬同志，邀请他到会讲话，周扬同志表示不一定讲话，但要看看大家。他去了，并与作家们交谈了一下午。他谈到了文艺作品要语言精练，要留有余地；研究问题，探索规律，不要怕有不同意见。他说："马克思主义是最科学的，正因为如此，就不怕有不同的意见。"周扬同志这种唯物主义者的态度，这种坚定的马克思主义立场是贯穿在他的一切言行中的。

周扬同志在1983年的短篇小说评奖会上谈到创作问题时，特别强调了作家、艺术家要有真正艺术家的勇气。新中国成立以来，一个运动接着一个运动，弄得作家们谨小慎微，他希望作家反映尖锐重大的斗争，表现我们社会的本质问题，而不是回避社会矛盾，所以要求作家们有“艺术家真正的勇气”。周扬同志说：“真正艺术家的勇气是可贵的，是不容易做到的。它是一种积极性，一种属于作家、艺术家特有的创造性和积极性。”周扬同志的这些话，对勇于探索的文艺家是极大的鼓励。

他本人就是一位勇于探索的伟大的战士。1983年春天，因为他发表的一篇文章而引起了一场论战，论战过后又使他遭受了一场批判。这场批判耗尽了他的精力，从此，他住进了医院一病不起。

在中国作协第四次作家代表会上，在作家们给他的慰问信上，大家都表达了同一个声音——希望周扬同志“尽快恢复健康，早日走进我们中间来”。他们还在慰问信上兴奋地告诉周扬同志，党中央多么信赖、爱护作家，他们欢呼“艺术民主、创作自由的黄金时代，终于到来”。

看了这些充满深情的信，周扬同志十分激动，同时也对关心他的人表示感谢。他说，文艺方面的成绩是党中央关怀的结果，是同志们努力的结果。他只是在自己的工作岗位上尽个人的责任而已。他“祝贺第四次作代会胜利召开”。就是这一句话，博得全场雷鸣般的掌声，经久不息（笔者亲身见证了这场面）。

我们到医院看望了周扬同志，他亲切的话语使我们深受感动。我们觉得有一条坚固美丽的彩带把周扬同志和广大文艺工作者紧紧地连接在一起了。这条彩带是用半个多世纪的时间，以党的文艺事业、祖国繁荣昌盛为共同目标编织而成的，是周扬同志用勇于坚持真理、修正错误的赤诚之心加固的。它将随着日月的增长而不断延伸……

1985年2月4日

箱根，那条土沙路……

——日本友人谈周扬

在日本的箱根，古老杉树下有一条土沙路……

"这条路，周扬先生走过。"在日本箱根的时候，日中文化交流协会的佐藤纯子女士指着我们正在散步的路对我说。这时我才注意到，这是一条不宽的路，路面不平有洼，洼中有水，大概是因昨夜刚下过雨的缘故吧！路的两旁是参天的杉树，茂密的枝叶如伞般笼罩着这条向前伸延的路。

1988 年 7 月，中国文联文化代表团到日本访问进行文化交流。这天我们下榻在箱根的小涌园，晚上，日中文化交流协会专务理事白土吾夫先生和事务局长佐藤纯子女士专程从东京赶来，与代表团共进晚餐。佐藤纯子女士一见面就说："周扬先生也在这里住过。"她的话倒使我想起了周扬夫妇和井上靖夫妇的一张合影，那大概也是在小涌园拍的吧！

这晚，我们代表团与日本朋友畅谈中日友谊，畅谈两国文化交流事业的发展。席间每个人都得表演节目，轮到白土吾夫先生时，他略加思索后说："我讲一个故事吧，讲一讲 1976 年 8 月 24 日这天的事。这一天，我终生难忘。"接着他讲了以下的话：

那时我住在北京饭店，这天我到王府井散步，突然看到马路对面的新华书店里走出了周扬先生。他还活着？！我惊喜地想。在这以前，我们曾多次向有关方面问过周扬先生的情况，他们说不知道；我们询问夏衍先生的情况，他们也说不知道，问阳翰笙先生的情况，他们统统说不知道。此时，我看到周扬先生一步一步地走着，他很健康，我心里说不出的高兴和激动。我不顾一切地向他跑去，顾不得是否会给自己带来什么麻烦，也顾不得是否会给周扬先生惹来什么横祸，不顾前面飞驰的汽车，更不在乎司机对我违反交通规则所吼出的斥责的话，我一直跑到周扬先生面前。这时，周扬先生也看到了我，他吃惊地叫着："白土！白土！"

我的意外出现让周扬先生也惊喜万分。我们俩紧紧握着手，半晌我才问："你好吗？"

周扬先生点点头，问："中岛健藏先生、井上靖先生好吗？"

"好，好！"我说着，同时提议拍张照片。在一旁的苏灵扬先生看看周围，摆了摆手。我明白了，他们处境十分困难。看来不便久谈，我说了声"保重"就跟他们分开了。会面时间不长，但使我十分兴奋。如果在日本发消息的话，这会是一条轰动日本的新闻。我没声张，马上把这消息报告了中岛健藏先生和井上靖先生，以及日中文化交流协会的有关人员。日本朋友都为周扬先生健康活着而高兴……

窗外的流水声伴着白土吾夫深沉的话语，他讲着讲着，声音缓慢下来……佐藤纯子女士已忍不住落了泪。我的思绪飞回北京，想着多病的苏灵扬同志，想着由于种种原因，忍受着病痛折磨的周扬同志，也黯然泪下。

在我们国内，不少同志都想念住在医院里的周扬同志。今年（1988），在周扬同志80大寿时，不少同志自发去医院看他，还送去好几个大花篮，使病房里充满了花香。没想到在日本，也有这么多朋友惦念着他。日本著名作家夏堀正元也关心地问起过周扬同志的健康情况，著名作家水上勉说："老舍先生曾答应帮助我实现访问中国某一个县的愿望，后因老舍先生在'文化大革命'中死去，我的愿望变为泡影。周扬先生到日本访问时，我又提出了这一要求，周扬先生帮助我实现了这一愿望，我非常感谢他，也非常想念他。"

日中文化交流协会会长井上靖先生在会见中国文联代表团时也说："今年春天在北京时，我非常想见一个人，就是周扬先生，但是没能见到他……"

这一切说明了日本朋友们都牵记着周扬同志。正如文联代表团的团长黄胄同志说的："周扬同志是我们文艺界的优秀领导人之一，是我们敬重的老前辈，他对中国文艺事业和对中日文化交流做出的贡献，我们中、日两国朋友都不会忘记。我们祝他健康、长寿。"

访日归来已半月有余，想起井上靖、水上勉先生的话，特别是想起白土吾夫先生讲的"故事"，我便想起了箱根，古老杉树下面的那条土沙路。那条路不平坦，有水洼，有泥泞，但周扬同志他走过……

1988年8月

文坛风雨路

——回忆周扬同志片断

当代中国文艺理论家、中国文艺界的主要领导人之一周扬同志逝世3年多了。他的逝世像一首忧伤的乐曲，在天空中飘荡，在大地上吹拂，在人们心中回响。1989年9月5日，他的灵车慢慢驶过长安街，行人停立注目。烈焰把他化作青烟向高空升腾时，吊唁者泪水滂沱。

他是当代中国思想解放运动的先驱者之一，一位杰出的文艺理论家、思想家，他活着和死后，大家都没有忘记他。

记得1988年2月7日那天，不少人自发拥进他家那间会客室。这天是周扬同志的80岁生日（据查证，周扬同志的生日是10月份，苏灵扬说是2月7日，她说这日子是“二七”大罢工纪念日，好记）。那天他家的会客室里放满了鲜花，都是中国文联、中国作家协会、文化部、中国社会科学院文研所、中国现代文学馆等单位送的。当今中国文学泰斗巴金先生也送了花篮。中共中央顾问委员会、中共中央宣传部等不少单位送来了生日蛋糕。宋任穷夫妇、张光年夫妇、陈荒煤、冯牧、吴祖强等来了，曾在中宣部与周扬一起工作过的童大林夫妇、秦川夫妇也来了，一屋人挤得满满的，没有座位的就站着，真是满屋的朋友、满室的花香，气氛相当热烈。

苏灵扬亲手切开中国民间文艺家协会送来的三层大蛋糕，请大家共享周扬的生日快乐。

遗憾的是周扬同志没在场，他住在医院里。大家驱车到医院看望了他。他身体虚弱，表情木然。即使看到散发着芬芳的大花篮，他也没显出激动。大家走到病床前，祝他生日快乐，早日康复。

周扬赢得了人们如此的爱戴，原因在哪里？为什么他的健康牵动着那么多人的心？

《黄河大合唱》的作者、著名诗人张光年在一本签名册上写下了10个大字：

文坛风雨路，革命智慧星。

这10个大字概括了周扬的大半生经历，周扬在60多年的革命激流中表现了智慧、勇气和品格的力量。在漫长的革命征途上，周扬走的确实是一条风雨路，不但路上有积水和泥泞，头上还有猛烈的风暴。

1989年7月31日早上，周扬悄然离开人世。不到三个月后，他的夫人苏灵扬也随他而去。

这些年来，最使我不能忘记的是“文化大革命”这场浩劫。这可怕的10年中所发生的无数失控的批斗、打砸事件，把早年战争年代的血与火、牺牲和胜利的光辉全部掩盖了。在这场破坏性的“文化大革命”中，周扬同志始终占据着一个重要的位置。那么我对周扬同志的片段回忆，也就从“文化大革命”中他被抓、被放开始吧！

1966年5月，文痞姚文元批判京剧《海瑞罢官》的文章杀气腾腾地发表出来后，周扬就被推向了风口浪尖。从此，他便被戴上了“黑帮头目”“三十年代文艺黑线祖师爷”等“大帽子”，被说成是反党、反社会主义、反毛主席的“三反分子”，接受了无休止的批判斗争。最后，他被投进了秦城监狱，过着非人的囚徒生活。

现在我用张光年同志写的“文坛风雨路”为题，写下我一些零散的所见所闻，以表达对周扬前辈的纪念。

被关押之前

1975年7月14日，对许多人来说这是一个普通的日子，但对周扬同志来说却非同寻常。从1966年12月1日，在一个漆黑的夜里，他被抓走后，整整过了近9年，他才被放出。

这9年，是“文化大革命”的9年，是经济濒于崩溃的9年，是周扬身陷囹圄、过着非人生活的9年。这种生活终于结束了。在1975年7月14日这一天，他跨出了监狱大门，重新看到了蓝色的天空、绿色的田野，他又回到了北京城，与一别9年的老伴儿苏灵扬重逢了。

就在这一天，在北京沙滩大院西门马路上，苏灵扬兴冲冲地走着，脸上浮现出掩盖不住的喜悦神情。细心的人注意到了她的变化，便友好地问：“老太太，什么事儿这么高兴？”

“他回来了。”

“谁？”

“二阎王。”苏灵扬说着笑了。

听话的人瞪着吃惊的眼睛，像是没听清似的又问：“真的？”

当然是真的，这是中宣部军管组正式通知苏灵扬的。

什么是“阎王”？周扬为什么是“二阎王”？在20世纪60年代凡是经历过“文化大革命”的中国人无人不晓。但对当今中国的年轻人来说，“阎王”一词就很陌生了。

“打倒阎王，解放小鬼”是“文化大革命”初期的最高指示，也是1966年最流行的口号。共产党的中央宣传部一夜之间被封为“阎王殿”，正、副部长都被冠以“阎王”称号。当时林彪、江青等掀起的“横扫牛鬼蛇神”的黑风恶浪席卷了中国大地。那么，被封为“阎王殿”的中央宣传部，便在“捣毁”“砸烂”之列了。国务院副总理、中宣部部长陆定一是“大阎王”，中宣部常务副部长、文艺界的主要领导人周扬自然是“二阎王”了。其余的副部长，如张子意、张磐石、林默涵、许立群、姚溱依次排列，均属“阎王”阶级。“阎王殿”里不能只有阎王，还得有其他支柱，那就是“判官”“牛头马面”，这类封号统归为各处（局）的负责人。最后，一般干部才有资格被称为受压迫的“小鬼”。完全是阴曹地府的等级，却用到了阳间的专门讲唯物主义的中宣部干部身上了。“打倒阎王，解放小鬼”，这是一个相当有号召力的口号。它在领导与被领导之间燃起了一把火。因为有了阎王、小鬼之分，使原来十分和谐的上下级关系、同志之间的关系，都变为“你死我活”的敌对关系了。这时在社会上也掀起了一阵“捣毁阎王殿”的运动，中共中央宣传部成了斗争的大舞台。当时响当当的哲学社会科学部（简称“学部”）的造反派“联队”抢档案来了，大名鼎鼎的第一张大字报的制造者聂元梓来了，各种各样的红卫兵、造反派，各式各样的工人纠察队也来“夺印”了。他们可以任意揪斗中宣部的任何人。中宣部的大院在几十年前是震惊中外的五四运动发祥地，现在成了北京的政治庙会举办地。原为五四广场的地方，这时搭起一排排的大字报架子。任何人、任何单位都可以来贴大字报，诬蔑、诽谤成为合法的“革命行动”。从早到晚人山人海，连林彪的老婆叶群都不放过“观光”的机会，她是夜间来的，前呼后拥的保卫者、追随者黑压压的一片。

新中国成立后，政治运动一直不断。每次运动均从文艺界开始。这几乎成了一条规律。“文化大革命”也是从文艺界开刀。政治文痞姚文元咬牙切齿地向文艺界开火了，江青也化名写文章对文艺界讨伐。各种耸人听闻的罪名如泰山压顶般向文艺界压来。首当其冲的是为文艺事业操劳、领导了文艺工作大半辈子的周扬，他被诬为“文艺黑帮头目”“三十年代文艺黑线祖师爷”“反对鲁迅”“包庇丁玲、胡风、冯雪峰”等，直到戴上“叛徒”“特务”“反革命两面派”的“帽子”，这才算是定了性。转眼之间，他成了十恶不赦的阶级敌人。全国的报刊、广播杀气腾腾地喊着打倒他，中宣部的大楼内外、大街上贴满了大标语、大字报，诽谤、诬陷的恶浪滔天。

有一天，有人从共青团中央机关“引进了”“示众”这一新花样。中宣部的“阎王”阶级都轮流着被揪到大楼前的台阶上“示众”，一会儿向左，一会儿向右，一会儿低头，一会儿仰头，转来转去让造反派们观看。造反派们就叫喊着“打倒”之类的口号，有的人还上去对被示众者动手动脚，显示他们的“革命性”。有一位部长流泪了，他刚“表演”完一场，回家还没坐定，又被拉去“表演”

第二场。这种耍猴戏的日子何时结束？那年周扬刚动过大手术，正在天津养病，造反派几次冲进大楼揪斗他，均因找不到而作罢。有一次，造反派揪住体育卫生处的杜大公，要他把周扬交出来，杜大公被逼不过，大声高叫：“周扬得了癌症快死了，他不在北京。”

那时刘少奇主席对周扬的事情有过指示，他说有错误不要紧，有病养病，病好了做检查（大意如此）。当时红卫兵运动刚刚开始，上层斗争又是那么严峻，刘少奇主席这种充满了革命人道主义，同时又坚持党性原则的指示，使人感动。周扬听到刘少奇这一指示，顿时泪流满面。就是这一具有高度党性原则的指示，后来竟成了刘少奇包庇周扬的“罪行”。刘少奇这位国家主席也被“打倒”，惨死在关押过程中。“文化大革命”刚开始，陶铸从广东调到中央担任了中宣部的部长，不久升为共产党的第四号人物。那时他曾派人去天津看望周扬，还有一次是向周扬询问关于毛主席批评文化部是“才子佳人部”“帝王将相部”的那个口头指示的事（笔者是这两次事件的亲历者）。周扬夫妇住在天津的一个招待所里，草地青青，树叶绿绿，应该说这里的环境十分幽静。但是一进大门，就让人觉得沉闷。大厅里一座大钟“嘀嗒嘀嗒”的声音在空荡荡的房间里响着，更加深了幽暗、阴森的气氛。院子四周是高大的院墙，外面的高音喇叭里时常传来“打倒走资派”的口号声，其中也有喊“打倒周扬”的。报刊、广播一齐压来，周扬成了全国口诛笔伐的大目标，成了众矢之的，什么样的脏水都往他身上泼。不懂历史的人，跟着叫嚷起哄，把莫名其妙的愤怒发泄到他身上。当然也有个别的人，为了自己的仕途，昧着良心造谣生事、落井下石。周扬的名字成了“黑帮头目”的代名词。当时周扬大病初愈，对这场史无前例的恶性风暴毫无思想准备。他的身体虚弱到了极点，他心灰意冷了。他以为毛泽东主席了解他，从 1937 年他到延安，毛主席提着一瓶酒，带一名警卫员去看望他开始，一直到 60 年代初，毛主席经常找他谈话，对他倍加关怀。他想，无论如何，毛主席不会相信他是反党的。他也从来没有反过党，更没有反对过毛主席。他永远感谢毛主席的知遇之恩。

我看到他的情绪极坏，便劝他好好保重，将来总有机会把事情弄清楚的，千万别走袁水拍的路。

“水拍怎么啦？”他惊异地问。

“自杀过，没死，在抢救。”我告诉他副部长姚溱上吊死了。

听到这些意外的消息，周扬神情十分沮丧，连连摇头：“怎么是这样？怎么会是这样？”

从这些话中，我感到了他的不安和痛苦。虽然他对当时形势的发展很不理解，甚至有些绝望，但当听到苏灵扬充满痛苦的叹息时，他仍然劝慰她说：“你不要难过，我就是有天大的错误，也不是台湾派来的特务。我对党没有二心，我忠心耿耿地为革命。”

话是这么说，但他的心里充满了痛苦的迷惘，他看不到光明的前景，他像一片没有依托的落叶随风飘荡，任“文化大革命”的风暴吹打。他不止一次地说：“这样闹下去是不行的啊！国家要出事啊！就没有人向毛主席说一声吗？”

听者无言对答。“文化大革命”原本是毛主席发动的呀！

这时绝大部分作家、艺术家都被揪斗了，连与周扬照过相的人也被打断了手臂。所有有影响的作品，都成了“大毒草”。作家、艺术家个个自身不保，人人岌岌可危，一派恐怖气氛。

有次周扬说：“江青她是了解文艺界情况的，怎么能这样搞？打倒我个人算不了什么，可文艺界的同志们是一直跟党走，是拥护毛主席的。”

也许是江青太了解文艺界了。为了树起她的“文化旗手”形象，为了掩盖她过去的劣迹，更是为了夺取权力，她把一些了解她情况的老朋友送进监狱折磨而死，这样她可以平安地登上“王位”。这就是现在的江青。周扬只了解江青的过去，对现在的江青，他感到陌生和不可理解。他自言自语地说：“江青也是我多年的老朋友……”

“文化大革命”闹腾了一个夏冬，还是不见消停。政治上的冬天和自然界的冬天一同来到。一大批国家领导人被“打倒”了，陆定一受尽造反派的侮辱和人身攻击，被关进了卫戍区。这时“中央”要在天津养病的周扬回京接受批斗。这时所说的“中央”，就是江青、张春桥、陈伯达他们的“文化大革命领导小组”。如何把周扬揪回北京，而又不会出差错呢？中宣部被改组后的新领导层真如临大敌一般，颇费了一番脑筋，最终草拟了“作战方案”。有人说万一遇上红卫兵把他认出来怎么办？还有人提出，万一他硬赖在天津不回来怎么办？这个问题提得有合理性，但也相当幼稚。因为提这个问题的人是刚从外单位调到中宣部的，他不认识周扬，更不了解周扬这些老党员、老干部的品德。像周扬这样的人，只要中央一声令下，就是要他死，他也会不打折扣地执行的。中宣部的有关人士以防不测，还是做了一些布置，决定派两位与周扬夫妇熟悉的人同去天津。我又被“挑”上了（当时我已“靠边站”，并且大小会上一直点名批判我与周扬夫妇划不清界限）。接受这个任务时，我心里充满了矛盾。我去天津起着一块“招牌”和“诱饵”的作用：看，你的老秘书都来了，你就放心回北京吧！但我明白，这次他们回北京是凶多吉少，他们面临着严酷的考验。

我们到了天津，天已近黄昏，汽车行至市内，天完全黑下来了。天津交际处的李松茂领我们进饭店吃了点东西，谁也没说什么话，互相之间好像是陌生人。然后李松茂带路，左拐右拐将我们引到海河边的一幢小楼前。这幢楼房像一座阴森的“古堡”，昏暗古老。从外面看，只能分辨出一个轮廓，看不到门窗，大概荒废很久已无人居住了。车子开到楼前停了下来，仍然是谁也不说话，只有李松茂说了一声：“到了。”

1955 年，当李松茂只有十四五岁时，我就认识他了。那时周扬夫妇去天津，他是招待所的服务员，我们每次见面都是亲亲热热的。这次见面，我们不但没说活，连头也没点。我的心情十分沉重，我想他也并不轻松。夜里来到这“古堡”前，冷风嗖嗖，天寒地冻，更增加了沉重感和阴森感。

开门进楼，这才看到楼内有灯光，但光线十分昏暗。抬头看，窗、门均用布帘、毯子之类的东西遮挡着。所以从外边看，只有一片黑暗，绝想不到这里还有人居住。这是天津市委的负责人在极其困难的条件下，为躲避造反派、红卫兵的搜捕，为保护周扬的安全，在一个漆黑的雨夜里，把他从原来的招待所转移到了这座“古堡”里来的。

走上楼，迎面站着周扬同志，他穿着中式的灰色上衣，背着手站在那里。他腰板挺直，目光冷静，神态坦然。我们突然出现，他没有吃惊。即使看到其中有不认识的人，他也没露出惊异的神色。他像往常一样，微微点点头，算是打过招呼了。那个时候，他是“黑帮头目”，他既不能称我们为“同志”，我们也不能叫他“同志”。他冷静、坦荡的目光移向我，我只得把头掉开，其他的熟人也是如此。

新近被调到中宣部的老刘是这次“行动”的负责人，那是因为他曾经在公安部门工作过。此刻他站在周扬面前，有些手足无措，说不出一句话，但是毕竟“重任”落在他肩上，他不说话是不行的。停了一会儿，勉强从他嘴里挤出了一句话：“中央要你回北京。”他说话的声音有些不自然。

周扬点点头，仍然没有说话。

苏灵扬问了一句：“现在就走吗？”

“马上走。”老刘的声音仍然是不自然地颤抖着。

苏灵扬把两只不大的箱子提出来，马上有人把它们放进汽车的后备厢。看来，周扬夫妇是早有准备的。十几年后，苏灵扬告诉我说：“那天，天津方面传达了北京的指示，说要我们回去，我就明白了。我把我们俩的东西分别装了两个箱子。这样做，不至于到了走的时候为分东西而花费时间。我在周扬箱子里，除放了日用衣物，还给他装进一包饼干和一点白糖。他的肺刚动过大手术，体力差，需要营养。我让炊事员小李给他煮了几个鸡蛋，周扬不要。他说如果带了鸡蛋，造反派知道了会给小李罗织罪名，说他同情‘黑帮’，不能连累小李。”

听了苏灵扬的叙述，我十分感动。就在那种险恶的情况下，周扬首先想到的不是自己的安危，而是周围的人。

周扬夫妇上了车，车离开“古堡”驶向北京。公路上没有路灯，什么也看不见。只有我们坐的车的前灯射出一道白色的光束，照着前面凸凹不平的路面。坐在车里的人都不说话，空气沉闷得使人透不过气来。

行至半路，有人要“方便”，车子便停了下来。周扬没下车，开车的马金仓也没下车，周扬说：“我犯了错误。”

马金仓说：“犯了错误有什么关系，向毛主席检讨就行了。”

周扬深深叹了口气，马金仓刚想把中宣部批斗部长们的情况说一说，“方便”的人回来了，他只好把话闷在心里。

马金仓是1946年参加中国人民解放军的老战士，大家都亲切地叫他“小马”。他为人忠厚，富有同情心和正义感。他长期为张子意副部长开车，与周扬夫妇同住一个院子多年。周扬和他的职务不同，但关系很好。周扬一向待人平等，尊重同志，中宣部不少人都和他有着十分友好的关系。小马知道周扬回京将面临一场可怕的局面。他想说部长们都被抓起来了，又怕周扬听了受刺激，再说车上还有别人，有话也不能说。他手把方向盘，用力踏着油门，想把心中的沉闷甩掉。他觉得自己心里像压上了一块很沉的石头，压得心里堵得慌，很不是滋味。

在北京，周扬的家已被查封。东西已被造反派轮番翻腾，丢失不少，有些是名贵的书籍。据说他家有次被偷，所偷书籍被卖废纸卖了上百元。周扬家存放的书籍上万册，几经洗劫所剩无几，特别经过南开大学几帮造反派的搜查，一些难以买到的名著不翼而飞。这次周扬夫妇从天津回来，他们已无家可归，汽车驶进北京沙滩中宣部的办公楼后院，只得将周扬夫妇带进办公楼东头的一间办公室里。他们一到，马上就有中宣部内的一个造反派把他们看管起来。周扬坐在东边，苏灵扬坐在西边，他们中间不但隔着几张办公桌，还有一个横眉竖目的造反派监视着他们。

周扬夫妇没有说话，只是默默地坐着。周扬同志用右手托着腮，一副十分疲倦的样子。苏灵扬沉静地坐在拐角处的一把椅子上，她平视着前面，什么也没有说。那个造反派的脸上挂着一种幸灾乐祸的可厌表情。当时的气氛不但沉闷，也相当紧张，有人出出进进也不知干什么，还有人在办公室关着门打电话。

过了一会儿，有人通知周扬一人同他们走。去哪里，他没有问，苏灵扬也没有问。周扬站起来向苏灵扬看着，这就是告别。互相看一眼，眼睛里诉说着什么，叮嘱了什么，外人不明白。这对相依为命的老人，在几双眼睛的监视之下无言地分别了。这一走，何时再见？也许永远不会再见，谁能料定呢？在风云变幻莫测的当时，什么事都会发生。他们俩互相看着，周扬流泪了，那泉涌般的泪水从他的眼睛里流了出来，苏灵扬没说什么，也没流泪，她平静得出奇。

若干年后，苏灵扬回忆这段往事时说：“要说不难过，那是假的。但我不能不控制自己的感情。我不忍心在他面临巨大考验的时候，再给他加重个人情感方面的负担。他已经够受的了。”

苏灵扬表现出来的坚强令人吃惊。从外表来看，她娇小、文弱，但她的身上却有着惊人的坚强和毅力。

我还清楚地记得，“文化大革命”初期，苏灵扬正在天津陪周扬养病（周扬切除过一叶肺）。由于周扬的关系，也由于苏灵扬曾是一所高等艺术院校领导的关系，她被成立不久的中国音乐学院的造反派从天津揪到北京“斗争”。那天，她一进学院的门，造反派便把她按倒在地，用剪刀剪去了她的头发，然后强迫她从人工制造的泥塘中爬过去，再把她架在桌子上让她跪下，把铁丝捆着的石头吊在她的脖子上，用皮带抽，木棍打，再用从肮脏的下水道里取出的一桶恶臭的脏水从她头顶浇下来，只一天的时间，她就被打得遍体鳞伤，折磨得不像人样儿了。“斗争”她的问题，无非是想问周扬藏在哪里，他们的子女在哪里。在生死线上，她用妻子和母亲的胸膛顶住了这些拷问和折磨。

苏灵扬本来身体不好（胃部做过切除手术），此时她的生命处在危急关头。当时担任中宣部部长的陶铸和中宣部“文化大革命小组”的阮铭得知情况严重，用“中宣部要批斗苏灵扬”的理由将苏灵扬要回。这一招儿很灵。音乐学院的造反派让苏灵扬手举黑牌子，跪在卡车上，让她一路喊着“我是周扬的黑老婆”回到了中宣部。在中宣部的大楼前，中宣部“文化大革命小组”的阮铭出面讲了一些“批判”的话把造反派打发走，这才使苏灵扬受到了保护。

又过了几天，阮铭传达了陶铸的指示，让苏灵扬仍回天津与周扬同住。大概苏灵扬在经历过这次冲击后变得更坚强了，她不再轻易流泪了。

这夜，苏灵扬目送周扬走了。这对朝夕相伴、患难与共的老战友、老夫妻，默默无言地分别了。

中宣部仍让小马开车把周扬送到北京卫戍区的一个师部驻地。车上当然还有别人坐着，小马没有机会与周扬说一句话。车子一到，已经有几个军人等在那里。周扬下车后，小马将那只小箱子交给他们，还有一条曾供红卫兵串联用的被子也递过去。接着，周扬同志就被停在那里的吉普车载走了。

这一夜，是漆黑漆黑的，也是寒冷的……

这是 1966 年的 12 月 1 日。

释放之后

近 9 年时间，周扬音信全无，是死是活没有人问。“文化大革命”开头几年，林彪、江青之流“发明”了巡回游斗，那时周扬等人会被揪出来“斗一斗”，只要他出场了，人们就知道他还活着。后来不游斗了，也就鲜有他的消息了，甚至几次传出“周扬已死”的消息，后来听说他的户口也被注销了。

苏灵扬回忆当时的情况时说：“户口注销了，没说什么理由。不久我收到了‘周扬专案组’送来的他的几件日用品，这时我对他活着已不抱希望。”苏灵扬说，她感到事情严重，但她连问也没问，她怀着“打掉牙往肚子里咽”

的悲愤心情，对外不动声色。苏灵扬把周扬用过的几件物品交给孩子，让他们留个纪念。在这种情况下，她没让人们看到她的眼泪。她想和老伴儿见面的希望已成泡影。

事过近 9 年，在 1975 年 7 月 12 日，进驻中共中央宣传部的军管组忽然通知苏灵扬，说周扬要出来了，她乍听到这个消息简直不敢相信自己的耳朵。她冷静了又冷静，断定了这是真的。她压制着自己高兴的心情，买了两个小西瓜（当时只发她生活费，因此买不起大西瓜），提到我们的住处，请了中宣部的几个人同吃，以示庆祝。住在同一层楼的秦川、朱庭光等人都非常高兴，也非常惊讶，都庆幸周扬活到了这一天。当然，把周扬等人放出来不是“四人帮”的意愿，这是毛主席的决策，是毛主席听了当时一些老干部提出的“半打倒半工作”的意见后所做出的决定。

听到周扬将被放出来这一消息的人，表现也不一。有的惊喜，有的疑惑，那些曾往周扬身上泼脏水的人，或者用他那“阶级斗争”的利爪撕打周扬同志的人，故意表现得冷漠、若无其事和满不在乎。

周扬夫妇的家，被当时中宣部军管组的人住着。“上面”决定让周扬暂时住中组部的招待所——万寿路西街 7 号。又是小马（马金仓）主动开车把苏灵扬从沙滩的临时住房送到了那里。小马第二天就把周扬、苏灵扬见面的情况告诉了我。他讲得绘声绘色。小马说，他一边开车一边劝苏灵扬说：“老太太，你们不能太激动了。你们俩都有心脏病，太激动了会犯病。但你也不要太悲观了，好歹是把人放出来了，见面时你要表现得太难过，老头儿也吃不消……”

苏灵扬应着：“知道，知道。”

小马和苏灵扬到了万寿路西街 7 号，已近中午。他们俩到一号楼二层的一间房子里坐下，这时周扬还没到。苏灵扬坐在沙发上等，小马站在窗户前向外看，很久没有什么动静。

忽然一辆小车开进了院子，小马说：“来了一辆小车，车门开了，是他，周扬同志下车了。走得挺好，身体还行，向楼里走来了……哎？后面还跟着人。”小马小声说着。

苏灵扬听了他的话，激动地站起来又坐下，又站起来，又坐下。她的身子不由得微微颤抖，可以看出，她的心里是多么的不平静。

9年，互不通音信；9年，互不知死活。9年啊，比全面抗日战争的时间还长1年。在这以前要想见面，纯属痴人说梦。本来不抱一丝希望的事突然发生了戏剧性的变化，这对人的感情撞击是很大的。

周扬同志走进屋里，面对苏灵扬说不出一句话。不是他没有话说，而是9年的监禁生活已使他失去了说话的能力。语言不连贯，声音沙哑，只有眼泪说明他心中的情感之海是多么澎湃、激荡。

“周扬专案组”的人把周扬送到屋里，不大一会儿就走了。

周扬拉着小马的手，眼泪如泉水般涌流。

小马赶忙说：“别激动，这不是出来了吗？这不是和苏灵扬同志见面了吗？你们俩都别激动，你们俩身体都不好……”小马安慰着他们，可他自己的鼻子也酸酸的，差一点掉下泪来。

这时有人通知食堂开饭了，苏灵扬留小马一同吃午饭。他们买了两个菜，其中一个是豆角，周扬吃得特别香。饭后，周扬用不连贯的话和小马交谈。他问中宣部的情况，小马告诉他，中宣部被“军管”了。

“什么？军管？”周扬对外面的事一无所知。他只知道1949年解放军解放了各大城市实行军管，从来也没有听说在革命队伍内部实行军管的事。党的中央宣传部被“军管”，岂不成了“天方夜谭”？他不明白，也不理解，他茫然地看着小马。

苏灵扬看着周扬那身灰色衣服，那双不合脚的鞋，忍不住背过脸去擦拭眼泪。

小马向我说完苏灵扬和周扬见面的情况后说：“这老两口熬到这一天真不容易。你有空儿了也去看看他们吧！”

1975年，周恩来总理重病缠身，邓小平作为副总理出来工作了，但情况仍然不妙。“四人帮”仍然在寻找机会设法把周扬打倒。这一年，许多被关押的领导干部被放出来了。彭真、陆定一、薄一波等一大批干部先后被放出，周扬等一批文化界的著名人士也先后被放出了，“四条汉子”中的夏衍、阳翰笙也被放出来了。释放这些人，确实不是“四人帮”的意愿，他们手中掌握的舆论阵地——报刊、广播仍然对这些领导干部不停地批判。他们照样大批“文艺黑线”，仍然大批“黑线头目周扬”，这简直不可理解了。

同时，在群众中也悄悄流传着与这些大批判声音截然不同的“最高指示”，什么“周扬一案从宽处理”，“鲁迅活着也不会把周扬抓起来”，周扬他仍是“人民内部矛盾，工资照发，恢复党籍，分配工作”，等等。这些“最高指示”是否准确，谁也拿不准。不过，据说传出的渠道都有来头，群众相信这是真的。

这期间，当时的中央政治局委员、北京市委书记吴德曾派他的女儿吴铁梅去看望周扬夫妇。铁梅悄悄地讲了毛主席的指示，说周扬是人民内部矛盾，恢复党籍，工资照发，分配工作。这些话铁梅也向我说过。

吴德是周扬的老朋友，在延安相识，同在晋察冀解放区工作过。铁梅在革命队伍中长大，富有同情心、正义感，那时她不便经常去看望周扬夫妇，曾托我转告过这样的话：“虽然毛主席说过是人民内部矛盾，但是形势十分凶险，让周伯伯、灵扬阿姨小心为好。”

尽管“四人帮”的报刊、广播照样重复着多少次的诬陷、多少遍的诽谤，但在对待这些被“打倒”的老革命者时，毕竟是松动了不少。夏衍、阳翰笙被放出来了，“周扬一案”中被发配到江西的林默涵也回到北京探亲了，张光年的《黄河大合唱》也在电视台播出了。不少人对电台、报刊对周扬的批判表示不理解，甚至愤怒。周扬本人天天听、天天看。9年来，他已经习惯了这些诽谤性的语言响在耳边，他是“听而不闻，看而不记”。一有空儿，他就看书，读马列著作，读“毛选”。读了几遍的世界史他又在读，他劝苏灵扬读《资本论》。有空儿他还给我们讲希腊哲学。

在他出狱的第三天，我便到了万寿路西街 7 号，照小马说的路线，我走到了那个大房间。还好，传达室没有人，进门没登记，上楼也没遇上麻烦。周扬夫妇住的房间门是半开的，苏灵扬在大声说："你不要有顾虑，毛主席说什么，我们就做什么……"这些话大都是说给屋外人听的。事后她告诉我，她怕房内有窃听器。

我进门来，苏灵扬先看到了我。周扬背对着门，他转过身来看到我时有些发怔。他站起来，朝我走了几步，我忍不住地眼湿鼻酸。

周扬问："你受株连了吧？"

苏灵扬不要他说下去，暗示可能有窃听器。我们三人就傻怔怔地站在房子中间说话，以为这样可能距离窃听器远一点。当时我们站的位置头顶上有一盏灯，地上铺有地毯，如真安装了窃听器的话，这地方是最理想的被窃听位置。而我们当时没有意识到这点，只是怕墙壁上、桌子底下安装窃听器。

周扬同志指着他的一只耳朵说："他们打我，把耳朵打肿了，打聋了……"

苏灵扬又拉了老伴儿一把："别说了，别说了。"

我们坐到桌子附近，只说了一些家常话。我不能久留，马上就要离开。苏灵扬说："没人见你来吧？"

"没有。"

"趁他们没看见你，快走。"苏灵扬又靠在窗户上看了看门口的传达室，说："他们还没有上班。"

苏灵扬送我到走廊，她没敢下楼来。她当然是怕我再受牵连。我匆忙下楼，几乎是低着头走出了大门口。离开万寿路西街 7 号，我才喘了口气。那情形真像做地下工作。

周扬同志在这 9 年中，除了被批斗、审问，没有人和他说话。因此他说话能力很差，有时嘴张了好几下，也说不出一句完整的话。只有他指着被打聋了的耳朵，才说了几句让人听了心酸的话。

被关押了9年的周扬，总想到街上看看。苏灵扬事后风趣地说：“我们也没向‘专案组’请假，大着胆子去了王府井。”

那是周扬同志出狱一个月后的一天，也就是8月21日，天气十分炎热。周扬夫妇到了王府井，先去逛了书店。就在他从新华书店出来时，被正在马路对面走过的日本朋友白土吾夫看到了。白土吾夫是日中文化交流协会的负责人之一，他当时不顾穿梭在马路上的汽车，急呼呼地跑过去，嘴里叫着：

“周扬先生，周扬先生！”

“白土！白土！”周扬也认出了对方。

他们交谈了几句，白土吾夫说：“日本朋友都很想念你，希望拍张照片。”

周扬身边的苏灵扬看看周围，摆了摆手。他们怕连累了日本朋友，便很快分开了。

白土吾夫先生将“周扬先生活着”的消息报告了日中文化交流协会会长中岛健藏先生以及其他领导人。日本朋友为周扬活着出狱而感到高兴。

周扬进了理发馆，刚刚坐下要理发，苏灵扬发现小偷已经光顾了她的钱包。她提的是一个敞口大草包，钱包还在，只是钱没有了。理发不成，连回招待所的车钱也没有了，他们老夫妻俩便从王府井步行到沙滩中宣部大院。走进我们楼上时，正巧碰上了曾写文章批判周扬的阮铭。周扬知道阮铭这个人，但没有什么接触。苏灵扬忙向周扬介绍了阮铭，又马上告诉阮铭说，周扬是人民内部矛盾了。

周扬向阮铭伸出了手，问：“你爱人可好？”他问的是阮若英。

周扬认识阮若英，过去阮若英有什么事向周扬反映，周扬同志从来都是耐心接谈的。阮铭、阮若英曾在“文化大革命”开始的1966年7月发表了《周扬颠倒历史的毒箭》一文，这篇文章对周扬进行了灭顶的批判，说周扬反对鲁迅等。其实，这完全是一篇没有根据、颠倒黑白的错误文章。这篇文章发表后，横扫了整个文艺界，波及许多有贡献的作家、艺术家。

当周扬从牢中出来，见到这篇文章的作者时，他能仍如过去一般面对他们，可见其心胸何其宽大！

最使我感动的是，在沙滩中宣部大院西门的马路上，周扬遇见了那个把他耳朵打坏了的人（那人被分配在文化部做财务工作，并得到提拔），周扬照样与那人打招呼，那人也厚着脸皮装作没有发生过那回事一般龇了龇牙。

周扬对那些年轻人写的批判文章从不计较，他说年轻人没有斗争经验，对党内的斗争历史不清楚，“四人帮”打着“中央”的旗号，很有迷惑作用，上当受骗是难免的。

这年的国庆节快到了，每年参加国庆节宴会的人的名字都要见报。每年国宴报道都有一个很长的名单。名字上报的，都是人民内部矛盾，都是革命干部，都是站到毛主席路线上的人。没有参加国宴的，就是敌我矛盾或者还没有定性的人。有时，见报名单也是一门很特别的“高深学问”，我们能从中得到一些答案。

消息灵通人士捎信儿给周扬，说国宴名单上有他。临近国庆了，苏灵扬找出老伴儿最好的中山装，又洗又烫，为周扬参加国宴做准备。不久，有人得到了大红请柬，周扬同志却没有收到。

苏灵扬一边熨衣服一边说：“别着急，请柬过两天就会送来了。”

“你不用忙活了。”周扬断定国宴名单上不会有他。

衣服熨得平平整整地挂在那里，请柬却没有收到。是“四人帮”之一的张春桥圈掉了周扬的名字。张春桥这个作恶多端的党的叛徒，他对周扬的迫害是不会停止的。从60年代初张春桥当上了中共上海市委宣传部部长时，他就窥测着文艺界的权力。他的一个极左口号就是要文艺作品只写新中国建立以来的“13年”，也就是从新中国成立的1949年到60年代初这段时间。他所提出的写“13年”的主张，排除了中国的革命史，也排除了中国几千年来的文明史，实际上他是来对抗“文艺为人民服务、为社会主义服务”的宗旨的。那个时候，他就磨刀霍霍，寻找机会向文艺界开刀，借此掩盖他

30年代反对和攻击鲁迅的劣迹，进一步夺取权力“向上爬”。“文化大革命”时期，他爬上了国家领导人的位置，所以他当然不会放过真正的革命者了。

周扬没有参加国宴，引起一些正直的人的愤慨，不少人为他鸣不平，而周扬只是淡淡一笑。有人问他：“你受了这么多的折磨和迫害，就没有一点委屈情绪？”

他平静地说，在延安时，毛主席对他说过的一些话使他印象很深。他说，那些话，过去他用来劝别人，现在他用来劝自己。那就是如何正确地对待个人委屈的问题。

“毛主席说，无非是三种情况：一种是人家批评你批评得对，你确实错了，那你就应该让人家批评，不应该感到委屈；一种是你正确，人家批评你批评错了，那么真理在你这一边，你要为真理而斗争，不怕受委屈；再有一种是各有一半错，那你至少有一半错，也不是完全冤枉你，你也不要感到有什么委屈。我就是用毛主席这些话鼓励我支撑到今天。”

周扬同志在多种场合说过这些话。他这么说，也是这么做的。

朋友们还是问：“难道你一点也不感到委屈？”

周扬同志说：“要革命，走前人没有走过的路，难免要犯错误，甚至要遭到挫折和失败，要有这种思想准备。”

这是多么宽广的胸怀！他对个人委屈看得微乎其微。在被监禁的9年中，他所受的迫害和摧残达到了令人发指的地步，但他从不喋喋不休地诉说个人苦情。他也有难过的时候，那是当他看到国家仍处于贫穷落后的时候。当他看到我国的钢铁生产仍然徘徊在1966年以前的水平上时，他流泪了。他走在北京街头，难过地说：“10年过去了，北京仍然有这么多的破房子，这是我没有想到的。我在关押期间，听到广播里说‘形势大好’时，我就想，如果把我打倒了，真的把生产搞上去，我宁愿被打倒。可是出来一看，国家如此贫穷，人民生活水平如此之低，真使我难过……”他哽咽着说不下去了。

那时周扬还没有真正的自由，也没有得到实事求是的“结论”，更没有工作，但他已经为那些没有“结论”的人呼喊了。说来，周扬也过于天真。他自己还没有恢复党籍，就已经为冯雪峰的党籍问题上书毛主席了。周扬出狱不久，去看过从“五七”干校回来的冯雪峰同志，回到住处，他就给毛主席写信。当时著名诗人郭小川也住在万寿路中组部招待所，他们住同一幢楼，都没有工作，经常聚在一起聊天。郭小川听说周扬要为冯雪峰的事给毛主席写信时，他热情支持，自告奋勇说：“这信我想法送。”

周扬在信中讲了冯雪峰这些年的遭遇，讲了他在坎坷生活中依然对党忠心耿耿，要求毛主席考虑雪峰的党籍。郭小川将信送出去了，天天等，天天盼，然而并没有下文。不久，郭小川到林县红旗渠去了。后来在全国普庆粉碎“四人帮”的胜利的日子里，突然传来了郭小川逝世的消息。怎么回事？大家愕然。据说他住在县招待所时，夜里着了火，诗人再也没有醒来。有人分析，诗人睡得太香太沉……也有人分析，诗人听到“四人帮”倒台的消息，兴奋过度，躺在床上抽烟，烟头掉到床上，诗人没有注意就入睡了，于是发生了这件不幸的事。还有其他的猜测。到现在为止，诗人之死还是一个谜。当郭小川的骨灰运回北京，在八宝山开追悼会时，文艺界的头头脑脑几乎都到了。周扬为冯雪峰上书毛主席的事，随着郭小川的逝世也就石沉大海了。

周扬为郭小川的逝世感到十分悲痛，他不停地说：“文艺界损失太大，小川是一位很有思想的好同志，也是一个很有才能的诗人。”

在悲痛的气氛中，我们一行人送走了诗人郭小川。

周扬同志被释放以后，他不为个人的事操心，而是将目光永远向着人民，他把注意力转向祖国的建设——这是一个真正的共产党人认准的方向和道路，不管路上有多少泥泞，也不管头上有多大风雨……

在万寿路西街 7 号的日子里

北京万寿路西街 7 号，是中共中央组织部的招待所，也就是专门为过往的机关干部和待分配工作的干部提供食宿的处所。它比大饭店、大旅馆的价钱便宜一些。这个大院里有几幢筒子楼，也有六七幢二层小楼。院内有很大一片苹果园，周围的葡萄架与它连成一片。楼前楼后的高大白杨树，挺拔地向蓝天伸展着。

1975 年，这个幽静的处所变得神秘起来了。一些在“文化大革命”中被打倒的“走资本主义道路的当权派”，也就是 1966 年以前在中国共产党中央和中华人民共和国政府中担任过各种领导职务，在“文化大革命”中遭到监禁又陆续被释放出来的人，由于他们的家早已被查抄、抢占，这些人就住到了这里。随着他们的到来，这座大院笼罩上了一层神秘气氛。

周扬同志出狱后被安排住到一号楼二层的一间屋子里。周扬这个在“文化大革命”中自始至终被批判的重点对象的出现使人们感到突然。有人说他没有被迫害死是个奇迹。什么样的人才能经得住全国上下的口诛笔伐和如此严酷的肉体迫害呀！很多人以为他不在人世了。可是他活下来了，并且住进了中央组织部的招待所。尤其是文艺界的人们，把这作为一件喜事悄悄地传说着。不久，中共中央宣传部的同志们和在“文化大革命”中被打散了的文艺界的朋友们，又互相联系着相约来看他了。不论是在外地的，还是在北京的，只要是认识周扬或者有一面之缘的人，都来看望他了。出于对“四人帮”的倒行逆施的愤慨，大家觉得能到万寿路西街 7 号来看望这位“三十年代文艺黑线祖师爷”“四条汉子”之一的周扬，是一件开心得意之事，也是一种勇敢的壮举。所以来看他的人都用不同的方式，表达着对还在台上掌权的江青、张春桥之流的不满。

梁漱溟先生是唯一敢在公开场合与毛主席唱对台戏的人，是敢于面对毛主席提反对意见的人。周扬同志没有在公开场合和毛主席唱对台戏，但在与毛主席单独谈话时，他确实敢于表达自己的意见，敢于说出自己的看法。

比如，1975 年周扬同志向苏灵扬等人谈到江青时，他讲了 50 年代的一件事。50 年代初，江青担任中宣部电影处处长，在电影艺术委员会也负一定的责任。周扬同志说："一次我去看主席，主席问起江青的工作情况，我告诉主席，江青很能干，看问题也很敏锐，就是有时她说的一些意见，不知哪些是主席的，哪些是她个人的。是主席的指示，我们坚决执行。如果是她个人的意见，大家还可以讨论。毛主席问是否有这样的事。马上又说江青很聪明。"

对毛主席说江青这样的谈话内容，很可能会传到江青耳朵里。周扬同志觉得毛主席对他不错，和江青又是30年代的老朋友，时常被毛主席召进中南海交谈，因此他的谈话往往非常坦诚，没有什么顾虑。周扬同志大概做梦也没有想到在1966年发生的"文化大革命"中，他会一落千丈变成阶下囚。他被监禁9年，过着非人的生活。9年后，当时一起在秦城监狱坐牢的夏衍等同志听说要放他们出狱时，马上就走了。而周扬却不，他还要向毛主席写一份检讨，写了三天三夜，他才迈出秦城监狱的大门。他出狱后，对毛主席的感情依然如故。许多人不理解他这种忠诚。他曾向一个探望过他的女中学生说过，他十分热爱毛主席、尊敬毛主席，毛主席不论有什么错误，仍然是一个伟大的人物。周扬说这些话时，手捂在胸前。这件事曾使这位中学生感动得热泪盈眶。

"周扬专案组"经过9年的审查，对周扬做了一个政治结论。结论中留下了很多问题，其中最大的问题是"反对鲁迅"。这条罪状从"文化大革命"一开始，就是周扬"罪行"的重点之一。问题的真正起因是江青极力想登上文艺界的第一把交椅，也就是她想当"文化旗手"。因此，她在"文化大革命"一开始，就用化名写文章批所谓的文艺黑线和黑线头目周扬。20世纪30年代曾是二三流演员的江青，在夺取权力时没有什么真本领，便把鲁迅抬了出来，用死人压活人，用神化鲁迅来增加她的资本。其实这是很滑稽的事。当时广大群众出于对毛主席的崇敬，也由于对江青认识不清，就跟着带有"革命"色彩的口号造起了反，在全国上下对周扬同志进行了口诛笔伐的大批判。当一些文章批判"周扬反对鲁迅"时，总是引证鲁迅先生1936年写的《答徐懋庸并关于抗日统一战线问题》一文。鲁迅先生在这篇文章中对当时“左翼”文艺运动中提出的“国防文学”和“民族革命战争的大众文学”两个口号的争论发表了意见，他认为两个口号可以同时并存，从此两个口号的争论便告结束。文中对包括周扬在内的当时还十分年轻的革命者也提出了批评。文章中所说的“四条汉子”就是在中华人民共和国成立后一直领导中国文艺事业的田汉、夏衍、阳翰笙、周扬。

50年代冯雪峰同志主持编辑出版《鲁迅全集》的工作，在鲁迅的《答徐懋庸并关于抗日统一战线问题》一文后面加了一条注释，这条注释无非是说明该文写作的历史背景等。“四人帮”利用这条注释歪曲事实，给周扬等人加上“反对鲁迅”以及各种“叛徒”“特务”的罪名进行杀伐。在“文化大革命”中，“四条汉子”成了“反革命”的同义语。“四条汉子”除了田汉这一条汉子在“文化大革命”中被迫害致死外，其他三条“汉子”在“文化大革命”中从精神到肉体均遭受了严重的摧残。到底“四条汉子”犯了什么大罪？谁也弄不清楚。可是人们都知道“四条汉子”是“四人帮”的敌对面，是江青、张春桥的敌人。

苏灵扬曾讲过一件小事，足以证明对“四条汉子”的批判真是达到了“家喻户晓”的程度。一次，苏灵扬和周扬在中宣部留守组学习完后，乘坐地铁回万寿路。地铁车厢里非常拥挤，一位农村老大爷站立不住，苏灵扬忙张罗着为他找座位，农村老大爷坐下了，可苏灵扬身边的周扬“老大爷”却倒下了。当时周扬年老体弱，支持不住晕倒在地铁里，于是便到就近的解放军301医院看急诊。挂号时登记人问苏灵扬病人叫什么名字，苏灵扬回答“周扬”。对方问怎么写，苏灵扬一着急就说“四条汉子”。

“噢！知道了，知道了。”登记人抱歉地笑了。

从这件小事上可以体察到“文化大革命”时期对周扬等“四条汉子”的批判是何等猛烈！“四条汉子”算是什么罪名呢？

曾经当过中共中央总书记的胡耀邦在驳斥“四人帮”的谬论时，说过这样的话：“四条汉子”是真正的硬汉子，是忠于革命事业的铁汉子。

周扬同志在对待鲁迅的问题上从不回避。从我认识他一直到他逝世，他总是说他们当时对鲁迅先生的伟大认识不足。记得1954年，我被分配到文化部周扬同志办公室担任秘书工作时，有一件事我至今不忘。我的童年、少年时代都是在战争中度过的，没有机会接受正规的学校教育，历史知识极少。1951年，我被破格准许到北京电影学校深造。毕业后，我被分配到周扬办公室工作，那时周扬是文化部党组书记、文化部副部长、中宣部副部长。一次周扬同志谈起鲁迅，说鲁迅是伟大的文学家、思想家和革命家，然后问我对鲁迅的认识。

我说：“鲁迅的书我读得不多，不过在电影学校听课时，有人讲过周起应反对鲁迅。”

“那就是我，我就叫周起应。”

当时我怔在那里，不知说什么才好。事后想想真后悔。一是自己知识太少，竟不知周扬就是周起应，结果闹出了这样的笑话。二是自己说话太随意，不加考虑脱口而出。可是周扬同志并没有表现出什么不快，也没做任何解释，只说：“我们对鲁迅的伟大当时确实认识不足，有些做法欠妥。”

1976年粉碎“四人帮”后，1979年周扬复出工作，他第一次出差便去浙江，还专程到绍兴拜谒了鲁迅故居。在那里，他写下了四句诗，表达了对鲁迅先生的敬仰之情：

横眉俯首，百代宗师。
高山仰止，心向往之。

周扬同志的题诗，博得了在场人们的热烈掌声。

这样一位始终如一、尊重鲁迅的人，能说他是鲁迅的敌人吗？江青神化鲁迅，颠倒革命历史，是为了打倒周扬，夺取文艺界的领导权。后来江青的野心大了，她的目标是当主席，当然文艺界的领导权就不在她的话下了。

在“文化大革命”中批判“周扬反对鲁迅”的喊声震天响的时候，人民文学出版社的一位女编辑来找我，向我了解鲁迅文章的那条注释情况，那时这条注释是批判周扬的一枚重型炮弹。女编辑问我那条注释是谁写的。我当时真不知该怎么回答。我知道那条注释不是出自周扬之手，但是经他看过的。为了文字上的通顺，周扬还让我加上了“的”“稿”等三两个无关紧要的字，整条注释确实不是周扬写的，但这些我不能公开说。如说了，就是为周扬辩护。

那位女编辑告诉我，冯雪峰说那条注释是他写的，不是周扬写的。女编辑再三说：“这么大的事，如果不是冯雪峰写的，他为什么要说是他自己写的呢？而报刊上、广播里都说是周扬写的啊！”

听了女编辑的话，我对冯雪峰同志的敬佩之情油然而生。冯雪峰在那样险恶的情况下敢于说明事实真相，他已是被“打翻在地”的人，又冒着再被踏上千万只脚的风险来说真话，实在是对我一种极大的教育。我被冯雪峰同志的这种高尚行为深深地打动了。

周扬同志出狱后，我把这事告诉了他。周扬听罢，眼睛里溢出了泪水。

不久，周扬同志去看望了冯雪峰同志，两位老朋友见了面都很激动。

这年 10 月 12 日，阮铭、阮若英夫妇去万寿路看望周扬同志，这次是他们俩专程去拜访周扬同志的。周扬夫妇热情地接待他们，大家热烈地交谈着。在交谈中，阮若英说他们写批判周扬的那篇文章是不对的。

周扬对此没有在意，反而说：“那时连我自己都在批判自己。全国都在批判嘛！你们写批判文章又有什么呢？你们不写，别人也得写。”周扬表示理解他们。周扬说，写文章批判他，这形式他接受得了，因为文章观点可以争论，可以争鸣，如果争执不下，还可以放一放，但打人、武斗他接受不了。用打人来解决思想问题是很野蛮的行为，同时也不能解决问题。

有一段时间，阮铭夫妇和冯雪峰等学者也有来往。这次他们见到周扬同志，谈了一些有关研究鲁迅方面的问题。

之后，周扬讲了他去看冯雪峰的情况。

周扬说："雪峰的儿子来看过我，他说他父亲在'文化大革命'中检查了四点。其中谈到了两个口号的争论，雪峰澄清了一些事实，也承担了一些责任。我出来以后，没看别人，先看了雪峰。他得了癌症，已到晚期，说话声音很低，家境十分困苦。我看雪峰病成这样，十分难过。我对雪峰说，我们相识 40 年来，有过摩擦，有过争论，但我从来都认为他是一个好人。历史证明他在对待鲁迅的问题上是正确的，为人是正派的。"

这是周扬发自肺腑的话。多少年来，两位朋友间的一些不愉快已经冰释。

周扬看到冯雪峰同志家境十分困苦，在他自己的工资也没有恢复，每月只领取一点生活费的情况下，他让夫人苏灵扬凑数百元送给雪峰同志——这是现今的人大常委秦川告诉我的。

周扬看望了冯雪峰后，他甚至忘记了自己的党籍还没有恢复，就已经为恢复冯雪峰的党籍上书毛主席了。在当时的情况下，自然不会有结果。

周扬与冯雪峰见面时，冯雪峰没谈自己的事，却嘱托周扬为瞿秋白澄清一个问题，即鲁迅写的那封《辱骂和恐吓决不是战斗》的信中批评的那首诗——《汉奸的供状》不是瞿秋白写的。"文化大革命"中一些人没弄清事实，胡说是瞿秋白写的，冯雪峰要周扬一定把这事讲清楚（写这首诗的是一位年轻的党的地下工作者，后来在福建牺牲了）。雪峰同志快要走到生命尽头时，还想着别人，想着秋白，这种为他人着想、实事求是的高尚品德，在"四人帮"的压迫之下显得更加崇高。

对于冯雪峰同志的坎坷遭遇，人们一直是同情的。他于 1941—1942 年在上饶集中营受过国民党反动派的折磨，新中国成立后，在 1957 年反右派运动中被错划为"右派"，开除党籍。他被错划，不少人认为是周扬所为。周扬同志在这天的交谈中讲到此事时说："文艺界'反右'运动是主席领导的，批判冯雪峰、丁玲，是主席亲自抓的。"

周扬回忆当年的情况时说，1957 年胡乔木曾向毛主席推荐冯雪峰，说他文章写得好，水平高，毛主席让周扬把冯雪峰的书找来看看。后来周扬便找了两本冯雪峰的杂文、诗集给毛主席看。毛主席看后，把其中写“柏林大火”等文章批上“印发政治局同志阅”的字样发了下去，那时正是“反右”之前。据说毛主席觉得冯雪峰的文章中没有说明正义和非正义战争的区别，笼统地讲战争给人们带来灾难，不符合马克思主义观点。大概就是“柏林大火”等文章给冯雪峰定下了调子，因而出现了后来的情况（这篇杂文的题目是《火狱》）。

冯雪峰被错划为“右派”，谜底就是这样简单。恐怕冯雪峰本人也是意想不到的。胡乔木是毛主席的秘书，他向毛主席推荐了冯雪峰同志，但是结果却是不幸的。

这在90年代的人看来，简直不可思议，而在当时却是不可抗拒的。

1957年“反右”之后，冯雪峰生病住院，听说要做手术。周扬得知这一消息后，马上到医院看了冯雪峰，并请医院好好为他治病。

几十年后，周扬去冯雪峰家里表达了他的真诚友谊。周扬谈到冯雪峰时，总忘不了冯雪峰对他的重视。30年代初，周扬才二十几岁，冯雪峰让他主编《文学月报》。1927年，周扬加入了共产党，因白色恐怖，他与党内联系人失去了联系，他到日本去找党的关系也没有找到，于是回上海加入“左联”。1932年，冯雪峰帮助周扬恢复了党籍。这些事情周扬讲过不止一遍。

1975年周扬探望冯雪峰时，“四人帮”还在台上。他们见面的事，只对少数人讲过，没敢张扬，周扬怕牵连重病在身的冯雪峰，而且担心会节外生枝。没想到的是，这次他们俩的见面，竟是最后一次。

1957年的“反右”斗争是新中国建立后对全国知识分子的一次大冲击和大批判运动。许多优秀知识分子遭到了厄运，有的被批判后下放农村，有的被撤职、开除，送去劳改。在文艺界的“反右”斗争中，周扬是领导者、参与者，也是执行者。对此，他不回避自己的责任。特别是在经过“文化大革命”后，他对1949—1965年的这17年工作，做了深刻的反思。对被错划的同志们，他抱有极大的同情和歉意。“反右”斗争结束后，一篇署名为“周扬”的文章《文艺界的一场大辩论》中点了许多人的名。起初，这篇文章是由一个小班子来起草的，后由周扬来定稿。文章送到毛主席那里后，受到了毛主席的赞扬，并经毛主席修改，在《人民日报》上全文发表（发表时已经是1958年春天了），影响很大。80年代初，在编辑出版《周扬文集》时，周扬同志与“文集”编辑小组成员谈话，表示要在这篇文章后面写一则“后记”，或叫“说明”。说明这篇文章的历史背景、当时的情况，也写一些当下的看法。他说回避不好，应该实事求是，让读者明白是怎么回事。在编辑过程中，有些老同志提出意见，觉得不收这篇文章为好。编辑“文集”的马良春同志也赞成不收这篇文章。周扬有言在先，如不收这篇文章要向周扬说明为什么，要征得他的同意才行。马良春是编辑组的组长，约我同去向周扬汇报。周扬同志因病住院，我和马良春到了医院，见到了周扬同志后先说了一阵子别的，然后我就直接说到《文艺界的一场大辩论》一文最好不要选入“文集”的事。周扬同志觉得还是应该入选，说这样做是实事求是，同时还提供了对“反右”运动再认识的机会。我只好说：“有的同志说‘反右’斗争伤害了一些好同志，再提起这件事，又使这些同志不愉快，何必引起一些不必要的麻烦呢？将来有机会，可以专门来谈这篇文章。周扬同志，你看呢？”

马良春也说了一些同样的话。

周扬同志想了想，说：“随你们吧！你们是‘文集’编辑组的，你们编‘文集’也是向中宣部打过报告的，由你们决定吧！”

周扬同志听从了我们的意见，这篇文章最终没有入选《周扬文集》。但他对“反右”问题从未推卸责任。1979年的全国第四次文代会上，他在中国作家协会的代表会议上，主动向被错划为“右派”的人们公开道歉，检讨自己。以后只要有机会，他就检讨，他是真诚地向被错划为“右派”的人道歉。后来在一次小范围的内部会议上，当年曾参与领导“反右”斗争的人质问过周扬：“这（那时的‘反右’斗争）都是中央决定的事，你有什么权力向他们道歉？”

周扬同志心平气和地说："我们执行了，就有责任，就应该做自我批评。"

在万寿路西街7号的大院里，被打倒的"走资本主义道路的当权派"越来越多。他们都是党内和政府部门的高级干部，有宋任穷，有大书法家舒同，有帅孟奇大姐、蒋南翔等人，革命先烈刘志丹的弟弟刘景范和他的夫人——《刘志丹》的作者李建彤也住在这里。在这批干部中，最后来的是杨尚昆和他的妻子——著名戏剧家李伯钊。李伯钊因受迫害而中风，身残行动不便。住在这个大院里的这些高级干部，都有一种劫后余生之感。周扬见到这些老朋友，异常兴奋和激动。周扬担任文化部副部长时，李伯钊是中央戏剧学院党委书记，他们30年代末期在延安相识，又同在文化部门工作，这次见面，他们高兴得竟然流下了泪。

李伯钊拭去眼角的泪水对周扬说："周扬同志，不要哭，不要哭，这没有什么。人，只要自己不想死，就能坚持活下去。"

这话，催人泪下。

由于这里聚集了这么多的大人物，所以这里的神秘色彩越来越浓重，虽然有人出出进进，时而有小汽车驶进驶出，但总觉得这个大院被一个巨大的密不透风的罩子遮挡着。只有在1976年10月江青、张春桥等被逮捕后，这里才豁然明亮。从那以后，这里有了欢声笑语，人们之间的交谈不再有什么防范了。来看周扬同志的人，不再有什么顾虑，大摇大摆地进，大摇大摆地出。在他的住房里，经常是高朋满座。

1979年周扬复出工作后，竭尽全力为人民工作，同时深刻反省自己过去工作中的缺点、错误。他严格剖析自己，勇于承担责任。他大胆倡导思想解放，喊出了"科学无禁区"的名言，他呼吁体制改革。《第三次伟大的思想解放运动》是他这个时期的代表作……这是他思想最活跃、最闪光的时期。在风雨中，他与人民共呼吸，在泥泞的路上，他坚毅地跋涉前进，直到1989年7月的一天，他走完了人生最后的旅途。

在周扬遗体告别仪式上，中共中央总书记、国家主席、人大委员长、国务院总理等党和国家领导人向他告别，生前认识他的人来了，一些不认识他的大学生、研究人员、外国朋友也自动走进吊唁大厅，向这位杰出的理论家、思想家深深鞠躬。

周扬同志逝世后，我作为宋庆龄儿童基金会儿童文学评奖委员会的评委住进了万寿路西街7号大院。院内的白杨树仍然高高地挺立着。初冬时节，树叶随风飘落，铺满了大地。每走一步，脚下便会发出“沙沙”的声响，踏着金色的落叶，我想起了周扬同志在这里住过的那些日子，周扬夫妇双双西归，万寿路的景物依旧，真是感慨万千……

1992年11月11日

送周扬同志

一位思想家停止了思想。

一颗为人民事业跳动了 81 个春秋的赤红的心停止了跳动。

多少人牵记着的周扬同志，由于抵不住病魔的折磨，终于在 1989 年 7 月 31 日清晨匆匆地“走了”。他“走”得那么突然，致使我们站在他的病床前还不相信他已经长眠。

我们刚听到周扬同志病危的消息时，总存在侥幸心理，认为他过去几次病危都挺过去了，这次也会是虚惊一场。谁知夏义奎同志和我赶到北京医院时，看到周扬同志已被白床单蒙盖着，我们顿时惊怔了。病房里静静的，一点儿声息也没有。护士长把一枝插在玻璃瓶里的月季花放在病床前，表示了对逝者的敬意（只有一枝花，花儿开得非常鲜艳）。然后护士长又把床单撩开，露出了周扬同志消瘦的脸。周扬同志的眼睛半睁着，护士长为他合上双眼，但不一会儿他的双眼又睁开了（周扬同志，您为什么闭不上眼），当白色床单又将周扬同志蒙盖时，我们才相信他真的“走了”。

时任中共中央办公厅主任的温家宝同志迈着匆忙的步子踏进病房，向周扬同志默哀，并请我们转达他对周扬夫人苏灵扬同志的慰问（苏灵扬同志病重，住在友谊医院）。当时的中央领导李瑞环、中宣部部长丁关根同志来了。李瑞环同志询问了周扬同志病逝的情况后，指示有关部门筹办丧事，对周扬同志的女儿周密进行了安慰。他的话并不多，但在场的同志听了都觉得温暖。领导同志问家属有什么要求，周扬女儿周密说一切听从组织安排。

医护人员要将周扬同志推出病房，送往另一个冰冷的住所。正在北京医院住院的阳翰笙同志急忙追出来，想看周扬同志一眼，但没有追上。张光年同志也来迟了一步。这时，医护人员已将周扬同志推出病房进入了一个地下通道，冯牧、夏义奎同志和我，以及近几年担任周扬同志秘书的李义，随着周扬同志的推车一步一步地走着、送着，这条地下通道是那样的长，长得似乎没有尽头，通道内的灯光是昏暗的，偶尔有医护人员走过，脚步也都轻得如飘浮一般。

周扬同志“睡”在推车上，我想他是累了。几十年来，他争分夺秒地工作。尤其是粉碎“四人帮”以来，他写、他思，他批阅公文，他调查研究，他向中央如实反映下情，敢讲真话，从不顾及个人会有什么后果。当年轻的作家们遇到了什么问题，他便与大家座谈，有时促膝谈心到凌晨。那长者的宽厚气度，那诚恳热情的交谈，令人感动。在对外交流中，他向国外朋友宣传我党的改革开放政策和取得的重大成就，使外国朋友对中国的社会主义建设有所了解。特别值得提及的是，为了中日友谊，他带病两次访问日本。正如日中文化交流协会会长井上靖等先生在唁电中所说，周扬同志“作为中国文艺界的领导，为促进日中友好和日中文化交流起了巨大的作用”，“我们由衷地钦佩周扬先生对社会和人类的精深的洞察力和他的高洁的人格”。

是的，周扬同志从 1927 年入党以来，一直为真理而奋斗，在文化领导岗位上战斗了半个多世纪。他桃李满天下，堪称文艺界的一代宗师，他是师长，但更是朋友。他走过的路，是一条光荣的革命的路，也是一条不平坦的充满风雨的路。

对于周扬逝世的消息，我们没有马上告诉他的夫人苏灵扬，当时苏灵扬正在友谊医院住院，大家怕她受不了这巨大的打击。但也不能总是瞒着不说，事过半月，有老同志提议，约上原在中宣部工作的，同时又与周扬、苏灵扬熟悉的人去医院借探视之名，先向她下下“毛毛雨”，让她在心理上有个准备，再将周扬逝世的事告诉她。

友谊医院的党委书记张彤也是周扬、苏灵扬的老熟人，她为大家安排了一间会议室。我记得到场的有中宣部原秘书长童大林，还有朱庭光、洪禹等同志，已调到人民日报社当领导的秦川同志也到了。中国文联秘书长陆石、夏一奎等也已等候在会议室了。人差不多到齐了，大家走进苏灵扬的病房，谁也不说别的，只说来看看她。病房里没有几把椅子，大家都站着。这时苏灵扬要起来，我说：“苏校长，您躺着吧，大家来看看您。”

苏灵扬环视大伙，突然说：“我知道了。”接着发出了一声撕心裂肺的哭号，仅仅是一声，她没有力气了。

这时童大林过去，坐在病床边上，对苏灵扬安慰了几句，接着，他用一种慷慨的声调说：“周扬同志的革命生涯和他的思想，是与现代文化思想史的发展结合在一起的。不论是胜利还是曲折，不论是前进还是失误，都是紧密相连的。在这个问题上，并不是谁想与历史联系就可以联系的，也并不是每一个人都能做到与时代相结合的……”

这话说得多么贴切啊！

周扬同志为人民工作了60余载，他太累了。他不游山玩水、不抽烟、不喝酒，也不打牌，除了工作还是工作。现在他两袖清风、一身正气地归去了。

周扬逝世一个多月后，也就是9月5日，周扬的遗体告别仪式在八宝山举行。告别仪式上，很多人来为他送行——国家领导人到了，国际友人也到了，苏灵扬病重没有参加。在告别仪式前，北京医院安排了她就在医院里与其五六十年风雨同舟的，既是伴侣又是战友的周扬做了最后的告别。她因病行动不便，坐着轮椅，医院党委书记张彤怕她万一出事，亲自带医生跟随着。苏灵扬伸出手摸了摸躺在那里的老伴儿。周扬同志穿的是一件穿了几年的米色中山装，她的手滑过中山装时是颤抖的，但她没有流眼泪。苏灵扬的克制、冷静，让在场的同志们为之动容。这就是死别。

7月31日，我们走过长长的地下通道，将周扬同志送往一个冰冷的太平间。9月5日，又将他送到烈火燃烧的去处。这天送行的人是那么多，从下午2点半到近5点，如流的人群怀着悲痛的心情走过他的身旁。9月14日，有关单位的代表和周扬同志的部分老朋友又送周扬同志住进了一个安静的充满花香的院落。

这几个日子，天空都是灰蒙蒙的，有时细雨绵绵……

周扬同志“走了”，他的音容笑貌和他革命的文艺思想、高洁的人格永远留在我们心中。

1989年9月14日写于周扬同志骨灰安放仪式之后

促膝谈心到凌晨

——忆周扬同志二三事

花开花落，冬去春来，时间过得真快，到1994年7月31日，周扬同志逝世已经5周年了。这5年，祖国发生了很大的变化。改革开放，经济繁荣，文艺新人、新作倍增。如果周扬同志还在，他该有多么高兴。

周扬同志带走了许多珍贵的回忆，也给人们留下了绵长的深思。

周扬同志一生为革命事业鞠躬尽瘁，两袖清风。他的贡献和他的历史作用不是我这篇小文章所能概括的，我只能记二三事来表达对这位革命前辈的怀念。

讲到周扬，免不了想起“文化大革命”中他所受的迫害和折磨。“文化大革命”是中国人民的灾难，也是周扬的灾难。他最早被揪出来批判，并被戴上了“文艺黑帮头目”“三十年代文艺黑线祖师爷”“反对毛主席”“反对鲁迅”等大帽子。

周扬同志和邓颖超大姐在鲁迅100周年诞辰纪念大会的主席台上。

“文化大革命”刚开始，当时的国家主席刘少奇要他好好养病，病好了再做检讨。这一充满了党性原则的指示，后来竟成了刘少奇包庇周扬的一大“罪状”。刘少奇同志被打倒了。不久，周扬被押回北京批斗，一个“喷气式”，使他虚弱的身体在隆冬也大汗淋漓。好在后来的中宣部是陶铸兼任部长，他主持的斗争会比较文明，没有“武斗”发生。当时周扬没有挨批斗的经验，被批斗了一会儿，主持会议的人向他大喊一声：“周扬，你老实点，坐下来好好记录你的罪行！”其实这话背后的意思是他身体不好，不能久站，让他坐下来，但这话不能明说。可是他听不懂，以为真要让他记录，他说：“我没带笔和本子。”这种“蠢话”引得台下人们一阵窃语之声。

当时，他被批斗的“罪状”之一，就是“反对毛主席”“反对鲁迅”。周扬在批斗会上说，他从来没有反对过鲁迅，也没有反对过毛主席。只是 20 世纪 30 年代在被白色恐怖笼罩的上海，由于做党的地下工作的缘故，接近鲁迅不够，对他的一些意见尊重不够。为此，他在巡回的批斗会上，在专案组的审问过程中，吃尽了苦头。

周扬一向认为鲁迅“对中国社会现实和全部历史观察之深，解剖之透，是我们许多同时代人所望尘莫及的。鲁迅无愧是文化新军的主将”。周扬多次讲过：“我不因为当时党内错误路线的影响和自己年轻而原谅自己的过错。”

“文化大革命”结束后，他首先去的地方，就是鲁迅的故乡绍兴。他参观了鲁迅故居，他赞扬鲁迅“横眉冷对千夫指，俯首甘为孺子牛”的精神，他称鲁迅为一代宗师，永远要向鲁迅学习。

写到这里，我想起了一件事：

新中国成立后，鲁迅夫人许广平回到北京居住。一次周扬去看望她。她住在一条小胡同里，路面坑坑洼洼。周扬想，许先生年纪较大，小胡同窄，汽车开不进，路又这么不平，万一摔一跤怎么办？后来他向在国务院担任秘书长的齐燕铭说起这件事，并建议改善许广平的居住条件。后来许广平先生搬到了环境幽美的护城河畔。从 50 年代初到“文化大革命”前，周扬和许广平一直保持着良好的友谊。“文化大革命”结束后，即使许广平已于1968年逝世，鲁迅之子周海婴依然和周扬多有来往。

周扬复出，他没有在文章或讲话中说自己的遭遇，反而常常因“周扬一案”连累了文艺界七八十位同志而感到不安。有一次接待外宾，有一外宾向他发问：受到的批判和迫害那么多，难道就不委屈吗？

周扬笑笑，幽默地说：“批判使我出了名。”

外宾听后，惊叹他的胸怀之宽广！

新中国成立时，周扬是文化部第一任党组书记，文化部副部长，他也是中宣部副部长，还是中国文联和中国作家协会的副主席，在繁杂的行政工作之外，他在百忙中仍然关心作家们的创作，从不拒绝他们的合理要求。有一位年轻作家事先没有预约，拿着稿子到周扬的办公室将自己的作品念给他听，为的是听取周扬的意见，周扬同志就坐下来认真地听。有的电影导演一大早堵着门来汇报在拍摄影片中有争议的问题，也有不知名的年轻人，为了工作、学习请求他的帮助。周扬都尽可能地抽出时间亲自接谈。他常说，这些人都是鼓了很大勇气才来的，不能让他们失望。外省有一个小女学生寄来了一张她自己的照片，希望毛主席在她的照片上签个名，想得到周扬的帮助。就连这样的小事，周扬也帮助做了。

50年代初期，上下级关系融洽、平等、民主。现在想起来都觉得温暖。但是后来一次运动接着一次运动，而且一次比一次激烈，使得上下级之间、同志们之间有了戒心，拉开了彼此的距离。这些运动都不是周扬的“发明”，但处在他的位置是非执行不可的。粉碎“四人帮”后，他在批判“四人帮”的同时，也反思了“文化大革命”前17年自己工作中的失误。对于在运动中受了委屈的同志，他都诚恳检讨自己，并向对方道歉。他说过，不能因为自己受过“四人帮”的迫害，就原谅自己工作中的错误。他也不是消极地接受“文化大革命”的教训，而是依然如故地关心作家创作，为作家们创作出无愧于这个时代的作品而呕心沥血地工作着。

他认为，一个国家是否有大作家、大科学家出现，是衡量一个国家文明程度的重要标志。

“文化大革命”前，他因支持小说《刘志丹》曾受过批评，并向毛主席做过检讨。那时《刘志丹》样书刚出，他就读了，读完后觉得小说写得好。书中写的是刘志丹等革命前辈开创陕北根据地，并坚持斗争的一些事迹，这些内容不可避免地联系到了高岗，高岗当时也是国家领导人之一（后来高岗犯了错误，自杀了）。周扬在与有关同志谈到这个问题时说，高岗在陕甘宁边区革命根据地是领导人之一，这是历史嘛！其实小说中并没有出现高岗的名字，只有一两个党的领导形象。谁知在不久的中央工作会议上，出现了“最高指示”——“利用小说反党，这是一大发明”。这样一个指示犹如晴天霹雳。周扬为了使小说作者李建彤有思想准备，忙约她谈话，说中央、毛主席批评了，要正确对待。

李建彤说，她是歌颂老一辈革命家，不是反党。刘志丹是烈士，他牺牲在战场上。

为了这部小说，李建彤大姐受到批判，被“四人帮”关在地下室达数年之久。周扬虽在当时就向毛主席做了检讨，但在“文化大革命”中又为此多次被揪斗。直到“文化大革命”结束，李建彤大姐冤案得到平反，这部小说的上半部才得以出版。后来有人说，这个“最高指示”出自康生之手。究竟出自谁手？还有待查证。

周扬并不因为支持好的作品而受到批判就从此消极。在复出后，他特别关注年轻作家的成长。他读过不少作家的作品，对于小说《许茂和他的女儿们》，他与沙汀用通信方式做了评论。在拨乱反正的那些日子里，上海沙叶新写了剧作《假若我是真的》，此剧上演后，在戏剧界乃至文艺界掀起了一阵波澜，众说纷纭，莫衷一是。周扬看了录像后，怕挫伤作者的创作热情，便提出要正确对待有争议的作品。在胡耀邦的关怀下，周扬等同志召开了戏剧创作座谈会，大家畅所欲言地讨论问题，这是一个非常民主的会，也是一个非常成功的会。为了解决创作思想问题，周扬不顾年老体弱，多次亲听年轻作家的意见。

有一次，周扬、贺敬之同志与一些年轻作家交谈，从吃过晚饭开始直到第二天凌晨1点多结束。他们交谈的地点是在崇文门招待所的一个房间里（不是会议室），大家挤在一起，有坐有站，每位同志都争先恐后地发表意见。他们抨击社会上的不正之风，痛斥官僚主义的恶习，也讲创作中的喜悦和烦恼。他们敞开心扉，无所不谈。这种讨论问题的热烈场面过去是很少看到的，真正是面对面的交谈，热烈又亲切！

70多岁的周扬用心听着，不时插一两句话。他鼓励作家敢于创新，他说年轻人思想敏锐，对社会上的丑恶现象有切肤之痛，不置身事外，也不冷眼旁观，而要揭露它、克服它，这是好的，也是对的。如果作家没有了这种责任感和热情，就创作不出受欢迎的作品。但是，只有热情还不够，他希望作家站在人民之中来看待这些现象，并和人民一道来克服它。他说，对有争议的作品要正确对待，经过讨论提出修改意见，供作者参考，这才是一个好办法。他提出"至于作家是否采纳，则完全有自由。对文艺创作不能采取强制的办法，作者自己也不能强制自己"。作品不是打补丁，应该是天衣无缝才好。因为作品"是一个有机整体，从头至尾贯穿着作家的思想感情和心血"。

周扬懂得创作规律，了解作者创作中的甘苦，了解年轻作家的烦恼。一位古稀之年的老人，对年轻作家们的循循善诱，平等的朋友般的交谈，不能不令人感动。平时他也经常约请一些年轻作家交谈，倾听他们的意见。他不遗余力地支持年轻作家的创作，培育年轻人成长。他多次讲过，艺术家要有真正的艺术家的勇气，他提出"科学无禁区"的口号，也是鼓励文艺家敢于探索，敢于创新。而他自己虽然年老，也仍在探索不息……

周扬同志去世5年了。他的五卷本《周扬文集》，历时十几年，今年（1994）才出齐。他虽然没有看到他的文集出版，但他毕竟为后人留下了许多精辟的见解和丰厚的著述。现在读着他的文章，就觉得他仍然在我们中间，并正在娓娓地向我们讲述着他的所思所想……

1994年

夜空繁星

——忆苏灵扬前辈

20 世纪 30 年代就参加“左联”工作、在延安“鲁艺”担任过女生指导员的苏灵扬同志，于今年（1989） 10 月 29 日下午，摆脱了病魔的缠绕，告别了人世。这天天空阴沉沉的，不见阳光，时时吹来阵阵冷风。

前些日子我到医院去探望苏灵扬同志时，她还打算“十一”国庆节出院回家，看看那些要看的书，看看庭院中红得咧开嘴的石榴。她说她有好多事要做，有许多话要说。但直到 10 月下旬她也没能出院，没想到 10 月 28 日她深度昏迷，再也没醒过来。当我和老伴儿王巨光赶到医院时，她已经“走了”。我们守候在她旁边，禁不住心酸泪下。

此时，在我脑海里浮现出一位身穿劳动布上衣的年轻女干部的身影。那是 1954 年我初次见到苏灵扬同志的印象。当时担任周扬同志秘书的叶勤介绍说：“这是苏校长。”我心想：苏校长是谁？后来才知道她就是周扬夫人、师大女附中的校长。

苏灵扬同志从延安鲁艺任职起，特别是新中国成立以来，她的绝大部分时间都用在教育工作上，不少人习惯称她为“苏校长”。五六十年代期间，她担任过教育部教育行政学院副院长，北京艺术师范学院副院长、党委书记等职。她把全部心血倾注在教育事业上，培养了无数的建设人才，为此，她曾当选为北京市人大代表。她作为学院的党委书记，耐心倾听师生意见，如果哪位同志遇上什么困难，尤其是学生，她都解囊相助——即使她并不富有。她身体较弱，几次昏倒在岗位上，检查后才知道她是胃出血。可手术后不久，她又开始忘我地工作。她是一个没有时间休息的人。

就是这样一位一心为工作的好干部，“文化大革命”一开始便受到了非人的折磨。造反派对她的摧残令人发指，她用自己柔弱的身体和共产党员的高尚品德承受了一切。她没掉一滴眼泪，没说一句不实之词，她相信党会胜利。事后她告诉我，在受到造反派百般折磨的时候，她想到了刘胡兰、江姐……1975 年，苏灵扬同志有了一点自由，但她仍是一个受审查的干部。我们这些“靠边站”的人，心中都有许多无法排解的难以述说的痛苦和困难，情绪经常处在激动、愤怒之中。有一次，她劝慰我们说：“人人都有委屈、痛苦，老是处于一种激荡不安的状况也不是办法。现在的情况不是哪一个人的问题，全国人民都在经历着一场大考验。只要对得起党的培养，对党、对人民忠诚到底，其他的就不要多想了，更不要因为受到不公平的待遇而感到委屈。”她讲到解放战争时期，一次从张家口撤退，她的小儿子因翻车而亡，作为母亲，她痛不欲生，她说：“我就是用这个道理来说服自己，使自己从悲痛中站立起来，个人与集体对比是个很小的单位，与国家比、与世界比、与宇宙比，我们个人的烦恼、困难乃至痛苦，又算得了什么？任何事情要想得开，不要斤斤计较个人的恩恩怨怨，那是计较不完的。要学会自己教育自己，宽慰自己。假若你经常想想这些，我想你心里就好受多了。”

她的话很平常，也很简单，给我的印象却是那么深刻。记得这次谈话是在京城西郊的一条人行道上，也是在 10 月。当我们分手时，黄昏已过，夜空中繁星高挂。我仰望星空，自觉惭愧不已。

在苏灵扬同志半个多世纪的风风雨雨、坎坷不平的革命生涯中，不论是在 30 年代国民党反动派的白色恐怖之下，还是在延安艰苦的环境中，或是所谓“史无前例”的“文化大革命”的日子里，她都能正确对待一切，就因为她心中装着党的事业，装着祖国和人民。经过“文化大革命”的折磨，她的身体很不好，但她还经常带病下基层，到中小学巡视，呼吁大家关心下一代的成长。直到离休后，她还牵记着边远地区的中小学的危房和教师的清贫生活是否得到解决和改善，她想得很多……

现在，有些事情还没来得及做，她就匆匆地“走了”。看到苏灵扬同志渐渐冷却的瘦弱身躯，我仿佛看到她为了追寻周扬同志，已经踏上了一条遥远的路……

1989 年 11 月 5 日

周扬拜访大学者陈寅恪

20世纪50年代到60年代初，中宣部有一个不成文的制度：不定期召开党外专家、学者、教授座谈会，围绕着如何把祖国建设得更好这个题目，听取知识分子的意见，讨论研究问题。会上，大家“知无不言，言无不尽”。这样的会大部分由陆定一部长主持。

我当年年少无知，心里想党的宣传部门只把党内的事管好就行了，为什么还要找一些党外专家、学者来开会呢？我就此请教了副部长周扬。他告诉我，党的宣传部门不但管党内宣传方面的方针政策，也要倾听广大知识分子的意见，团结学者、专家、教授，也是党的基本政策之一。这些学者的意见，不是坐在办公室可以听到的，有时还要亲自到他们那里向他们请教，和他们谈心，这样，我们党就不会脱离群众了。

在这方面，周扬同志身体力行。每到一地，他总是约请文艺界的同志见面，有时是开座谈会，有时是个别交谈，有时他还亲自登门拜访。

1959年3月，周扬同志去广东，在广州，他专门到大学问家陈寅恪家里看望。陈寅恪双目失明，但记忆力惊人。听说他查什么人的讲话或经典著作的哪段话，只要告诉助手哪本书哪一页，一查就查到，准确极了。那次周扬拜访他，一是看望，二是交谈。周扬有一个习惯，与人交谈，总想听听对方的意见。他们见面后，陈先生很不客气地讲了一些意见，他说：“1958年广播了新华社一条新闻，大学生教学比老师还好（指大学生在大学任教）。只隔了半年，又说学生向老师学习。为何前后如此矛盾？”

周扬解释说：新事物出现，有一个实验过程。革命、社会主义，这也是一个实验。他又举例说，买双鞋还要试几次。陈先生寸步不让地说：“尺寸不要差太多。”

周扬听了陈寅恪的意见，认为很重要，同时感到很高兴。真是难得有人这样耿直地进行批评。陈寅恪先生学问很深厚，中华人民共和国成立前夕，国民党曾想把他接走，但他留下来了，令人敬佩。他的英文、法文、梵文都很好，是一位了不起的大学问家。周扬在以后的几次讲话中一直称赞陈寅恪先生，他说："陈寅恪先生学问高深，他就是一部历史书。我们要把这部历史书学过来。他是读了一辈子书才成了这样一部活历史的。"

说起大学生编教材、在大学任教的事，那是1958年"大跃进"时代发生的事。"大跃进"时代，真是一个充满幻想的时代。农民生产的口号都是"人有多大胆，地有多大产"，层层虚报，说一亩地产粮几万斤，甚至几十万斤，不少人还计算着哪年哪月哪日进入共产主义。有的人发愁粮食多了没地方存放，有的农村老太太急得哭了，说她喝不惯牛奶，爱喝稀饭，听说以后进了共产主义，人人喝牛奶，她觉得自己受不了。现在听起来是笑话，但那时真的是这样。这股风，当然也吹进了大学。大学生应该以学习为主，却在那个时候也自编教材，自己上起课来了，真是闹得不亦乐乎。

到了1960年，中共中央书记处的一次会议上决定编写大学文科教材，由中共中央书记处书记彭真受总书记邓小平委托向周扬下达任务，并要周扬立下军令状，限期完成。周扬担当了这一重任，组织各大学、研究所的著名教授、学者，一起编写大学文科教材。他们不知召开了多少次会，不知教授、学者们和周扬同志花费了多少精力，历时近5年，终于完成了这一任务。到1965年6月，共编写教材156种、367本。

周扬同志一向尊师重教。1937年他到延安后，担任过陕甘宁边区政府的教育厅厅长、延安大学校长、延安鲁迅艺术学院院长。"文化大革命"结束后，中国社会科学院成立了研究生院，他是第一任院长。他尊重知识、尊重人才，总是诚心诚意地对待学者、教授、同事和朋友。

1998年1月

掷地有声的“天地作证”

——周扬访钱锺书夫妇

文艺界谁都知道钱锺书的大名。这几年他的小说《围城》被拍成电视剧后，他的名字可以说是家喻户晓了。但在一些活动场合和在电视里，从不见他的身影。有人说，钱锺书先生是一位潜心著书立说、研究学问的人。

我有幸目睹钱先生和他夫人杨绛的风采，还是在 10 多年之前。那个时候，“文化大革命”刚结束，被打倒的一些干部又复出工作了，被林彪、江青他们压迫得喘不过气来的文艺界的同志们又可以安心、静心地在家做学问了。周扬同志此时在中国社会科学院担任副院长并兼任中国社科院研究生院院长。那时他很想看看钱锺书夫妇，便先打电话相约，但没打通——那时还没有程控电话，电话常常出故障。由于电话没打通，周扬同志就说去碰碰看。

这一天是 1978 年 5 月 16 日。一提起“5 月 16 日”这个日子，老一点的人就会想起 1966 年的《5 · 16 通知》，这是揭开“文化大革命”序幕的一个文件的名字。

还好，周扬同志去叩钱先生的门没扑空。门开了，钱锺书先生和夫人杨绛迎上来。在我的印象中，这次会面没有朗声大笑，没有过多的寒暄，但那份热情，那份亲切，让我感到像走进了一位老朋友的家。

钱锺书先生 1910 年生于无锡市，早年在清华大学外国语文系上学，毕业后去英国牛津大学深造，获得副博士学位。他能用中、英文写作。他写的《管锥编》在学术界很有影响。他的夫人杨绛早年也曾在清华大学外国语文系攻读过研究生，后去英国、法国留学。她写过剧本、评论、散文，出版过《春泥集》等。她翻译的《堂吉诃德》和《吉尔 · 布拉斯》都是当代文化人必读的世界名著。

这两位大学问家没有什么架子。在他们的客厅里有一种宁静、祥和的感觉。钱锺书先生看上去有 50 多岁的样子，他自己说他都快 70 岁了，可一点也不像。

他腰板挺直，行动敏捷。他的夫人杨绛个子不高，留着短发，衣着朴素，透出一种庄重、慈祥的神情。她拿出友人从美国带来的糖果招待周扬同志。

他们三位交谈时都是轻声慢语，说到“文化大革命”中的事，也没有表现出什么激动和愤懑。周扬问他们“文化大革命”中是怎么过来的。杨绛说，“文化大革命”开始时，造反派经常到他们家造反，他们受不了造反派、红卫兵的折腾，设法搬到文学研究所一间闲置的房子里住着，为的是不中断他们的学术研究工作。后来有了“五七”指示，要大家学工学农，下乡办“五七”干校，于是他们就到了河南农村。杨绛没说“五七”干校的艰苦生活，却风趣地告诉周扬：“在干校，锺书是送信的‘邮差’，我是看菜园的。我们俩每天都能在菜园里相会。”

他们三人都笑了。

从杨绛的简单讲述中，可以想象得出，在那种随时都会被调查、被批判的年代，他们还能抓紧时间专心致志地做研究工作，这得有多大的毅力和勇气啊！

钱锺书先生说，这几年他身体不算好，他说：“我已经不是‘动物’了，是接近‘植物’了。可是还有许多事要做。”

杨绛马上接茬说：“锺书成了‘植物’，我就做‘园丁’，负责为他浇水。”

从他们俩幽默的谈吐中，不但可以体察到他们夫妇恩爱之深，而且表现出了超凡脱俗的豁达。

钱锺书关心中国的对外宣传，他说我们聘请的一些外国专家水平不高，他们翻译的文章水平很差，应改变这种状况。周扬认真地听着钱先生的意见，不时点点头。当然，他们还谈到一些学术研究方面的问题。

当周扬同志起身告辞时，钱锺书先生郑重地说：“在‘文化大革命’中，在任何情况下，我没有牵扯周扬同志一句话，我对得起故人，天地作证。”

这话真是掷地有声。

凡是经过“文化大革命”的人都知道，那个时期，周扬同志被林彪、江青反革命集团扣上“文艺黑帮头目”等帽子，在全国的报刊上、广播中被口诛笔伐，被揪斗、关押。有一些人跟着林彪、“四人帮”胡讲乱咬，或为了向上爬，或为了保自己，不择手段地向周扬同志身上泼脏水，真是极尽颠倒历史、颠倒是非之能事，而钱锺书先生在狂风恶浪中不讲一句昧良心的话，确实可钦可敬！

我记得当时周扬同志很感动，他心中的滋味自不必说了。

1990年

难得的聚会

——诸多前辈相聚在肇庆

“文化大革命”结束后，刚刚复出的习仲勋同志担任广东省委书记。1978年冬天，周扬夫妇受习仲勋同志邀请到了广州。几天后，夏衍在女儿沈宁的陪同下也来到广州，著名诗人张光年、李季也来了。陆续到来的还有著名文艺理论家林默涵、著名女作家韦君宜。大家都住进了建在珠江中一个小岛上的珠岛宾馆，这里原是省委招待所，环境幽美、宁静。

在北方正是白雪皑皑的季节，这里却是一片翠绿。翠绿的田野，翠绿的树林，连日夜奔流的珠江也被染得翠绿了。这些在“文化大革命”中受尽磨难的文艺界老前辈，在这里享受着粉碎“四人帮”后的第一个温暖的冬季。

1978年12月，夏衍、李季、张光年同志（从左至右）在肇庆。

省委安排他们去肇庆一游。陪同前往的除省委接待部门的同志，还有广东省的著名作家杜埃。跟随他们一起的还有沈宁、关木琴、王朝垠、邹士明和我等几个北京来的同志。大家同坐一车，不论职位高低、年岁大小，无拘无束，说说笑笑，真有第二次解放的感觉。那天是1978年12月16日，广播里传来了中美建交的新闻公报，两国决定于1979年1月1日正式建交，互换大使。这条消息使大家谈话的内容更加丰富了。傍晚时分，我们一行人来到风景如画的肇庆，住进了由中共中南局书记、广东省委书记陶铸同志命名的波海楼。这是一幢古色古香的楼，不高，楼下有一个宽敞的大厅。

全体人员第二天开始游览。像这样休闲的游览，对这些老前辈来说恐怕是第一次。这里的山光水色吸引着他们，大家玩兴甚浓。叶剑英元帅曾有一诗赞肇庆：

借得西湖水一圜，更移阳朔七堆山。

堤边添上丝丝柳，画幅长留天地间。

从这诗中便可知肇庆之美了。前辈们参观了叶挺将军独立团旧址后，还看了陈毅同志住过的房子。房子建在山坡上，山下有一棵红豆树。走到树下，大家不约而同地拣红豆。周扬拣了一颗，他说他是无意拣到的；夏公腿不好，没有拣；张光年拣到一颗大的红豆，形如心状，大家都羡慕得不得了。

中午，当地的同志为大家准备了丰富的午餐，其中有一种鱼叫“文艿鲤”，肉细味美。这种鱼只在这里出产，也只有在这个季节才能吃到。吃饭时，张光年情不自禁地吟起了他的即兴之作：

皎皎星湖水，煦煦波海风。

七岩皆肃立，北望唤陶公。

听着光年同志的朗诵，每个人都怀念着被“四人帮”迫害致死的陶铸同志。

是夜，明月当空，清风习习，所有的人都聚在大厅里吟诗写字。平日不作诗的周扬，也写了一首四言诗：

波涛似海，陶铸新人。
七峰突起，石破天惊。

从这首诗里，可以看到周扬对陶铸的敬仰和思念，以及对粉碎“四人帮”这一石破天惊的大事的喜悦心情。

夏公眼睛患有白内障，大家要他写点什么，他没有推辞，摸了摸纸的大小，拿起笔来就写：

1938年10月广州沦陷，余与林林、钢鸣、华嘉等同志经三水肇庆去桂林，其时敌机临空、哀鸿遍野，未能尽览七峰六湖三洞之胜，今日重游已匆匆四十年矣。同游者周扬伉俪、光年、杜埃诸同志。虽饱尝忧患，然老而益坚，豪情胜昔，为可慰也。

1978年12月

夏衍记于波海楼

夏公一气呵成，难为他的是，眼睛因白内障已经看不太清楚了。夏公从不高声说话，喜怒哀乐都深深埋在心里。到他90多岁时，写文章仍然是亲手写就。

林默涵也高兴地作诗一首：

星湖秀如画，不虚此一行。
青山永不老，流水总多情。

有“女才子”美誉的韦君宜伏案疾笔：

历罢沧桑此聚欢，文章未老只华颠。
星岩共尝秋山翠，岂让春光似锦妍。

她在后记中特别谦虚地写上“1978年12月追随周扬、夏衍、默涵、光年、李季、杜埃等同志游七星岩”。

在这里唯一没写诗的是著名诗人李季同志。

这几位老前辈在饱受了“文化大革命”磨难又重获自由后，享受着南国之夜的温暖。“文化大革命”前，他们忙于工作，除了开会见面，从来都没有聚在一起游览过名胜。在这之后，他们官复原职，又忙于工作，再也没有聚集在一起吟诗写字了。这真是一次难得的聚会。

20世纪90年代末

任重道远

——琐记绘画大师黄胄

看到黄胄同志，我就想起30年前在中国美术馆看过的一幅画：一只骆驼迈着坚实的步伐在沙漠里艰苦跋涉，上面题写着“任重道远”。这幅画没有挂在显眼的位置，却深深地镶嵌在我的心里。那时黄胄同志是人民解放军的一员，他生活在西北边陲。

“四人帮”统治时期，黄胄同志同所有的革命干部一样受难。他的画被视为“黑画”，他画的小毛驴也被说成是驮着“糖衣炮弹”的“黑驴”，于是他只得搁笔。“四人帮”被粉碎了，当大家都在欢庆第二次“解放”时，他却病倒了，住进了医院。人民的胜利、党的胜利，使他的精神极为振奋。他抱病作画，有时站立不稳，由别人帮忙撑着他的脊背艰难地站立起来挥笔泼墨。病痛使他的汗珠滚滚而下，那情景谁见了都为之感动。艺术是他的生命，画笔是他为人民服务的武器，搁置了10年的画笔终于被擦亮了。他用汗水浸泡出来的《百驴图》和展翅飞翔的《雄鹰图》，以及各式各样的景物佳作，被选为国礼，为我国与各国间的友好交往做出了贡献。

这些年来，黄胄同志除作画之外，还积极参加社会活动，在中外文化交流方面做了大量的工作。他积极宣传中国的改革开放政策，他的纯朴、诚恳和热情赢得了外国朋友的爱戴。日本的白土吾夫先生就称赞他为“真正的民间大使”。

大家都知道黄胄同志画驴堪称一绝，却不知他画的骆驼也达到了升华境地。在日本访问时，黄胄曾送给日本著名作家水上勉一幅画，画的是一只骆驼。水上勉对着黄胄同志画的骆驼凝神良久后说：“它的眼珠在动，它在看我，它是一只活骆驼。”

除了小毛驴和骆驼外，其他的景物在黄胄的笔下也栩栩如生。这非一日之功，是他几十年勤学苦练的结果。黄胄从一个农村的普通孩子成为一位世界著名的绘画大师，道路并不平坦。这是一条艰辛的道路，也是一条光荣的道路。他的成长与祖国的发展是同步进行的。黄胄幼年丧父，与母亲相依为命。为学画、为艺术，他废寝忘食，历尽艰辛。只有参加革命后，他的追求和才智才真正得以展现。他的经历决定了他的思想情感和他的艺术作品永远与人民血肉相连。在他的笔下，翩翩起舞的新疆姑娘、活蹦乱跳的小毛驴、飞翔的雄鹰、跋涉的骆驼、无边的大草原、湛蓝的天空……无不表现了祖国的美丽可爱。他的画激励人们向上，使人们更加热爱生活，更加热爱伟大的社会主义祖国。他的每一幅画都是一首无言的诗，叩击着人们的心灵。

所以，他常说："艺术与人民是不可以分离的，艺术家不与人民相结合，永远创作不出真正的艺术品。如果我不在边疆生活过多年，就画不出边疆人民的生活。毛泽东同志《在延安文艺座谈会上的讲话》中谈到的艺术与生活的关系问题，永远是我们创作的指导思想。"

黄胄同志在国外多次举办过个人画展，考察过近50座艺术展馆。于是他的心里产生了一个梦，这就是他梦想着中国应该有几座像样的艺术展馆。他以惊人的毅力和令人起敬的气魄开始筹建炎黄艺术馆。为了实现这个美好的梦，他奔走于国内外筹集资金。最终，这座现代化的宏伟艺术宫殿于1991年矗立在北京的大地上，并对外开放。艺术馆整体占地面积约18667平方米，建筑面积12000平方米。炎黄艺术馆设有艺术委员会、文物鉴定研究委员会，为促进中国画的创作和研究，还成立了黄胄艺术基金会。最后，黄胄又将他收藏的春秋战国时期的各种珍贵文物，唐、宋、元、明、清的名人字画，以及他个人的上千件代表佳作捐赠给炎黄艺术馆。炎黄艺术馆凝聚着他的心血，也可以说是他生命的一部分。

黄胄夫人郑闻慧大姐说："黄胄多年前就有一个梦想，梦想着在中国修建一座像样的展示中国艺术的殿堂，让许多杰出的中国绘画大师的作品长期展览下去。不仅是为了推动艺术的繁荣，更重要的是教育子孙后代，让他们了解中国的历史，为美好的将来奋斗。不然，愧对于有5000年文明历史的祖国。"

"是这样，"黄胄说，"我赤条条来到世界上，一无所有。是共产党、毛主席领导中国人民翻了身，建立了新中国，才有了我的今天。所以，不论遇到什么困难，不论挨多少整，我仍然热爱党。我坚持我的信仰，我相信国家一定会走向繁荣昌盛。修建炎黄艺术馆，不但为发展艺术做贡献，同时也为了向全国、全世界的人们展示我们伟大中华民族的艺术，以提高我们中国人民的自豪感和建设社会主义祖国的自信心。至于我个人，累点、苦点算不了什么。”

短短几句话，道出了这位绘画大师的宽广胸怀和对祖国的一片赤子之心。看着黄胄灰白的头发和他脸上的笑容，我又想起了30年前的那幅画上的骆驼，它默默地、艰难地跋涉着，这不正是黄胄精神的写照吗?

的确，任重道远。

1990年6—8月

一幅不朽的立体画卷

——黄胄和他的炎黄艺术馆

黄胄作为绘画大师，早已中外知名。他画的小毛驴活泼可爱，他画的骆驼看上去眼睛都在转动，你会从他笔下的新疆姑娘那里感觉到舞步的飞旋。可能有些人还不知道，黄胄也是炎黄艺术馆的筹建者和主持人。一名绘画大师集中精力作画即可，但他为什么还要不辞辛苦地四处奔走，筹款、筹物建造炎黄艺术馆呢?

黄胄大师告诉我，中华民族的艺术历史悠久，历代大画家的作品流传下来的都是稀世珍宝。如何保存好这些作品并展示给后代人欣赏是一个亟待解决的问题。我国现代大画家的作品，也有一个保管和让更多的民众欣赏到的问题。这就需要有一个地方来展示这些作品。目前国家的经济能力不可能把这些全包揽下来，因此就需要发挥民间渠道的作用。我们不可能使每位画家都弄一个四合院来做展览场地，那样做，不但无法妥善保存绘画珍品，反而会导致珍品流失，也更是财力所达不到的。为弘扬民族艺术，我们需要修建一座能与任何国家的艺术馆相媲美的艺术馆。

为此，黄胄萌生了修建艺术馆的想法，那是1986年，他在新加坡访问的时候。

黄胄为了炎黄艺术馆的诞生，几年来奔波在世界各地。他身体不好，行动不便，由夫人郑闻慧陪同到各国实地考察，同时开画展，游说四方，筹集了款项，又征得了许多宝贵意见。当工程进入实质性阶段时，不论严寒酷暑，他都坐镇在工地上，一砖一瓦，一面墙，一盏灯，他都是自己考察决定。有一次，我去工地看他，只见他守着两部电话，汗流浃背地回答来自各方的问题。工地上的事情不论大小都向他涌来，连健康的人都难以招架，何况他一个病弱之身，又是年过六旬的人。可他撑过来了，拼过来了。

一座雄伟的艺术殿堂在北京亚运村拔地而起，1991年9月28日炎黄艺术馆正式开馆。对黄胄来说，这天是一个非同寻常的日子。国家领导人来了，各行各业的著名人士到了。参观的人络绎不绝，有文艺家、科技人员，也有普通老百姓。台阶上、院子里摆满了国内外友人、团体送来的祝贺花篮，香气四溢，盛况空前。黄胄大师十分激动，他花了几年时间用尽心血在京华大地上创造的一幅立体“大泼墨杰作”落笔完成了，他能不激动吗？

艺术馆开馆不久，英籍著名女作家韩素音前来参观，她一进艺术馆大门就兴奋地说：“好极了，漂亮极了！”她认为这座艺术馆的建造是造福世世代代炎黄子孙的大事。黄胄的老朋友——日中经济贸易中心会长木村一三先生来了。这是一位热心于中日经济交流，也热心于文化交流的七旬老人，他对着这幢艺术殿堂不停地赞叹：“真了不起，真了不起！”他认为一位绘画大师造就这样一幢辉煌的建筑物是一个奇迹。

为了建设社会主义精神文明和发展艺术事业，黄胄在他呕心沥血建起来的艺术馆里举办过各种展览，包括历代名家绘画展、现代名画佳作、外国绘画珍品展览。他把自己几十年来收藏和创作的1000多件文物、字画也一起献给了艺术馆，并以此为基础，使艺术馆的藏品丰富起来。他并不满足于此，还探索着一条科学与艺术结缘的道路。他曾与诺贝尔奖得主李政道先生合作举办过科学与艺术的展览活动，反响颇大。

炎黄艺术馆是炎黄子孙的骄傲，它是黄胄大师用几年心血在坚实的大地上绘就的一幅不朽的画卷，确实值得人们用心来看一看。

1998年

最后一次见面

——记绘画大师黄胄

一早起来，窗外细雨霏霏。远离中国本土，阴天下雨就会想家、想朋友。这天与家人通了电话，一个消息惊得我半天说不出话来。

黄胄先生去世了，在广州。

放下电话，我坐在那里独自发怔……

想起黄胄同志，就想起他洪亮的声音，他笑起来两眼弯弯，如孩童般的眼睛那么明亮纯真。他有一种亲和力，待人真诚。我不记得是什么时候认识他的，只记得他因腰腿有病住在友谊医院的时候，让我去看他画的鹰。他在病房里画了很多幅鹰，满床都是“鹰”。我一张一张地看着，虽然每幅鹰都不完全相同，但都是展翅飞翔的雄鹰。后来才知道，这些画作是为国家领导人出访欧洲准备的国礼（当然是挑选一幅）。

他画小毛驴，那真是“中国第一驴”，他的《百驴图》，邓小平访日时也将其作为国礼带去了日本。

1986 年中国文联文化代表团访问日本，请黄胄担任团长。那时他正在欧洲开个人画展——为筹建炎黄艺术馆的资金而忙碌着，但接到出访任务后，黄胄二话没说，马上启程回国。我担任该团的秘书长，有幸与黄胄大师一起访问了日本。他对参加该代表团的几位同志都很关照。他对大家说，我们是代表中国文艺界的访问团，对外要不卑不亢，多宣传中国的改革开放好形势。他很细心，让大家都注意着装仪表，还特地告诉我，女同志穿裙子要有衬裙，要抹抹红嘴唇，这是对外的礼仪和尊重。

在日本，一位在日本的朋友动员他做一套西服（对方付款），说面料如何好，做工如何好，还说：“你穿上一定像日本人。”黄胄一听火了，坚决不做，他说：“我为什么要像日本人？我是中国人！是炎黄子孙！我的名字叫黄胄！”见黄胄很生气，对方就不敢再说什么了。

这就是黄胄！他拥有一颗强烈的爱国心。

……

最难忘的是今年（1997）2月19日我到友谊医院去看望黄胄，没想到这次见面竟成了永别。

这天我走进病房，见他斜倚在床头，精神极好。我把他口授的怀念周扬同志的文章记录稿拿给他看。他看完后又加了一句“周扬同志总是那么和蔼可亲”。稿子最后一句是：“周扬同志并不寂寞，许多同志怀念他，我就是其中一个。”黄胄说，他50年代就是全国政协委员，在政协会上常与周扬同志见面，周扬1989年7月去世，他们交往有30多年。他一边说着，一边在稿子上郑重地签上他的名字。

接着，黄胄同志说他下月要去广东换肾。每天做透析很麻烦，他希望有更多的时间工作。我想医学发达的今天，换肾当不成问题，没有往别处想。

黄胄同志虽然住院，但仍然忙于工作。有的朋友来看望他时，拿着画展的幻灯片放映给他看。炎黄艺术馆的工作人员经常向他汇报馆内工作。说到炎黄艺术馆，我就想起他在大热天坐镇工地的情形，当时他的背心都被汗水湿透了，却仍然坚守在那低矮的临时搭起的小工棚里。

炎黄艺术馆于1991年9月建成并开馆，至今为止，在炎黄艺术馆举办过不少活动，特别引人注意的是，他以科学与艺术相结合为主题，与诺贝尔奖获得者李政道举办的展览吸引了不少观众。著名英籍女作家韩素音参观炎黄艺术馆时，高兴地说“漂亮极了”。她认为“艺术馆的好坏，是一座城市乃至一个国家文明程度的标志。这么漂亮的艺术馆，应该让更多的人来参观”。

的确，炎黄艺术馆本身就是一件艺术品。为了这件艺术品，黄胄与夫人郑闻慧女士呕心沥血、殚精竭虑地去修建，然后又精心地管理。黄胄曾说，这是一件民办公助的新事物，一切都在探索中。

上次我到医院探望黄胄时，他夫人也在，说起艺术馆的建造，黄胄深情地说：“这几年，辛苦了郑老师（即夫人郑闻慧）。”

的确，郑闻慧大姐在这件大事上真的是功不可没。她除照顾黄胄之外，里里外外的大事小事全靠她一人打理，真的是非常辛苦。她也是一位画家，我曾见过她画的小鸡，黄黄的，茸茸的，活灵活现，十分可爱，可她从不外露。

当黄胄说她辛苦时，郑闻慧大姐握着丈夫的手说：“不辛苦，不辛苦。真正辛苦的是黄胄。”

夫妻俩谦让着，互相述说着对方的辛苦，那情景令人感动。这番谈话，是在黄胄心脏病发作被送入医院抢救，刚度过危险期时说的。他们俩那深情的对话，那脸上的微笑，使一切病痛和劳累全融化了。

2月19日这天我去看望黄胄，他跟我谈起了艺术问题。他说：“有些人并不真正懂艺术，不会画，也不会写，只凭个人地位和权力到处开书画展览，自诩为什么派，到处吹。这样的人很浅薄，也很可笑。”黄胄同志说到这里摇了摇头，然后又说：“科学来不得半点虚假，真正的艺术也是如此。”黄胄在讲这个严肃问题时，仍然是心平气和，面带笑容。他表示创建炎黄艺术馆是为了弘扬民族文化、艺术，为国内外严肃的艺术品提供展示、交流的场所，不为那些不懂艺术而只会沽名钓誉的人开绿灯。“尽管那些人常常暗示我，要我为他们开个人书法展、摄影展，但我都没有应允。因为这是艺术殿堂，不是凭权力可进的交易所。”

这话说得多好！

在谈话中，他说他的病况，来自精神的作用很大，精神好，病情就好一些。他又说：“人，生下来是攥着两只手，哭喊着来到人世间的，当人走时，一撒手就走了，什么也带不走。”他一边说，一边还做了一攥一撒的手势。黄胄谈这个问题时，我没往别处想，只觉得他的话很深刻，是人生中常见的，但又是十分重要的问题。不论富贵贫贱，不论是伟大人物还是平民百姓，在这个问题上是一律平等的，生不带来，死不带去。

直到现在，我都不明白黄胄同志为什么讲这几句话，是他看穿了生死问题，

著名画家黄胄。

还是他预感到什么？他心中怎么想的，我不得而知。而我真正想不到的是，2月19日竟成了我最后拜见绘画大师黄胄的日子。写到这里，我不禁潸然泪下……

1997年5月

于美国辛辛那提

结婚联欢会

——记著名儿童文学家金近之一

乍一看这个题目，读者可能纳闷儿：谁结婚开联欢会？开玩笑吧？我说的是著名儿童文学家金近（1915—1989）同志的婚礼，就是开的联欢会，一个非常快乐、喜庆的新型结婚联欢会。

1948 年上海还没有解放，正处在国民党反动派的统治之下。上海国立音专的年轻女学生颜学琴经常参加中共地下党组织的联谊会活动。有一次，联谊会上来了几位年轻人，有人介绍了其中一位中等个子的人，说他是一位作家，叫金近。在这种特定情况下，金近和颜学琴认识了。颜学琴是学钢琴专业的，他们相识后，经常相约到朋友家去听贝多芬音乐，有时也到兰心剧院看进步的苏联电影，或者听一场柴可夫斯基的音乐会。金近出版了童话作品，必送颜学琴，听取她的意见。金近写了儿童诗，也请颜学琴谱曲，于是他们成了儿童歌曲的合作者，留下了一些作品。总之，他们二人的兴趣基本相同，最相同之处是，他们都很善良、纯朴，都愿意把自己的全部心力献给中国的少年儿童事业。1949 年 4 月，上海解放了，7 月，金近到北京参加了第一次文代会。这次文代会是解放区和国统区文艺工作者大会师的一次盛会，毛主席等中共领导人亲临大会祝贺。金近参加完大会，就去了东北电影制片厂筹划成立动画片组，并拍摄了他编剧的《谢谢小花猫》。这是新中国第一部动画片。这期间颜学琴受组织派遣去苏联学习，两人天各一方。

由于工作需要，没有多久金近又回到了上海，颜学琴也从苏联学成归来，两人又在上海见面了，这真是千里有缘一线牵。到了 1952 年，金近对颜学琴说："咱们结婚吧！"当时颜学琴没有什么思想准备，多少有点儿犹豫，可心里又有一种割舍不断的情感。经过考虑后，她同意了。他们去民政部门登记时，颜学琴从金近填写的表格上看到了金近的年龄是 37，而她自己那年是 26 岁。他们相交 5 年之久，只有互相鼓励，互相敬重，互送友好，却没有互相问问对方的年龄。

那个年代，中国人民刚刚站起来，年轻人热血沸腾地为建设新中国而奋斗，心里装着的是国家和人民的事业，没有更多的时间花前月下、卿卿我我，只要有信任和爱情就足够了。

结婚虽然热烈喜庆，但又很简单朴素。金、颜二人的婚礼就是这样的。他们的婚礼是由颜学琴所在的中国新民主主义青年团上海市委少儿部为他们操办的，在机关的小会议室里，长条桌子上铺着白色桌布，桌子上放了一束鲜花，是从院子里采的。新郎没做什么新衣，新娘没披婚纱。双方的亲朋好友来了不少。当时参加婚礼的许多年轻朋友后来都成了各条战线上挑大梁的角色，著名作家袁鹰同志就是这些年轻人中的一位。参加婚礼的人，每人要带上一个菜，每人出一个节目。出节目一事，新郎新娘也不例外。颜学琴出节目当然不成问题。轮到新郎出节目了，一向性格沉稳、不善言辞的金近能出什么节目呢？连新娘都为他担心。可金近自有他的主意，只见他从口袋里掏出一页纸念了起来。这是他献给新娘的一首诗，使在场的人惊讶不已。这首诗听上去似乎是大白话，没有什么特别的柔情蜜意，但是它别具一格，细细品品，也很有味道。为了展示当时金近的情感，现将该诗抄录如下：

有位同志问我／世界上什么最美／我说颜学琴／那个同志又问／你再说说看／我说劳动／同志们笑了／哈哈／这是苏联电影里的话／就是那电影中的美丽的瓦西里莎／你抄袭别人的句子／算什么作家／那个同志又说／就算是电影里的话也有疑问／一会儿说爱人最美丽／一会儿又说最美丽的是劳动／到底哪个最美丽要说清楚／我说，假若颜学琴爱劳动／对党对人民多做些事情／那么我还是这样说／世界上最美丽的就是颜学琴

金近出语幽默，他的节目是惊人之举，他用极普通的语言赞美新娘，比

那些妙语连珠的爱情诗更朴实无华，更让人回味无穷。

新婚10天后，金近奉命到文化部报到。那个时候，文化部十分重视儿童文学工作，金近就是为此调到文化部开展这方面工作的。

两地分居，不无思念。金近曾在日记中写过这样的话："我真幸福，能有这样一位好的爱人……"颜学琴在给金近的信中写道："让我们永远手牵着手，像急流一样冲开障碍前进……"

多么美的语言！多么高尚的爱情！两颗心紧贴在一起，风风雨雨几十年。1989年，金近同志走完了他的人生旅程。颜学琴大姐仍在忙碌着。

1999年4月

写作就像煮饭烧火

——记著名儿童文学家金近之二

每当我走到这个门口，总能听到里面的钢琴声。优美的乐曲如月光洒地、小河流水、回家的小路蜿蜒悠长……琴声停了我才敲门，开门的是颜学琴大姐，在她后面出现的是一张热情、慈祥的脸，这就是著名儿童文学作家金近同志——现在我们再也见不到他了。

金近在10年前（1989）就回到了他的故乡，安卧在浙江上虞市龙山顶上的苍松之下。我拜谒过他的“居所”，黑色大理石上刻着冰心老人题写的“你为小苗洒上泉水”8个大字。

的确，金近同志一生都在为小苗洒水。

他的童话、散文、诗歌，教育了一代又一代的少年儿童。从1937年发表第一篇童话《老鹰鹞的升沉》到最后一部中篇童话《刁狐狸和傻狐狸》，半个世纪中，他竭尽全力为孩子们写作，给后代留下了数百万字的作品，他的各种著作印刷了700多万册。在这个巨大数字的后面，浸透着他的心血和对孩子们的热爱。他是我国儿童文学的奠基人之一。

金近同志衣着朴素，待人真诚，是一位让你愿意与他无话不说的长者。读者也许认为这样一位有影响的中外知名大作家一定是上过名牌大学的，一定是留过洋的，其实不是。金近完全是自学成才的，包括他的英文（他译过好几本书）也是自学的。他出生在浙江上虞市一个贫苦的农家，12岁便离家到上海当学徒工。老板嫌他个子小、岁数小、身体弱，不发他工钱，有时他还会遭到老板和老板娘的打骂，受尽虐待和压迫。他被迫换过四家打工的店铺，最后因劳累过度得病失业。在病中，他克服了难以想象的困难，坚持学习。生活的磨炼和他个人非同寻常的努力，使他终于成了当代著名的儿童文学作家。

新中国成立后，他不但写了大量的童话、诗歌、散文和评论，还担任着中国作协儿童文学委员会副主任，与著名儿童文学家张天翼同志一道，为新中国的儿童文学事业开辟了新的天地，做出了巨大贡献。为了创作，他经常深入生活。20 世纪 50 年代他曾到浙江老家深入生活，在农村与三个孤儿同吃同住，自动担负起照料这三个孤儿生活和教育的任务。他以一颗父亲般的爱心关心爱护着这三个孤儿，现在连那个最小的孤儿也已经当了祖父了。家乡的人们和认识金近的人，都为此事感动不已。

60 年代，他参与筹办并主持了《儿童文学》杂志。在主持刊物期间，他不拒小事，日夜操劳，培养了不少儿童文学新人。“文化大革命”期间他受尽迫害，被迫放下了手中的笔。“文化大革命”结束后，他的创作进入最旺盛时期，10 年的创作比前三四十年还要高几倍。同时他的社会活动也多，但他从不拒绝帮助指导一些年轻的作者。那时我曾向他请教各种各样的问题，如成人文学与儿童文学的关系，如何写作等，他都热情耐心地给予指导。他让我读马克·吐温的《哈克贝利·费恩历险记》，他说马克·吐温既写成人文学，也写儿童文学，不要把成人文学与儿童文学截然分开。他传授写作经验时说：“写作就像煮饭烧火，火头不能停，至于火大火小问题不大。火停了再重新生火，就困难得多了。”他的话很平常，但都是经验之谈。

金近同志淡泊名利，注重贡献，他把儿童文学事业放在一切之上，他说作家要靠作品说话。这就是他的品格。不论多忙，他从不停止写作。新中国第一部动画片《谢谢小花猫》就是他编剧的。后来他的《小猫钓鱼》《小鲤鱼跳龙门》《狐狸打猎人》等作品相继搬上银幕，不但孩子们喜欢，成年人也喜闻乐见，赞不绝口。他的童话《小白鹅在这里》曾使两位日本小朋友受到启发，不再为丢失的猫而难过。他的作品在日本出版，受到欢迎，日本一家出版社还专门邀请他们夫妇去日本访问。

金近对童话情有独钟。他羡慕丹麦有一个安徒生，希望中国将来也出现安徒生这样的童话作家。其实，在我们心中，金近就是中国的安徒生。

1989 年金近同志去世时，冰心老人写信安慰金近夫人颜学琴，老人在信的最后说：“在另外一个世界里，我们都会重聚吧！”今年（1999）冰心老人也到了“另外一个世界”，也许她正在与金近交谈，尽管我们活着的人为他们流泪。

1999 年 4 月

我们有了自己的安徒生

敬爱的金近同志离开我们5年多了，不少同志写了纪念他的文章，对金近同志的生平业绩和高尚品德做了咏诵。今天，金近同志作品研讨会在金近同志故乡——上虞市召开。我非常感谢举办单位的领导给我这样一个难得的机会参加了这次会议，使我有机会表达我对金近老师的怀念和敬意。

上虞是一个好地方，不但山清水秀、美丽富饶，而且各个方面的杰出人才也层出不穷，真是人杰地灵，群星灿烂。金近同志就是这群星中很明亮的一颗星。这是一颗儿童文学的巨星，它光芒四射，不但照耀着过去和现在，还将照耀未来！

金近同志是新中国儿童文学的奠基人之一，他不但是文学界的光荣，

1986年，著名儿童文学作家金近在烟台参加儿童文学创作会议期间漫步海滩。

也是他的故乡的光荣。每个地方可以出许多有名的人物，但要出一位优秀的作家，而且是中外知名的作家，那真是少之又少了。所以说，在上虞市召开金近同志作品研讨会，是建设社会主义精神文明的重要举措，其意义是很深远的，远远超过了作品研讨本身。

金近老师从一个贫苦的农家孩子，成长为一位中外知名的作家，他走了一条艰难的路。他的作品从童话、寓言、小说到散文，有数百篇之多。据初步统计，这些作品的印数达700多万册。这是一个多么巨大的数字，这要付出多少劳动啊！这 700多万册书，是他点燃的700多万盏灯，照亮了中国和世界孩子们的心！

金近老师健在时，我没有认真研究和学习过他的作品，现在他去了，我再重读他的作品，就觉得他的作品的社会意义和现实意义十分之强。再想一想他的一言一行，就觉得他那么高尚，那么光明正大，那么淡泊名利，那么全心全意地为儿童文学事业孜孜不倦地奋斗，实在使人感动。

我见到金近同志是40多年前，我知道他是新中国第一部美术片《谢谢小花猫》的编剧。对于我们这些从烽火连天的战场上走来的，正在步入电影学校的年轻人来说，金近同志这个编剧的分量是很重的。有次开会，有人告诉我“那就是金近同志”，我一眼望去，他的样子跟我想象中相差很远。我原本以为他长期生活在大都市，一定很有“派”，可没想到他本人那么普通、朴素，与我们这些人并无两样。他平平常常，普普通通，不惹人注意，更谈不上有什么架子。他脸上时常挂着可亲的微笑，这微笑我记住了。这就是对金近同志的第一印象。

后来金近同志被调到中国作家协会工作，我从电影学校毕业后被分配到周扬同志那里担任秘书。周扬同志是文化部党组书记、第一副部长，又是中国作协党组书记、副主席，那时我有事去作协，也能见到金近同志——他那时协助张天翼主管儿童文学方面的工作。他的脸上经常挂着可亲的微笑，仍然是那么不惹人注意，没有架子。

我真正与金近同志来往较多，并得到他很多教导和帮助是在60年代初，他筹备《儿童文学》刊物过程中，有些具体小事要我跑腿。筹备好了《儿童文学》，他又主持《儿童文学》的工作。

有一次，他对我说："你写篇东西吧！"

我说："我怕写不好。"

"没关系，写好了给我看看。"

金近同志没有多余的话。

写什么，我犯了愁，于是又去问他。他说："写你熟悉的生活。"

这样，我就用第一人称，写了一篇以自己经历为素材的小说。由于受到金近同志的启发，我写得很顺利，没有那种"挤牙膏"的感觉。稿子写好后，我马上送给他看，连标题都没有。

过了没几天，他告诉我，稿子他们打算用，小说的标题也是金近同志定的——《我有一个好爸爸》。小说发表了，金近同志告诉我，叶圣老（即叶圣陶同志）称赞过，后来茅盾同志在《人民日报》上介绍这期《儿童文学》时，也提到了这篇小说。得到老前辈的肯定，我当然非常高兴。在这种情况下，金近同志不像有的同志那样，说些"不要骄傲""继续努力"的套话，而是慢条斯理地说："在这个水平上再提高一步。"

就这么一句话，听上去也是普普通通、平平常常，却深深地印在了我的心里。这句话有鼓励，有鞭策，体现了金近同志培养年轻作者的热心肠。金近同志从不居高临下"教训"晚辈，也从不夸夸其谈。他对年轻作者循循善诱，平等亲切地和他们交谈。在这样的长辈面前，你自然会觉得自己肤浅，有很多不足，不会因为取得一点进步就沾沾自喜。

金近同志不好为人师，但他却是真正的老师。

"文化大革命"期间，我和金近同志失去了联系。我从外调人员那里得知，他"靠边站"了，进了"牛棚"。有人向我调查金近同志和周扬、林默涵等人的关系，那时周扬同志是"文艺黑帮头目"，说他们有关系还得了？我说不知道他们有什么“黑关系”。“文化大革命”结束了，我才又和金近同志联系上。这以后，我向他请教的机会多了。我向他请教如何写童话，并把自己不成熟的稿子念给他听，还曾就自己写的一只善良的猫被伪装的老鼠欺骗的故事向他请教。他听后从不简单地下断语——好还是不好，而是举一些名家名篇来启发你，使你问一得三，深受启发。他告诉我写童话要有幻想，要有丰富的想象力，而这些又都是建立在坚实的生活基础之上的。在他的评论集中也是这样写的：“童话没有幻想，就像一只美丽的小鸟没翅膀一样，是飞不起来的。但这只小鸟必须从现实的蛋壳里钻出来长大，而不是从天上掉下来的。”

当时我在创作上有很多苦恼。比如是写成人文学，还是专门写儿童文学的问题，如何积累材料的问题，等等。金近同志不厌其烦地对我讲，不要把儿童文学和成人文学分得那么清，哪一方面觉得想好了，就去写。他还说，马克·吐温就是既写成人文学，又写儿童文学。他还介绍马克·吐温的《哈克贝利·费恩历险记》让我读。金近同志要我多观察生活，他在一封信中说：“你可以像画家那样，画素描也好，画油画也好，不妨多积累。当然，你也可以写孩子的生活。我是认为一个写儿童文学的作家也可以写成人题材，写成人文学的也可以写孩子，不必分得太清，你同意吗？”在另外一封信中，他又说：“在国外，在近代、现代作家中，成人文学作家和儿童文学作家，并不分得那么清楚。当然，要有一个侧重点，给初中学生写作品的作家也不多，这方面很需要，你多给他们写一些，不过这需要多熟悉他们的生活。”

金近老师就是这样耐心地对我进行指导的。他不因为我提的问题太简单而不屑回答，而是耐心、具体地提出许多有价值的意见，引导我走一条健康、正确的创作之路。

在金近老师的启发、督促下，我写了几篇儿童文学作品。这几篇作品都渗透着金近老师的心血。金近老师对待作品，从来都是一分为二地来看，既指出优点，也指出缺点。他看过我写的《闪光的国徽》后，认为前半部分写得好，后面就成“交代故事”了。我的《阴雨天的阳光》《叮咛》两篇习作的初稿也得到了金近老师的帮助和指导，就连其中某一句话不像孩子的口气他都为我指出来，可见他看得仔细。甚至他还找到了连我自己都没有意识到的创作风格，并给予了肯定，当时我真有些受宠若惊。仔细想一想，我心里是沉甸甸的。我觉得金近老师在肯定和鼓励的同时，把担子和责任也放到了我的肩上。

金近同志还特别提到，创作不能间断。他写信告诉我：“写作就像煮饭烧火，火头不能停，至于火大火小问题不大。火停了再重新生火，就困难得多了。”所以，他要我争取每月写一点。有灵感的时候就多写，甚至可以请几天假去写。

这些话看上去平淡无奇，实际上却是十分宝贵的创作经验。金近老师健在时，经常督促我努力写作。有次他写信说：“有一段时间没看到你写的东西了，如能抽出时间，还是给孩子们写一些吧，写给大人看也行。一定得练练笔，把它当作一种工作，也是需要的。”金近老师就是这样语重心长地指导我前进的，我觉得自己很幸运。

说到这里，我想起了一件事，金近同志曾告诉我，50年代，他在中国作协担任小组组长。组内都是著名作家，著名小说家沙汀和著名诗人艾青都是这个小组的。金近同志说，沙汀同志从不摆架子，做事认真，叫开会就开会，叫看文件就看文件。一次小组会，要大家汇报思想，艾青同志没有汇报思想，却讲了一个故事。沙汀同志认为这个故事讲得好，可以写成作品。后来，这则故事真被他写成了作品。他懂得作家心情不舒畅时写不出好作品，他理解创作的艰辛，他尊重组内的同志。小组会上虽然没有正儿八经地汇报思想，却产生了作品。这是更高层次的思想交流。由此说明了金近同志的高超领导艺术，也体现了他尊重人、理解人的民主作风。他不像有些人搞一言堂，只要有一点权力就无限使用，跟金近老师在一起工作，会让你觉得他不但是老师，也是知心朋友，你有什么委屈、烦恼都可以在他面前倾吐。

金近同志的胸怀十分宽广，能容纳一切，他之所以能做到这一点，原因应是他历来淡泊名利，注重贡献。他对沽名钓誉的行为十分厌恶，他的做人之道和敬业精神，汇成他的一句话，就是："作家要靠作品说话。"这句话真是掷地有声，说出了一位真正作家的品德和神圣的职责。

"文化大革命"期间，金近同志受迫害而被关进"牛棚"。粉碎"四人帮"之后，他又拿起笔继续为孩子们写作。他没有埋怨，也不喋喋不休地诉说自己的委屈，而是勤勤恳恳地笔耕。作家只有写出好的作品，才证明他对国家、对人民是有责任感的，只有写出好的作品，才会对民族、对社会有所贡献。作家应该靠作品来说话，而不是靠侃大山、上镜头、出风头，以及用各种不相干的头衔来包装自己。这种把主要精力放在自己的业务之外而"出名"的人，尽管一时会成为"新闻人物"，但久而久之，因为没有作品，人们便不会再记得他了。

金近同志在说"作家要靠作品说话"的时候，神情是严肃的，绝不是脱口而出的。他本人就是遵循着这条原则，不遗余力地为儿童文学这一神圣事业贡献了毕生的精力。他的作品教育了一代又一代的少年儿童。他的700多万册作品，就是他功绩卓著的最好证明。

最近半年，我重读了金近同志的一部分作品。现在读他的作品和过去读他的作品，感受大不一样。过去读时，只是喜欢，今天再读，不仅仅是喜欢，更从中得到教益，而且这教益不是三言两语能说得完的。现在我试着将个人心得、感受说出来，就教于大家。

金近同志几十年创作的几百篇作品带有强烈的时代特点。不论是他的童话还是寓言，都与当时的现实有着密切的联系。新中国成立之前，他写的《红鬼脸壳》《好人国》等文章，相当深刻地揭露了旧社会的黑暗，因为金近同志对那个时期的生活有着亲身的体验。他——一个未成年的孩子，离别家乡，到了上海这座大城市，尝尽失业的痛苦，过着饥寒交迫的生活。就在这种情况下，他没有自悲自叹，而是发奋读书，艰难勇敢地开始了他的自学成才之路。在白色恐怖下，他参加进步活动和革命工作，用自己的笔对反动势力大加鞭挞。他这个时期的作品基本上是揭露旧社会、鞭挞反动势力的。

新中国成立以后，50 年代初期，金近同志写了许多童话，如《小猫钓鱼》《小鲤鱼跳龙门》《谢谢小花猫》等，这些作品被搬上银幕，影响很大。这时他讲述的一个又一个故事都是教人向上学好的，基调是欢乐的。他歌颂勤奋勇敢，歌颂真善美，他作品中的那些小花猫、小鲤鱼都写得十分生动可爱。他此时的作品中，到处是友爱、处处是歌声，无忧无虑，一片欣欣向荣。

后来国内政治运动太多，而不少运动又是从文艺界开始，作家不可能自由抒发个人的情感，而创作方面又有许多“清规戒律”，童话的创作因此受到影响。1957 年金近同志回到了故乡深入生活，不久，三年困难时期开始，“共产风”“浮夸风”又使这个时期雪上加霜。金近同志接触现实生活，了解社会生活中的问题，他同故乡的人们一起熬过了那段日子，这段经历对金近同志以后的创作有一定的影响。在当时儿童文学，尤其是童话不被重视的情况下，他写出了《狐狸打猎人》《骗子的故事》《狐狸送葡萄》等有影响的作品。从这些作品中可以看到他深入生活、了解社会后的一些思考。

这个时期金近同志作品的特点主要是：用讽刺、幽默、批判的手法抨击那些说假话的骗子和社会上不合理的现象，倡导勇敢斗争的精神。《狐狸打猎人》就是要猎人不要放下枪，不要上敌人的当；可是作品中的年轻猎人却把枪交给了狐狸。作者的结论是“一个猎人丢了枪，在野兽面前只会发抖，那么就算是活着，也跟死了的一样”。又如《骗子的故事》描写了一个为钱坑害父母、亲朋好友的骗子形象。骗子的哲学就是“说假话，脸皮厚、心肠狠，爹亲娘亲不如金钱亲”。有这种思想的人，在今天不也屡见不鲜吗？《狐狸送葡萄》告诫善良的人不要上当受骗，不要听信那些花言巧语骗人的鬼话。生活中有些善良的人们就是识不破骗子的真面目，听信骗子的花言巧语上了当的。

这期间（60年代）金近同志的童话数量不多，但每一篇都凝结着他思考的成果。今天再重读这些作品，仍然能感受到它震撼人心的力量和伟大的现实意义。与他50年代的作品相比，这个时期的作品在内容上和风格上都有了较大的变化。在讽刺中含有浓烈的苦涩，在批判中流露出痛心的惋惜。

“文化大革命”10年，金近同志也像许多著名作家一样被迫停笔。这时候，他的内心充满了痛苦和激愤。他形容这个时期的心情时说：“这10年在我的创作日程上，是一大块空白。一个人失去了最珍贵的物质财富，没有什么了不起，失去了写作的笔，被剥夺了说真心话、写符合实际的文学作品的权力，那才是最大的痛苦。”

一个真正的作家的痛苦，莫过于被夺走手中的笔。粉碎“四人帮”后，金近同志压抑了10多年的创作热情喷涌般地表现出来了。从《小白杨要接班》到最后一篇童话《刁狐狸和傻狐狸》，短短10多年时间，他写出了大量的佳作精品。这是他一生中创作最为丰富、最为辉煌的鼎盛时期。在他的笔下创造了许多栩栩如生的形象。他创作的形式基本上以童话、寓言为主。《一篇没有烂掉的童话》塑造了一个很耐人寻味的自私多疑的老太婆的形象。村里人向她借钱，她便怀疑别人要偷她的钱。她把钱东藏西藏，连她自己也记不清钱放在哪里了。树上的麻雀、地上的蚂蚁，都被她怀疑为在与自己作对，最后她对自己的呼吸也产生了怀疑，只得把鼻子、嘴巴堵起来，结果把自己憋死了。读这篇童话，很容易使人联想起江青在“文化大革命”中的一些表现，但又不是写的江青，如果只写江青一人，也就没有普遍的典型意义。金近同志塑造的这个形象之所以有典型意义和深刻的社会意义，是因为多疑、自私不但在作品中的老太婆身上存在，在我们日常生活中的很多人身上也时有表现——尽管表现形式有所不同。多疑、自私是几千年来封建社会那些相对封闭、知识文化水平较低的人身上的一些特点，它破坏了人们之间和谐的关系。这篇童话用夸张的手法把老太婆的自私、多疑描绘得淋漓尽致，确实是一篇百看不厌的好作品。

再如《灰鸽历险记》，我认为也是金近同志在这个时期的一篇重要作品。金近同志主张“童话和其他形式一样，也是反映现实的，童话同样可以反映现实生活中的伟大主题”。在这篇作品中，金近同志就把现实生活巧妙地揉进了童话。1976 年的天安门事件是震惊中外的中国历史上的一件大事，上百万人聚在天安门广场悼念周总理，反对“四人帮”。当时在台上的江青、张春桥等人担心群众在悼念周总理的同时，会讨伐他们的罪恶，于是采取镇压手段来扑灭这场马上就烧到他们头上的“烈火”。其实，人民的火焰是扑不灭的，真理终究会战胜邪恶。金近同志把伟大的天安门事件浓缩进一篇童话中。在这篇不长的童话中，融进了这么重大的历史内容，不论在中国还是世界童话中，都是不多见的。这是金近同志童话创作中一个很大的突破。这篇有大胆幻想的童话，大幅度地注入了现实生活，不但反映了“四人帮”的罪恶，更表现了人民的力量，歌颂了人们胜利和喜悦的心情。

再如，中篇童话《刁狐狸和傻狐狸》鞭挞了刁滑、欺骗和贪婪，对丑恶现象的讽刺、批判毫不留情。这篇童话充满了儿童生活情趣，也是让人百看不厌的。

如果说金近同志 50 年代的作品像一条欢乐的小河的话，那么他在“文化大革命”以后创作的作品就像一条奔腾的大江了，不但数量多、质量高，而且题材更广泛，思想更深刻，内容与现实联系更紧密了。他把自己的全部思想情感都注入作品中了，他的作品更有气势了。

在这里我要特别说一下，金近同志的寓言也写得非常好，使人看了以后陷入深思。比如《刺月亮的蚊子》《小狐狸的长相》等寓言作品就写得十分生动。在《刺月亮的蚊子》中，他幽默地讽刺那种自不量力的行为（蚊子怎么能刺到月亮呢）。《小狐狸的长相》是在批判那种总爱品头论足，对事物无任何建设作用的不良习气。这两个故事都不复杂，但寓意很深。还有一篇只有170个字的《两只母鸡》，是一篇绝妙的短文。讲的是两只母鸡，一只下了蛋叫几声走了，另一只没下蛋，却叫个不停，叫得主人高兴，得到了主人的赞扬和赏赐；而真正下了蛋的母鸡不但受到冷落，还挨了主人的批评。文中最后一句话是："叫得最起劲的母鸡不一定是真正下了蛋的。"金近同志虽然写的是鸡，但他揭示出来的却是一种社会现象。在现实生活中，有的时候，真正埋头苦干的人反而不如那些会叫会说的。有的人工作没干多少，甚至不干工作，却"叫"得最响，"说"得天花乱坠；而真正干事的人不会大喊大叫，却受到冷落，甚至被批判而受委屈。这篇短文不但展示了生活中的真实情况，还提醒人们要注意一个问题，那就是观察事物时，不要只听一个人嘴上说得多么好，还要看他干得如何。考验任何人不是听他的宣言，而是要看他的行动；要调查研究，实事求是。这样的寓言精品，不论对孩子还是对成人，都有极大的教育意义。

金近同志的作品之所以能够引起读者共鸣，不仅因为他的作品的内容丰富，贴近生活，还因为他娴熟的写作技巧。从内容到形式，他的作品有民族特点，通俗易懂，也就是说是很民族化的。这种朴实无华又有民族特点的作品，深受读者喜爱。

儿童文学作家杨植材同志在金近同志的《最后一本童话》的前言中说，金近作品"富于幻想、朴素生动、新鲜引人、含义隽永，看起来一目了然，却耐人寻味"。这几句话捕捉到了金近同志作品的特点。著名散文家袁鹰同志也说过："他没有语惊四座的豪言壮语，也没有华而不实的辞藻，平静如水，却甘醇似酒。"这话讲得多好！在金近同志的作品中，看不到雕琢的痕迹，一切都是自然而然、行云流水般舒缓。这正是金近同志作品的特点和风格，也是他作品魅力之所在。

“文化大革命”结束后这10年，是金近同志创作的高峰时期，为儿童文学宝库增了不少财富。从这个时期的创作中，可以看到金近同志对社会、对人生的所思所想、所憎所爱。如果要研究金近同志的创作活动，我认为这是一个重要时期。

“作家要靠作品说话”是金近同志的一句至理名言。金近同志的作品为他的一生做了凭证，这说明金近同志对祖国、对人民的无限热爱和忠诚，他为儿童文学事业贡献了毕生的精力和心血。

金近同志生前曾感叹地说过这样的话：“童话已经成了默默无闻的东西，我们国家应该有自己的童话。”

我想，我们可以告慰金近同志的在天之灵，我们国家已经有了自己的童话，代表之一就是金近同志的作品。我们还可以自豪地说，我们有了自己的安徒生，那就是金近同志。

1994年11月

思 念

——怀念著名戏剧家王震之

28年前（1954），我在白浪滔天的北戴河海滨住过一些日子。28年后的今天（1982），我又来到了北戴河的海滨。近30年来的变化是这样大：荒凉的海岸上已经建造了不少高楼，其中许多是设施较高级的宾馆，可供游人度假之用——原来那些长满青草的弯弯曲曲的小路，已被宽大、乌黑的柏油马路所代替。每当黄昏到来，我便走向海滩，不是为了欣赏大海的碧波，也不是为了眺望晚归的渔帆，而是为了寻找一块礁石，一块突出在海滩上的方方正正的礁石。

过了这么多年，要找到一块只有2米见方的礁石，可不是一件容易的事。但是，我决心要找到它。我脚踏着海水浸润的软沙滩，我走着，仔细地辨认着每块大大小小的礁石，最后终于找到了。它已被沙粒掩埋了大半，露在沙粒外面的部分不足2尺高，因为海潮成年累月的冲刷，它已经变了形，不再是那么方方正正的了。我看着这块变了形的礁石，听着海浪拍击着它而发出的“哗哗”响声，心里就升腾起无限的思念，我想起了28年前的那个夏天，想起了我的一位老师王震之（1916—1957）同志。

那年夏天，我和我的老师许之乔、同学陈纬来到了北戴河海滨，那个时候，火车站设在没有任何遮挡的野地里，停车只有3分钟。从车站到海滨没有公共汽车，前来接我们的是文化部电影局休养所派来的一辆马车。石子路上，“嗒嗒”的马蹄声，倒也悦耳。大车走了两个多小时，在一座古老的别墅门前停了下来。早在这里搞创作的王震之同志迎接了我们，他以主人的身份把我们安置好，还答应第二天带我们去游泳。

王震之同志身躯高大，性格爽朗，对人热情。由他编剧的《白衣战士》《卫国保家》《内蒙人民的胜利》等电影，在50年代很有影响。我也知道，他很早就到了延安，一直从事戏剧工作。我认识他，是在1951年5月。

那个时候，我从上海调到北京，住进了电影局的招待所。一住半个月，不见组织派人来找我谈工作，我心里纳闷，但也不能外出。后来电影导演冼群同志找到了我，带我去见了王震之同志（当时他是剧本创作所的所长）。王震之同志一见面就说："小鬼，你怎么藏在招待所不出来呀？"

"我等着组织找我呀！"

冼群同志和王震之同志笑了，大概笑我的傻气吧！

组织上分配我在电影局的剧本创作所工作，这年秋天又决定送我到新成立的电影学校编剧编辑系学习（简称编剧班，王震之同志是第一任班主任）。当时我胆怯极了，我不曾进过什么正规学校，我那点少得可怜的文化，是在行军路上学的，是在战斗空隙学的。进这样的高等学校，我连想也不敢想。特别是当我听说这个班的学生都是从大学中招来的，我就更加害怕了。我有资格进这样的学校吗？果然，有的招生人员提出了这样的问题："她没有受过正规教育，不够格进这个学校。"

"在战争年月，她跑破了多少双鞋底？中华人民共和国成立了，最有资格进学校的就是她。"王震之同志的回答，使得提出这个问题的人瞠目结舌。

入学的前一天，王震之同志把我叫到他的办公室，郑重地说："小鬼，送你进学校提高文化，不是个人的事，是为了我们新中国的文艺事业。延安时期的鲁艺培养了不少人，现在新中国成立了，也要培养大量的文艺工作者，人民需要很多很多作家啊！"

最后王震之同志还给我订了一条纪律，学习期间不许分散精力，不许谈恋爱，要我珍惜这几年的学习生活。虽然他说这话的时候，是半开玩笑的，而且是微笑着说的，但我明白它的分量，这是一个严肃的问题。

学习期间，王震之同志作为我们这个系的第一任班主任，亲自为我们开了毛泽东文艺思想专题讲座，使我们认真地学习了毛泽东同志的《在延安文艺座谈会上的讲话》。教师们指导我们阅读了大量古今中外的名著，使我的眼界大开。在几年的学习生活中，我经常得到王震之同志的鼓励和帮助。我曾向他表示过，毕业后我要为少年儿童写作，我打算到中小学深入生活，和孩子们交朋友……我们拿到毕业证书后，不少同学愉快地走向了工作岗位，我也怀着又焦急又兴奋的心情等待着分配工作。但是意外的是，组织上分配给我的工作是与创作完全无关的去机关当秘书。这一点，我毫无思想准备。面对这种情况，我思想上展开了激烈的斗争。怎么办？多少年来，从来是组织怎么说我就怎么做，这次是否要提出个人意见？最后一个暑假，同学们都到大连参观去了，我的苦恼对谁说呢？恰巧这时我又生了病，遵从医生的嘱咐，我和许之乔老师、同学陈纬来到了北戴河休养；那时王震之同志和另外几位作家也在北戴河度假。当然，一见面我就把我的苦恼告诉了王震之同志。王震之同志听了笑笑，没说什么，只要我好好休息。在休息的二十几天中，关于工作分配，他一句话也不谈。他关心我们的吃、住，每天早上都要问一问我们睡得好不好，每天下午他都带我们去游泳。那时我们游泳技术不好，他告诉我们："心里不要紧张，把头枕在水上，就像枕在枕头上一样，身子就会浮起来，手脚一动，就能前进。"

我照王震之同志的说法去做，果然能浮在水面上了。人在大海里畅游，就会忘记烦恼。我个人的工作问题，也暂时搁置在一边了。我们天天沐浴在海水、阳光里，把自己晒得黑红黑红的。

假期即将结束，就要离开这座古老的别墅，离开大海回北京了。我心里有些留恋，但更多的是烦恼，情绪不好。这时王震之同志约我散步，单独和我进行了一次谈话。这次谈话，使我终生难忘。

那天晚饭后，我随王震之同志沿着海滩由东向西走去，海风吹来，感到有些凉意。王震之同志身披大衣，海风鼓起两边的衣襟，像海鸥的翅膀似的扑闪着。他边走边说自己的创作经验，他说自己十几岁写出第一个剧本时是那么的高兴，他对党的文艺事业的发展充满了信心。他特别强调，没有生活，就写不出好的作品。我听着他的话，一方面更加端正了我对文艺事业的看法；另一方面，我心里仍然有着不可排解的苦恼。他大谈特谈的这些创作经验，对我的工作分配又有何用呢？

我们走到一块方方正正的礁石上坐下来，这时远山已经融入夜色，面对黑沉沉的大海，我有些茫然了。我觉得自己就像一条无桨的小船，不知该往哪里漂荡。沉默了一会儿，王震之同志才说："小鬼，当初党组织送你上学，是为了培养电影编剧（人才），电影学校设立这样一个专业班，也是为了繁荣创作。我还是这么说，人民需要很多作家，几年的学习，我知道你很努力，理所当然的，你应该有所抱负。但是，你是党员，革命者首先要考虑工作的需要。这道理你懂。"他又说："愉快地服从分配，愉快地走向工作岗位吧，像我们当年奔赴延安一样，那个时候，我们只想到革命，并没有考虑干哪一行。再说，创作所需要的生活是多方面的。这跟组织上送你学习的目的并不矛盾。"

王震之同志说到这里停了下来，似乎想等我说点什么。我无言对答，只听海浪撞击着礁石，发出深沉的轰鸣，一声接着一声。

"你记住这个地方，记住这块礁石，记住我说过的这几句话：既然献身革命事业，在哪里都可以发光发热。不论在什么岗位上，不论碰到什么困难，都要愉快地、勇敢地迎接考验。我想，每一个老同志都会帮助你，只要你肯学。"

当时他还向我许诺，如果我被工作岗位退回来了，也别觉得丢人，他会带我一起写电影剧本。

短短的几句话，使我豁然开朗，心里充满了感动。

作为党员，当然应该首先想到人民的需要。他的话，如同岩石般坚硬，他的话，深深地刻在我的心中。多少年来，我一直记着他的话，记着这块方方正正的礁石，还有大海翻滚的海涛……

"文化大革命"过后的今天，我又来到北戴河海滨。在这里，我见到了不少我所尊敬的老前辈。大家聚在一起，谈过去，谈未来，谈文艺的繁荣，谈四化建设，但是没有了王震之同志。1957 年的那场“反右”运动刚开始，那时他在东北……迎着隆隆开来的火车，他离去了，永远地离去了。现在我多么盼望他回来，再到北戴河休假，再教我们游泳，再听听大海的咆哮啊！然而，他永远不会回来了。当我两鬓斑白再来到海滨时，脚踏着细软的沙滩，看着这块并不引人注意，却给我留下深刻印象的礁石，我的思念就像这浩瀚的海涛一样，是咸涩的，但也是滚滚不尽的……

1982 年 9 月

魅力无穷的陈波儿

有的人有一种魅力，只要接触一次，就让你终生难忘，并且对你的思想有相当大的影响。有的人就没有这种魅力，相识几十年，没有一点可记住的事。

有一位长者，其实我只见过她两次，但这两次却给我留下了难以磨灭的印象。她，就是陈波儿（1910—1951）。

1950年文化部电影局有一个电影剧本创作所，地点在北京西单舍饭寺胡同，所长是剧作家王震之。新中国刚从战火中诞生，电影事业亟待发展，需要有电影剧本，所以成立了这样一个“所”。该所集中了许多有才华的作家。记得当时住在这里的有章泯、杜谈、黄刚、于敏、颜一烟、孙谦、羽山、武兆堤、程季华、姚时晓等一大批作家。此外，还有一些作为助手的年轻工作人员，我就是其中之一。

一天我在院子里，所长王震之叫住了我，把我介绍给一位个子不高的女同志。她留着短发，穿着一双紫红色的半高跟鞋，长着一双明亮的大眼睛。当我知道这位女同志就是陈波儿时，简直怔住了。怎么，这就是大名鼎鼎的表演艺术家陈波儿吗？在“白区”和延安时，她参加演出和导演了许多名剧，如《马门教授》《俄罗斯人》《八百壮士》等，20世纪30年代她还主演过轰动全国的著名电影《桃李劫》。这时陈波儿向我伸出了手，我也不知所措地把手伸过去，然后她就问起我的经历，口音略带一点广东腔。她问我上过学没有，我告诉她，我从小在革命队伍里，没有机会上学。听到这里，她看了我一眼，那眼神里闪现出了关怀、亲切的神情。她说，过去战争环境中没有机会上学读书，现在和平了，能上学的话应该争取上学，有了知识，才能有所作为。听了她的这几句话，我心里感到温暖极了，使我在她面前也少了几分拘束。她又加重语气说：“有了文化，才能更好地为人民服务。”她手扶在我的肩膀上，在院子里边散步边谈话。我真不敢相信，一位艺术家，现在又是电影艺委会的领导，竟对一个素不相识的年轻人如此关切。

当时我只是听着她的话，岂不知这时在陈波儿的脑子里已经开始勾画着为新中国电影事业培养人才了——从根本上解决电影创作队伍问题，一定要建立一所电影最高学府。

这就是我初次认识陈波儿时的情形。

这以后，我常见她到剧本创作所看望作家们。王震之赞扬她是一位好领导（当时陈波儿担任电影艺委会副主任，她丈夫袁牧之是电影局局长）。女作家颜一烟编剧的《中华儿女》(《八女投江》)电影放映了，在国内外引起轰动，获第五届国际电影节自由奖。陈波儿兴奋地告诉颜一烟："穿上最好看的衣服，打扮起来，拍一张漂亮的照片印在剧本的扉页上。"她还说，"让全世界的人知道中国有多么好的女作家。"

从这件事可以看出陈波儿的胸怀是多么宽广。她对颜一烟的关怀，就如同一位大姐姐般亲切。当然，她关心作家、爱护人才，远不止这一件事。一般说来女同志有点小心眼，尤其是女同志之间常会产生嫉妒之心，互不相容，而陈波儿能够团结男女老少共同工作，实在难得。

再一次看见陈波儿是在电影学校表演系和编剧系的开学典礼上，是在大礼堂里。说起大礼堂来，并不是当代人心目中宽敞的大礼堂。当时的大礼堂就是三间平房，像一个仓库，地点在西四石老娘胡同25号。礼堂里没有讲台，只有一张桌子，学生不满百人，每人有一把旧木椅，木椅右边有可做笔记的扶手。校长是表演艺术家白大方，编剧系的系主任是王震之。开学典礼那天，陈波儿上台讲话，她没有讲稿，在台上一站就讲起来了。她的思维那么敏捷，口才那么好，讲的问题又那么生动、深刻。当她讲到未来电影的前景时，使我们这些从四面八方走到这里来的莘莘学子听得如痴如醉。她讲了很多很多，最后她话锋一转，声调深沉地说："现在国家很困难，人民生活还很苦，但是国家、人民出资供你们来学习，是很不容易的（我们都是公费生，管吃管住管穿，还发零用钱）。就看你们是不是对得起国家和人民对你们的培养了。希望同学们不要辜负人民的期望，电影事业需要你们，人民信任你们。"

我记得她讲到这里时，她那双明亮的大眼睛扫过每个人的脸，从她的眼神里，我们感到一副沉重的担子已经压到了肩上，有一种把个人与人民紧紧连到一起的感觉。这种感觉一直持续到现在。从那时起，我便认识到“人民”二字的崇高。人民是不可愚弄的，人民永远是我们生命中的生命、重心中的重心。

后来，学校组织大家下乡搞“土改”。这次土地改革运动是千载难逢的体验生活的好机会。我们来到长江边上的汉阳县，与贫下中农同吃、同住、同劳动。在一个寒冷的日子里，突然传来了陈波儿逝世的消息。开始我们都不相信，她刚40出头，怎么会逝世呢？当证实这是事实时，同学们哭了。她1951年11月因公去上海，最后倒在了电影事业的岗位上。我们集中在一间茅草房里悼念她，许多同学泣不成声……

后来陈波儿隆重的葬礼在北京举行。

陈波儿是20世纪20年代末参加革命戏剧运动的有才华、有能力的文艺家，又是新中国电影事业的开拓者之一，是一位可敬的为后人搭桥铺路的革命前辈。对她，我们是永远不会忘记的。几十年来，只要我到八宝山革命公墓，都会到她的墓前坐一会儿，做一次无言的交谈……

1999年

我想告诉他……
——怀念著名戏剧家虞棘

我们国防剧团的老团长——原解放军总政文化部副部长、著名戏剧家虞棘（1916—1984）同志“睡了”，“睡”得很沉、很沉。他紧闭着嘴唇，闭着他那双多少带有一些威严又充满慈祥的大眼睛。他“睡了”，“睡”在四面摆满了花圈的大厅里……

我向老团长三鞠躬，想放声哭，但又怕惊扰他的梦。我只有哽咽着，让泪水洒在大厅的水泥地上。

虞棘同志的战友、爱妻王少岩同志，是大家熟悉的一位电影导演。在战争年代，她长期担任国防剧团的队长。此时，她站在虞棘同志身边，紧紧地抱着我说：“你没有能够见他一面，你没有看见他啊！”

为了安慰这颗悲痛的心，我说：“我见到了，我已经见到了，老队长，您不要哭，不要哭……”

我记得最后一回看到虞棘同志，是在旧帘子胡同他的家里，是去年（1983）6月初的一天傍晚。他坐在会客室里，用手抚摸着胸口说他的胃不好。少岩同志说他不久将住院检查，我安慰了几句。然后我告诉他，我要到胶东去，问他有什么事没有。他说：“没有什么事，回去看看好。”他的眼睛里流露出一种高兴、羡慕的神情。

我告诉他，回来再来看他。

“好！好！”他点点头，慈祥地微笑着。那微笑好像是在战争年代送我们出发一样。这印象一闪即逝，我便出了门。

一个月过去了，我从胶东回来，虞棘同志已入院。我想告诉他，党的十一届三中全会以来，胶东发生了极大的变化，农民生活富裕了，城市生产发展了。我想告诉他，烟台有一个大火车站，长长的站台十分气派。我想告诉他，烟台郊区的苹果树上已经结了果，莱阳的梨树翠绿成片。我还想告诉他，牟平西关大队的农民住上75平方米的万元楼，每家每户都装上了电话。我还想告诉他，威海市远遥大队农民家的冰箱里装满了鱼和虾，附近孙家疃乡敬老院的院长——从威海市水产公司退休的一位副经理，全心全意为孤寡老人的服务精神使我十分感动。我还想告诉他，在“天尽头”的礁石的缝隙中，有一朵小红花，正朝天怒放。当然，我最想告诉他的是在抗日战争、解放战争期间，我们撒下的革命文艺的种子已经开花、结果。这里出现了不少优秀的作家、艺术家，这个地区的领导同志，特别是地委书记王济夫同志是多么重视精神文明的建设。他对文艺工作者的关心爱护，使同志们感受到极大的温暖。我要告诉他，这里的人民没有忘记国防剧团的同志们，他们想念从胶东走向全国的同志们，其中当然有虞棘团长。然而，当我兴冲冲回到北京时，却没有看见我们的老团长，他入院动了手术，我几次想去看望他，但均未看成。所以，老队长少岩同志怀着多么遗憾的心情说：“你没有能够见他一面，你没有看见他啊！”

“我见到了，我已经见到了……”

我不是安慰她，我的确看到了。我在胶东的山山水水中看到了，在同志们的心里看到了。我看到了虞棘团长在战火纷飞的战争年代里怎样带领大家在火线上演出，为躲避敌人夜间空袭，只要听到敌机的声响，我们就把舞台上的汽灯熄灭，为此我们打碎了多少汽灯的纱罩。那个时候，弄到一只纱罩是多么困难啊。我还记得，为了悼念夏侯苏民同志，他流着眼泪写的那首歌曲多么使人激动。凝结着他的战斗生活的戏剧《气壮山河》《三世仇》等作品，激起了多少战士们强烈的战斗精神。虞团长那时有病在身，他捂着肚子排练他写的大型歌剧《解放》。大家劝他休息，他总是摆摆手。我不记得是哪年哪月认识他的，但我永远忘不了他出演的苏联话剧《前线》里戈尔洛夫的形象。他是那么严肃，所以当我初到国防剧团时，总有点怕他。那时我要求上前线，他吩咐司务长发给我一套军装。后来他对我笑了，是我给他织毛衣织成一个大筒子的时候。他当着我的面对少岩队长说：“你看，我有这么胖吗？织得这么宽，能装进两个我。”那时是解放战争最艰苦的1947年，我们打下了敌人一条船，从船上缴获了一些物资，其中有不少毛线，我们也分到了一些，于是大家都学着织毛衣。那是一个阴雨连绵的秋天，国民党军队正疯狂地对山东解放区进攻，我们日夜行军，部队十分疲劳，国防剧团的同志也十分疲劳。就在这样艰苦、疲劳的军旅生活中，我第一次学着织毛衣。就是在这个秋天，我们遭到过敌机的一次大轰炸，当时我们躲在山洞里没有饭吃，同志们只好嚼草根。老百姓种的花生地就在山坡上，但谁也没有想到要去拔一棵。就在这种艰苦的环境里，虞棘同志带领我们去迎接战斗……

“文化大革命”结束了，他最早想到要找我，他猜到我在“文化大革命”中的日子不好过。当老战友盛毅同志把我带到老团长的家里时，情感的波涛冲撞着我的心灵：我的老团长，您没有忘记您这一群大大小小的团员。近几年来我们见面的次数多了些，虞棘同志经常鼓励我好好工作，我都记住了。我曾问起他在“文化大革命”中的遭遇，他却从不谈自己受到的迫害，只说“希望为党多做工作”。他身体不好，但还是完成了他的长篇回忆录。在旧帘子胡同的小院里，他整天像蜜蜂采蜜似的工作着。他为全军整理编写文艺史料，有时还要腾出时间盛情接待来自四面八方的战友和部下。

“你没有能够见他一面，你没有看见他啊！”少岩队长一再流着眼泪说。

“我见到了，我已经见到了……”

因为他在我们大家心里。

老团长，您战斗了一生，累了，睡吧！我把眼泪洒在大厅的水泥地上，不敢惊扰您的梦……

1984年5月

他来自人民

——读《虞棘剧作选》

一天，我去看望解放军总政文化部顾问、老戏剧家虞棘同志，他把不久前山东人民出版社出版的《虞棘剧作选》送给我，说：“做个纪念吧！这是咱们国防剧团同志们的劳动成果。”

国防剧团是革命战争年代胶东军区的一个戏剧团体，虞棘同志担任这个剧团的团长。我接过这本30多万字的《虞棘剧作选》，眼前立刻叠印出许多画面：紧张的夜行军，激烈的战地炮火，大雨滂沱的秋天，面对着成千上万观众的演出……这些都是《虞棘剧作选》不可分割的一部分。回到家里，我翻开这本书，虽然这些剧本是我所熟悉的，但我还是从头至尾看了一遍。它不仅使我重温了过去的战斗生活，而且又一次使我得到了艺术享受。

虞棘同志从1938年起便从事戏剧工作，他长期生活、战斗在胶东地区，在他担任国防剧团团长期间，写过各种形式的剧本，现在这本《虞棘剧作选》就是从他的许多作品中挑选出来的。它是虞棘同志40年代的代表作，其中许多是当年国防剧团的主要演出剧目。在战争年代，这些剧本对于团结人民、打击敌人、鼓舞革命士气起了极大的作用。它们闪烁着战争年代生活的火花，也凝聚着作者的心血，这是一部值得重视的好书。

《虞棘剧作选》共选了7个大型剧本。除了新编历史京剧《虎头牌》外，其余6个剧本都取材于胶东军民的斗争生活。这些剧本充满了战斗气氛和浓厚的生活气息，人物的一言一行无不来自生活。不论是当年看国防剧团的演出，还是现在读到这些剧本，我都被剧中的内容所吸引、所感动。那些为人民事业流尽最后一滴血的革命英雄，那些心毒手狠的日本鬼子，那些阴险狡猾的地主，特别是那些知错就改的战士以及善良的妇女，他们的形象跃然纸上，使人久久不能忘怀。为什么这些剧作有这么强的生命力？我想最主要也是最根本的，是作者不但熟悉胶东地区的斗争历史，而且亲身经历或参加了这些斗争，他熟悉人民群众的思想感情、风俗习惯和语言。

曾经得过奖的三幕五场话剧《群策群力》，就是作者在亲自参加过农村减租减息运动之后写出的。他目睹了地主恶霸对农民的政治压迫和经济剥削，有了真正的感受，才创造出像“独眼龙”“母老虎”这样的恶霸地主形象。他参加了发动群众诉苦反霸的活动，经过观察、了解，看到了一代农民在共产党的领导下逐渐成长起来，才塑造了一批有觉悟的新型农民的形象。剧中的春鹃，从一个软弱的、几乎不能保护自己的丫鬟，变成了一个敢于反抗地主压迫的有觉悟的妇女，这说明了广大农民只有在共产党的领导下组织起来，才能取得斗争胜利的真理。虽然减租减息已经是过去的事了，但我们还是从这出戏里寻到了农民解放的脚印。作者笔下的人物，不是政策的图解，而是有血有肉的活生生的人物，是真实可信的。

再如《气壮山河》一出戏，同样是虞棘同志参加战斗生活的产物。剧本描写的故事原型是八路军10位勇士在反“扫荡”中，为掩护群众突围而壮烈牺牲的事迹。1942年日本鬼子在胶东进行了一次拉网“扫荡”，这是一场非常残酷的“扫荡”。鬼子布置兵力从四面八方把上万名群众驱赶到马石山这个狭小的地带。八路军10位勇士为了掩护群众突围，一夜间几次冲出冲进，帮助一批又一批群众冲出包围圈。天亮后，日本鬼子强占山头，10位勇士英勇战斗，全部壮烈牺牲。这个剧本对鱼水般的军民关系做了感人的描写：妇女主任冒着生命危险给八路军送信，八路军战士大老刘在生命的最后一刻还想着老乡们的安危。虞棘同志在剧作选“后记”中写到，他写这个剧本时，常常想起任常伦同志。任常伦当时是著名的战斗英雄，参加大小战斗100多次，9次负伤。1944年，他出席了山东“八一”战斗英雄大会，虞棘同志也恰好带领国防剧团去为大会演出。他们共同历经艰险，几个月的相处，使他们建立了深厚的友谊。当任常伦同志回到胶东时，正碰上鬼子“扫荡”，他立即投入了战斗。

在长沙堡战斗中，任常伦同志光荣牺牲了。这个消息传开，国防剧团的同志们都非常悲痛。胶东军区为纪念抗日战争中牺牲的烈士修建烈士纪念塔，并铸造了任常伦同志的铜像。虞棘同志在小油灯下，蘸着眼泪，倾注自己的心血，写出了《气壮山河》的剧作。在烈士塔落成典礼之日，他献上了这个剧本。第一次的演出是动人的，土台搭在距英雄牺牲地不远的沙滩上，幕布拉开，观众们屏声息气，演到动人之处，观众无不落泪。演出结束，观众们用热烈的掌声表达了他们的激动和感谢。这成功无疑首先应归功于英雄本身，他们用生命和鲜血谱写了这崇高壮丽的史剧；同时还应该感谢作者用他炽热的革命感情，艺术地概括了真实的生活，使八路军指挥员气壮山河的英雄气概得以在舞台上再现，让成千上万的观众受到教育和鼓舞。

虞棘同志的剧作除了歌颂英雄、揭露敌人外，还有一个重要的内容，就是关于人民内部矛盾的题材。歌剧《张德宝归队》《改邪归正》两个剧本提出的问题，就是当年生活中经常遇到的：要巩固部队，就要解决开小差士兵的思想问题；要开展生产运动，就要教育“二流子”。这类题材很容易写得一般化，但虞棘同志通过挖掘人物内心活动，运用风趣、幽默的语言，使这两个剧本增加了不少光彩。剧本中对人物的冲突矛盾处理得恰到好处，并且不落俗套。

像《张德宝归队》中的张德宝，就刻画得比较成功。作者写了他既要享受参军的光荣，又怕牺牲、不敢打仗的思想，特别是细致地描写了他开小差后的思想矛盾。张德宝开小差回家时，还没有跨进家门，隔窗听到父亲和妻子在商量给他写信，希望他在前方勇敢杀敌，争取当战斗英雄。他听了这些话，没有勇气进家，可一时又没有什么更好的办法，进退两难。他来到村外，恰好被出村打水的妻子碰上，张德宝面对进步的妻子，只好谎说“因公路过，不打算回家”。妻子被丈夫公而忘私的精神大为感动，村里的人更是把张德宝当英雄来敬重。这就加重了张德宝的内心矛盾和苦恼。他愁眉苦脸，引起妻子的多方猜测和询问，最后妻子用试探的口气问道：“难道你还能是开小差？”张德宝支支吾吾。直到妻子再三追问张德宝是不是开小差时，他才躲躲闪闪地说："你硬让我说'是'干什么，你不想想，要是别的事，我能这么急！"几句话道出了张德宝的内心活动。这是生活的语言，也是艺术的语言。

这出戏的风格是轻松的、流畅的，所表现的虽不是大事件，却反映了一个深刻的主题思想：只有觉悟了的士兵组成的队伍，才是战无不胜的。

在《改邪归正》一出戏中，作者同样也贯彻了这种精神。《改邪归正》写的是如何改造一个不事生产、吃喝玩乐的"二流子"的故事。这种人，人数很少，但危害甚大，剧中人物吴正清正是这样一种人。他把家中财物全部用在赌博和喝酒上，赌尽喝光，还要把唯一的一头毛驴偷偷牵出去卖掉。妻子刘翠莲发现后好言相劝，他不但不听，还拿起菜刀佯装自杀相威胁。厚道老实的妻子信以为真，便大声呼救，众乡亲赶到，对吴正清进行了严肃的批评。吴正清慑于群众的力量，只好认错。在这场戏里，作者安排了这样一个情节，就是众乡亲为了他们夫妻和好，让吴正清给妻子下跪，磕头赔不是，并规定他不经妻子允许不得起来。妻子刘翠莲见丈夫跪在地上，不好意思地回到了房中。众乡亲退下后，刘翠莲又悄悄地出来，把一件棉衣扔在丈夫身上，心疼地说："别冻着。"一个动作，一句话，表现了刘翠莲的善良和宽厚的美德，以及夫妻之间的生活情趣。这时"二流子"吴正清向妻子发誓，今后一定听话，好好生产。这样便完成了这个人物的转变。如果不是非常熟悉农村生活的人，是很难想出这样的情节来的。

当时这两出戏在胶东地区演出时影响颇大，原因是作者不但提出了生活中的问题，更重要的是用新的思想合情合理地解决了这些问题。至今我还记得演出时的盛况，有时大雨淋身，观众们也不肯离去，一直看完整出戏。

《虞棘剧作选》中的《三世仇》和《解放》也是大家所熟悉的，尤其是《三世仇》是很有影响的一个剧本，曾被改编为多种戏曲形式在全国不少地区上演过，现在有的剧团还在演出。对《虞棘剧作选》中的剧本，我不可能做出全面的介绍，从这些剧本所描写的事情、所刻画的人物，以及生动的语言可以看出，作者对生活了解的深度和对生活进行艺术概括的能力已经达到了相当高的程度。因为他来自人民。

毛泽东同志的《在延安文艺座谈会上的讲话》中说，人民生活“是一切文学艺术的取之不尽、用之不竭的唯一源泉”。虞棘同志正是坚持走了这一正确的创作道路，才收到了广泛积极的效果。脱离了人民生活，臆造出来的东西，只能换取一时廉价的喝彩，经不住时间的考验；只有真正从生活中提炼出来的东西，才会经久不衰。虞棘同志的剧作，是来自人民的，来自生活的，所以至今读起来，还是那样真实感人。它的道理就在这里。

现在战争已经过去很多年了，然而虞棘同志剧作中展现的火热战争生活和它所表达的革命精神，对今天的观众和读者仍然有着极大的教益。所以《虞棘剧作选》不只是过去国防剧团的劳动成果，也是今天我们全国戏剧工作者所共有的一笔宝贵财富。

1982 年 2 月

文艺界的“老黄牛”

——怀念著名书法家陆石

一大早，友人告知我，陆石（1920—1998）同志去世了，惊得我半天回不过神儿来。真是太突然了。前些日子去看他还好好儿的，那天他谈兴很浓，谈到胡乔木、田家英、何其芳、周扬等很多老领导、老朋友。他慢条斯理地说着，话语中充满了深情。我离开时，他还送了我一册《陆石诗书集》。现在怎么一下子就去世了呢！当我赶到陆石同志家时，他的夫人赵中同志，一位自控力极强的资深编辑，已悲痛得说不出话来；女儿雪梅也泣不成声，陆石同志平日坐的沙发也空荡荡的了。

这是 1998 年的事，现在想起仍如昨天一般。

1984 年，中国文联大楼奠基仪式合影，从左至右为：夏义奎、阳翰笙、周扬、张僖、陆石。

一

我认识陆石同志是在"文化大革命"结束后，他由公安部调到中国文联工作的时候，开始他担任中国文联秘书长，后中央任命他为中国文联的党组成员和书记处书记。他个子不高，戴着一副近视眼镜，说话带有浓重的四川口音。他是一位著名书法家，曾担任过中国书法家协会副主席，同时他也是一位作家。50年代他和李文达合著的小说《双铃马蹄表》被改编成电影，片名为《国庆十点钟》，是一部深受群众喜爱的优秀影片。

说起陆石同志被调到中国文联，真是颇费了一番周折的。当时那些被"四人帮"砸烂的单位，都在恢复和组建中。平反冤、假、错案，落实干部政策是一项繁重的工作。文艺界是重灾区，需要重新组织队伍和恢复原有的建制。文艺界不少同志心有余悸，不敢再沾文艺界的边儿了。因为新中国成立以来，多次运动都是先拿文艺界"开刀"的。而陆石却服从调动，心甘情愿地到了中国文联。好干部、得力的干部谁也不肯放。陆石所在单位公安部也是如此。文联主席周扬亲自给公安部部长赵苍璧同志打电话，要求将陆石调到文联工作。赵苍璧部长说，陆石是一位有能力的干部，为人正派，公安部工作需要他。周扬同志则说，陆石是延安鲁艺的学生，写过不少作品，是老文艺战士，对文艺界也熟悉，文联需要一位有组织能力、行政能力的领导干部，请求给予支持。两位领导几经磋商，陆石同志终于被调到中国文联了。文联主席周扬同志找他谈话时说："文联总该有一个地方办公吧，不能老待在防震棚、木板房里办公，文艺界的同志被扫地出门，没有地方安身，我心不安。"陆石同志立下军令状："周扬同志请放心，我一定尽力解决。"

周扬同志还告诉陆石同志，党的十一届三中全会后，文艺界有了一些新作品，出现了一些新人，旧的矛盾少了，新的矛盾产生了，不论有什么矛盾，一定要当"促进派"。一要抓文艺为人民服务，敢于解放思想，也要敢于抵制错误思想；二要抓繁荣文艺创作，要创造一个有利于出作品、出人才的环境；三是抓团结、抓作风，文联要搞五湖四海。

这些话深深印在陆石同志的心里。

他来到文联办公地点，正像周扬同志说的，大家果然在四面透风的防震棚、木板房里办公，冬天生起炉子后满屋烟尘，有的同志无住房，就在这样的房子里过夜。他的心情很不平静，一头扎进了“先造窝儿”的基建工作中。他带领刘宗学、刘广志两位同志，“跑地皮”“立项目”，向上打报告申请资金，在文联正、副主席周扬、阳翰笙、夏衍同志的支持下，文联办公厅的同志们群策群力，盖大楼宿舍，为全国文艺界修建文艺之家。陆石同志作为党组成员和书记处书记，还分管国际文化交流工作，他带团出访，接待外宾，同时参加筹建中国书法家协会的事情。那个时候，他是超负荷地工作。我曾问他，像他这样放弃业务、放弃文学创作，从公安部到一穷二白的文联做这些繁杂的行政工作后悔不后悔，陆石同志回答说：“后悔啥子嘛，来文联就是为文艺界服务的。”

他真是文艺界的老黄牛！

二

陆石同志在工作中一丝不苟。他对年轻人的教育乃至批评，都是满腔赤诚。我在他领导下工作好多年，深为他这种爱护后辈的精神所感动。我们做事常常有些马虎，字也写得潦草。他教育我们要好好练字，中国的方块字要写好也不容易。他说写公文，字要写得工整。他还告诉我们，称呼人不要直着嗓子大叫大嚷，更不要没大没小地直呼其名，要加上“同志”，要讲礼貌。他是手把手地教育和指导我们这些晚辈、部下的。在讨论一些问题时，下面的同志也可以不同意他的意见，有争论也有交锋，同志们敢于同他争论；他从不以势压人，也不给人“穿小鞋”，遇到什么问题，他总是为年轻人说公道话。在陆石同志的领导下，同志们心情舒畅，很有安全感。我们有什么苦恼都会向他吐一吐，有高兴的事也愿同他说一说。所以陆石有许多同龄的朋友，也有许多忘年之交。

有一次，上级机关召开一个座谈会，参加的人都是文艺界的头头脑脑，陆石自然也出席了这个会。大家都畅所欲言地谈论问题。有一位权威人士讲着讲着，讲到了当前年轻人的思想问题，他批评这不好、那不对，无一是处。陆石同志听着觉得“不对味儿”，忍不住冒了火，他仗义执言反驳对方说：“你说年轻人这不好、那不对，你了解他们的困难吗？他们上有老、下有小，一个月的工资才几十块钱，你官大、工资高，不愁吃、不愁穿，应该帮助他们，而不是指责他们。你这样做对吗？”他还批评对方待人不平等、不民主，奉劝对方不要搞封建家长制。

陆石一席话，使全体与会者瞠目。

不久，这件事传到了大画家黄永玉耳中，黄永玉觉得陆石敢于直言碰硬，胆子不小，便想认识他。中央美院的劳丁同志认识陆石，也认识黄永玉，由劳丁介绍，他俩就认识了，后来成了好朋友。1983 年春节，陆石去看黄永玉，黄永玉正在作画，陆石进门时，他的画笔刚落。陆石走近一看，画的是一位长者，盘腿而坐，手指前方像在说什么。画上还写了这样几句话：“说说做做，做做说说。不做不说，说了就做。说了不做，不如不说，做了不说，等于说了。”

黄永玉说这几句话是他的座右铭。

陆石觉得这几句类似绕口令的话很富有哲理，意味深长，很有意思。

“你喜欢吗？”黄永玉问。

“喜欢。”陆石答道。

“你喜欢就送给你吧。”说完，黄永玉马上提笔落款：“陆石兄年喜，癸亥春日。”这画就挂到了陆石家的客厅里。

陆石确实做得很多，但他从不自己说。

三

经过几年努力，文联有了 10 层的办公楼，随之修建了设备齐全的演出礼堂。

为全国文艺界修建的几处文艺之家项目也按计划运转起来了。这种交流经验、繁荣创作的场所深受文艺家们的欢迎。陆石同志看到同志们不仅有了办公地点，还解决了一些同志的住房问题，心里总算舒坦了。

陆石同志两袖清风，一身正气，赢得了同志们的爱戴和尊敬。他是1937年参加革命的，1939年入党，曾在中共南川特支（县委）担任组织部长，后来去了延安。1943年在延安的“抢救运动”中，康生诬陷四川党组织是“红旗党”，陆石被说成是“内奸”，于是停止了陆石的党籍。陆石在这种情况下曾以诗言志：“人生天地间，无私则不辱，其柔在其血，其刚在其骨。”由此可见他的铮铮铁骨。李克农同志知道他被冤枉，乃设法为他分配工作。直到新中国建立两年后，陆石同志才得以平反。在被诬陷的9年中，他顶着压力，仍然笔耕不辍，写了秧歌剧《动员起来》，曾获陕甘宁边区一等奖。《赶猪》演出后，曾得到毛主席和朱总司令的赞扬。

不料，60年代“文化大革命”又起，林彪、江青一伙砸烂公、检、法。陆石成了“黑帮”，被批斗、关牛棚。1969年，他全家被发配到黑龙江笔架山劳改农场落户，真是难见天日了。然而陆石并不悲观，他写道：“落户笔架山，冰雪冻三月。苍松暖人心，草木知冷热。”

过了几年，他奉命回到了公安部，老友李国璋约陆石、赵中夫妇二人去他家观画。李国璋画的是四只螃蟹，那时“四人帮”还在台上，他们心照不宣。老友请他为画题诗，陆石即席赋诗一首：“李君胸怀荡荡然，嬉笑怒骂披心肝。三人冷眼斥螃蟹，看你横行能几天。”

从这首诗中，我们看到了陆石对“四人帮”的愤怒和对未来胜利的信念。后来，中国人民果然迎来了打倒“四人帮”的胜利。

四

最近几年，陆石退居二线，但他仍以书法家协会顾问的身份关心着书法艺术的发展。他有时也闭目沉思，想想过去，想想现在。他虽然双目失明，但仍然写写字，以惊人的毅力用书法艺术赞美祖国。他的夫人赵中经常为他铺好宣纸，然后他用手摸摸纸的大小，悬肘书写，挥洒自如，写出的字如行云流水，舒展飘逸。在这时刻，你怎么也不会相信他已经双目失明了。

我有幸得到他赠予我的一幅字，由于我知识浅薄，不知他书写的诗出自何处，便打电话请教。陆石同志说："它的出处你是找不到的，那是我自己写的。"接着，他用浓重的四川腔念了出来："瀚海汇百满，霜毫行云边。万类多风彩，留意写江山。"

一通电话的最后，他说："你就留意写江山吧！"

没想到这是陆石前辈留给我的最后一句话。

这年的 9 月 9 日，当陆石同志安卧在鲜花丛中时，我真切地感到这位德高艺深的前辈走了，不觉泪如雨下。

在陆石同志遗体告别会上，告别厅内外挂满了挽联，悼念的人挤得水泄不通，国内外不少团体和友人打电报、发传真来悼念他，他们为失去一位可亲可敬的朋友而悲痛。

著名书法家沈鹏悼念陆石同志的诗，足以说明陆石同志的人品和他的晚境：

老马玄黄笔未停，目盲书迹播心声。
混茫颠倒千般事，历历胸前战士情。

1998 年

同志、朋友、领导、亲人——延泽民

延老(即延泽民,1921—1999)高度近视,与人擦肩而过也看不清对方是谁。据说延安时期他就有了“瞎子”的绰号。说起“瞎子”，还有一个故事：在延安的一次大会上，习仲勋和延泽民同坐在主席台上，他们认识，近在咫尺，延泽民却“视而不见”。会散，习仲勋走过去握着延泽民的手，戏呼一声“瞎子”。这以后，就有人将延泽民改称为“瞎子”了。这当然是亲切的戏称，我们晚辈则称他为“延老”。

延泽民13岁跟着刘志丹的队伍当了小红军，那时习仲勋也是刘志丹队伍中的一位领导。延泽民从小因为家里穷，没有机会上学。1936年，组织送他进了陕北苏区的鲁迅师范学校，时间也不过半年。靠着在革命队伍中顽强地坚持自学，延泽民后来成为一位优秀的作家和文艺事业的领导者。

中华人民共和国成立后，延泽民到北京工作。为了进行文学创作，他要求到东北体验生活。但是到了东北，党组织又让他担任了黑龙江省委宣传部副部长，并兼任省文联主席、省作协主席、文化局局长、党组书记等职。整整26年，他在这里辛勤耕耘，不但自己坚持业余创作，还培养了不少人才。著名作家程树榛、张抗抗都称他为“北国恩师”。特别是在粉碎“四人帮”后，他深感人才之重要，便办起编剧班，提高年轻作者的水平，在生活上也给年轻人诸多帮助。难怪当他从黑龙江调到中国文联工作时，车站的月台上挤满了送行的人。

延老担任过中国文联党组成员和书记处书记。他到任之时，“文化大革命”后的中国文联刚刚恢复，在红楼北面的五四广场上搭建的防震棚里办公。延老住在翠明庄组织部招待所，他坚持步行上下班，途中要过几个路口，他眼睛不好，确实很不安全。当时延老没说别的，只说文联机关现在很穷，过一阵子会好些。几年后，中国文联有了办公楼，盖了宿舍，延老这才把家安顿好。

延老一面承担着中国文联的繁重工作，一面抓紧时间创作，10年时间出了5部长篇作品。这是他创作的顶峰。在他和夫人雪燕合著的《她在凌晨消失》里，关于“文化大革命”的描写和正直忠诚的革命干部受到迫害的情节，都是他的亲身经历。但他最具有代表性的作品是他的《无定河》《爱的心跳——无定河续篇》，这是一部描写20世纪30年代陕北人民土地革命的斗争史，作品中展现了各种人物的命运，同时也是一部浓郁的陕北风情录。

延老在作品中表现了他对人民的爱，在生活中，他对同志、对部下也都是充满爱心。只要走进他的家门，就会受到他和夫人雪燕的热情接待，有什么话可以毫无顾忌地说，有伤心犯愁的事去他家哭一鼻子，缓释一下心中的不快，也是常事。他高兴时唱一支黄土高原古朴的民歌，同志们和他完全没有距离感。他当了一辈子“长”，却没有“长”的架子。没有架子是一种气度，没有架子是一种修养。我们不把他当“长”，而把他当成朋友、亲人。这就是他的人格魅力所在。

今年（1999）他在医院治病，有次他打电话问我身体好不好。他自己都已经住院了，还在关心他的一个“兵”。我深受感动，告诉他我们都很想他，他说：“我也想你们啊！”

这是他去世之前，我听到的最后一句话。

当我站在他的遗像前，看着他面带慈祥的微笑注视着我时，如雨般的泪水打湿了我的衣襟……

现在可以告慰延老的是，由夫人雪燕整理编辑的《延泽民文集》10卷很快就出齐了。您虽然远走了，但您的作品却永存世间。

1999年4月

“淘气”的秦老

——秦川印象

我之所以把秦川（1920—2003）同志归结为文艺前辈，是因为他少年时代从遥远的贵州省来到了北平（现今是首都北京）读书，参加了北平的“左翼”作家联盟，并且发表了不少诗作。我之所以称他为文艺前辈，是因为他所从事的工作一直与文艺界有着千丝万缕的联系。去年（2002）12 月我去拜访他，他说他耳不聋，眼不花，脑子还清楚，没有什么病，只是一闭上眼就想起了许多人和事。这些人和事都是与党的事业的某一方面有关的，他很想把这些写下来，也准备写。听了他的话，我非常兴奋，觉得他一定会写出一些鲜为人知的事。不料，不到一个月的工夫，他因病住院了，没过几天，他就“走了”。

这突如其来的消息令我十分悲痛。多好的前辈啊！又“走了”一个。

我拖着病身，冒着严寒，到八宝山送别秦川前辈。当走进告别大厅时，出乎我们大家的意料的是，我们听到的不是惯用的哀乐，而是悠扬的钢琴曲《黄河颂》。我当时颇为吃惊，后一想，这符合他的性格，他不喜欢哭天号地，这音乐就如小溪流水，“哗啦啦”从人们的心中流过，他走得潇洒。我们轻轻地走过他的身边，少了一些悲哀，却增加了无限的思念。

他，中等个子，说话嗓门儿很大，带有贵州口音。20 世纪 30 年代，他从贵州老家到北平上学时参加了“左联”，后来到了延安，在西北局工作。新中国成立以后，他从西北局调到北京，在中共中央宣传部担任宣传处处长（当时的处，就是现在的局）。10 年“文化大革命”中，他“靠边站”了。他在粉碎“四人帮”后的最后职务是人民日报社社长、总编辑。在中国共产党第十二届中央委员会上，他被选为中央委员。全国人民代表大会上，他又被选为常务委员。这就是秦川同志。

从以上这一大堆头衔看，人们一定以为秦川是一位高高在上的高官，是一位高不可攀的上层人物。其实，他是一位十分平民化的革命前辈，是一位

秦川（右）与张光年（左）同志合影。

可以让人掏出心来与之交谈的知心朋友。

我认识秦川同志，是 50 年代他在中宣部工作的时候。中宣部的办公大楼在沙滩（现已迁至西长安街）。大楼前面就是有名的五四广场，当年五四运动就是从这里开始的。广场东南角有一个 25 米长的游泳池，中宣部的男女老少都可以在这个小游泳池里游上一把，秦川就是游泳池的常客。大家和睦、友爱、礼貌、真诚。生活原本是可以这样下去的，然而以后的日子里并非如此……

20 世纪 50 年代末，“共产风”“浮夸风”一时间刮得猛烈异常。谁也不会相信一亩地可打 10 万斤粮食，可是报纸上、广播里却当作大喜讯来报道。当时还有人计算出来，哪天哪月可以进入共产主义了。谁要反对这种浮夸事物，谁就是“右倾”。在有些人的心中，如果“左”了，那是革命的错误，如果“右”了，那真是不得了的“反革命”，所以不少人都宁“左”勿“右”，不敢讲真话。彭德怀同志说了真话，是“右倾”，在庐山会议上受了批评，由此，便开始了“反右”运动。中央的宣传部也“开锅”了，1959 年的“反右”运动中，一揪就揪出了 9 条“大鲨鱼”。秦川便是其中之一。

秦川的“罪状”是他到四川、内蒙古调研回来，真实地向党反映了当地的情况，以及他在四川、内蒙古的两次讲话。事情经过是这样的，他和几位同志去四川调研，当时已经是 5 月份了，四川的农民还没有插秧，原因是当地领导人发话，一定要密植，要做到 2 寸一株秧。农民反对，因为密植到这个份儿上，庄稼难以有生存的空间，肯定没有收成。这样一来，插秧的季节就错过了。针对这个情况，秦川在讲话时说，毛主席在反对和纠正王明路线时讲过，主观主义是可以亡党、亡国、亡头的，可见主观主义危害之大。搞社会主义建设是不是也会因为主观主义亡党、亡国、亡头呢？就全国而言，具体的某些地方是有可能的，这也是现实的。回到部里，他便将四川、内蒙古两地的情况向上写了报告，并阐述了自己的观点。这就成了反对“三面红旗”，他因此受到了批评。为了保护与他同去调研的同志，他一个人把责任承担下来。于是，他就成为 9 条“鲨鱼”中的一条。

因犯有“右倾”错误，受到了批判，他不能再在中宣部工作了，于是便来到了中央工业交通政治部工作。本是让他担任该部门的宣传部部长，可没想到他去了以后却没有任命，连秘书长也不能当了，只分给他两个厂可以联系一下，一个是中华造船厂，另一个是太原化肥厂。他是作为工作队队长来到这两个厂工作的。在三年困难时期，这两个厂的工人们一心为国家，不顾个人生活多么艰苦，忍饥挨饿地努力工作，这给他留下了极深的印象。现在想起来，他还怀着感激的心情说：“工人有多么好啊！”

秦川曾不止一次地说，从延安的“抢救运动”开始到新中国建立后的历次“运动”，不能低估康生的坏作用。文教界的“运动”，无一不与康生有关，这点人们往往注意不够。

秦川被安排到工交口工作，心里虽然委屈，但他把委屈深埋在心里，仍然是乐呵呵地提着一个黑皮包天天挤公共汽车上下班。

“文化大革命”期间，秦川“靠边站”了。他被赶到筒子楼里，与我们这些一般干部住在一起。同样在筒子楼里住的还有朱庭光、张彤夫妇。那个时候实行布票制，他大概为了省布票，经常穿着带窟窿的背心和如超短裙般的自制短裤下厨做饭。厨房也是大家共用，秦川是数一数二的“大厨师”，他曾教我做过一次红烧鸭，味道真不错。我们大伙时常聚在走廊里切磋烹调技艺，这是苦中作乐。借此机会，我们也可以交换一些对时局的看法，发泄一下对江青、张春桥等人的愤怒，或者通报一点什么消息。当我们看到那些没有“靠边站”的人，还有那些“斗人”的人，就得立即“刹车”，开始说做饭的事。后来秦川提起这段时光时，脸上还会情不自禁地浮现出微笑，他说：“那时对物质生活没有什么追求，同志之间充满了真正的革命友谊，大家心里想的是党和国家到底怎么办的问题，没有其他杂念，活得高尚。”

那个时期，革命者的心中都十分压抑。后来，大约是1973年，张稼夫推荐秦川去北京市工作，他被安排在北京工业大学担任党委书记。由于“四人帮”作恶多端，在周恩来同志逝世后，爆发了天安门事件，各大学的学生抬着花圈，举着悼念总理的标语和写着反对“四人帮”的革命诗歌的大字报，汇聚到了天安门广场上。这场达100万人的革命行动被“四人帮”用武力镇压下去了，白色恐怖笼罩着整个中国。当时他们到处抓人，北京工业大学的十几个学生也上了被抓的黑名单。有关部门到北京工业大学抓人，身为党委书记的秦川同志对来人说：“你们抓的人太多了，没法儿一个个审讯，你们把名单交给我们，我们自己抓来审，行不行？”秦川用他的高度智慧和丰富的斗争经验说服了对方，保护了十几个学生免受牢狱之苦（其中还有两名炊事员）。

后来有一天，秦川同志来敲我家的门，进门后他倚在门框上，有点儿站立不稳的感觉，如喝醉了一般。我问：“您怎么了？”他靠门框支撑着身体，激动得半天说不出话来，过了一会儿才说：“……被粉碎了，他们，江青、张春桥他们都被抓起来了……”

听了这话，我也震惊得半天说不出话来。这件大事当时还没有被公布出来，因此他那份激动、那份高兴不是一般人能体会到的。现在回过头来想想，那份巨大的胜利喜悦，是多么大的精神享受啊！人生能有几次这样的享受！

粉碎“四人帮”后，秦川同志在人民日报社的岗位上不遗余力地将“四人帮”把持的《人民日报》重新塑造成真正的党报，使其更能反映人民的心声和正确地宣传党的路线政策，从理论到行动进行拨乱反正。除此以外还有一项艰巨的任务，就是要平反冤假错案。那时人民日报社的地址在王府井南端，办公条件比较差。一天，秦川正在办公，来了两个孩子，他问：“你们找谁？”

“我们想妈妈。”

“你妈妈是谁？”

“王光美。”

秦川这才知道他们是刘少奇同志的孩子。他们把要求见妈妈的“报告”拿出来给秦川看，开头是“中央领导、首长”。

秦川看后说：“你们这个‘报告’的开头就写得不对，不要写什么‘中央领导、首长’，这些中央领导、首长都是你父亲的同事或部下，他们是你们的叔叔、伯伯、阿姨。”在秦川同志的帮助下，他们将“报告”改好后转上去了。过了几天，王光美同志出狱了。她亲自去看了秦川同志，说了一些感谢的话。秦川说：“早晚你都会出来的。”王光美说：“哪怕早出来一两个钟头，也是好的。”

类似这样的事他还做了不少，在拨乱反正中，秦川同志功不可没。秦川对极左的东西敢于直面揭露批判，在人大常委会上，他发言批判极左的做法，并为一些受到不公评判的人伸张正义。这样一来，他便捅到了某些人的“病灶”，于是招来暗暗的嫉恨，个别人甚至咬牙切齿地说要搞他个人仰马翻。听到这些他也只是笑笑，不惊不惧，照样保持着他的侠肝义胆，勇敢地捍卫党的改革开放的正确路线，不论发生什么事情，他都能不改初衷，一路走下去。有次宋任穷同志对秦川说：“秦川啊，你可真厉害啊！”这似乎是一句玩笑话，但也不无赞许的意思。这说明那个时候秦川工作得多么艰难，又多么勇敢。

秦川常说经历一些波折没有什么，他从不后悔。他说，人民养育了我们，我们对祖国和人民要回报养育之恩，这才是重要的。

后来秦川同志退居二线，有时也写一些回忆文章，我们这些晚辈从直呼秦川的名字改为叫他“秦老”了。其实他并不显老，走起路来步伐仍然十分稳健，说起话来嗓门儿还是那么大。当我们一些人向他祝贺80大寿时，他漂亮的小女儿阳阳说：“我爸可淘气了，看到电视上有人练健身操，他也照着学，把脚跷在桌子上压腿，结果摔了，好在没摔坏。看他多淘气呀！”

我们听了哈哈笑了，秦老却像孩子似的低头不语，恭听女儿的“管教”。真的，秦老是淘气，80岁了，还把脚跷在桌子上……

2003年6月7日

1989 年 11 月，中宣部副部长、诗人贺敬之在潍坊市调研。

北风那个吹，雪花儿那个飘

——记诗人、剧作家、部长贺敬之

在战争年代，我所在的国防剧团演出《白毛女》，这部戏是从延安传来的。当时我曾担任这部戏的乐队指挥，不是用指挥棒指挥，而是用敲梆子来指挥，也就是农村夜里打更用的那种“梆子”。乐队指挥，要把整个剧本的台词和乐谱都得背下来，对于当时十几岁的我来说，背剧本当然不成问题。这部戏的演出十分轰动。可我并不知道剧作者是谁，曲作者是谁。后来我们又唱《南泥湾》，我也不知道词作者是谁，曲作者是谁。新中国成立，我国青年艺术团参加了世界青年联欢节，从延安出来的歌唱家李波演唱的《翻身道情》获得了二等奖，此歌曾风行一时，大家也就跟着唱了起来，久唱不衰。当然，我也不知道这首歌是谁作词、作曲。

后来我才知道，《白毛女》和这些歌的歌词全部出自年轻诗人贺敬之（1924— ）之手。《白毛女》的作曲是马可等七八位同志，他们都是那个时期的优秀作曲家。

当我知道这些的时候，距结束战争已经好几十年了。“文化大革命”结束后，在20世纪70年代末，我才认识了诗人贺敬之。刚认识他的时候，好像这些作品的光环并没有戴在他头上，我只是觉得他很年轻，说话也不拿腔拿调，十分随和。他笑起来挺有一种儒雅风度。

有次他到招待所看望周扬同志。虽然周扬同志曾是延安鲁艺的老院长，贺敬之是鲁艺文学系的学生，但那次他们之间的交谈根本看不出他们是师生关系，像是老朋友似的。

1977年贺敬之被任命为文化部副部长，周扬同志当然高兴。他听了这个消息后，玩笑般地对贺敬之说“多了个部长，少了个诗人”。这话的意思是一个好诗人缠在繁杂的行政事务中，恐怕没有时间写诗了。

敬之同志笑笑说：“我已经长大了。”

他们的谈话亲切又幽默。

当然，他们的谈话内容很多，不少是关于全国文艺事业的发展和当前形势的大话题。

一

“文化大革命”结束，周扬复出后到了天津。天津那些老熟人、老朋友、作家等艺术家到招待所看望周扬同志，大家讲到在“文化大革命”中受到的迫害和折磨，能挺过来，实属不易。他们回忆起在延安时期的事情，更是有说不完的话，深情满满。他们说起《白毛女》的创作过程，话就更多了。在座的一位老同志说，他从晋察冀根据地到延安的路上听说了一个白毛仙姑的故事，到了延安就向周扬同志讲起了这件事，周扬同志说可以写成一部戏来演。

周扬听了笑着说：“是啊，是啊，记得还有一位记者李满天同志就这件事给我写过信。”

他们谈起《白毛女》的创作时，都忘不了在窑洞里讨论的情形。那时他们热情很高，想写成一部新歌剧，有一位老作家写了一个初稿，他是按戏曲模式写的。在讨论中，周扬同志觉得用这种戏曲形式表现这个故事有一些局限性，于是他提出要将其写成一部大众化、民族化、群众喜闻乐见的新歌剧。大家也认为应该寻求一种新的形式来写。是究竟怎样才能写成一部新式的大众化的歌剧呢？由谁来写呢？大家研究来研究去，没有结论。最后周扬同志拍了板，说道：“让那个小孩儿写吧！”“哪个小孩儿？”“就是那个进鲁艺时穿着皮鞋的小孩——贺敬之。”

可不是吗，贺敬之到延安进鲁艺时是一个少年，在这些大人眼中，他当然是一个孩子。现在说到这事大家都笑了。为什么周扬对贺敬之穿皮鞋的印象这么深刻？真的挺有意思。

其实在研究写《白毛女》剧本时，贺敬之早已从鲁艺文学系毕业，他在鲁艺的创作团体中搞创作也有些时日了。这次写《白毛女》的重任，周扬同志就交给了青年诗人贺敬之。

贺敬之不负重望，剧本写出来了，他写的歌词朗朗上口，既通俗易懂，又符合剧情和人物性格。在《白毛女》的创作中，青年诗人展现出他非凡的才华。《白毛女》的作曲，是由马可为首的七八位优秀作曲家完成的。

为了迎接党的七大召开，《白毛女》剧本完成后，便加紧了排练，饰演喜儿的是王昆。这部剧第一次演出，就一炮打响，轰动了延安。

演出后，周扬同志听取中央领导意见。刘少奇同志说，黄世仁那个恶霸怎么就放过了他呢？应该枪毙。

从此，剧中的黄世仁就被枪毙了。

这部诞生在延安的新歌剧，在革命战争年代对鼓舞士气、打击敌人，起到了不可估量的作用。1951 年，这部歌剧获得了斯大林奖金。它是中国新歌剧的里程碑。敬之同志在这部作品中倾注了他的心血和健康，以至于写到最后一幕时他病倒了（后由丁毅执笔完成）。

在那些年代久远的炮火连天的日子里，不论酷暑还是严冬，甚至冒着敌机轰炸的危险，我们都在演出《白毛女》。那时没有剧场，只有旷野，所以现在只要听到有人唱“北风那个吹，雪花儿那个飘……”，我就会想起解放军将士们看完演出就直奔前线作战的悲壮场面……

二

我写这篇小文章，不是谈贺敬之同志在戏剧、诗歌创作上的丰功伟绩，这方面早有公论和评定：我说的是我与他接触中的一些平常的事情，这些事看似一般，其实不一般。因为从中我看到了他海量般的胸怀，他在工作中认真负责的公仆精神，以及待人坦诚的工作作风。此外，他的原则性也很强。他是副部长，却从不摆官架子，他是大作家，却没有摆出所谓大作家的那种派头。在我的印象中，他就是一位厚道的老大哥，一位有亲和力的领导者。

有些事情，现在想起来，仍然让我感动。特记下来，与读者分享。

10年“文化大革命”结束后，百业待兴，被砸烂的文艺界也需要收拾“山河”，这时急需要一些有组织领导能力的文艺骨干来工作。当时担任《诗刊》主编的李季同志突然去世了，使人们震惊。没有人肯相信这是真的，可这就是真的。他去世的日子是1980年3月8日。当时有人打电话向周扬同志报告这件事时，为了让他老人家有一个思想准备，便先说李季同志病危正在抢救，为的是让这件突然发生的事变得不那么突然。当然，几个小时后，李季同志去世的消息还是让周扬知晓了，周扬同志听后伤心地说:“可惜了，可惜了……”

几天后，敬之同志来找周扬同志谈工作，周扬同志正在外开会，我在值班。敬之同志一进门就说：“李季去世了，太突然了，没想到……”说罢，他的眼泪夺眶而出。敬之是如此悲伤。我从来没有看到过像他这一级的老干部如此坦露胸怀，为失去的同志而流泪的情况。这就是诗人！这就是战友！这就是作家的真情实感！

这件事深深地打动了我。

李季同志我也认识，他在40年代发表的长诗《王贵与李香香》于50年代被拍成了电影，十分精彩。茅盾前辈曾评论说：“《王贵与李香香》是一个卓绝的创造，说它是民族形式的史诗也不过分。”

新中国成立后，李季同志长期生活在石油工人中，写出了无数的篇章歌颂石油工人。粉碎“四人帮”后，他热心地组织文艺界的领导和同志们参观油田，真是费心费力，不辞辛劳。在遗体告别时，我看到他的遗体上穿的是石油工人的工作服，可见他多么热爱油田和石油工人。

李季同志的去世，使文艺界失去了一位好诗人，失去了一位文化工作的优秀的组织者、领导者。我们大家都会永远怀念他。

三

后来，贺敬之同志的工作重心由文化部转到了中宣部，他担任了中宣部副部长，主管文艺方面的工作。

一天夜里，贺敬之摸黑来到我家——那时我一家四口住在筒子楼里，院子里路灯很少，楼道里漆黑一片。他是怎么来的呢？我也从来没有告诉他我家的地址呀！他的出现令我很吃惊。没等我开口，他就说：“老爷子（即周扬）摔跤了，摔断肋骨住院了，工作不能停，你明天去办公室上班。”

当时我所患的关节炎急性发作，腿肿，腰痛，行动困难，正在家中看《周扬文集》的稿子，刚离开办公室两天没想到就发生这样的事。听了敬之的吩咐，我二话没说，第二天就又到了办公室。

敬之同志为了这件不大的事，黑灯瞎火还亲自来通知我，真的让我难忘。他作为一位副部长，本可以让秘书来说一声就行了（那时我家没有电话），可他亲自来了，并在一些工作上做了具体的布置。他是那么认真、周到、细致。正像列宁说的，他“不拒绝小事情”。当然，不只是这一件事，在工作中，他的周到、认真、细心是一贯的，他体谅下面同志工作的难处，不做官当“老爷”。

后来我被调到中国文联机关工作，整天忙于行政琐事中，与敬之同志也就没有什么联系了。就在这期间，我的家乡潍坊市要举办纪念王大化同志的纪念活动。王大化是山东潍县人，在延安鲁艺学习过，是一位有才能的文艺家，他能编、能导、能演。最早的《兄妹开荒》就是他演的。后来他又到东北解放区工作，在行军途中不幸牺牲。颜一烟（电影《中华儿女》的编剧）曾说他是在卡车上，把安全的地方让给别人，自己坐在卡车边上被颠下来牺牲的。家乡的人要纪念这位英年早逝的艺术家，想请敬之同志参加这次纪念活动，要我去请一请，看行不行。我不好推辞，但我事先就对家乡人说，敬之同志工作忙，不一定有时间，可以试一试。当我向敬之同志汇报时，他爽快地答应了。同时参加这一活动的还有从延安出来的歌唱家李波、王昆，表演艺术家于兰，作家颜一烟等，军队方面还有乐队指挥胡德风、歌唱家克里木等同志，此外还有一些年轻的文艺工作者。在这次纪念活动中，敬之同志的讲话可以说是重头戏。他回忆了延安那个火红的年代，讲述了纪念王大化这一活动的意义，还特别阐述了“艺术家要有艺术家的勇气，艺术需要民主”……

敬之同志还说，这类纪念活动以后可以多做一些，不忘历史，才能更好地展望和创造美好的未来。

敬之同志的讲话十分重要，可惜当时当地没有录音设备，也没有请专人速记，所以这篇重要的有新意的讲话没有被整理出来。这篇充满热情的对创作有着指导意义的讲话，没有留下来让广大文艺工作者学习，真是一大憾事。

在短暂的几天中，敬之同志参观了王大化住过的老屋；他深入基层了解情况，去农村看望一些热心于绘画的年轻人；他到乡间出产年画的杨家埠观看年画创作过程——如何刻板，如何印刷；他还体验了一把放风筝的乐趣。杨家埠虽是一个小村庄，但它的年画历史悠久，这个小村庄是我奶奶的老家。

四

敬之同志在领导岗位上善于体察民情，能耐心地听取下面同志的意见，使得同志们有话敢说，就是说错了话，也不用害怕，他也能包容。他待人亲切平等，保持着“官兵一致”的革命老传统。

有次，我遇到一些不公平甚至是不能容忍的事，心中极其委屈，见到贺敬之同志后，就说了出来，我当时气愤和恼怒到态度不好，急不择言。当时我想，就凭我的态度，他也一定会不耐烦，甚至会批评我，但令我没想到的是，他没有批评，也没有安慰。等我说完了，他只说：“不要拿别人的错误来惩罚自己。”

就这一句话，让我冷静下来了——我思考了很久很久。直到现在，我还感谢他说的这句话。

五

当领导要有领导艺术和领导的大智慧。不论大小，领导都会遇到各种问题，处理得好坏，就看领导的水平了。因为事物的发展有起有伏，有顺有逆，有许多意想不到的情况发生，有时还会有一些骑虎难下的尴尬场面。如何应对，如何化解矛盾，这是对领导者修养和应变能力的考验，这也是一门大学问。

敬之同志多年在领导岗位上，也会遇到各式各样的问题，他都能很好地应对并加以解决。他坚持党的原则和实事求是的精神，体察下情、平等待人，他是没有“官架子”的部长，是不摆谱的大作家、大诗人。他热情、善良的品德散发出无穷的亲和力。

这篇短文只记录了我与敬之同志接触中的点滴之事。敬之同志执笔的《白毛女》70 多年久演不衰，它是新歌剧的里程碑，是誉满国内外的经典之作。现在只要听到“北风那个吹，雪花儿那个飘……”那优美动听的唱段，我就会感到无比振奋、感动。

敬之前辈已年过九荀，诗作仍不断涌现，他还在思考着许多许多的问题……

2016 年 7 月 6 日初稿
2016 年 8 月 4 日
改于美国新泽西州

我的唠叨、我的感谢（代后记）

我几乎花了近一年时间，翻阅了若干笔记本、日记本，对写过的一些关于文艺前辈们的文章重新做了审视，将新的材料补充进去，同时增加了回忆茅盾、巴金等前辈们的几篇新文。在修订这些文章时，等于与前辈们又做了一次长长的对话，他们的身影不时在我眼前闪现，他们的话语不时在我耳边回响……

我年老体弱，多病缠身，现倾己全力来做这件事情，是被这些前辈为国家、为民族的解放而将自己的生死置之度外的精神所感动，被他们那种视党和国家、人民的利益高于一切，视文艺为生命的精神所感动。

在革命战争年代、在旧社会的白色恐怖之中，为新中国的诞生，这些前辈不畏艰险，怀抱理想，勇猛前进。

新中国成立了，文艺前辈们竭尽全力在文艺战线上歌颂党的领导，歌颂新气象，鞭挞假、恶、丑。虽然在历次政治运动中，有的前辈被误解、受牵连，受到不公平的对待，但他们不论处在多么可怕的逆境中，不论受到多大的委屈，特别在是“文化大革命”中，文艺界的前辈们吃尽苦头，被关牛棚、坐牢、批斗，但他们仍然坚守信念不动摇。他们把国家和民族的利益看得高于一切，他们不计个人得失，终生追求的就是国富民强的一种伟大幸福感。前辈这种精神值得我们一代代传承下去。

从20世纪50年代初开始，由于工作岗位的原因，我能认识一些文艺前辈，这是我的幸运。我写他们，仅限于我个人所见所闻的点点滴滴，而不是他们的全部，这是我的局限性。就是在我认识的这些前辈中，我也没能写全，比如表演艺术家金山前辈，不是我不想写，而是他多彩的人生，让我无从下笔。

我认识金山前辈是在“文化大革命”结束后。那时恢复了工作、恢复了党籍的他，日夜为文艺工作奔忙。大家都知道他在30年代就是蜚声艺坛的大演员，有名的《夜半歌声》电影就是由他出演的男主角。抗日战争期间，他带领一支文艺团体去南洋诸国演出，为抗日战争做宣传，其中一个节目就是《放下你的鞭子》……

他为党做过许多工作，贡献很大。中华人民共和国成立后，他在青年艺术剧院工作，曾演出《保尔·柯察金》中的保尔·柯察金，而导演该剧的就是后来成为他妻子的孙维世，孙维世在苏联学的是导演专业，懂斯坦尼斯拉夫斯基的表演体系。但后来她在“文化大革命”中被残害致死。

20世纪50年代，我曾看过金山出演的契诃夫的剧作《万尼亚舅舅》和表现中国二七大罢工的《风暴》。在《风暴》中，他饰演施洋大律师，剧中有一段施洋为工人辩护的很长的台词，慷慨激昂的话语真是震撼人心。据说为了这段台词，他还特意向京剧大师周信芳先生请教过。何其谦虚啊！

80年代初，有的国家早已出现了电视剧这一艺术品种，而电视剧在中国刚刚萌芽。为了中国能够播出电视剧，他不顾个人辛劳，拖着病体各处奔走，甚至为了成立电视艺委会而找到当时党的总书记胡耀邦同志。

总书记在讨论会上听取了他们的意见，并签字拨款300万元作为启动资金。周扬前辈也参加了这次会议，他老人家回来后兴奋地说，耀邦同志说他从来不批钱，这次破例批了300万元。可见耀邦同志对这一新生事物的重视。现在电视剧蓬勃发展，我们不应忘记这位奠基人。那时金山前辈抓这方面的工作，到处找电视剧剧本。我不顾自己才疏学浅，也写了一个关于孩子的剧本，送给了他。这是一个很小的剧本，我称之为“独幕剧”。我是按电影文学剧本的样式写的。金山前辈拿去看了，他的家人告诉我，他在夜里看这个剧本时竟然“哈哈”地笑了起来。不久，他决定拍摄这部儿童片，他组织人看剧本、提意见、找导演等，我记得他还把当时担任儿童电影制片厂厂长的于兰同志请到会上为这个剧本提意见。当然，金山同志也带我参加了这次会。这不仅仅是对我个人的这个小剧本的关心，更是他对儿童题材电视剧的重视，他关心儿童的培养和教育，关心国家的未来，关心国家后备力量的成长。后来电视剧拍完了，名字是《小戈和他的伙伴们》，曾在中央电视台播放过多次。

可是1982年8月的一个晚上，金山同志突然去世了。那些跟随他创业的年轻艺术家哭了。这件事情如晴天霹雳般砸在大家的心上，令人难以置信。在八宝山遗体告别会上，著名表演艺术家游本昌同志流着泪对我说："金山同志是累死的。"我也泣不成声。这些年他是怎样地玩命工作，大家有目共睹。他不顾多病的身体，日夜不息地工作。多么好的老前辈啊！尽管他已逝世这么多年，可是他的言谈笑貌常常出现在我的脑海中，他多彩的革命生涯和他在表演艺术上的巨大成就，以及他在不同工作岗位上为党做出的重大贡献，可以说是一部长长的传奇。真的，我无从下笔。

他的逝世，让我很久很久才从悲伤的海洋里爬上岸……

我还要将感谢送给有在天之灵的黄世衡同志，他是一位儿童文学作家，参与创办并经营了《中国校园文学》月刊，为此，他辛苦了很多年。90年代，他在这个刊物上为我开辟了一个专栏，定名为"文艺前辈风采"，这个专栏的宗旨就是要宣传这些文艺前辈，让校园中的青年们了解中国文艺家所做出的贡献。他要我每期交1500字的稿子。开始我没应下来，他又是鼓励又是批评的，硬是让我接受了这一任务。我接受这一任务的前提是我坚持在"文艺前辈风采"后面加上"散记"二字，也就是说，我只能写我亲历亲闻的。刚开始我只答应写一年，谁知他硬是说服我写了下去，没想到这一写就是3年。之所以能对付着写了3年，我还要感谢沙汀前辈。在20世纪80年代初，他就告诉我，不要忙着写小说，你把知道的事情一人一事地记下来，过若干年，你就知道这是多么重要了。这是在文艺界的一个会议之后，在政协礼堂大门前，他老人家把我拉到一旁，叮嘱我的。有了他这个提示，我也留意了一些事情，才接受并完成了黄世衡同志给我的这一任务。

黄世衡曾写过许多儿童文学作品，但他放弃了写作，专心经营《中国校园文学》，这精神极可嘉。可后来由于情况多变，他决定离开《中国校园文学》。我到国外探亲时曾给他打过电话，他的家人说他病了，昏迷了很多天。当我再打电话询问他的情况时，电话就没人接了。回到北京后，我多方打听他的消息，没有人知道。再之后，我便得知他已“远行”，我心酸泪落，真真儿地失去了一位好友。

中国文联前主席周巍峙前辈对我的写作给予了不少鼓励和支持，他鼓励我好好写作，遇到什么问题可以与他讨论（应该是向他请教）。周巍峙前辈亲切平等和谦虚的态度让我感动，现在他老人家已驾鹤西去，我失去了一位可亲的师长，失去了一位可信赖的心存大爱的前辈。

著名评论家顾骧同志曾对我的小说和散文写过评论文章，有的发表在《人民日报》上，有的发表在《文艺报》上。

顾骧是出版过许多著作的评论家、散文家，他为人谦和，与他交谈，可以敞开胸怀说真话。他少年时便参加抗日战争，是一位博学的“老革命”。想不到这两年他也悄然“走了”，是在一个寒冷的日子里。他的去世，令我十分伤心。在文学创作上，他对我多有鼓励。现将他的评论文章之一《风云·风骨·风采》附上（见第 323—325 页），以示怀念。

还有《人民文学》的资深编审赵国青同志，也是我的老朋友，曾经多有来往，现今也不知他的去向了。几年来，他家中的电话已无人接听了。他曾写过对我散文的评价，也一并附上（见第 326—329 页），以表达我的感谢。

我所写的这些老前辈，10 年前还有很多都健在，10 年后的今天，除极少数的几位，其他人已经与我们阴阳两隔了。想到这里，不免有些伤感。

人生就是这样，谁也留不住谁的脚步，该走的时候就走了，头也不回。但他们留给我们的无比宝贵的精神财富却是非常丰厚的。我们为拥有这样的文艺前辈而自豪，他们是文化历史上永不落的巨星，永远光芒四射。

我书中写的这些老前辈，都是那些年代的顶尖人物，各有各的独特贡献，我无法为他们排名次，谁前谁后我也就不分了。

我还要说的是，我赶上了好时光，我们党和国家如此重视社会主义文艺的发展，如此重视革命文艺的传承。的确，一个国家的强大，除了经济上、军事上的强大，还要有大作家、大艺术家、大科学家，这也是国家强大的标志之一。

我特别感谢现在的中国文联党组、书记处的领导，对于这本书的出版，他们给予了极大的支持。当这本选集还没有恰当的书名时，又因我生病住院，陈建文书记和原老干部局的领导郑更生（现任中国摄协分党组书记）费心劳神地为其赐名。这种感动我无以言表。

我要感谢我的老朋友——剧协原书记处书记和《剧本》月刊原主编颜振奋，他对我的写作给予了不少帮助，不论我写什么，请他过目，他从不拒绝。他对我鼓励多多，让我在写作的道路上脚步轻快了许多，他是少有的好人。

再一位就是比我年轻十几岁的郝怀明同志，他对一些老前辈也很熟悉，他的重头著作是《如烟如火话周扬》，这部书资料翔实、公正，是不可多得的好书，被评为2008年《中华读书报》年度图书百佳之一。他能花时间为我的书写序，我十分高兴，多谢了！

还要感谢协会老干部处处长章芳同志为该书的出版事宜尽心尽力，并将其视为己任。

最后，还要感谢中国摄影出版社社长、总编辑高扬给予的支持，感谢为图书的出版通力合作的所有工作人员，在此一并致谢。

我已到望九之年，人老了，爱唠叨，然而也不能无限地唠叨下去，就此打住了。

当我结束这篇唠叨时，回望窗外，夜色一片灿烂。那些五颜六色的灯光装饰的街景，真像童话世界。此时正逢美国2016年的平安夜，再有几天就是2017年了。时间不等人啊！

今夜大地灿烂辉煌，人生多姿多彩，生活多么美好！

2016年12月12—24日

写于美国新泽西州

2017年4月修改于北京

风云·风骨·风采

顾 骧

读了露菲记述一些文艺前辈的散记文章，想起刘义庆所著的《世说新语》。“新语”名为小说，实为编辑前人（汉末、三国、两晋士族阶层）的遗闻逸事，不妨视之为史话。《世说新语》从各个角度勾画出这一历史时期的生动画面，刻画了那时的社会风貌和士人的内心世界。“言简味永，栩栩如生，得到的印象，比之读一部史书，更加集中，更加深刻。”（《世说新语》校笺“前言”，中华书局1984年版。）1000多年来，《世说新语》的历史价值与文学价值一直为人称道。露菲的散记记录叙说了一批当代文坛风云人物：郭沫若、冰心、周扬、夏衍、阳翰笙、冯雪峰、沙汀、张光年、华君武、周巍峙……他们的遭际、言谈、情怀、风采……虽然是点点滴滴、吉光片羽的逸事，但也可从中一窥时代的风云变幻、社会的人事沧桑。尤其是记叙了10年“文化大革命”岁月这些文坛前辈的劫难，显示了他们的操守、人品与风骨，令我后辈钦敬。这些，都大有裨益于当代文艺史的研究。

这些散记的可贵之处在于所记述的人与事均为作者露菲亲闻、亲见、亲历，具有很高的可信度。不似那种名为“纪实”，实为道听途说、辗转传抄，甚至加枝添叶、胡编乱造的文字可比。

少女时代的露菲投身抗日，参加八路军胶东军区国防剧团，开始写作儿童诗与剧本。中华人民共和国成立后，她进电影学校深造，毕业后到文化部、中宣部工作，担任周扬同志的机要秘书，直至20世纪80年代初。她一直坚持业余创作，出版了长篇小说、短篇小说集、散文、儿童文学多部。处在周扬同志的助手这一特殊工作位置，她得以和中国文艺界的许多重要人物结识，和有些人还成了忘年交。露菲这一书记述“四条汉子”中的三位——周扬、夏衍、阳翰笙的一组文章最有价值，也是充满感情的回忆。有些材料成了第一手的史证。她详细记叙了1966年12月1日那个“漆黑漆黑的，也是寒冷的”夜晚，周扬被抓捕坐监的前前后后，周扬与苏灵扬这对夫妇的生离死别。9年生死两茫茫。她又记述了1975

年 7 月 4 日，周扬劫后余生归来，周扬、苏灵扬夫妇“乍见惊疑梦”的悲喜交集情景。她记录了“四人帮”余威犹存的特定历史时刻，人们惊魂未定的生活与心理状态，写出了特殊岁月人间的苦难与正义、亲情与友情。她记述了在江青“文化大革命小组”猖獗时，冯雪峰正气凛然，反驳“文化大革命小组”捏造周扬篡改《鲁迅全集》注释以攻击鲁迅的诬陷，力陈事实真相，既不挟嫌报复，也不计被扣“为周扬辩护”的新罪名。周扬出狱后，露菲将这一情况向周扬陈述，周扬泪流满面地探视了病中的雪峰。一对战友倾吐肺腑，周扬承认在对待鲁迅问题上雪峰是正确的，雪峰的为人是正派的。周扬在他本人还未恢复党籍的情况下，上书中央，请求恢复雪峰党籍；在当时他也只领一份生活费的情况下，还是凑了钱充作雪峰的医疗费用。历尽劫波兄弟在，相逢一笑泯恩仇。

夏公（夏衍）与 20 世纪同龄，他参加过五四运动、大革命……在惊涛骇浪的大时代度过了一生。周扬视夏公为长辈，周扬晚年多次说起夏公，说他为党、为人民做出那么大贡献，却从不居功自傲；他总是那么谦虚、平和，他有丰富的斗争经验，又有渊博的学识；他担当着领导职务，又在文艺创作方面硕果累累；他有着过人的才干，不能不令人佩服。周扬还说过，要说学问，茅公和夏公的学问最深。他受委屈不抱怨，难得啊！露菲通过对夏公与猫的若干细节记述，透视了夏公的善良心地与重情心怀。1957 年“反右”运动，将夏公的朋友陈铭德打入另册，作为文化部副部长的夏衍，送给陈铭德一只猫以示安慰。在当时的政治高压下，此举非同寻常，陈铭德感激不已。在三年困难时期，夏公家仍然养着猫。那时夏公参加外事活动，宴会回来，猫们总是又抓他的袖子又挠他的口袋，兴奋得又跳又叫。因为宴会上有鱼。夏公吃鱼总是嚼一嚼就放进空香烟盒子里带回家。“文化大革命”中夏公被捕坐监，他的猫也出走了，在外流浪多年，人们都以为它死了，想不到夏公出狱回家，他的猫也回来了，绕着夏公转了几圈，蜷伏在夏公身旁，不久便死去，令人唏嘘不已。1978 年冬，习仲勋同志邀请文艺界一些朋友——夏公、周扬、光年等去广州休息、疗养。几天后的一个傍晚，露菲陪夏公散步，走着走着，夏公突然停下来，小声说：“我想回去，回北京去。”露菲感到奇怪：“怎么刚来几天就要回去呢？”夏公笑了笑，似乎有些不好意思地说：“我想我的猫。”那时他又养了一只猫。露菲向周扬、苏灵扬说了夏公想回去的事，周扬也不明白夏公为什么急着要回去，露菲说“夏公想他的猫”，一向情感不外露的周扬听说夏公要回北京是因为想猫了，顿时泪水充溢了眼眶。

露菲在“散记”中描写人物时，常常寥寥几笔就刻画出一个人的性格。她写诗人杜谈的“怪”、耿直。杜谈即窦隐夫，当年与鲁迅有书信往来，鲁迅曾有一封致他的著名长信。“文化大革命”后的一天，露菲陪周扬去拜望杜谈，结果却吃了“闭门羹”。周扬到杜谈家门前，门紧紧关着，敲了几下，门启开一半，露出一张长须飘然的脸，扔出了一句“生病不见客”的话，随即又把门关上了。当门关上后，周扬无可奈何又迷惑不解地微微一笑走了。是杜谈对周扬有怨气吗？两个人有过节吗？不是。从20世纪30年代上海“左联”时期起，两人结识，相交甚笃，几十年间未断来往。“文化大革命”开始后，杜谈为周扬鸣不平，为文艺界那么多人被打成“牛鬼蛇神”而激愤，天真地写了一封长信送至文化部，那时文化部已经被“砸烂”，他又转送中南海。在批斗周扬的各种会上，要他揭发批判周扬，他总是扔出“周扬同志是好同志”这几个字。后来他自己也被打成“叛徒”，在一次批斗会上，造反派要他“坦白交代”。他面对批斗者，从容地两手一背，在批斗台上走了两步，不屑一顾地说：“笑话！我是叛徒，谁是革命的？”后来有一天露菲拜望了杜谈，杜谈见露菲第一句话就问：“周扬同志好吗？他身体健康吗？”露菲乘机问起他为什么让周扬吃“闭门羹”的事，他不好意思地笑了：“周扬同志工作很忙，我又没有什么事，何必耽误他的时间呢。”这就是杜谈。

露菲的“散记”也可视作一本文坛回忆录。真实是回忆录的生命。这本没有水分的回忆录值得一读。

2006年

我们心目中的文艺前辈

赵国青

蓝天是美丽的，但没有一丝云霞，反而使人感到一种单调。如果有几朵云彩在蓝天上飘游，就会令人觉得更美了；如果云彩是火烧云，那就更是美不胜收了。为什么呢？因为它色彩斑斓，飘游运动，给人以绚丽，给人以动感，给人以想象，给人以震撼，给人以审美享受。

读了露菲同志记述文艺界老前辈的一些散文书稿后，我就有这种感受。

露菲同志是我20世纪50年代末、60年代初在中宣部的老同事。后来，我到《人民文学》当编辑，她又是我作家名单中的组稿和发稿对象。总之，我们是老朋友、好朋友。

露菲长期在文化部、中宣部、中国文联等单位工作，曾担任过文艺领导人周扬的秘书。数十年来，她不仅工作兢兢业业，还利用业余时间进行创作。她写儿童文学，她的作品《我有一个好爸爸》受到茅盾等前辈的称赞，《闪光的国徽》被拍成电视剧（名为《小戈和他的伙伴们》），并在中央电视台多次播放。她的中短篇小说集《愿我们成为朋友》以及散文集《血红的落日》都给我留下了深刻的印象。她进行的文学创作，具有扎扎实实的现实主义风格，她认认真真地剖析社会，真乃入木三分。她在人民文学出版社出版的长篇小说《米河流向远方》厚实深沉。80年代，我为她在《人民文学》月刊上编发的短篇小说《高高的山梁》反响不同一般，光年同志读后亲自打电话向她祝贺。几十年来，露菲一直笔耕不辍，前两年她写的近30万字的反映机关生活的长篇小说《墙上的影子》，我初读后觉得颇富时代意义和艺术特色。

由于露菲长期在文化宣传部门工作，能直接接触到许多作家、艺术家，而这许多老作家、老艺术家都是在中国文学史上、艺术史上起着重大作用的顶尖级人物。他们的一言一行、一点一滴，往往都与其文艺创作有着外在的或内在的联系，他们这些言行很有特点，如果不是被有心人抓住，就会稍纵即逝。而露菲同志能及时地记录下来，结集出版，就显得弥足珍贵了。这些文艺史料对于文学史、艺术史的研究、总结，对于文学创作规律的研究，往往能起很大作用，具有重要意义。

比如，夏衍介绍《中华人民共和国国歌》歌词的作者田汉时说，“田老大原来是在 30 年代为电影《风云儿女》写的主题歌词《义勇军进行曲》，由聂耳谱的曲。田汉是一个对党忠心耿耿、热情豪放、不拘小节的人，他写这首歌词就是写在废香烟盒上的。聂耳谱曲，也只用了很短时间。30 年代，田汉被国民党反动派关在南京监狱里，给我写过一首诗，也是写在废香烟盒上的。同一时期，田汉给另外一位朋友写了一首诗，也是写在废香烟盒上的。”从这些介绍里，我们不难发现，田汉进行诗歌创作，聂耳进行音乐创作，是在灵感激发、感情冲动，激情燃烧之时，迸发出诗，迸发出曲的，他们来不及正襟危坐，铺上稿纸慢条斯理地进行创作，而是随手找到什么就及时写下而成诗歌的。

可见，没有忧国忧民之心，没有激烈豪放之情，没有灵感冲动之机，断然是写不出好作品来的。《义勇军进行曲》为什么能燃烧着亿万中华儿女的心？首先就是因为它燃烧了诗人田汉、作曲家聂耳的心。从这里，难道我们不能总结出一点文艺创作的规律吗？而这一重要文艺创作的史事，如果夏衍不介绍出来，那该有多么遗憾啊！

再比如，50 年代初期，一曲《中国人民志愿军战歌》响彻大地，鼓舞着无数中华儿女去抗美援朝、保家卫国。这首歌的作曲家、现任中国文联主席周巍峙同志说，“那是 1950 年的事。一天，我在田汉同志办公室开会，田汉汇报戏曲工作会议情况。周扬同志也在场，他是文化部党组书记、第一副部长，我顺手拿起《人民日报》看，上面有篇写志愿军的文章，文章中有几句诗吸引了我，那就是‘雄赳赳，气昂昂，跨过鸭绿江……’我看着看着就走神儿了，脑子里没有听汇报，而是响起了音乐旋律，只用了不到半个钟头的时间谱写出了这首歌曲。”文艺创作需要灵感，灵感一旦出现，艺术家就得马上记录下来，否则，灵感稍纵即逝，消失后就再也找不回来了。现在想来，不难发现，当时的这一曲《中国人民志愿军战歌》可要比戏曲汇报会的意义重大得多了。当亿万人民唱着“雄赳赳，气昂昂”的时候，谁会想到周巍峙同志只用了不到半个钟头的工夫，就写出了如此鼓舞人心的歌曲。

不管是抗日战争，还是抗美援朝，在民族矛盾尖锐之时，在中国人民处于生死存亡的关键时刻，真正好的战歌所起的作用，能比飞机大炮逊色吗?

再如，大诗人光未然（张光年）创作的《黄河大合唱》60 多年久唱不衰，现已成为经典之作。在日本侵略者的铁蹄践踏中国大地之时，中华民族处在生死存亡的危险关头，《黄河大合唱》像号角一样，呼唤人们去战斗，保卫黄河，保卫全中国。写这样气势浩大的不朽之作，诗人只用了 5 天时间，作曲家冼星海也只用了一个星期的时间便谱写完了这部作品。这是何等的速度!

诗人光未然，是一位大无畏的战士。战争年代他与敌人斗，九死一生。“文化大革命”后他首先向把文艺界诬为“文艺黑线”的“四人帮”开火，表现了一位真正诗人、伟大战士的高贵品德。

作者还描述了夏衍、阳翰笙、周扬等老前辈的一些事情，这些事情展示了他们的内心世界。这些老前辈都是从 20 世纪 20 年代末开始他们的革命活动的，新中国成立后，他们各自在文艺领导的岗位上做着贡献。“文化大革命”的狂风黑浪让他们锒铛入了“四人帮”的牢狱，但这些老前辈没有屈服，不论环境如何变幻，如何险恶，他们不惊不惧，仍然坚守自己的信念。

再如冯雪峰，他是鲁迅的好友，在国民党统治的“白区”工作过，可以说是十分有贡献的一位老前辈。“文化大革命”中，有人写文章诬陷周扬反对鲁迅，文章中举了一个例子，也只有这样一个例子，说鲁迅的文章——《答徐懋庸并关于统一战线问题》后的一条注释是周扬写的，是攻击鲁迅的。其实，这一注释只是说明鲁迅文章发表的背景，可以帮助读者更好地了解那个时代，掌握鲁迅文章的精神。可就是这一注释，倒成了周扬反对鲁迅的“罪证”。那个时代就是这样。周扬已被关押，全国报刊口诛笔伐。就在这种情况下，冯雪峰前辈不顾个人危险，挺身而出，说这条注释不是周扬写的，是他写的。在“文化大革命”中，许多人为了保护自己，能推的就推，可冯雪峰冒着危险说出事实真相。不知者，认为他把灾祸往自己身上揽，傻；知者，认为他灵魂崇高，品德高尚。“文化大革命”结束后，周扬从“四人帮”的监狱中被放出来。当他知道了这件事情后，感动得流泪了。当周扬去看望冯雪峰时，冯雪峰已病重，他没有谈个人的事，而是嘱托周扬要为瞿秋白澄清一个问题，说鲁迅写的《辱骂和恐吓决不是战斗》一信中批评的诗歌《汉奸的供状》的作者芸生，并不是瞿秋白，“芸生”是被派往福建工作的一位年轻党员的笔名，他本名叫丘九。可是在“文化大革命”中，一些大批判文章把“芸生”当成瞿秋白加以攻击，把这位唱着《国际歌》走上敌人刑场英勇就义的共产党领导人诬为“大叛徒”。瞿秋白早已牺牲，无法辩驳澄清。因此，冯雪峰嘱托周扬为瞿秋白澄清历史。多么高尚的精神，多么令人崇敬！

在这60多篇散记中，露菲通过个人亲眼所见，亲耳所闻，记述了前辈们许多感人的故事，如冰心的爱心，华君武的幽默，梁斌的深情，沙汀的热心肠，等等，一共记述了二三十位前辈的事情，在此就不一一细说了。作者多是一人一事地写，有的是大事，有的也许是不大的事，她只从自己所接触到的方面做了忠实的记录。从她的散记中，我们仿佛见到了这些前辈的音容笑貌，看到了前辈们崇高的精神境界。在作者的叙述中，没有浮想和随意，还历史（事物）的本来面目。我认为这部散记是具有历史价值的。

总之，我觉得这是一本难得的散记，一本值得读的散记，也是一本值得思考的散记。

2003年3月26日

定稿于北京

作者孙女画作。